KB113587

레 미제라블 3

레 미제라블 3

빅토르 위고 지음 | 베스트트랜스 옮김

더클래식

1. 파리의 미립자 연구

조그만 존재

파리에는 어린아이들이 있고, 숲에는 새 한 마리가 있다. 그 새는 참새라고 불리고 그 어린아이는 개구쟁이라고 불린다. 파리와 개구쟁이, 각각 커다란 도가니와 여명(黎明)을 결합하고 있는 이 둘을 서로 부딪칠 때 거기서 하나의 조그만 존재가 나온다. '조그만 인간'이라고 플라우투스는 말하리라.

이 조그만 존재는 명랑하다. 그들은 어떤 날은 식사도 못 하지만 마음이 내키면 매일 밤 연극 구경을 간다. 몸에는 셔츠도 걸치지 않고, 발에는 신도 신지 않은 맨발로, 머리 위에는 지붕도 없다. 마치 그런 것들이 하나도 없는 허공의 파리와도 같다.

나이는 일곱 살부터 열세 살까지이고, 무리를 이루어 생활하고, 거리를 쏘다니며 밖에서 자고, 발뒤꿈치 밑까지 늘어진 낡은 아버지의 바지를 입고, 아버지에게서 받은 귀가 푹 덮이는 헌 모자를 뒤집어쓰고, 가장자리가 누레진 하나밖에 없는 멜빵을 달고 뛰어 돌아다니며, 물건을 훔치고, 시간을 허비하고, 파이프를 담뱃진으로 물들게 하고, 욕지거리를 하고, 술집에 드나들고, 도둑놈들과 알고 있고, 거리의 계집들과 친숙하게 지내고, 은어를 지껄이고, 음탕한 노래를 부른다. 하지만 마음속에는 아무런 악의도 없다.

그것은 그들 영혼 속에는 순진무구함이라는 진주 하나를 갖고 있기 때문이다. 그런데 진주는 진흙 속에서도 녹지 않는다. 사람이 어린아이일 동안에는 신도 그가 결백하기를 갈망하는 것이다.

만약에 이 거대한 도시를 향하여 "저것이 무엇이오?"라고 묻는다면 파리는 "내 귀여운 새끼들일세."라고 대답할 것이다.

부랑아의 몇 가지 특징

파리의 부랑아들은 거대한 여인의 몸에서 나온 조그만 난쟁이이다. 과장하지 않고 말한다면 이 진창 속 천사는 때로 셔츠를 입고 있을 때도 있으나 단 한 장에 지나지 않으며, 구두를 신을 때도 있으나 창이 떨어진 것이며, 때로는 집이 있고 그곳을 좋아한다. 집에는 어머니가 있기 때문에. 그러나 그는 거리 쪽을 훨씬 더 좋아한다. 거리에는 자유가 있기 때문이다. 제멋대로 놀 수 있고 마음껏 장난도 할 수 있다.

그리고 그들에게는 특유의 놀이와 장난이 있고, 그들 가슴속에는 중산층에 대한 뿌리 깊은 증오가 있다. 그들은 또 그들 나름의 독특한 비유를 지니고 있다. 죽는 것을 가리켜 '민들레 뿌리를 먹는다.'고 한다.

그들은 독특한 일을 한다. 승합마차를 불러와서 마차의 발판을 내려주고, 비가 쏟아지면 거리 이쪽에서 저쪽으로 사람을 건네주고는 품삯을 받는데, 이것을 그들은 '퐁 데 자르를 세운다(사람으로 멋진 다리를 놓는다는 의미로 파리의 퐁 데 자르라는 다리에 비유함_옮긴이).'고 말한다. 또한 프랑스 백성에게 유리한 정부의 연설문을 소리쳐 알리고, 포석 틈에 낀 먼지를 긁어 낸다. 그들에게는 또 그들만의 고유한 화폐가 있다. 그것은 길바닥에 어디서든 주울 수 있는 여러 가지 쇠붙이 조각들이다. 이 이상야릇한 화폐는 '누더기'라는 이름으로 불리며, 이 조그만 부랑배 소년들 사이에서는 변함없는 가치를 가지고 있다.

또한 그들은 독특한 동물을 가지고 있는데, 그것을 구석에서 열심히 관찰한다. 무당벌레, 진디, 모기, 장님거미, 뿔이 두 개 달린 꽁지를 비틀며 사람을 놀라게 하는 검은 곤충인 '악마' 등이 그것들이다. 그들은 또 전설에나 나옴 직한 괴물도 가지고 있다. 그것은 배에 비늘이 있지만 도마뱀은 아니고, 등에 오톨도톨한 작은 돌기들이 있지만 개구리도 아니고, 석회를 굽는 헌 아궁이나 물 없는 웅덩이 속에 살고 있으며, 새까맣고 털이 부숭부숭 나 있고, 끈적끈적하며, 때로는 빠르고, 때로는 느릿느릿 기어 다니고, 소리는 내지 않지만 가만히 한곳을 응시하는 모습은 한 번도 본 일이 없으리만큼 무서운 형상을 하고 있다.

그들은 그것을 도롱뇽이라고 부른다. 조그만 돌 틈 사이에서 이 도롱뇽을 찾아내는 일은 말할 수 없는 즐거움이다. 또 다른 즐거움은 포석 하나를 갑작스럽게 쳐들어 쥐며느리를 발견하는 일이다. 파리의 각 지역은 그곳에서 기대할 수 있는 흥미로운 발견들로 인해 각자의 명성을 가지고 있다. 위르쉴린 거리의 재목 하치장에는 집게벌레가 있고, 팡테옹에는 지네가 있고, 연병장 도랑 속에는 올챙이가 있다.

파리의 부랑아들은 탈레랑(재치 있는 웅변으로 유명한 당시의 정치가_옮긴이)처럼 말을 자주 한다. 탈레랑보다는 덜 냉소적이지만 그보다는 훨씬 정직하다. 그들은 뜻밖이라 여겨질 만큼 명랑하며 그 너털웃음으로 상점의 판매원들을 어리둥절케 만든다. 그 목소리의 음조는 수준 높은 희극에서부터 광대극에 이르기까지 넓은 폭을 지니고 있어 유쾌하게 울려 퍼진다.

장례식 행렬이 지나간다. 그 속에 의사 하나가 끼어 있다고 하자. 그러면 부랑아 하나가 놀란 듯 소리친다.

"저런! 언제부터 의사가 자기 작품을 나르기 시작했지?"

또 다른 부랑아가 군중 속에 있다. 안경과 시곗줄을 늘어뜨린 한 엄숙한 사나이가 화를 내며 개구쟁이에게 소리쳐 말한다.

"불량한 놈, 내 여편네의 '허리'에 손을 댔지(훔쳤느냐는 의미도 있음_옮긴이)?"

"아저씨, 내가 말예요? 그럼 내 몸을 뒤져 보시구려!"

부랑아는 유쾌하다

저녁이 되면 언제나 이 '조그만 존재'는 어떻게든 손에 넣은 약간의 돈을 가지는 건들거리며 극장에 간다. 그러나 이 매혹적인 마법의 극장 문을 넘는 순간 그들의 모습은 변한다.

부랑아였던 것이 파리의 소년이 되는 것이다. 극장이라는 곳은 배를 뒤엎어 놓은, 일종의 엎어 놓은 선박들이다. 그리고 파리의 소년들이 잔뜩 모여드는 곳은 배 밑바닥이다.

소년과 부랑아의 관계는 나방과 유충의 관계다. 똑같은 것들이 날개를 가지고 날아다니는 것이다. 행복의 광채에 빛나고, 열광과 환희에 뒤끓고, 날갯짓과도 비슷한 박수를 보내면서 그곳에 자리를 차지하고 앉아 있기만 하면 이 비좁고 역한 악취가 풍기고 어둡고 불결하고 건강에 해롭고 끔찍스럽고 속이 메스꺼워질 것 같은 배 밑바닥이 파라디(천국이라는 의미지만 맨 꼭대기 관람석의 의미도 있음_옮긴이)라고 하기에 부족하지 않다.

한 인간에게 불필요한 것을 주고 그에게 필요한 것을 빼앗아 보아라.

그가 곧 부랑아이다.

부랑아에게도 작지만 문학적 직관은 있다. 그들이 가진 취향은 매우 안타까운 이야기지만 절대 고전적인 취미는 아닐 듯싶다. 그들은 원래 학구적으로 태어나지 못한 것이다. 그 한 가지 예로 이런 것을 들 수가 있다. 이 소란스러운 소년들의 조그만 사회 속에서 마르스 양(당시 몰리에르나 마리보의 희극을 연기한 유명한 여배우_옮긴이)의 인기는 약간의 야유적인 맛이 가미되어 있었다. 부랑아들은 그녀를 '무슈 양(무슈는 '제1급의'라는 의미와 '부끄럼을 잘 타는'이라는 의미나 여기서는 반대 의미로 쓰임_옮긴이)'이라고 부르고 있었다.

그들은 큰 소리로 고함을 지르고, 비웃고, 빈정대고, 싸움질하고, 코흘리개 거지새끼 같은 누더기와 철학자 같은 헌옷을 걸치고, 시궁창에서 낚시질을 하고, 쓰레기통에서 사냥을 하고, 오물 더미 속에서 명랑함을 끌어내고, 네거리에서 기발한 생각을 하고 낄낄거리고, 깨물고, 비꼬고, 휘파람을 불며 노래를 부르고, 아우성치며 욕지거리를 퍼붓고, '알레루이아'와 '마탕튀를뤼레트'를 뒤섞어 부르고, '데 프로푼디스'에서 '시앵리'에 이르기까지 온갖 노래를 흥얼거리고, 찾지 않고도 발견하고, 자기가 모르는 것도 알고, 소매치기에서까지 용맹을 발휘하고, 현명함에 이를 만큼 미쳤고, 음란하리만큼 서정적이고, 올림포스 산 위에라도 쭈그리고 앉을 태세이고, 통거름 속에서도 태평스럽게 뒹굴다가 별 속에 파묻혀 나온다. 파리의 부랑아, 그것은 작은 라블레(16세기 프랑스의 유쾌한 풍자 시인_옮긴이)이다.

그들은 자기의 양복바지에 시계를 넣는 조그만 호주머니가 달려 있지 않으면 만족하지 않는다.

부랑아는 별로 놀라지 않으며 두려워하는 일은 더욱 없다. 미신을 노래로 만들어 비웃고, 허풍스러운 것을 푹 꺼지게 만들고, 종교적 신비를 조소하고, 유령을 향해 혀를 날름거리고, 장다리 목발을 유치한 장난으로 취급하고, 영웅전의 허세를 만화로 만들어 버린다.

그것은 그들이 산문적이기 때문이 아니다. 그것과는 거리가 멀다. 하지만 그들은 장대한 영상을 익살맞은 그림으로 대치해 놓는다. 만약 아다마스토르(바스코 다가마의 길을 방해했다는 희망봉을 지키는 거인_옮긴이)가 그들 앞에 나타났다 할지라도 그들 부랑아들은 이렇게 말할 것이다.

"요런, 허수아비 도깨비야!"

부랑아는 유익할지도 모른다

파리는 건달패로 시작되어 부랑아로 끝난다. 이 두 가지에 한해서는 다른 어떤 도시도 그 두 부류를 배출하지 못한다. 건달패들은 보는 것만으로 만족하고 주는 것을 받을 뿐이지만 부랑아는 무한한 독창성을 발휘한다. 하나는 '프뤼돔(앙리 모니에가 만든 만화의 인물로서 무능과 평범의 전형_옮긴이)'이고, 또 하나는 '푸이유(장난과 발명의 전형_옮긴이)'이다. 오직 파리만이 이 두 가지를 자연스러운 역사 속에 가지고 있다. 모든 왕정은 건달패 속에 있고 모든 무정부는 이 부랑아 속에 있다.

파리 변두리 거리의 이 창백한 아이들은 고통 속에서, 사회적 현실들과 뭇 인간사들 속에서, 존속하고 자라며 억압되었다가 다시 풀려나는 과정에서 생각에 잠기는 증인으로 성숙하고 결실을 맺어 가는 것이다. 그들은 스스로를 태평하다고 생각하고 있지만 사실은 그렇지 않다. 그들은 언제나 웃을 준비가 되어 구경한다. 하지만 다른 준비도 하고 있다. 어떤 사람을 막론하고 편견, 배임, 비열함, 압제, 불공정, 불의, 광신주의, 폭압 등으로 불리는 이들은 놀라 눈이 커진 부랑아들을 조심하는 게 좋다.

이 아이는 머지않아 자랄 것이다.

이와 같은 부랑아는 대체 어떤 찰흙으로 빚어졌을까? 아무 곳에서나 볼 수 있는 한 줌 진흙에 숨결을 불어넣어 아담을 만들었다. 이제 신 하나가 지나가기만 하면 된다. 신 하나가 부랑아 위로 통과했다.

운명이 그 어린것에 정성을 들인다.

운명이라는 말은 다소 우연이라는 뜻으로 사용한 것이다. 보통의 거칠고 흔해 빠진 흙으로 빚은 무지하고, 무식하고, 배우지 못하고, 바보스럽고, 상스럽고, 하층민에 속하는 이 난쟁이는 장래에 이오니아인(현명한 부족_옮긴이)이 될 것인지, 아니면 보이오티아인(어리석은 부족_옮긴이)이 될 것인지? 좀 기다려 보도록 하라. '수레바퀴는 돈다.' 파리의 정신은, 우연으로 어린아이를 만들어 내고 운명으로 어른을 만들어 내는 이 마신(魔神)은 라틴의 도공과는 반대로 싸고 작은 항아리로부터 값비싼 고대의 항아리를 만든다.

그 경계

파리의 부랑아는 도시를 사랑한다. 하지만 내면에 현인의 기질도 있어 동시에 고독을 좋아한다. 푸스쿠스처럼 '도시를 사랑하는 사람'이며 플라쿠스처럼 '시골을 사랑하는 사람'이기도 하다.

몽상을 하면서 어슬렁거리는 것, 다시 말해서 산책을 하는 것은 철학자에게는 바람직한 시간 소비. 사생아적인 냄새를 풍기면서 상당히 볼품없으면서도 기이하기까지 한 이런 성질을 모두 지닌 어떤 대도시, 그중에서도 특히 파리를 둘러싸고 있는 시골이라면 더욱더 그러하다. 교외를 관찰하는 것은 곧 양서류를 관찰하는 것이다. 나무들의 끝, 지붕들의 시작, 잡초의 끝, 포석의 시작, 밭고랑의 끝, 상점들의 시작, 틀에 박힌 관습의 끝, 도시 정열의 시작, 신들의 신성한 속삭임의 끝, 인간 소음의 시작. 바로 그러한 것에 특별한 매력이 있다.

그러므로 그다지 사람의 마음을 끌지도 않고, 지나가는 사람들로부터 언제나 '서글프다'는 형용사로 표현되는 이러한 곳에서 몽상에 잠긴 사람들은 아무런 목적도 없을 것 같은 산책을 한다.

이런 것을 쓰고 있는 지은이도 옛날에는 오랫동안 파리의 성문 근처를 배회하는 산책자였다. 그리고 그것이 지은이에게 깊은 추억의 원천이 되어 있다.

저 짧게 깎은 잡초지, 돌투성이 오솔길, 백악층(白堊層), 이회토(泥灰土), 석고, 황무지와 버려진 땅의 황량한 단조로움, 한구석에 갑자기 모습을 드러낸 농원의 철 이른 채소, 벽지와 도시의 혼합된 경치, 수비대들의 북소리가 훈련에 위세를 더하여 간신히 전투 기분을 내고 있는 저 인기척 없는 허허벌판의 한쪽 구석, 낮에는 쥐 죽은 듯이 고요하고 밤에는 강도가 나타나는 외진 곳, 바람에 돌고 있는 모양 없는 풍차, 채석장의 채굴차의 바퀴, 공동묘지 구석의 선술집들, 햇빛이 넘치고 나비가 떼 지어 날고 있는 넓은 공터를 싹둑 자르며 높이 치솟은 커다란 벽의 신비스러운 매력, 이러한 것들이 모두 지은이의 관심을 끌었다.

세상 사람들은 그 색다른 장소에 대해 거의 아무것도 알지 못한다. 글라시에르, 퀴네트, 포탄으로 얼룩진 자국이 난 그르넬 거리의 끔찍한 벽, 몽 파르나스, 포스 오 루, 마른 강변의 오비에, 몽수리, 통브 이수아르, 그리고 피에르 플라트 드 샤티용.

이제 이곳은 버섯을 기르는 데 사용하며 썩은 판자로 땅바닥에 파 놓은 굴을 막아 놓고 있다. 로마 외곽의 전원 지역이 하나의 사념이라면 파리의 교외 또한 다른 하나이다. 눈앞에 펼쳐진 지평선 속에서 들이며 집이며 나무밖에 보지 못하는 것은 그 표면에만 머무는 것에 불과하다.

사물들의 모든 외관은 신의 생각을 표현한 것이다. 하나의 평원이 하나의 도시와 만나는 곳에는 항상 무엇인지 모를 가슴을 찌르는 우수가 깃들어 있다. 거기서는 자연과 인류가 동시에 말하고 있다. 지역의 독특한 특색이 그곳에서 모습을 나타내고 있다.

파리의 변두리라고도 할 수 있는 이 성 밖에 인접해 있는 쓸쓸한 곳을 작가처럼 산책해 본 일이 있는 사람이라면 여기저기에서 다음과 같은 광경을 본 일이 있을 것이다. 거의 아무도 올 것 같지도 않은 곳에서, 전혀 뜻하지 않았던 순간에, 빈약한 울타리 뒤나 음산한 벽 구석에서, 피리한 얼굴의 흙과 먼지투성이가 된 남루한 더벅머리 소년들이 모여서 떠들썩하게 지껄이면서 도깨비부채꽃을 머리에 꽂고서 유리구슬 놀이를 하고 있는 광경을 보았을 것이다.

그들은 모두 가난한 집에서 도망쳐 나온 소년들이다. 도시의 외곽 대로에 와서야 그들은 겨우 숨을 쉴 수 있다. 교외는 그들의 것이다. 그들은 거기서 언제까지나 진을 치며 오랫동안 논다. 그들은 거기서 천진난만하게 외설스러운 노래를 부른다. 그들은 거기서, 아니 좀 더 자세히 말하면 거기서 살며 귀찮게 구는 사람들의 눈을 피하여, 5월이나 6월의 부드러운 햇살 속에서, 땅바닥에 판 구멍 주위에 쪼그리고 앉아서 엄지손가락으로 구슬치기를 하면서, 몇 푼을 가지고 말다툼을 했다. 아무 의무감 없이 마치 날아오른 듯, 풀려난 듯, 행복한 삶이었다.

그러다가 문득 산책하는 무리들의 모습을 발견하면 갑작스레 자신들이 할 일을, 즉 먹을거리를 벌어야 한다는 것을 생각해 내고, 딱정벌레들이 꿈틀거리는 낡은 모직 양말이나 라일락꽃 한 다발을 내밀면서 그것을 사라고 한다. 그렇게 이 이상한 아이들과 만나는 것은 즐겁기도 하고 또 슬프기도 한, 파리 주변 풍경 중 하나이다.

가끔씩은 이런 소년들의 무리 속에 여자아이가 섞여 있을 때도 있다. 그들은 누나나 동생일까? 거의 처녀가 다 된, 마르고, 열광적이고, 햇볕에 탄 손과 팔목이 마치 장갑을 낀 듯하고, 주근깨가 눈에 띄고, 호밀 이

삭이나 개양귀비꽃을 머리에 꽂고, 쾌활하고, 억세고, 눈은 날카롭고, 발은 맨발이다. 그중에는 보리밭 속에서 버찌를 먹고 있는 아이도 보인다. 저녁나절이 되면 그 웃음소리가 한층 높이 들린다. 정오의 쏟아지는 햇살 아래에서 뜨겁게 모습을 드러낸, 혹은 황혼의 어슴푸레함 속에서 언뜻 보이는 그 무리는 오랫동안 몽상꾼의 머릿속을 점령하고 그 광경들은 그의 꿈속으로 들어온다.

파리는 중심이고 교외는 그 주위이다. 이 아이들에게는 그곳이 곧 세상의 전부이다. 그들은 절대 밖으로 나가려 하지 않는다. 물고기가 물에서 나갈 수 없는 것처럼, 그들에게는 성문에서 20리만 떨어져도 이미 아무것도 존재하지 않는다. 이브리, 장티이, 아르쾨유, 벨빌, 오베르빌리에, 메닐몽탕, 슈아지 르 루아, 빌랑쿠르, 뫼동, 이시, 방브, 세브르, 퓌토, 뇌이, 젠느빌리에, 콜롱브, 로맹빌, 샤투, 아니에르, 부지발, 닝테르, 앙기앵, 누아지 르 세크, 노장, 구르네, 드랑시, 고네 등이 세계의 끝이다.

역사의 한 모습

이 책에서 줄거리가 되는 사건이 있었던 당시에는, 물론 거의 현대에 가깝다고 해도 과언이 아니지만, 그 무렵은 지금처럼 거리 모퉁이마다 순경이 서 있지는 않았다.—지금은 친절에 대해 말할 때가 아니다.—그래서 파리에는 부랑아들이 넘쳐 났다.

통계에 따르면 1년에 평균 260명의 집 없는 아이들이 울타리 없는 땅이나 건축 중인 집이나, 다리 밑에서 순찰 순경들에게 붙잡혀 수용된다고 한다. 그런 소굴의 하나는 '아르콜레 다리(나폴레옹이 몸소 진두에 서서 오스트리아 병사들을 무찌른 곳으로 유명함_옮긴이)의 제비들'이라고 불리는 아이들을 만들어 냈다고 해서 지금도 이름이 남아 있다. 어쨌든 이것은 사회의 가장 불행한 증상 중 하나다. 인간의 온갖 죄악과 범죄는 아이들의 부랑 생활에서 시작된다.

그렇지만 파리만은 제외하자. 방금 말한 추억도 있지만, 다른 것과 비교해 보면 파리를 예외로 하는 것은 정당하다. 다른 모든 대도시의 부랑아는 거의 파멸된 인간이다. 그리고 이 세상 거의 모든 곳에서는 홀로 따로 버려진 아이가 어떤 면에서는 그 아이의 정직성과 양심을 삼켜 버리는 사회적 악의 숙명적 홍수에게 떠맡겨져 그것에 충직하게 복종하는 반면, 파리의 부랑아는 여기서 강조해 두거니와 표면상으론 확실히 상처 입고 있지만 그 내부에는 거의 아무런 상처를 찾을 수가 없다. 프랑스 민중 혁명의 찬란한 성실성 속에 빛을 떨치는, 생각만 해도 멋있는 하나의 사실은, 바닷속에 포함된 염분과 마찬가지로 파리의 공기 속에 포함된 관념이 어떤 청렴함을 만들어 낸다는 것이다. 파리의 대기를 호흡하는 것은 곧 영혼을 보존하는 것이다.

하지만 이런 것들이 이러한 아이들 중 하나를 만날 때마다 힘들게 조여드는 우리의 가슴을 평온하게 만들지는 못한다. 그러한 아이들이 주위에 파괴된 가정의 아들들이 맴돌고 있는 것처럼 보이기 때문이다. 아직도 몹시 불완전한 이 현대 문명 속에서는 암흑 속에서 이 구성원 모두가 모두 뿔뿔이 흩어져 텅 비워지고, 그 아이들이 어떻게 되었는가를 전혀 알지 못하고, 그리하여 핏줄을 나눈 아이를 그대로 길거리에 내버리고 마는 결과가 되는 것도 전혀 이상한 일이 아니다.

사실은 거기서부터 그들의 어두운 운명이 빚어지는 것이다. 이 서글픈 현실은 하나의 숙어를 만들어 냈는데, '파리 길바닥에 내던져진다.'고 하는 말이다.

말이 나왔으니 말이지만 이러한 어린아이를 내다 버리는 것은 옛 왕정의 힘으로도 전혀 없앨 수 없었던 일이다. 이집트나 보헤미아의 일부하류계급은 상류계급 사람들을 위해서 일하고 권력층에게 혹사당해 왔다. 백성의 자식들을 교육시키는 것에 대한 혐오가 일종의 신조로 되어 있었다. '반쯤 깨우친, 충분치 못한 지식'이 무슨 소용인가? 이 말이 그들의 입버릇이었다.

그런데 부랑아들이야말로 배우지 못한 아이들의 필연적인 결과이다. 게다가 구 왕조에서는 아이들을 필요로 하는 경우도 있어서 떠돌이 아이들을 부유물 치우듯 주워 모았다.

구태여 더 오랜 옛날로 거슬러 올라가는 것은 그만두자. 루이 14세 때만 하더라도 왕은 함대 하나를 만들고 싶다는 희망을 품고 있었다. 생각은 그럴듯했지만 방법이 문제였다. 바람의 장난감인 범선 이외에도 필요할 경우 그 범선을 예인하여 원하는 곳으로 갈 수 있는 배가 없을 경우, 즉 노를 사용하든 증기를 사용하든 뜻대로 움직일 수 있는 배가 없을 경우, 전투 함대란 존재할 수 없었다. 그러나 당시의 해군은 오늘날 증기선의 역할을 돛과 노에 의한 군함이 맡고 있었다. 그러므로 군함이 필요했다.

하지만 이러한 군함은 노를 젓는 노꾼들이 없으면 움직이지 못한다. 따라서 노꾼들을 확보해야만 했다. 그래서 당시의 재상 콜베르는 지방 장관과 최고법원에 명령해 될 수 있는 대로 많은 죄수를 만들어 내게 했다. 사법관들은 그의 환심을 얻으려고 죄수를 만드는 데 힘을 기울였다. 가령 제식 행렬 앞에서 모자를 쓴 채로 있는 남자가 있으면 신교도적 태도라고 하며 그를 즉시 체포하여 군함으로 보냈다. 혹은 거리에서 떠도는 아이를 만나면, 그 애가 열다섯 살에 더욱이 집이 없는 아이라면 역시 군함으로 보냈다. 루이 14세의 위대한 정치, 위대한 세기였던 것이다.

루이 14세 치세에는 부랑아가 파리에서 사라져 버렸다. 경찰이 알 수 없는 비밀 목적에 사용하려고 그들을 붙잡아 간 것이다. 왕이 붉은 피로 목욕을 한다는 끔찍한 이야기를 두려움에 사로잡혀 소곤거렸다. 바르비에가 그러한 일들을 솔직한 어조로 기록해 두고 있다. 그리고 떠돌이 아이가 없을 경우 기병대 하사관들이 아버지가 있는 아이들을 붙잡아 가는 일도 있었다. 절망한 아버지들은 필사적으로 하사관들에게 덤벼들었다. 하지만 그런 경우에는 사법부가 개입하여 교수형에 처했다. 그럼 누가 그런 벌을 받았을까? 하사관들이? 그렇지 않다. 그 아버지들을 교수형에 처했다.

인도 계급제도에나 있을 부랑아 계급

파리의 부랑아 계급은 거의 특정 신분이나 마찬가지다. '원한다고 해서 아무나 마음대로 들어올 수 있는 게 아니다.'라고 해도 과언이 아니다.

이 '부랑아(gamin)'라는 말은 1834년에 비로소 활자화된 것으로, 속어로부터 문학 용어 속으로 들어온 것이다. 이 말이 나타난 것은 《클로드 괴》라는 제목의 조그마한 작품 속에서이다. 심한 빈축을 사며 맹렬한 악평을 불러일으켰으나 마침내 이 말은 일반적으로 통용되었다.

이런 부랑아들 사이에서 존경의 동기가 되는 요소들은 실로 여러 가지다. 작자가 알고 지내는 한 부랑아는 어떤 남자가 노트르담 성당의 탑 위에서 떨어지는 것을 직접 보았다고 해서 그 또래로부터 극진한 존경과 감탄을 받고 있었다.

또 다른 어떤 부랑아의 경우는 앵발리드(옛 파리의 상이군인 병원_옮긴이)의 둥근 지붕에 세워 놓은 조각상이 우연히 뒤뜰에 놓여 있었을 때 거기로 용케 숨어 들어가 그 납을 좀 '슬쩍했다'고 해서 몹시 존경받고 있었다.

또 어떤 아이의 경우는 역마차가 전복되는 것을 보았대서, 또 한 아이는 한 시민의 눈 하나를 도려 낼 뻔했었다는 병사와 '아는 사이'였대서 대접을 받았다.

보통의 사람들은 무슨 뜻인지도 모르고 웃어넘길, 파리 부랑아들이 내뱉은 의미심장한 탄식의 의미를 다음과 같은 말이 잘 설명하고 있다.

"제기랄! 빌어먹을! 아직도! 아직도 내가 6층에서 떨어지는 놈 하나 못 봤다니!"

이러한 말을 그는 독특하고도 천박한 말투로 아무렇지도 않게 내뱉는 것이었다.

어느 농사꾼이 했다는 다음과 같은 대화는 그야말로 멋진 농담임에 틀림없다.

"아무개 아저씨, 댁의 아주머니가 앓다가 돌아가셨다면서요? 그런데 왜 의사를 부르지 않았나요?"

"하는 수 없었소. 우리 같은 가난뱅이는 남들에게 폐가 되지 않기 위해 스스로 죽는답니다."

하지만 농사꾼들이 지닌 소극적인 빈정거림이 전부 그 말 속에 담겨 있다면, 도시 변두리에 사는 조무래기의 자유사상가적 무정부주의는 몽땅 그의 다음 말 속에 있다. 어느 사형수가 수레 속에서 사제에게 고해하는 것을 보고 파리의 아이 하나가 소리쳤다.

"저놈 신부하고 얘기하고 있어. 야아, 겁쟁이 같으니!"

종교적인 것에서의 대담한 짓은 부랑아들을 한층 더 돋보이게 한다. 자유사상가라는 게 중요한 것이다.

사형 집행을 보러 가는 것은 하나의 의무였다. 그들은 서로에게 단두대를 가리키며 웃어 댄다. 그리고 온갖 별명을 사형수에게 붙여 준다. '다 먹어 치운 밥', '무뚝뚝한 얼굴', '하늘의 어머니', '마지막 한 입' 따위로 부르면서 하나도 빠뜨리지 않고 보려고 담을 타고 앉고, 발코니 위로 기어오르고, 나무에 올라가고, 철책에 매달리고, 굴뚝에 들러붙는

다. 부랑아들은 태어날 때부터 지붕 위의 일꾼이요, 타고난 뱃사람이다. 지붕도 돛대도 무섭지 않은 것이다. 그레브의 사형장보다 더 재미있는 잔치는 아무 데도 없다.

상송(대혁명 시대부터의 세습적 집행인_옮긴이)과 몽테스 사제가 진정 대중적인 이름이다. 형을 받는 사람을 격려하기 위해 모든 사람은 고함을 지른다. 때로는 찬양하기도 한다. 라스네르(당시의 유명한 살인범_옮긴이)는 부랑아 시절에 악독 무도한 도탱이 씩씩하게 죽어 가는 것을 보고 장래를 예상케 하는 이런 말을 했다.

"나는 그 모습을 보고 놈이 부러웠어."

부랑아들 사이에 볼테르는 알려져 있지 않지만 파파부안(갓난아이 살해범_옮긴이)은 잘 알려져 있다.

그들은 같은 이야기 속에 정치가와 살인자를 뒤섞어 놓는다. 그들에게는 처형된 사람들의 마지막 복장이 전설로 변한다. 다음과 같은 것들을 그들 모두 알고 있다. 톨르롱은 화부(火夫)의 모자를, 아브릴은 수달피 모자를, 루벨(베리 공작의 암살자)은 운두가 높고 둥근 모자를 쓰고 있었다. 들라포르트 영감은 대머리를 내놓고 있었으며, 가스탱(독살 의사)은 장밋빛의 매우 아름다운 얼굴을 했고, 보리는 멋진 턱수염을 기르고 있었고, 장 마르탱은 아직도 문제의 멜빵을 메고 있었으며, 르쿠페는 자기 어머니와 말다툼을 하고 있었다. 그 광경을 본 한 부랑아는 소리쳤다.

"바구니(사형장으로 가는 마차를 뜻함)를 타고 나서 투덜거리면 뭘 해!"

또 다른 부랑아는 드바케르가 지나가는 것을 보려 했지만 키가 너무 작아서 강변의 가로등 위로 올라갔다. 그러자 보초를 서고 있던 헌병이 눈살을 찌푸렸다.

"제발 올라가게 해 주세요, 헌병 나리."

그 부랑아는 부탁했다. 그러고선 그 헌병을 안심시키려고 이렇게 덧붙였다.

"떨어지지 않을게요."

"네가 떨어지든 말든 난 상관없어."

헌병은 대꾸했다.

부랑아들 사이에서는 기억할 만한 사건은 매우 중요하게 평가된다. 그리고 '뼛속까지' 깊은 상처를 입거나 하면 실로 대단한 존경을 받기에 이른다.

주먹이 센 것 또한 존경받을 수 있는 한 요소이다. 부랑아가 무엇보다도 즐겨 말하는 것 중 한 가지는 "내가 힘깨나 쓰지, 알았어!" 하는 말이다. 왼손잡이도 선망의 대상이었고 사팔뜨기 역시 존경받는 요소 중 하나였다.

선왕의 멋진 말

여름이 되면 그들은 개구리로 변신한다. 그리고 저녁 무렵 해가 질 때면, 아우스터리츠 다리나 예나 다리 앞에 있는 석탄을 실은 운반용 거룻배나 세탁선 위에서 온갖 풍기문란죄를 저지르며 머리를 숙이고 센 강 속으로 들어간다. 경관들도 감시하고 있다. 그 결과 매우 급박한 상황이 벌어지는데, 그로 인해 한번은 잊을 수 없는 형제애 어린 절규를 낳게 한 일도 있었다.

그 고함 소리는 1839년경 잘 알려진, 부랑아들 간의 전술상 신호였다. 호메로스의 시처럼 억양의 리듬이 정연하고, 판 아테나이아(아테네에서 행해졌던 여신 미네르바를 위한 축제_옮긴이) 때의 엘루지아교의(옛날 그리스의 밀교_옮긴이) 노래와도 같은, 무어라 형용할 없는 억양이어서 마치 고대의 에보에(바쿠스 신을 찬미하기 위해 외치는 기원문_옮긴이)를 듣는 것 같았다.

그것은 다음과 같은 것이었다.

"어이, 친구들, 이봐! 짭새다. 개라니까! 조심해. 하수도로 도망가!"

간혹 이 모기들 중에는 ─그들은 스스로를 모기라 부른다.─ 글을 읽을 줄 아는 자와 글을 쓸 줄 아는 자도 있었다. 그러나 낙서라면 어느 부랑아도 다 할 줄 알았다. 어떤 이상한 방법을 동원하는지는 몰라도 서로 가르쳐 주면서 공적으로 쓸모가 있는 많은 재능을 발휘했다.

1815년부터 1830년까지(루이 18세와 샤를 10세 치세_옮긴이)는 그들은 칠면조(루이 18세를 가리킴_옮긴이) 울음소리를 흉내 내곤 했지만, 1830년부터 1848년까지(루이 필리프 왕 치세_옮긴이)는 담벼락에 배(루이 필리프를 가리킴_옮긴이) 하나를 대충 그리곤 했다. 어느 여름날 저녁, 걸어서 돌아오던 루이 필리프는 키가 매우 작은 어린 부랑아가 뇌이 관문 철책 기둥에 붙어서 발꿈치를 쳐들고 몹시 땀을 뻘뻘 흘리며 목탄으로 커다란 배 하나를 그리려고 애쓰는 것을 보았다. 앙리 4세에게서 착한 마음을 이어받은 왕은 그 착한 마음으로 부랑아를 도와 배를 다 그리고 나서는 그에게 루이 금화 하나를 주며 말했다.

"배라면 여기에도 붙어 있단다."

부랑아는 또 떠들썩한 것을 좋아한다. 격렬한 사태가 일어나면 그들은 즐거워하는 것이다.

그들은 또 사제를 몹시 미워한다. 어느 날, 위니베르시테 거리에서 이러한 꼬마들 중 하나가 69번지 집 정문을 향해 코끝에 한 손의 엄지손가락을 대고 다른 나머지를 펴 보이며 조롱을 하고 있었다.

마침 지나가던 남자가 물었다.

"왜 이 문에다 대고 그런 짓을 하느냐?"

그러자 그 소년은 대답했다.

"여기에는 사제가 살고 있거든요."

실제로 그곳에는 교황의 특파 사절이 살고 있었다. 하지만 그들은 볼테르주의(반교회주의)가 어떠하더라도 성가대 일원이 될 기회가 생기면 역할을 받아들이고 점잖게 미사에 참석하기도 한다.

또 부랑아들에게는 탄탈로스(신의 벌을 받아 지옥으로 떨어져 영원한 굶주림과 갈증에 시달리는 그리스 신화 속 인물_옮긴이)처럼 항상 갈망하면서도 언제나 그 소망을 이룰 수 없는 것이 두 가지 있다. 그것은 정부를 뒤엎는 일과 자기 바지를 꿰매는 일이다.

어엿한 부랑아라면 파리의 경관을 모두 잘 안다. 그래서 그중 하나 아무나 만나더라도 당장에 이름을 댈 수 있다. 그리고 그들 각자의 습성을 파악하여 특별한 기록장을 만들어 가지고 있다. 그들은 경관의 마음속을 훤히 들여다보고 있다. 그들은 거침없이 술술 말할 수 있으리라.

"저자는 '배반자'다. 저 인간은 '몹시 성질이 몹시 사나운 놈'이다. 저놈은 '기특한 놈'이다. 또 저놈은 '우스꽝스러운 놈'이다.—이들 배반자, 성질이 나쁜 놈, 기특한 놈, 재미있는 놈이라는 말은 부랑아들이 말하는 경우 특수한 뜻이 있다.

"저놈은 퐁 뇌프 다리를 자기 것으로 생각하는 모양이야. 사람들에게 난간 밖의 가장자리로 걷지 못하게 하거든. 그리고 저놈은 함부로 사람의 귀를 잡아당기는 버릇을 갖고 있단 말이야."

골의 옛 얼

이러한 소년의 기질은 파리 중앙 시장 상인의 아들인 포클랭(몰리에르의 본명_옮긴이)에게도 있었고, 보마르셰에게도 있었다. 부랑아 기질은 골(프랑스의 옛 이름_옮긴이) 정신의 한 특색이다. 그것은 마치 포도주에 알

코올이 섞이며 풍미를 보태는 것처럼 올바른 사고방식 속에 섞여서 힘을 준다. 하지만 때로는 결점이 되기도 한다. 호메로스를 쓸데없는 잡담가라고 한다면 볼테르는 부랑아라고 할 수 있다. 카미유 데물랭(대혁명 때의 투사_옮긴이)은 파리 문밖, 변두리 출신의 아이였다. 기적을 경멸했던 샹피오네(18세기의 프랑스 장군_옮긴이)는 파리의 길바닥에서 자란 사람이다. 그는 아주 어렸을 때부터 생 장 드 보베 성당이며 생 테티엔 뒤 몽 성당의 회랑을 함부로 들락거렸다. 그는 성 주느비에브(파리의 수호성녀_옮긴이)의 성골함에도 무례한 짓을 했는데, 언젠가는 야누아리우스(나폴리의 수호신_옮긴이)의 작은 술병에 모욕적인 명령을 내리기도 했다.

파리의 부랑아는 공손하지만 빈정거리기 일쑤고 건방지다. 그들은 또 잘 먹지 못해서 배 속이 쪼르륵대도 거침없는 입심을 발휘한다. 또 재치가 있어서 눈이 아름답다. 만약 여호와가 보고 있더라도 그들은 한 발로 뛰어 낙원의 계단을 오를 것이다. 그들은 발길질에서는 비교할 수 없이 강하다.

그들은 어떤 방향으로도 성장이 가능하다. 그들은 진창 속에서 놀고 있다가도 소동이 일어나면 재빨리 일어선다. 그들은 총탄 앞에서도 의연히 버틴다. 그들은 떠돌이 장난꾸러기였다가도 영웅이 된다. 테베의 소년처럼 그들은 사자의 털과 가죽을 어루만진다. 북치는 소년 바라(대혁명 시대 방데의 전투에서 14세의 나이에 공화군으로서 용감하게 싸우다 죽음_옮긴이)는 파리의 부랑아였다. 마치 성서의 군마(軍馬)가 '바!' 하고 외치듯 그들은 '진격!' 하고 외치며, 순식간에 코흘리개 꼬마에서 거인이 된다.

이 진흙탕 소년은 또한 이상 속 소년이기도 하다. 몰리에르에서 바라에 이르는 그 폭의 넓이를 재어 보자.

즉 모든 것을 한마디로 요약하면, 부랑아란 불행하기 때문에 오히려 모든 것을 웃어넘길 수 있는 인간들이다.

파리를 보라, 이 사람을 보라

다시 모든 것을 요약해 말하면, 오늘날 파리의 부랑아는 옛날 로마에 살던 그리스인들처럼 이마에 늙은 세계의 주름을 가진 어린 민중이다.

부랑아는 국민에게 내려진 하나의 자비스러움이요, 또한 동시에 하나의 질병이다. 고치지 않으면 안 될 질병인 것이다. 어떻게 고칠 것인가? 빛으로.

빛은 사람을 건전하게 한다.

빛은 사람을 밝게 한다.

모든 풍요로운 사회적 빛의 발산은 과학, 문학, 예술, 교육에서 발생한다. 인간을 만들어야 한다, 인간을. 그들에게 빛을 주라. 그러면 그들이 우리에게 활력을 가져다준다. 조만간 교육의 보편화라는 찬연한 문제가 절대적인 진리로 거역할 수 없는 힘을 가지고 제기되리라. 그리고 그때야말로 프랑스 정신을 지켜 가면서 정치하는 사람들은 다음과 같은 선택을 해야만 할 것이다. 프랑스의 소년이냐 혹은 파리의 부랑아냐. 혹은 빛 속의 불꽃이냐 어둠 속의 도깨비불이냐?

부랑아는 파리를 표현하고 파리는 세계를 표현한다. 파리는 하나의 전체이기 때문이다. 파리는 인류의 천장이다. 이 경이로운 도시는 이미 사라진 모든 풍습과 현존하는 모든 풍습의 축도이다. 파리를 보면 하늘과 별자리들을 가진 모든 역사의 내막을 보는 듯하다.

파리에는 하나의 카피톨리노(로마의 유피테르 신전_옮긴이) 대신 시청이 있고, 하나의 파르테논(아테네의 수호신을 모신 신전_옮긴이) 대신 노트르담 성당이 있고, 아벤티누스 언덕(로마의 테베레 강 근처의 작은 산으로 귀족에 대항해 평민들이 농성한 곳_옮긴이) 대신 포부르 생 앙투안이, 아시나리움 학원 대신 소르본 대학이, 낡은 신전 대신 새로운 팡테옹(프랑스의 위인을 모시는 사당_옮긴이)이, 비아 사크라(팔라티누스 언덕에서 카피톨리노

27

언덕에 이르는 고대 로마의 도로_옮긴이) 대신 불르바르 드 지탈리앙 대로 가, 안드로니코스의 '바람 신의 탑' 대신 세상 여론이 있다.

그리고 카피톨리노 언덕에는 죄인의 시체를 늘어놓던 '제모니아' 대신 파리에는 비웃음과 조롱이 있다. 스페인의 허풍쟁이를 뜻하는 '마호'를 파리에서는 '허영덩어리'라 하고 로마의 테베레 강 건너편 사람들을 일 컫는 '트랑스테베랭'을 '성 밖 사람'으로 표현하며, 인도의 짐꾼인 '허말' 을 '시장의 발'이라 칭하며, 나폴리의 거지 '라자로네'를 '도둑 집단'이라 고 비꼬고, 런던 토박이인 '콕크니'를 '멋쟁이'라고 부른다.

다른 곳에 있는 것은 모두 파리에 있다. 프랑스 18세기의 작가 뒤마르 세가 그린 생선 파는 여인은 그리스의 에우리피데가 그린 향초(香草) 파 는 여자와 짝이 되고, 원반던지기 선수인 베자누스는 줄타기의 명수 포 리오소 속에 되살아난다. 또 밀레스의 용사 테라폰티고누스는 척탄병 바 드봉쾨르와 팔을 끼고 다닐 것이며, 골동품 상인 다마시포스는 파리의 골동품 상인들과 정답게 어울릴 수 있을 것이다. 소크라테스가 설교한 아고라(고대 그리스의 광장_옮긴이)는 디드로에게 가르침을 받고, 디드로 가 갇힌 뱅센의 감옥은 소크라테스를 포박할 수 있을 것이다.

쿠르틸루스가 구운 고슴도치의 고기를 생각해 냈듯이 그리모 드 라 레 니에르는 구운 쇠고기 요리를 생각해 냈고, 플라우투스가 말한 그네는 에투알 개선문의 경기구(輕氣球) 밑에서 볼 수 있고, 아풀레이우스가 문 앞에서 만났다는 포에킬의 검을 먹는 요술쟁이는 퐁 뇌프 다리 위의 군 도를 삼키는 마술사와 다름이 없다. '라모의 조카'는 플라우투스의 식객 인 쿠르쿨리옹과 멋진 한 쌍을 이룬다. 마찬가지로 플라우투스가 쓴 술 꾼 에르가질은 에그르쾨유의 브랜디를 위해서라면 기꺼이 캉바세레스 의 식탁으로 갈 것이다.

로마의 네 멋쟁이인 알세지마르쿠스와 포에드로무스와 디아볼루스와 아르지리프 등이 라바튀의 역마차를 타고 쿠스티유를 지나 파리 시내로 내려온다 해도 전혀 이상하지 않을 것이다. 라틴의 작가 아울루스 겔리우스가 플라우투스 연극의 요리사 콩그리오 역에 감탄했듯 우리 샤를노디에는 폴리치넬라의 광대 짓에 정신을 잃고, 마르통이 암호랑이처럼 무서운 여자는 아니었듯이 파리 달리스카 역시 용은 아니었다. 다루기 힘든 익살꾼 광대 판톨라부스는 파리의 카페 앙글레에서 난봉꾼 노멘타누스를 조롱할 것이다.

천상의 목소리를 지닌 헤르모게네스(그리스 수사학자_옮긴이)는 샹젤리제의 테너 가수라고도 할 수 있고, 그의 주위에서는 호라티우스의 거지 트라지우스가 보베슈(제정 시대와 왕정복고 시대에 유명했던 익살 광대_옮긴이)식의 옷을 입고서는 주위를 돌며 푼돈을 구걸하고 있다. 튈르리 공원에는 옷의 단추를 붙잡고 못 가도록 귀찮게 구는 사나이가 있어 2천 년이 지난 오늘날에도 사람들로 하여금 플라우투스 극에 나오는 "누구냐, 누가 내 외투에 매달려 내 걸음을 멈추게 하는 것이냐?"라는 테스프리온의 말을 따라하게 만든다.

쉬렌의 포도주는 알바 지방의 포도주를 우습게도 모방한다. 적포도주가 가득한 데조지에의 잔은 발라트론의 거대한 잔과 균형을 이룬다. 페르 라셰즈 묘지는 비 오는 밤, 로마 언덕에 있는 에스퀼리노 묘지처럼 미광을 발산하고, 다섯 해 동안만 빌린 가난한 사람의 무덤구덩이는 그리스 노예의 빌린 관과 다름없다.

파리에 없는 것이 있는지 찾아보라. 트로포니오스(델포이 신전의 건축가. 그의 무덤은 신탁을 내리며 그의 신탁을 받는 자는 한평생 침울해진다고 함_옮긴이)의 물통 속에 있는 것은 모두 메르머(자기설이라는 최면술을 만든 독일 의사로 프랑스에 있었음_옮긴이)의 물통 속에도 있다. 고대의 신비로운 마술사 에르가필라스는 칼리오스트로 속에 되살아났다. 생 제르맹 백작(루이 16세 때의 육군 대신_옮긴이)은 바라문 승려 바사의 화신이고, 성 메다르의 묘지는 다마스크의 이슬람교 사원 우무미에 못지않은 여러 가지 좋은 기적들을 행한다.

파리는 이솝으로서 만화 인물 메이외(몹시 심한 꼽추였으나 국민병으로서, 7월 혁명 당시 부르주아의 전형으로 그려짐_옮긴이)를 가지고 있다. 또한 카니디아도 있으니 그녀가 곧 르노르망이다. 파리는 델포이 신전처럼 시야에 떠오르는 번개 같은 현실 앞에서 깜짝 놀란다. 도도나(이 도시는 떡갈나무 숲 옆 유피테르의 신전에서 신탁을 내렸음_옮긴이) 신전이 퓌티아의 세 발 의자를 돌리듯 파리는 탁자들을 돌린다.

로마가 고급 창녀를 옥좌에 앉히듯 파리는 바람난 여공을 옥좌에 앉힌다. 요컨대 루이 15세가 클라디우스 황제만 못 하다 할지라도 루이 15세의 애첩 뒤바리(공포 시대에 단두대의 이슬로 사라짐_옮긴이) 부인은 클라디우스 황제의 첫 번째 아내인 메살리나(음란하기로 유명하며 역시 피살됨_옮긴이)보다는 훌륭하다. 파리는 그리스적 노골성과 히브리적 궤양과 가스코뉴적 조롱을 배합하여 이미 존재했고 또 우리가 일상 접하던 고유의 인간 유형을 만들어 낸다. 다시 말하면 디오게네스와 욥과 팔리아치(고대 나폴리 극에 나오는 익살 광대. 줏대 없는 사람에 비유됨)를 혼합하고, 하나의 유령에다 〈콩스티튀시오넬〉이라는 잡지 쪼가리들을 입혀서, 코드뤼크 뒤클로를 만들어 내고 있다.

플루타르코스가 '폭군은 결코 늙지 않는다.'고 말했지만, 로마는 도미티안 황제 아래에서와 마찬가지로 집정관 실라 아래에서도 스스로를 참고 견디며 기꺼이 그 포도주 잔에 물을 탔다. 별로 소용이 없는 바루스 비비스쿠스의 다음 찬사에 따르면, 테베레 강은 하나의 레테 강이라고도 할 수 있을 것이다. '우리는 그라쿠스 형제들을 막아 주는 테베레 강이 있다. 테베레 강물을 마신다는 것은 곧 반역을 잊는 것이다.' 파리는 하루에 100만 리터의 물을 마시지만, 그것이 수시로 들리는 비상 신호나 경종을 막아 주지는 못한다.

그런 점만을 제외한다면 파리는 호인이라 할 것이다. 파리는 무엇이든 당당하게 받아들인다. 베누스에 관련된 일에서는 까다롭게 굴지 않는다. 그의 미인관은 호텐토트식이다. 파리가 웃으면 그것은 곧 용서를 뜻한다. 추한 것도 파리를 돋보이게 만들고, 볼썽사나운 것도 파리를 유쾌하게 하고, 악덕마저도 파리의 기분 전환이 된다. 우스운 짓을 하면 우스꽝스러운 놈으로 통한다. 위선이라는 더없이 부끄러운 일도 파리는 신경 쓰지 않는다. 파리는 너무나도 문학을 사랑하기 때문에 바질(보마르셰의 〈세비야의 이발사〉에 나오는 위선자의 전형_옮긴이) 앞에서도 코를 싸쥐지 않고, 프리아포스의 '딸꾹질'도 아랑곳하지 않은 호라티우스처럼 타르튀프(몰리에르의 동명 희극의 주인공으로 위선자의 전형_옮긴이)의 기도에도 눈살을 찌푸리지 않는다.

온 세계 그 어떤 얼굴도 파리의 프로필 속에는 존재한다. 댄스 교사 마비유가 시작한 무도회는 자니콜로 언덕에서 벌어진 폴림니아 여신의 춤이라고는 말할 수 없지만, 부인 옷을 파는 사람은 호사스럽게 차려입은 여자에게 계속 눈길이 가는 것은 마치 뚜쟁이인 스타필라가 처녀 플라네지움에게 눈독을 들이고 있는 모습과 흡사하다.

관문 격투장의 울타리는 로마의 콜로세움이라고는 할 수 없지만 그래도 사람들은 마치 카이사르가 거기서 보고 있기라도 한 것처럼 사나워진다. 옛날 시리아의 술집 여주인은 몽파르나스의 대중 요릿집 사게 아주머니보다 한결 애교가 있었겠지만, 베르길리우스가 로마의 술집에 뻔질나게 드나들었듯 다비드 당제와 발자크와 셀레도 역시 파리의 싸구려 음식점에 죽치고 앉아 있었다.

파리는 군림한다. 천재는 그곳에서 활활 불타오르고, 어릿광대들은 거기서 세상의 봄을 찬미한다. 유대인의 신 아도나이는 천둥과 번개를 동반하는 열두 개의 수레바퀴가 달린 마차를 타고 이곳을 지나간다. 실레노스(바쿠스 신의 양아버지로 그리스 신화의 익살 광대)는 암탕나귀를 타고 여기로 들어온다. 그 실레노스는 카베레의 주인 랑포노 영감이다.

파리는 우주다. 다시 말하면 치밀하게 구성된 우주다. 파리는 아테네요, 로마요, 시바리스(이탈리아의 옛 도시_옮긴이)요, 예루살렘이요, 또 팡탱(파리 교외의 작은 도시_옮긴이)이다. 모든 문명이 이곳에 집합되고, 모든 야만스러움 역시 그곳에 존재한다. 파리는 단두대 하나만 없더라도 몹시 유감스러워질 것이다.

그레브 형장에도 다소 좋은 점은 있다. 이런 양념이 없었더라면 파리의 영원한 축제가 어찌 되었겠는가? 우리의 법률은 현명하게도 그것에 대처했고, 그 덕분에 단두대의 칼날은 사육제의 마지막 날에 피를 뿌리는 것이다.

조소하며 군림하다

파리에는 한계라는 것이 전혀 없다. 다른 어떤 도시도 자기가 굴복시킨 사람들을 이따금씩 조롱하는 그러한 위력은 갖고 있지 않았다. "기뻐하라, 오오, 아테네 사람들이여!" 알렉산더는 늘 외치고 있었다. 파리는 법률 이상의 것, 즉 유행을 만든다. 파리는 유행 이상의 것, 즉 관례를 만든다.

파리는 마음이 내킬 경우 바보도 될 수 있다. 때로는 필요 이상의 짓도 하는 것이다. 그러면 온 세상은 파리와 더불어 바보가 된다. 그런 뒤 잠을 깨고 일어나 눈을 비비며 말한다. "참 바보로구나, 나는!" 그러고는 인류의 얼굴 정면에 느닷없이 웃음을 터뜨린다. 이런 도시가 존재한다는 것이 얼마나 놀라운가! 이상한 것은 이 위대함과 해학성이 조화롭게 섞여서 그 위엄은 어떤 모방에도 흐트러지지 않고, 같은 입으로 오늘은 마지막 심판의 나팔을 부는가 하면 내일은 갈대 피리를 불 수 있다!

파리에는 비상한 쾌활함이 있다. 그 쾌활함은 우레를 머금고 있고, 그 익살은 왕의 홀(笏)을 가지고 있다. 파리의 폭풍이 때로는 하나의 찡그림으로부터 나온다. 그 폭풍, 그 기념할 만한 날, 그 걸작들, 그 경이롭고 장한 일들, 그 공훈, 그리고 그 엉뚱한 잘못조차도 세계의 끝까지 다다른다. 파리의 웃음은 온 세계의 땅덩이를 흩날려 버리는 화산의 분화구다. 그 조롱은 불꽃이다. 파리는 무수한 여러 나라 민족에게 이상과 동시에 기지와 냉소, 웃음거리를 억지로 둘러씌운다. 인류 문명의 최고 기념물도 파리의 야유를 받아들이고, 그의 장난을 영원한 것으로 만든다.

파리는 당당한 위용을 지니고 있다. 그래서 지구 전체를 해방할 수 있는 훌륭한 7월 14일을 가지고 있다. 또 모든 국가들로 하여금 테니스코트 선서(헌법 제정일의 맹세_옮긴이)를 하게 한다. 파리의 8월 4일 밤(1789년 이날 밤 귀족의 특권 폐지가 결의됨_옮긴이)은 불과 세 시간 만에 천 년의 봉건 제도를 허물어뜨렸다. 이런 논리에서 만장일치제는 파리의 근본이 된다. 파리는 숭고함의 모든 형태로 스스로를 번식시켜 간다. 그리하여 그 빛으로 각국에 독립투사를 가득 채워 준다. 워싱턴을, 코시우스코(러시아에 대해 반란을 일으킨 폴란드 장군_옮긴이)를, 볼리바르(스페인의 지배를 물리치고 콜롬비아 공화국을 세운 라틴아메리카 장군_옮긴이)를, 보차리스(그리스 독립 전쟁의 영웅_옮긴이)를, 리에고(스페인 장군이며 애국자_옮긴이)를, 벰을, 마닌(오스트리아 지배에 대해 강력히 저항한 이탈리아 애국자_옮긴이)을, 로페스를, 존 브라운(미국의 노예 폐지론자_옮긴이)을, 그리고 가리발디(이탈리아 통일을 위해 오스트리아 및 나폴리 왕국과 투쟁함_옮긴이)를.

파리는 미래의 불이 점화되는 곳이라면 세계 어디서든 존재한다. 1779년에는 보스턴(1773년에 일어난 미국 독립전쟁에 관한 사건_옮긴이)에, 1820년에는 레옹 섬(1839년의 니카라과 공화국 독립에 앞서는 사건_옮긴이)에, 1848년에는 페스트(헝가리 독립_옮긴이)에, 1860년에는 팔레르모(이탈리아의 통일_옮긴이)에 존재했다. 파리는 하퍼스 페리의 나룻배에 모여든 미국의 노예 폐지론자들의 귀에, 또한 고치 여관 앞 아르키의 바닷가 어둠 속에 모인 안코나 항의 이탈리아 애국자들 귀에 '자유'라는 강한 군호를 소곤거린다. 파리는 각국에 카나리스를, 쿠이로가(스페인 장군_옮긴이)를, 피자가네를 만들어 낸다.

파리는 지상의 위인들을 세계 구석구석에 보낸다. 바이런이 메솔롱기온에서 죽고, 마체트(페스트를 연구한 프랑스의 의사_옮긴이)가 바르셀로나에서 죽은 것은 파리의 입김 때문이다. 파리는 미라보의 발아래서는 연단이 되지만, 로베스피에르의 발아래서는 분화구가 된다. 파리의 책과 연극과 예술과 과학과 문학과 철학은 인류의 공통 개요서이다. 파리는 파스칼, 레니에, 코르네유, 데카르트, 장 자크 루소를 가지고 있고, 매 순간을 통해서 볼테르를, 각 세기를 통해서 몰리에르를 가지고 있다.

파리는 자기의 말을 온 세상 사람들의 입으로 떠들게 하고, 그 언어는 성서의 '말씀'이 된다(태초에 말씀이 계시니라. 이 말씀이 하느님과 함께 계셨으니 이 말씀은 곧 하느님이시라. 〈요한복음〉 1장 1절_옮긴이). 파리는 모든 사람의 영혼 속에 진보의 관념을 조성해 준다. 파리가 만들어 내는 해방 교리는 각 세대를 위한 머리맡의 호신용 검이 된다. 1789년 이래 모든 민족의 수많은 영웅들은 그곳 사상가와 시인들의 영혼으로 만들어졌다. 하지만 그러면서도 파리라고 불리는 이 거대한 천재는 여전히 부랑아 기질을 발휘하여 자기의 빛으로 세계의 모습을 변모시켰다. 테세우스의 신전 벽에 부지니에의 코를 그리기도 하고, 피라미드 옆에도 '도둑놈 크레드빌'이라고 낙서하기도 한다. 파리는 항상 치아를 드러내 놓고 있다. 다시 말하면, 고함을 지르지 않을 때는 웃고 있는 것이다.

이곳이 파리다. 파리의 지붕 위로 피어오르는 연기는 곧 세계의 사상이다. 파리를 진흙과 돌 더미라고 하고 싶다면 그렇게 불러도 좋다. 하지만 파리는 그 무엇이라고 하기에 앞서 정신적인 존재라고 해야 할 것이다. 파리는 위대한 것 이상이다. 왜 그럴까? 그것은 파리가 용감하게 행동하기 때문이다.

단호하게 행동하는 것. 진보는 오직 이것에 의해 얻어진다.

모든 숭고한 정복은 많든 적든 모두 대담성이 얻은 대가이다. 혁명이 실현되기 위해서는 몽테스키외가 혁명을 예감하고, 디드로가 그것을 설명하고, 보마르셰가 선전하고, 콩도르세가 계획하고, 아루에(볼테르의 성_옮긴이)가 준비하고 루소가 깊이 검토하는 것만으로는 많이 부족하다. 당통이 그것을 단행해야 한다.

"과감하게!"라는 이 외침은 이른바 성서의 '빛이 있으라(하느님이 빛이 있으라 하심에 빛이 있었고. 〈창세기〉 1장 3절_옮긴이)'이다. 인류가 앞으로 나아가기 위해서는 용기라는 숭고한 교훈이 산꼭대기 위에 항상 걸려 있어야만 한다. 대담무쌍하고 무모한 행동이 역사를 빛나게 만든다. 그것은 인간의 가장 위대한 빛 중 하나이다. 여명의 빛은 돋아 오를 때 단호하다. 용감하게 시도하고, 무릅쓰고, 고집하고, 노력하고, 자기에게 충실하고, 운명과 격투를 벌이고, 비극적 종말을 두려워하지 않음으로써 오히려 파국을 막고, 때로는 부당한 힘에 저항하고, 때로는 도취된 승리를 경멸하고, 절대로 양보하지 않으며, 저항을 계속할 것 등. 이것이야말로 모든 민족이 갈망하는 것이며, 그들을 분발케 하는 빛이다. 그것들과 같은 무시무시한 빛이 프로메테우스의 횃불에서 캉브론 장군의 도자기 파이프에까지 전달되어 가는 것이다.

민중 속에 잠재하는 미래

파리의 민중이란, 어른이 되어서도 여전히 부랑아다. 이 부랑아를 그리는 것은 곧 이 도시 자체를 그리는 일이다. 자유분방한 참새를 통해서

이 독수리를 연구해 온 것은 그 때문이다. 강조하지만, 파리의 족속들을 볼 수 있는 것은 특히 그 문밖 변두리 지역에서다. 그곳에는 순수한 혈통과 진정한 얼굴이 있다. 거기서 이 민중들은 고통스럽게 노동한다. 노동과 고통은 인간이 갖는 두 가지 모습이다. 거기에는 셀 수 없을 만큼 숱한 이름도 없는 사람들이 있는데, 그 가운데에는 라페의 짐 푸는 하역 인부부터 몽포콩(파리 문밖 한 구역_옮긴이)의 도살업자까지, 매우 색다른 직업의 사람들이 많이 모여 있다. 시세로는 도시의 '쓰레기통'이라고 외치고, 분개한 버크(18세기 영국 정치사상가_옮긴이)는 '하층민'이라고 덧붙인다. 사실 그들은 천민들이며, 군중들이고, 평민들이다. 이러 말들을 쉽게 말한다. 그래, 그렇다 치자. 아무러면 어떻겠는가? 그들이 맨발로 걸어 다닌다 한들 그것이 무슨 상관이란 말인가?

그들은 안타깝게도 글을 읽지 못한다. 하지만 그러한 이유 때문에 그냥 못 본 체해도 좋단 말인가? 그들이 가난하다고 해서 그것을 욕지거리와 흥으로 그들을 버릴 수 있겠는가? 빛도 이 집단을 꿰뚫을 수는 없는 것인가? 다시 한 번 외쳐 보자. 저 '빛을!' 고집스럽게 반복해 불러 보자. 빛을! 빛을! 그 어둠이 과연 투명해질지 누가 알겠는가? 혁명이란 하나의 변모가 아니겠는가? 자, 철학자들이여. 가르쳐라, 비춰라, 불태워라, 고결한 생각을 숨김없이 털어놓아라, 큰 소리로 힘차게 말하라, 밝은 햇빛 아래를 기쁜 마음으로 달려라, 민중의 광장과 형제애를 나누고, 좋은 소식을 알려라, 교육을 아낌없이 시켜라, 권리를 선언하라, '마르세예즈'를 노래하라, 열정과 정성을 다하라, 떡갈나무의 푸른 나뭇가지를 꺾어라. 그리고 이념을 소용돌이로 변형시켜라.

이 군중은 훌륭히 승화할 수 있으리라. 어느 순간에는 번뜩이고, 파열하고, 세차게 움직이는 저 광대한 주의(主義)와 도의의 불바다를 이용할 줄 알지 않은가. 그 맨발들, 그 맨살이 드러난 팔, 누더기들, 그 무지, 비천함, 그 암흑, 이러한 것들은 이상을 얻기 위해 사용될 것이다. 민중을 통해서 바라보면 여러분은 진리를 깨닫게 되리라. 여러분이 밟고 다니는 그 하찮은 모래를 용광로 속에 던져 넣어, 그곳에서 녹아 끓게 해 보시라. 그 하찮은 모래도 머지않아 찬란한 결정체가 될 것이다. 갈릴레오나 뉴턴이 천체를 발견한 것도 실로 이 모래알의 덕택이다.

소년 가브로슈

이 소설의 2부에서 이야기한 사건으로부터 약 팔구 년 후, 탕플 거리와 샤토 도(기념 분수로 지금의 '공화 광장'에 있음_옮긴이) 근처에 열한 살에서 열두 살쯤 되어 보이는 한 소년이 사람들의 눈에 띄었다. 이 소년은 나이에 어울리는 웃음을 입술에 띠고 있었지만, 동시에 더할 나위 없이 어둡고 공허한 마음을 가지고 있었다. 그런 삐뚤어진 마음만 없다면 이 소년은 지금까지 이야기해 온 부랑아의 이상적인 모습을 꽤 정확하게 갖추고 있다 할 것이다. 그 아이는 어른의 기다란 바지와 여자 윗도리를 괴상한 모습으로 입고 있었는데, 바지는 아버지의 것이 아니었고 윗도리는 어머니에게서 받은 것이 아니었다. 누군가 불쌍하게 여기고 그런 누더기를 입혀 주었을 것이다. 그에게는 부모님이 있었다. 하지만 아버지는 그를 생각조차 하고 있지 않았고, 어머니 역시 조금도 사랑해 주지 않았다. 아버지와 어머니가 있었지만 고아인, 그 어느 아이들보다도 불쌍한 아이들 중 하나로 자랐다.

이 소년은 거리에서 지낼 때가 가장 즐겁고 마음이 편안했다. 포석도 그에게는 어머니의 마음만큼 냉정하지는 않았다.

그의 부모는 그를 세상으로 던져 버렸다. 그는 별반 거리낌 없이 집을 뛰쳐나오고 말았다. 그는 시끄럽고, 안색이 창백하고, 행동이 재빠르고,

빈틈이 없고, 장난꾸러기였으며, 강한 것 같지만 병색이 도는 소년이었다. 그는 거리를 이러저리 방황하고, 노래를 부르고, 길바닥에서 구슬치기를 하고, 개천을 뒤지고, 좀도둑질도 했지만 고양이나 참새처럼 명랑한 소년이었다. 개구쟁이라고 불리면 웃고, 불량하다고 하면 성질을 냈다. 집도 없고, 먹을 빵도 없고, 몸을 덥혀 줄 불도 없고, 사랑도 없었지만 자유로웠기 때문에 언제나 즐거웠다.

이 불쌍한 소년들이 커서 어른으로 성장하면, 대개는 사회질서라는 맷돌이 언제나 그들을 짓눌러 버린다. 하지만 그들이 어린 동안에는 조그맣기 때문에 그것에서 빠져나올 수 있다. 아무리 구멍이 작아도 어떻게든 빠져나갈 수가 있기 때문이다. 이 소년은 그처럼 내버려져 있었지만, 그래도 석 달에 한 번쯤은 "참, 엄마를 한번 보고 와야겠다!"고 말하기도 한다. 그러고 그는 가로수 길도, 곡마단도, 생 마르탱 개선문도 다 내버리고는 강가로 나가 다리를 건너고, 성 밖으로 나가서, 살페트리에르 구호원이 있는 곳까지 갔다. 그다음에는 어디로 가는가? 독자들도 알고 있는 이중의 번지가 붙은 50-52번의 집, 즉 고르보의 저택으로 간다.

그 무렵, 평소 텅 비어 '셋방 있음'이라는 딱지가 언제나 붙어 있는 그 50-52번지의 허물어져 가는 이 집에는 신기하게도 많은 사람이 살고 있었다. 물론 파리에서는 흔한 일이지만, 이 사람들은 서로 아무런 친분이 없는 관계다. 그들은 모두 빈민 계급에 속하는 사람들이었다. 이 빈민 계급은 우선 돈에 쪼들리는 최하층 시민이 점점 더 가난과 고생의 정도를 더하면서 사회 밑바닥으로 떨어져 마지막에는 물질문명이 도달하는 끝인 두 가지 존재가 된다. 다시 말하면 시궁창을 뒤지는 하수도 청소부와 누더기를 모으는 넝마주이가 되는 그런 부류의 사람들이었다.

장 발장이 살던 때의 '셋집 주인' 노파는 이미 세상을 떠났고 그와 몹시 닮은 노파가 그 뒤를 잇고 있었다. 어느 철학자가 이런 말을 했다.

"노파란 결코 씨가 마르는 법이 없다."

새로운 노파는 뷔르공이라는 할멈으로 평생에 했던 중요한 일이라고
는 삼대에 걸친 앵무새를 키운 것 외에는 아무것도 없었다. 그 세 마리의
앵무새는 차례차례로 그녀의 마음을 사로잡았다.

지금 이 집에 살고 있는 사람들 가운데서도 가장 가난한 사람들은 아
버지와 엄마 그리고 이미 여인으로 성장한 두 딸로 이루어진 네 명의 가
족으로, 그들은 우리가 이미 이야기한 적 있는 벌집 구멍 같은 다락방에
서 함께 살고 있었다. 이 가족들은 언뜻 보기에 극도로 가난하다는 것 외
에는 그다지 특이한 점이 없었다. 아버지는 방을 빌릴 때 자신의 이름을
종드레트라고 했다. 그가 이사를 온 지 얼마 뒤―셋집 주인 할멈의 잊지
못할 표현을 빌린다면 그야말로 아무것도 없는, 알몸뚱이뿐인 이사에 지
나지 않았다.―종드레트는 전에 있던 노파와 마찬가지로 문지기이며 계
단 청소도 겸하고 있는 그 셋집 주인 노파에게 이런 말을 했다.

"할머니, 혹 어떤 사람이 찾아와 폴란드인이나 이탈리아인 혹인 스페
인 사람이 있느냐고 물으면 그건 바로 저를 보러 온 것입니다."

이 일가족이 바로 그 명랑한 맨발 소년의 가족이었다. 그가 이곳에 찾
아와도 보이는 것이라곤 가난과 비참함뿐이었다. 그중에서도 가장 마음
아픈 것은 아무도 웃지 않는 가족의 얼굴이었다. 난로도 싸늘하게 식었
고, 가족의 마음도 싸늘했다.

소년이 들어가면 가족들은 이렇게 묻는다.

"어디서 오는 길이냐?"

소년은 대답한다.

"거리에서."

나가려 하면 또 이렇게 묻는다.

"어디 가니?"

소년은 대답한다.

"거리로."

어머니는 언제나 이렇게 물었다.

"여기에 뭣하러 왔니?"

이 아이는 마치 지하 굴에 옮겨 놓은 창백한 풀처럼 애정 결핍 속에서 살고 있었다. 하지만 소년은 그러한 삶을 그다지 고통스러워하지 않았고, 그것 때문에 가족 누구도 원망하지 않았다. 그러나 어머니는 누이들은 귀여워했다.

아직 말하는 것을 잊고 있었는데, 탕플 거리에서는 이 소년을 꼬마 가브로슈라고 불렀다. 어째서 가브로슈라고 불렀는가 하면, 아마도 그의 아버지 이름이 종드레트였기 때문일 것이다.

혈연의 끈을 끊는 것이 비참한 집안의 본능인 듯하다. 종드레트 가족이 살고 있는 고르보 집의 방은 복도 맨 끝 방이었다. 그 옆 작은 방에는 마리우스라고 불리는 가난한 한 젊은이가 살고 있었다.

그 마리우스라는 청년이 어떤 사람인지는 다음에 이야기하기로 하자.

2. 대부르주아

아흔 살에 서른두 개의 치아

부슈라 거리나 노르망디 거리, 생통주 거리에는 질노르망이라고 하는 노인을 기억하고 기꺼이 이야기해 주는 주민이 아직도 몇 사람은 살고 있었다. 그들이 젊었을 때도 그 노인은 이미 늙어 있었다. 그 노인의 모습이, 모두가 과거라고 부르는 그림자의 희미한 실루엣을 우수에 찬 눈으로 바라보는 이들에게는, 성당 기사단 본부 인근의 미궁과 같은 수많은 길로부터 아직 완전히 자취를 감추지 않았다.

루이 14세 시대에는 그 일대 거리에 프랑스 각 지방의 이름을 붙였다. 그것은 마치 오늘날 티볼리 새 지구에 유럽 각 수도의 이름을 붙인 것과 같은 방법이었다. 덧붙여 한마디 한다면, 이것은 하나의 전진이며 거기에는 뚜렷한 진보가 엿보였다.

질노르망 씨는 1831년에 이미 이 세상에 좀처럼 찾아보기 힘든 고령자였는데, 오래 살았다는 사실만으로도 눈에 띄는 사람이었다. 평범한 사람이었으나 이제는 고령자 중 유일무이한 사람이라는 이유에서 특별한 사람이 되어 있었다. 그는 다소 특이한 노인이었고 시대와 동떨어진, 18세기의 완벽하고 다소 오만한 부르주아 같았으나 후작들에게 후작다운 그 무엇이 느껴지는 듯한, 옛 시민의 풍모가 아직 남아 있었다. 그는 아흔 살이 넘었으나 꼿꼿하게 서서 걸었으며, 큰 소리로 이야기하고, 눈도 밝고, 술도 세고, 잘 먹고, 잘 자고, 게다가 코까지 골았다. 그는 치아도 서른두 개를 고스란히 지니고 있었다. 안경도 책을 읽을 때만 썼다.

질노르망 씨는 여자도 좋아했다. 하지만 10년 전부터 여자와의 관계는 일체 끊었다고 스스로 말했다. 이제는 여자들이 자기를 좋아하지 않는다고 말했으나, 거기에 덧붙여 말하기를 "너무 나이를 먹었으니까." 하는 말 대신 "나는 너무 가난해." 하는 것이 그 이유였다. 또 이런 말도 했다. "만약 내가 재산을 털어 먹지만 않았다면! 허허!"

실제로 그는 1만 5천 프랑 정도의 연 수입밖에는 남지 않았다. 그의 꿈은 유산을 상속받아 연금 10만 프랑쯤을 확보한 뒤, 여인들을 거느리는 것이었다. 그런 것을 보아서도 알 수 있듯이 그는 볼테르처럼 한평생 금방 죽을 듯이 골골거리는 허약한 80세의 노인들과는 확실히 구분되었다. 살짝 금이 갔기 때문에 오히려 오래가는 항아리와는 달리 이 늙은 용사는 언제나 힘이 넘쳤다.

그는 경박했으며 마치 폭풍우처럼 성급하게 화를 잘 냈다. 대개 화를 내도 무엇이든 제대로 알고 내는 것이 아니었다. 혹 누군가 그의 말에 반박이라도 하면 지팡이부터 쳐들었다. 마치 '위대한 세기(루이 18세기 시대를 이름_옮긴이)' 때처럼 사람들을 때리기까지 했다. 그에게는 쉰이 넘도록 아직 미혼인 딸이 하나 있었는데 화가 났을 때는 그 딸에게도 사정없이 매질을 했다. 그의 눈에는 그 늙은 딸도 여덟 살짜리 어린애쯤으로밖에 보이지 않았던 것이다. 그는 하녀들의 따귀를 힘껏 후려갈기고 "이런 화냥년들!" 하고 말하는 것이었다. 그가 상스럽게 입버릇처럼 하던 말 중 하나는 이러했다.

"집구석에 처박혀 게으름이나 피우는 놈의 실내화를 두고 맹세하거니와……."

그에게는 특이한 태연암이 있었다. 날마다 한 이발사에게 수염을 깎게 했는데, 한때 미친 적이 있었던 그 이발사는 그를 싫어하고 있었다. 왜냐하면 교태 덩어리인 자신의 아내 때문에 질노르망 씨를 질투했던 것이다. 질노르망 씨는 만사에 있어 자신의 감식력에 스스로 감탄하고 있었으며, 자기는 매우 육감이 발달된 예민한 인간이라며 떠들고 다녔다.

다음에 그의 입버릇인 말을 하나 들어 본다.

"사실 내겐 정말 굉장한 통찰력이 있어. 만약 어떤 벼룩한테 물리면 그게 어느 여자한테서 옮은 놈인지 기가 막히게 알아맞힐 수 있단 말이지."

그가 가장 잘 쓰는 말은 '민감한 사람'과 '자연'이라는 말이었다. 그는 '자연'이라는 말에 우리 시대가 부여하던 위대한 의미를 포함시키지는 않았다. 다만 난롯가 구석에서 늘어놓던 풍자적 잡담 속에 그 말을 자신만의 방식으로 끼워 넣곤 했다.

"자연은."

그는 말했다.

"문명이 조금씩이나마 모든 것을 갖추도록 하기 위해 우스꽝스러운 야만의 표본까지도 부여하고 있지. 유럽은 아시아와 아프리카의 소형 표본을 갖고 있는데 이를테면, 고양이는 응접실의 호랑이, 도마뱀은 호주머니 속의 악어, 오페라 극장의 무희들은 장밋빛 토인 여자인 거야. 그 여자들은 남자를 잡아먹지는 않지만 봉으로 삼으려 하거든. 이빨로 조금씩 깨물어 갉아 내는 거지. 아니 차라리 마술쟁이라고 할까! 남자를 생굴로 만들어 사정없이 쪽 빨아먹거든. 카리브 토인들은 사람을 잡아먹고 뼈만 남기지만, 그 여자들은 굴을 먹고 껍데기밖에 남기지 않는단 말이야. 이러한 것들이 우리 풍속인 거야. 우리는 맹수처럼 집어삼키지는 않지만 갉아먹고, 죽이지는 않지만 할퀴지."

그 주인에 그 집

그는 마레 지구의 피유 뒤 칼베르 거리 6번지에 살고 있었다. 그 집은 자기 소유의 집이었다. 이 집은 헐려 다시 세워지고, 번지도 아마 파리의 여러 거리들의 번지가 바뀔 때 바뀌었을 것이다.

그는 길과 정원 사이에 있는 그 집 2층의 낡고 넓은 방을 쓰고 있었다. 아파트 내부는 양치는 목동들이 그려져 있는 고블랭과 보베 제품인 커다란 벽포(壁布)가 천장에까지 둘러쳐져 있었다. 천장과 벽판에 장식한 무늬들도 같은 형태로 축소되어 안락의자 위에 그려져 있었다. 침대 주위에는 코로망델산 래커를 칠한 아홉 폭짜리 병풍이 둘러쳐져 있었다. 창에는 기다란 커튼이 드리워져 있고 보기에도 화려하게 물결치는 커다란 주름이 여기저기 잡혀 있었다.

정원은 그 창 바로 밑에 있었다. 이 노인이 기분 좋게 오르내리는 12, 13층의 층층대 모서리에 있는 창에서는 특히 정원이 잘 내려다보였다. 그의 방과 잇닿은 서재 외에도 그가 매우 소중하게 아끼고 있는 내실이 하나 있었다. 그 방은 작고 아름다운 방으로 백합꽃이며 그 밖의 온갖 꽃무늬가 그려진, 연한 갈색의 호화로운 벽지가 발려 있었다. 이 벽지는 루이 14세의 감옥에서 비본 씨가 왕의 애인을 위해 죄수들에게 명하여 만들게 한 것이었다. 질노르망 씨는 그것을 백 살까지 장수한 표독스러운 외증조모한테서 유산으로 물려받았다.

그는 결혼을 두 번 했다. 그의 모습은 조정의 신하와 법관의 중간이라고 할 수 있다. 평생 신하 노릇은 해 본 적이 없지만 생각만 있었다면 법관쯤은 문제도 아니었을 것이다. 그는 쾌활했으며 마음이 내킬 때면 여자들에게 부드럽게 대하기도 했다. 젊은 시절의 그는 아내에게는 늘 속지만 정부에게는 결코 배신을 당하지 않는 남자들 부류에 속했다. 이러한 남자들은 말없는 무뚝뚝한 남편임과 동시에 비할 데 없이 매력적인

정인이기 때문이다.

그는 그림도 볼 줄 알았다. 그의 침실에는 누구의 얼굴인지는 모르지만 요르단스가 그린 훌륭한 초상화가 있었다. 붓을 마음 내키는 대로 아무렇게나 휘둘러 그렸으나 세부적인 것까지 세밀하게 그려져 있었다.

질노르망 씨의 옷차림은 루이 15세식도 아니고 루이 16세식의 정장도 아니었다. 그는 집정관 시대까지도 자신이 젊다고 생각하여 그 당시 유행을 따랐다. 그의 윗도리는 가볍고 얇은 모직물로 넓은 깃과, 기다란 연미와, 큼직큼직한 쇠단추가 달려 있었다. 게다가 짧은 반바지에 쥠쇠가 달린 구두를 신고서는 언제나 양손을 바지 주머니에 찔러 넣고 있었다. 그는 늘 당당하게 이렇게 말하는 것이었다.

"프랑스 혁명은 불한당들 덩어리야."

뤼크 에스프리

그의 나이가 열여섯 살이던 어느 날 밤, 그는 오페라 극장에서 두 미녀로부터 동시에 추파를 받는 영광을 누렸다. 그 두 사람이란, 그즈음 무르익은 연기로 볼테르의 찬미를 받고 있던 유명한 배우 카마르고 양과 살레 양이었다.

그 두 개의 화염에 둘러싸인 그는 나앙리라는 귀여운 소녀 무희에게로 그야말로 영웅적인 퇴각을 감행했다. 그와 마찬가지로 열여섯 살인 이 무희는 새끼 고양이처럼 아직 이름은 알려지지 않았으나 그는 이 아가씨에게 반해 버렸다. 그의 가슴은 그 추억으로 가득 차 있었다. 그는 자주 열정적인 목소리로 말했다.

"정말 기가 막히게 귀여웠지, 저 롱샹에서 마지막으로 보았을 때 기마르 기마르디니 기마르디네트는 말이야. 우아하게 만 머리에 보기 드문 터키 옥 구슬 장신구를 달고, 갓난아기 볼과 같은 발그스름한 드레스를 입고, 폭신폭신한 머프를 손에 끼고 있었지!"

젊은 시절 그는 냉 롱드랭(런던제 옷감을 흉내 내어 프랑스 사람들이 근동 지방으로 수출하기 위해 만든 울지)의 조끼를 입은 적이 있었는데, 그는 곧 잘 그 이야기를 했다.

"나는 해가 뜨는 저 동지중해 연안의 터키인 같은 옷을 입고 다녔지."

그가 스무 살이 되었을 때, 그를 우연히 본 볼플레르 부인은 그를 매력적이면서도 잘생긴 남자라고 말한 적이 있었다.

그는 정계나 권력층에 등장한 사람들 모두 비천한 속물들이라고 말하며 이맛살을 찌푸리고 있었다. 그는 또한 여러 신문들을 읽었는데, 그것들을 가리켜 '새로운 소식 쪽지들' 혹은 '자질구레한 소문들'이라고 말하며 숨넘어가도록 웃곤 했다.

"제기랄!"

그는 곧잘 말했다.

"어처구니없는 놈들이로군! 코르비에르! 위만! 카지미르 페리에! 이런 것들이 장관이라니. 내 이름이 어느 신문에 장관 질노르망 씨라고 실린다고 상상을 좀 해 봐. 그야말로 어처구니없는 익살극이지. 그런데 이 작자들도 우습기는 별반 다르지 않지!"

그는 모든 것을 아무 거리낌 없이 깨끗한 말로, 다시 말해 상스러운 말로 지칭했으며 여인들 앞에서도 개의치 않았다. 그는 외설스럽고 추한 말들을 태연스럽게, 그리고 우아하리만큼 아무 내색하지 않고 말했다. 그가 살던 세기 특유의 무람없음이었다.

시에서는 완곡함이 중요시되고 있던 그 시대에도 산문에서는 노골적인 표현법이 통용되고 있었다는 사실이 괄목한 만한 점이다. 그의 대부는 그가 뒷날 천재가 될 것이라고 예언했다. 그리고 다음과 같은 의미심장한 세례명을 그에게 지어 주었다. '뤼크 에스프리(사도 누가 성령이라는 의미_옮긴이)'였다.

100살까지 살고 싶은 남자

질노르망 씨는 어린 시절, 자신의 고향 물랭의 공립 중학교에서 여러 번 상을 탔는데, 그가 느베르 공작이라 불렀던 니베르네 공에게서 직접 받았다. 국민의회도, 루이 16세의 처형도, 나폴레옹도, 부르봉 왕가의 복귀도, 그 무엇도 이 상에 대한 추억을 지워 버릴 수는 없었다. 느베르 공작은 그에게는 세기의 가장 위대한 인물이었다.

"얼마나 훌륭한 대귀족이셨던가!"

그는 곧잘 말했다.

"그 푸른 대수장(성령기사회 훈장을 다는 폭넓은 리본_옮긴이)을 찬 모습은 정말 멋있었지."

질노르망 씨의 눈으로 볼 때, 러시아의 여제 예카테리나 2세는 3천 루블을 주고 베스튜셰프로부터 황금 영약의 비법을 사들임으로써 폴란드 분할의 죄를 면하게 되었던 것이다. 이야기가 거기에 미치면 그의 목소리는 곧장 흥분으로 치달았다.

"황금 영약!"

질노르망 씨는 외쳤다.

"베스튜셰프의 노란 액체, 라모트 장군이 한 방울씩 사용하던 그 영약이 18세기에는 반온스짜리 한 병에 1루이씩이나 했다. 사랑의 대재앙을 수습하는 만능 약이었고, 베누스에 기인한 모든 병에 특효약이었지. 루이 15세는 그것을 200병이나 교황에게 선사하셨어."

만약 그에게 그 황금 영약이란 염화제이철에 지나지 않는 것이라고 말하는 사람이 있었다면 그는 틀림없이 격분하여 노발대발했을 것이다.

질노르망 씨는 부르봉 왕가를 찬미하며 1789년을 증오 속에서 보냈다. 그는 어떻게든 공포시대에서 살아남았고, 교수형에 처하지 않기 위해 얼마나 많은 재치와 기지를 발휘해야 했었던가를 쉼 없이 이야기했다. 만약 누구든 젊은 사람이 그의 앞에서 공화제를 찬미하기라도 하는 날이면, 그의 안색은 곧장 새파래져서 기절이라도 할 듯 화를 냈다.

가끔씩 그는 자신의 나이가 90이라는 것에 연결시켜서 "93이라는 해 (루이 16세가 처형된 1793년_옮긴이)는 정말 다시는 보고 싶지 않아." 하는 때도 있었다. 그러나 또 어떤 때에는 자기도 100살까지 살겠다는 생각을 사람들에게 드러내 보이기도 했다.

바스크와 니콜레트

질노르망 씨는 몇 가지 이론을 가지고 있었는데, 다음에 드는 것도 그중 하나이다.

'만약 한 남자가 다른 여자들을 정열적으로 사랑하고 있다. 그런데 자기 자신에게는 얼굴이 못생기고, 고집이 세고, 성질이 까다롭고, 합법적이고, 많은 권리를 갖고 있고, 법률을 방패 삼고, 때로는 질투도 하는, 그다지 마음에 들지 않는 아내가 있는 경우, 그러한 처지에서 벗어나 평화를 누릴 수 있는 방법은 오직 한 가지밖에 없다. 그것은 아내에게 돈 주머니를 맡기는 일이다. 그러한 권리의 포기는 자유의 몸이 되게 한다. 그렇게 하면 아내는 그쪽에 정신이 팔려서, 돈 만지는 데 열중한 나머지 손가락을 시퍼렇게 물들이고, 반타작 소작인이나 청부 소작인들을 지휘하고, 소송 대리인을 부르고, 공증인을 부리고, 변호사를 바쁘게 만들고, 법률가를 찾아다니고, 소송 진행에 몰두하고, 증서를 만들거나 계약서를 쓰게 하고, 마치 자신이 지존이나 된 듯 의기양양하게 사고팔고, 계산하고 명령하고, 약속하고, 타협하고, 법적인 의무를 부과하고, 취소하고, 양도하고, 되찾고, 정리했다가 다시 혼란시키고, 재산을 모으며 온갖 명청이 짓을 저지르는데, 그것이야말로 그녀의 주된 행복이며 그녀에게 위안을 준다. 남편에게 무시당하고 있는 동안 아내는 남편을 파산시키고 만족해한다.'

이 이론을 질노르망 씨는 자기 자신에게 적용했고, 실제로 자신의 경력이 되었다. 그의 두 번째 아내가 재산을 그런 식으로 관리한 결과 어느 날 아내가 죽고 보니 질노르망 씨에게 남겨진 것은 먹고산 수 있는 만큼의 정도, 즉 남은 재산 전부를 종신 연금에 맡기면 연 수입 1만 5천 프랑쯤 되었다. 또한 그 연금의 4분의 3은 그가 죽으면 사라져 없어지게 되어 있었다.

그는 별로 놀라지도 않았다. 그는 유산을 남기는 것에 별로 관심이 없었기 때문에 조금도 고민하지 않고 즉시 종신 연금에 가입했다. 게다가 그는 일찌감치 유산 문제로 인한 사건을 자주 보았기에, 이를테면 국유 재산이 되는 수도 있다는 것을 그는 보아 왔고, 정리 공채의 변화도 목격해 왔다. 그러니만큼 공채 원부(公債原簿) 같은 것은 거의 신뢰하지 않았다.

"그 모든 것은 캥캉푸아 거리의 장난질이야!"

그는 그렇게 말했다.

피유 뒤 칼베르의 집은 앞서도 말한 바와 같이 그의 소유였다.

그에게는 '수놈과 암놈'인 두 하인이 있었다. 새 하인이 집에 들어오면 질노르망 씨는 언제나 그에게 새로운 세례명을 붙여 주었다. 남자한테는 그의 출신 지역의 명칭을 붙여서 니무아, 콩투아, 푸아트뱅, 피카르 등으로 불렀다. 최근 들어온 그의 마지막 하인은 늙고 뚱뚱한 쉰 살가량의 위인으로 천식이 있어 스무 걸음도 채 걷지 못했다. 그런데 그가 바욘 태생이라 해서 질노르망 씨는 그를 바스크(바욘이 있는 피레네 지방의 종족_옮긴이)라고 부르고 있었다.

한편 하녀들은 모두 니콜레트라고 불렀다.─뒤에 나오는 마뇽이라는 여자도 역시 그렇게 불렀다.─어느 날, 요리를 잘하고 문지기에 적격일 듯해 보이는 키가 껑충한 여자 요리사가 그의 앞에 나타났다.

"월급은 얼마나 받고 싶나?"

질노르망 씨는 물었다.

"30프랑이요."

"이름은 뭐지?"

"올랭피라고 해요."

"좋아, 50프랑 주겠어. 그리고 이제부터 네 이름은 니콜레트야."

마뇽과 그녀의 두 아이

질노르망 씨는 마음이 괴로우면 그 고통이 분노로 표출되었다. 그는 절망하면 난폭해졌다. 그는 셀 수 없을 만큼 많은 편견을 가지고 있었고 뭐든지 제멋대로 했다. 그의 외적인 특징인 동시에 내심 만족할 수 있었던 것 중의 하나는 앞서도 지적한 바와 같이 나이는 먹었어도 마치 청년처럼 혈기 왕성하다는 점이었고 또한 남들에게도 그렇게 인정받고 있다는 점이었다.

그는 이것을 '군주의 명성'을 얻는 일이라고 말했다. 그는 이 군주의 명성 때문에 때로는 뜻밖의 소득을 얻을 때도 있었다. 어느 날, 태어난 지 얼마 안 되는 통통한 사내아이가 배내옷에 잘 싸인 채 굴 운반용 광주리에 담겨 그의 집으로 들어왔다. 6개월 전 쫓겨난 한 하녀는 그 아기가 그의 아들이라고 주장했다. 질노르망 씨는 그 당시 만 여든네 살이었다. 마을 사람들은 분개하며 크게 떠들어 댔다. 저 어처구니없는 뻔뻔한 매춘부가 누구에게 덤터기를 씌우려는 거지? 정말 뻔뻔스럽기도 해라! 그런 터무니없는 거짓말을 하다니! 그런데 질노르망 씨는 조금도 성을 내지 않았다. 오히려 그런 중상을 받고는 기분이 좋아진 노인은 다정한 미소를 띤 채 그 아기를 바라보며 남의 이야기처럼 떠들어 댔다.

"아니, 뭐 그까짓 일을 가지고 수선을 떨지! 그게 어때서? 그게 뭐 어떻다는 말이지? 쓸데없이 놀라기는. 정말 아무것도 모르는 무식한 놈들이야. 샤를 9세 폐하의 서자이신 앙굴렘 공은 여든다섯일 때 열다섯 살난 철부지 아가씨와 결혼하셨어. 보르도의 대주교인 수르디 추기경의 아우이신 알뢰리 후작 비르지날 각하도 여든셋에 자캥 의장 부인의 시녀에게서 아들을 얻었고, 그 아이는 진정 사랑의 신이 낳은 결정체야. 그리고 훗날 마르타 기사단의 기사가 되어 군사 참의관이 되기도 한 사람이야. 근데 위인의 한 분이신 타바로 수도원장은 여든일곱 살 난 남자에게서 태어난 아들이야. 이런 일은 아주 흔한 일이란 말이야. 성서를 잘 보라고! 그건 그렇고, 이 어린 신사분은 내 자식이 아니라는 것을 분명히 선언해 둔다. 하지만 아이를 정성껏 돌봐 주도록 해. 이 아이의 잘못은 아니니까 말이지."

그것은 매우 선량한 행동이었다. 그런데 마뇽이라는 그 여자는 다음해 또 한 아이를 그에게 보내 왔다. 이번에도 역시 사내아이였다. 이번에는 질노르망 씨도 두 손을 바짝 들어 항복을 했다. 그는 두 아이를 그어미에게 돌려보내고 그 어미가 두 번 다시 이런 짓을 하지 않겠다는 조건 아래 아이의 양육비로 한 달에 80프랑을 주겠다고 약속했다. 그는 덧붙여 말했다.

"어머니는 두 아들을 소중히 길러야 해. 가끔 내가 보러 갈 테니까."

그는 실제로 그렇게 했다.

그에게는 사제 아우가 하나 있었다. 그는 33년간이나 푸아티에 학회 회장을 지내다가 일흔아홉 살에 죽었다.

"그 녀석은 젊은 나이에 죽었어."

질노르망 씨는 말했다. 그는 이 동생에 대한 추억을 별로 갖고 있지 않았으나 이 동생은 얌전한 대신 욕심이 많은 사나이였다. 자기는 사제니까 가난한 사람들을 만나면 적선을 해야 한다고 생각은 하면서도 실제로는 잔돈이나 별로 쓸모가 없는 동전만을 주었다. 그리하여 천국으로 가는 길을 통해 지옥으로 가는 방법을 찾았다.

반면 형인 질노르망 씨는 자선이라면 아끼지 않고 듬뿍 베풀었다. 그는 호의적이고 성급하고 동정심이 많았던지라 만약 돈이 많았다면 그의 처신은 굉장했을 것이다. 그는 자신과 관계된 일이라면 무엇이든지, 심지어 그것이 나쁜 사기 행각이라 할지라도 당당히 해 주기를 바랐다. 어느 날, 그는 상속 문제로 한 대리인에게 야비하고도 시시한 방법으로 사기를 당했을 때에도 다음과 같이 위엄 있게 탄식했다.

"쳇! 정말 더러운 짓거리야! 이따위 횡령이 정말 수치스럽군! 요즘 세상은 모든 것, 맞아, 악당까지도 타락해 버렸어. 나쁜 놈들! 나 같은 사람을 그따위 방법으로 털면 안 되지! 숲 속에서 강도를 만난 거나 다름없어(피할 길 없는 방법으로 도둑맞았다는 의미_옮긴이). 정말 고약한 도둑질이야. 정말 '숲이여 집정관의 이름을 더럽히지 마라(베르길리우스 〈전원시〉에서 인용한 시구_옮긴이).' 이거야!"

그는 이미 말한 바와 같이 두 번 아내를 얻었다. 첫 번째 아내 사이에는 딸이 하나 있었는데, 그 딸은 미혼으로 늙고 있었다. 두 번째 아내 사이에도 딸이 하나 있었으나, 이 딸은 서른이 채 되기도 전에 죽었다. 그런데 죽기 전에 사랑해서였는지 우연에서였는지 아니면 다른 무슨 이유에서 였는지 사병에서부터 출세한 한 군인과 결혼을 했다. 이 군인은 공화국

시대와 제정 시대에 군대에 몸을 담고 있었는데 아우스터리츠 전투에서는 훈장을 받았고, 워털루 싸움에서는 대령으로 승진을 했다.

"그건 우리 집안의 수치야."

이 늙은 부르주아가 자주 하던 말이다.

질노르망 씨는 담배를 무척 많이 피웠다. 그리고 특히 그는 한쪽 손끝으로 간단하게 자신의 레이스 넥타이에 주름 잡기를 잘했다. 신은 거의 믿지 않았다.

저녁이 아니면 손님을 받지 않는 규칙

뤼크 에스프리 질노르망 씨의 사람됨이 이러했다. 그는 머리칼 하나 빠지지 않았으며, 백발이라기보다 오히려 회색빛이라는 편이 더 어울릴 머리를 항상 개의 귀 모양으로 정성스럽게 손질하고 있었다. 한마디로 그는 여러 가지 문제점을 지녔으나 존경할 만한 인물이었다. 그는 18세기의 성격을 지니고 있었다. 즉, 경박하면서도 위대했다.

왕정복고 후 처음 몇 년 동안, 젊었던 질노르망 씨—그는 1814년에 겨우 일흔넷밖에 되지 않았다.—는 생 제르맹 외곽 세르방도니 거리의 생 쉴피스 성당 근처에 살고 있었는데, 그가 마레 지구로 들어온 것은 그의 나이 여든이 넘은 뒤였다.

그런데 그는 사교계를 떠난 뒤에는 오직 자기 습관에만 파묻혀 지냈다. 그가 가장 중요하게 여기며 절대로 바꾸려 하지 않은 것은 낮 동안은 무슨 일이 있어도 문을 닫아걸고 상대가 누구건 용건이 무엇이건 간에 저녁이 아니면 절대로 방문객을 받아들이지 않는다는 점이었다. 질노르망 씨는 오후 5시에 저녁 식사를 하고, 그 뒤에 문을 열어 방문객을 접견했다. 이것은 그가 살던 세기의 습관으로, 그는 그것을 전혀 바꾸려 하지 않았다.

"낮은 천민이기 때문에 그것을 향해 덧문을 닫는 것은 마땅해. 점잖은 사람들은 하늘이 별들에 불을 밝힐 때라야만 자기들의 정신에 불을 켜는 거지."

질노르망 씨는 그렇게 말했다.

그리하여 질노르망 씨는 어떠한 사람에도, 심지어 상대가 국왕일지라도 높이 방책을 쌓고 지냈다. 거의 한창 시절에 유행하던 고풍스러운 멋이었다.

둘이 있다고 해서 반드시 한 쌍이 되지는 않는다

질노르망 씨의 두 딸에 관해서는 앞에서 조금 언급했다. 두 딸은 10년 간격을 두고 태어났다. 젊었을 때 그녀들은 닮은 곳이 하나도 없었다. 성격으로나 얼굴 생김새로나 서로 자매라는 것이 의심스러울 정도였다. 동생은 하나의 아름다운 영혼이었는데, 무엇이든 밝은 쪽으로 마음을 향하고, 꽃이나 시나 음악에 관심이 많았고, 영광의 세계를 동경하고, 열정적이고 고결하며, 어린 시절부터 이상 속에서 막연한 영웅적 인물에게 몸을 바치고 있었다.

언니 역시 자기 나름의 환상을 지니고 있었다. 그녀가 푸른 창공 속에서 어느 공급자를, 매우 부유하고 선하고 뚱뚱한 물품 공급자를, 마음씨 좋은 남편을, 어떤 백만장자를, 아니 그보다도 주지사를 발견했다. 그리하여 관청의 환영회며, 목에 목걸이를 늘어뜨린 응접실의 접대원이며, 공식적인 무도회며, 시장의 축사, 주지사의 부인이 된 자신의 모습 등이 그녀의 상상 속에서 뒤엉켜 소용돌이치고 있었다. 두 자매는 어린 시절 그런 식으로 저마다 자기 꿈속을 방황하고 있었다. 두 자매 모두 다 날개를 가지고 있었다. 하나는 천사처럼, 또 하나는 거위처럼.

어떠한 야망도, 최소한 이 세상에서는 충분히 실현되지 않는다. 어떠한 낙원도, 요즘 같은 시대에는 자신의 것이 되지 않는다. 동생은 자신이 꿈꾸던 남자와 결혼했으나 얼마 못 가 세상을 떠나고 말았다. 언니는 결혼하지 않았다.

그녀가 우리 이야기에 등장하던 무렵에는 하나의 늙은 미덕과, 도저히 연소될 수 없는 근엄함과, 낡은 순결과, 정열로 마음을 불태우는 일 따위 있을 것 같지도 않은 정숙함과, 흔히 볼 수 없을 만큼 뾰족한 코와 둔한 센스를 가진 소유자였다. 자질구레한 특징 하나는 몇 안 되는 가족 외에는 아무도 그녀의 이름을 알지 못했다. 이 사람들은 그녀를 질노르망 큰아가씨라고 부르고 있었다.

얌전을 빼는 행동에서는 질노르망 큰아가씨는 영국의 미혼 여성보다도 훨씬 교묘하고 능숙했으리라. 하지만 그것은 도가 지나쳐 실로 보기 흉한 정숙이었다. 그녀는 일생 동안에 한 가지 끔찍스러운 추억이 있었는데, 그것은 어느 날 한 남자에게 자신의 양말대님을 보인 일이었다.

나이를 먹어 감에 따라 그 정절은 더욱 심해져 갔다. 그녀 얼굴을 가린 베일은 한 번도 투명하게 비쳐 보인 적이 없었으며 한 번도 높이 들춰진 적이 없었다. 실로 아무도 들여다볼 생각도 하지 않는 곳까지 그녀는 많은 호크와 안전핀을 사용해 차단했다. 그렇게 얌전을 빼는 태도의 속성은 위협받지 않는 요새에 보초병을 더 많이 배치하는 것과 같았다.

하지만 그녀는 테오뒬이라는 한 창기병 장교에게는 불쾌한 기색도 없이 선선히 키스를 받아들였다. 순진무구함의 그 유구한 신비는 도저히 납득할 수 없었다.

이렇게 특혜받은 귀여운 창기병이 하나 있었다고는 하나, 우리가 그녀에게 붙인 '사이비 정숙녀(貞淑女)'라는 딱지는 실제로 그녀에게 아주 잘 어울리는 별명이었다. 말하자면, 질노르망 큰아가씨는 스러져 가는 영혼의 소유자였다. 정숙한 체하는 버릇은 반은 미덕이요 반은 악덕이었다.

질노르망 큰아가씨는 정숙한 체하는 것 외에, 그것과 잘 어울리는 열성 신앙을 가지고 있었다. 그녀는 성모 숭배 평신도회의 회원으로 있으면서, 어떤 축일 모임에서는 흰 베일을 쓰고 특별 기도문을 중얼거리고, '성혈'을 숭배하고, '성심'을 경배하고, 일반 신도들에게는 출입이 금지된 성당 안 로코코 제쥐이트 양식의 제단 앞에서 몇 시간이고 조용히 묵상에 잠기고, 거기 있는 수많은 대리석상과 금박 칠한 커다란 서까래들 사이로 자신의 영혼이 날아오르도록 했다.

성당에는 그녀의 여자 친구가 하나 있었다. 그녀 역시 노처녀였는데 보부아 양이라고 불리는 얼빠진 여자였다. 그러므로 그 곁에서 질노르망 양은 자기가 마치 민첩한 독수리라도 된 듯한 만족감을 느꼈다. '아뉴스데이'나 '아베 마리아'의 기도문 외에 보부아 양은 갖가지 과자를 만드는 법을 알고 있었을 뿐, 아무런 지식도 갖고 있지 않았다. 보부아 양은 지성의 얼룩이라고는 한 점도 없는 미련하면서도 우매한 백지였다.

한 가지 밝히고 싶은 것은 나이를 먹어 감에 따라 질노르망 양의 성질은 나빠졌다기보다 좋아져 갔다는 사실이다. 이것은 소극적인 성격의 사람에게는 흔히 있는 일이다. 그녀는 한 번도 심술궂게 행동한 적이 없었다. 그것은 비교적 그녀가 선량했다는 것을 의미한다. 그리고 세월이 흐름에 따라 모진 데가 없어지고 시간이 흐름에 따라 온화함이 더해졌다.

질노르망 양은 자신도 원인을 모르는 막연한 애수에 휩싸여 있었다. 미처 시작해 보지도 못하고 끝나 버린 일생이 가지는 망연자실함이었다.

그녀는 아버지 집 살림을 건사하고 있었다. 마치 비앵브뉘 예하가 자기 곁에서 누이동생을 떼 놓지 않았던 것처럼, 질노르망 씨도 자기 곁에서 딸을 놓지 않았던 것이다. 한 늙은이와 노처녀가 함께 사는 가정은 드문 것은 아니지만, 두 약한 존재가 서로 의지하며 사는 풍경은 늘 사람의 마음을 감동시킨다.

이 집에는 이 노처녀와 노인 외에도 아이가 하나 있었다. 작은 사내아이인데, 질노브망 씨 앞에만 서면 항상 벌벌 떨며 벙어리가 되었다. 질노르망 씨는 이 소년에게는 근엄한 목소리로 말했고, 때로는 지팡이를 들어올리기도 했다.

"자, 이리 오너라! 꼬마 신사, 장난꾸러기야. 좀 더 이리로 오란 말이다!"

"왜 대답이 없니? 고약한 놈! 얼굴이나 좀 보자. 바보 같은 놈 같으니!"

노인은 그런 말들을 하면서도 이 소년을 진심으로 아끼며 사랑하고 있었다.

소년은 노인의 손자였다. 이 소년에 대해서는 나중에 차차 얘기하기로 하자.

3. 할아버지와 손자

옛날의 객실

질노르망 씨가 세르방도니 거리에서 살던 무렵, 그는 매우 훌륭한 상류의 몇몇 귀족 살롱에 출입하고 있었다. 질노르망 씨는 귀족은 아니었지만 출입을 허락받았다. 그가 실제로 가지고 있던 재치와 그에게 있으리라고 사람들이 짐작하던 재치, 즉 두 배의 재치를 가지고 있었던지라 사교계는 그를 오히려 은근히 원했고 언제나 그를 환영하며 대접했다. 그는 자기가 기를 펼 수 있는 경우가 아니고는 아무 곳에도 출입하지 않았다.

세상에는 무슨 짓을 해서라도 영향력을 행사하고 사람들의 눈을 끌고 싶어 하는 사람들이 있다. 그리고 자기가 절대적인 대접을 받지 못할 경우에는 익살꾼 노릇도 마다하지 않는다. 그러나 질노르망 씨는 그런 부류와는 본질적으로 달랐다. 자기가 출입하는 왕당파의 살롱에서 행세하는 것은 추호도 그의 자존심을 상하게 하지 않았다. 그는 어딜 가나 절대적인 권위자였던 것이다. 그는 보날 씨(혁명 때의 망명 귀족. 군주제와 가톨릭주의 옹호자_옮긴이)나 방지 퓌 발레 씨(혁명 때의 망명 귀족. 정통 왕당파_옮긴이)와도 당당하게 맞선 적이 있다.

1817년 무렵에는 그는 빠뜨리지 않고 일주일에 두 번씩 근처에 있는 페루 거리의 T 남작 부인의 집에서 오후 시간을 보내고 있었다. 이 부인은 존경할 만한 위엄 있는 인물로 남편은 루이 14세 시대에 베를린 주재 프랑스 대사를 지낸 적이 있었다. 이 T 남작은 생전에 황홀경 현상과 최면술에 열중하고 있었는데, 혁명 당시의 망명으로 인해 몰락하여 죽은 뒤에 남겨 놓은 재산이라곤 메스머(독일의 의사이자 최면술사_옮긴이)와 그의 함지에 관한 기괴한 기록뿐으로 그것은 빨간 모로코 가죽의 표지에다 책 가장자리에 금박을 한 열 권의 수기였다. T 부인은 스스로 '정신 사납게 잡탕이 되어 버린 사교계'라고 부르던 궁정에서 떠나, 고결하고 기품 있게 가난과 고독 속에서 살고 있었다. 몇몇 친구들이 매주 두 차례 그 미망인의 벽난로 불 주변에 모였고, 그렇게 순수 왕당파들을 맞는 응접실로 형성되고 있었다. 거기서는 모두들 차를 마시면서 시국 이야기며 헌법이며 부오나파르테파(보나파르트를 비꼰 호칭_옮긴이)들이며 시민에 대한 청색 대훈장의 남발이며 루이 18세의 자코뱅주의며 하는 것에 관해 그때그때의 분위기가 슬프고 구슬프냐, 분하고 원통하냐에 따라 한숨을 쉬기도 하고 증오의 고함을 지르기도 했다. 그리고 샤를 10세에 이르러 비소로 왕제에 의해 주어지는 일말의 희망에 관해 작은 목소리로 소곤거리기도 했다.

이 살롱에서는 나폴레옹이 '니콜라'라는 이름으로 불리는 속요를 열렬하게 환영했다. 당시 사교계에서 가장 세련되고 가장 아름다운 공작 부인들이, 이를테면 '의용병들(나폴레옹이 재기하며 모집된 의용병_옮긴이)'을 향한 다음과 같은 풍자 노래 구절을 들으며 황홀경에 빠지곤 했다.

그대들의 바지 속에 나와 있는
셔츠 자락을 속으로 집어넣어라.
혁명가들이 백기를 게양한다고
사람들이 수군거리지 않도록!

이 사교계 사람들은 비슷한 음에 입각한 유치한 농담을 즐겼다. 그것이 누군가에게 겁을 줄 만한 것으로 믿었고, 아무 뜻 없는 말장난을 하면서 그것이 독성을 가졌다고 생각했으며, 하찮은 4행시나 2행시 따위를 읊어 가며 즐겼다. 그래서 드카즈 씨나 드세르 씨가 참가하고 있던 연약한 데솔 내각(1818년 12월 성립)에 관해 다음과 같은 시구가 있었다.

흔들리는 왕좌를 바로잡기 위해서는 갈아 치워라.

땅(솔과 발음이 같음_옮긴이)과 온실(세르와 발음이 같음_옮긴이)과 오두막(카즈와 발음이 같음_옮긴이)을 바꿔야 하리라.

그런가 하면 '고약한 자코뱅 의원'인 상원의 명부를 작성하여 그중에서, 이를테면 다음과 같은 구절이 되게끔 이름을 조합했다.

"다마스, 사브랑, 구비옹, 생 시르(다마스가 구비옹과 생 시르를 군도로 벤다는 의미_옮긴이)."

그러고는 몹시 즐거워했다.

이들의 사교계에서는 또한 대혁명을 우스꽝스럽게 풍자하는 노래가 만들어졌다. 무엇이든 반대 방향으로 분노를 몰고 가려는 속셈이 있었던 것이다. 그들은 자기들 식으로 개작한 혁명가 '사 이라'를 이런 식으로 부르기도 했다.

아아! 가리라! 가리라! 가리라!
부오나파르테 추종자들 가로등으로!

노래란 단두대와 같다. 닥치는 대로 오늘은 이쪽 목을 자르고 내일은 저쪽 목을 자른다. 그러한 행동은 하나의 변화에 지나지 않는다.

1816년 무렵의 사건이었던 퓌알데스 사건(행정관 퓌알데스가 암살당한 사건_옮긴이) 때는 그들은 범인인 바스티드와 조지옹의 편을 들었다. 퓌알데스가 '부오나파르테파'였기 때문이다. 또한 사교계 사람들은 자유주의자들을 '형제이자 친구'라고 부르고 있었는데 그것은 극단적인 모욕이었다. 어쩌다 한 번 눈에 띄는 성당 종각들처럼, T 남작 부인의 살롱에도 두 마리 용감한 수탉이 있었다. 하나는 질노르망 씨이고 또 한 사람은 라모트 발루아 백작이었는데, 이 백작에 대해서는 사람들이 일종의 경의를 섞어서 서로 소곤거리기도 했다.

"알고 계십니까? 저분이 목걸이 사건의 라모트 씨예요."

같은 패거리 사이에서는 그런 기묘한 아량도 있었던 것이다.

여기에 다음과 같은 한마디 말을 덧붙여 두겠다. 부르주아 계층에서는 지나칠 만큼 쉽게 맺는 관계가 평소 존경받던 지위를 왜소하게 만들 수 있다. 따라서 어떤 사람을 받아들일 것인지 무척 조심해야 한다. 차가운 것과 가까이 있으면 열을 빼앗기듯, 멸시받는 사람들을 가까이하면 사람들의 존경을 잃게 된다.

그러나 옛 상류사회는 다른 모든 법칙과 마찬가지로 이 법칙마저도 개의치 않고 발밑에 놓아두었다. 퐁파두르 부인의 오빠인 마리니는 수비즈 대공(7년 전쟁에 관해서 퐁파두르 부인과 감정 대립이 있었음_옮긴이) 댁에 자유롭게 출입했다. 퐁파두르 부인의 오빠가 어떻게? 아니 오빠이기 때문이다. 보베르니에 부인(기욤 뒤바리의 사생아로 뒤바리로 불리며 루이 15세의 애첩이 됨_옮긴이)의 대부인 뒤바리는 리슐리외 원수(루이 13세의 재상이었던 리슐리외의 조카) 댁에서 매우 큰 환영을 받았다. 이러한 사람들의 살롱이야말로 올림포스 산이다. 메르쿠리우 신도 게메네 공도 그러한 살롱을 마치 자기 집처럼 편안하게 생각한다. 비록 도둑일지라도 그것이 신이기만 하면 그곳에서는 환영을 받는다.

1815년에 일흔다섯 살이 된 라모트 백작 노인은 말없이 거만한 태도와, 각이 진 차가운 얼굴 생김과, 더할 나위 없이 완벽한 예의 바른 태도와, 목 있는 데까지 단추를 채운 옷과, 언제나 포개고 있는 긴 다리를 감싼 길고 헐렁헐렁한 고동색 바지 외에는 별로 사람의 눈을 끌 만한 점이 없었다. 그의 얼굴도 바지와 같은 색깔이었다.

그런 라모트 씨가 이 살롱에서 중요 인사 대접을 받았다. 그 이유는 그의 '명성' 때문이었는데, 입에 올리기도 우스운 얘기지만 거짓말도 아닌 것이 그의 이름이 발루아(발루아는 프랑스 왕가의 이름_옮긴이)라는 것 때문이었다.

반면, 질노르망 씨에 대한 예의는 순전히 그의 좋은 본성 때문이었다. 그가 영향력을 발휘할 수 있었던 까닭은 그가 위에 서야 할 사람이기 때문이다. 그는 매우 소박하고 명랑한 가운데에도 부르주아로서의 당당하며 솔직한 예절을 갖추고 있었다. 게다가 그의 고령도 거기에 무게를 더하고 있었다. 한 세기라는 연륜이 쉽게 쌓인 것은 아니다. 오랜 세월이 한 노인의 머리 둘레에 존경할 만한 머리채를 드리운다.

뿐만 아니라 그는 그야말로 옛 기질의 번뜩임이라고도 할 만한 언사를 쓸 줄 알았다. 루이 18세에게 왕위를 되찾아 준 프로이센 왕이 그 뒤 뤼팽 백작이라는 이름으로 이 왕을 방문해 왔는데, 루이 14세의 후예인 루이 18세는 상대방을 브란데부르크 후작으로서 매우 예의에 어긋나는 태도로 맞이한 적이 있었다. 질노르망 씨는 그러한 대접이 옳다고 생각하며 이렇게 말했다.

"프랑스 왕이 아닌 왕은, 모두 한 지방의 왕일 뿐이다."

또 하루는 그 앞에서 다음과 같은 말이 오갔다.

"〈쿠리에 프랑세〉(왕정복고 시대의 자유주의자의 신문_옮긴이)의 주필은 도대체 어떤 형에 처해졌나요?"

"폐사형(閉社刑), 발행 정지형입니다."

그 대화를 듣고 있던 질노르망 씨가 참견을 했다.

"'폐'자는 떼어 버리지."

이러한 말은 하나의 지위를 튼튼하게 만들어 주는 법이다. 부르봉 집안 복귀 기념일의 '감사 식전'에 탈레랑이 지나가는 것을 보자 그는 말했다.

"저기 마귀 예하께서 납신다!"

질노르망 씨는, 당시 마흔이 넘었는데 쉰 살이나 된 것처럼 보이는 깡마른 노처녀 딸과 일곱 살 난 잘생긴 미소년을 항상 데리고 다녔다. 소년의 피부는 하얗게 빛났고 얼굴에는 분홍빛 홍조가 어렸으며, 건강한 혈색에 눈에는 행복한 자신감이 넘쳤다. 이 소년이 살롱에 나타나기만 하면 온갖 소리가 주변을 시끄럽게 만들었다.

"어쩜 귀엽기도 해라!"

"아깝군! 가엾은 애야!"

이 아이는 앞서 잠깐 말해 둔 그 소년이다. 사람들이 소년을 불쌍한 아이로 부르는 이유는 그의 아버지가 '루아르 강의 불한당'(나폴레옹 실각 후 루아르 강 너머로 달아난 패잔병을 멸시하는 말_옮긴이)이었기 때문이다.

이 루아르 강의 불한당이란 앞서 말한 질노르망 씨의 딸의 남편으로 질노르망 씨가 '집안의 수치'라고 불렀던 사위이다.

빨간 유령의 한 사람

그 무렵에 베르농이라는 자그마한 도시로 들어가서, 얼마 후 흉악한 철골 다리로 바꾸어지기 전의 그 아름다운 기념비적인 다리를 걸어 본 사람이라면, 다리 난간 너머로 무심코 아래를 내려다보았을 때 쉰 살가량의 한 사나이에게 눈길을 주었을 것이다.

그 사나이는 챙 달린 가죽 모자를 쓰고, 신사복 윗도리에 거친 회색 천으로 만든 바지를 입고 있었다. 그 윗도리에 꿰매 붙인 빨간 리본은 낡아서 누르스름해졌는데, 나막신을 신고, 햇볕에 그을려 얼굴은 시커멓고,

머리칼은 거의 하얗고, 이마에서 볼에 걸쳐 커다란 흉터가 있고, 등과 허리도 구부러져 그럴 나이도 아닌데 훨씬 나이가 들어 보였다. 그 사나이는 손에는 삽인지 낫인지를 들고 거의 하루 종일 다리와 닿아 있는 담으로 둘러진 지면의 한 곳을 돌아다녔다. 다리 가까이에 있는 그곳은 센 강의 왼편 둑을 따라 테라스처럼 늘어서 있는데, 꽃이 가득해서 그 아름다운 울안이 좀 더 넓었으면 정원이라고 할 수 있고 좀 더 좁았으면 꽃밭이라고 할 수 있었다. 그 모든 구획지의 한끝은 강에 닿아 있었고 다른 한끝은 가옥 한 채에 닿아 있었다.

앞에서 방금 말한 그 상의를 입고 나막신을 신은 남자는 1817년 무렵이 근처에서 가장 좁은 울안을 가진 가장 허술한 집에 살고 있었다. 그는 그의 시중을 드는 젊지도 그렇다고 늙지도 않고, 아름답지도 못나지도 않고, 시골뜨기도 도시 사람도 아닌 한 여자와 함께 쓸쓸하고 조용하게 살고 있었다. 그가 정원이라고 부르는 그 네모난 땅은 그가 가꾼 아름다운 꽃들로 해서 그 도시에서 소문이 자자했다. 꽃을 가꾸는 것이 그의 소일거리였다.

끊임없는 노동과 참을성과 물통의 힘으로 그는 조물주 다음으로 훌륭하게 꽃을 피울 수 있었으며, 자연이 잊어버린 듯한 특이한 튤립들과 달리아들을 만들어 냈다. 그의 솜씨는 무척 신기하면서도 묘했다. 미국산이나 중국산의 희귀하고 값비싼 정원수를 재배하기 위해 에리카의 부식토를 만드는 데, 술랑주 보댕(파리원예협의를 창립한 저명한 원예가_옮긴이)보다도 솜씨가 뛰어났다.

여름이 되면 새벽부터 정원의 오솔길에 나가 모종을 심고 가지를 치고 잡초를 뽑고 물을 줬다. 그러고는 쓸쓸함과 다정함이 깃든 태도로 꽃들 사이를 걸어 다녔다. 때로는 몇 시간씩이나 꿈꾸듯 가만히 멈춰 서서 나무에서 들려오는 새들의 노랫소리와 어느 집에선가 들려오는 아이들의 말소리에 귀를 기울였고, 그렇지 않으면 햇볕을 받아 풀잎 끝에서 루비처럼 빛나고 있는 이슬방울을 들여다보고는 했다.

그의 식탁은 지극히 소박했다. 포도주보다는 우유를 많이 마셨다. 그는 코흘리개 아이에게도 뒷걸음질을 했고 자신의 하녀에게도 잔소리를 들었다. 그는 사귀기 힘든 동물처럼 내성적이어서 외출하는 것을 꺼렸고, 자기 집 창문을 두드리는 가난한 사람들이나 친절한 교구 사제 마뵈프 신부 이외에는 거의 아무도 만나지 않았다. 하지만 도시 사람들이나 타관 사람들이 그의 튤립이나 장미에 관심을 가지고 그의 작은 집 문을 두드렸을 때는 기분 좋게 미소 지으며 문을 열어 주었다. 이 사람이 저 루아르 강의 불한당이었다.

그 시절, 전쟁 기록이니 전기니, 〈모니퇴르〉(나폴레옹 시대 최대 일간지_옮긴이)니 나폴레옹군의 보고서 따위를 읽어 본 사람이면 거기에 조르주 퐁메르시라는 이름이 자주 나왔던 것을 기억할 것이다. 젊었을 때 이 조르주 퐁메르시는 생통주 연대의 한 병사였다.

그런데 갑자기 대혁명이 일어났다. 생통주 연대는 라인 군의 예하 부대였다. 왕국의 옛 연대는 왕정이 쓰러지고 나서도 아직 그 지방의 이름을 간직하고 있다가 1794년에 이르러서야 겨우 여단으로 재편성되었다. 퐁메르시는 각지를 전전하며 슈파이어, 보름스, 노이슈타트, 투르크하임, 알체이, 마인츠 등지에서 싸웠으며 마인츠 전투에서는 우샤르의 후위군 200명 중의 하나였다

그는 열두 번째에 있으면서 안데르나흐의 옛 방벽을 방패 삼아 헤세 대공의 전군에 대적하여 대포가 방벽 바로 위에서 꼭대기 경사에 걸쳐 돌파구를 열기까지 주력 부대 쪽으로 퇴각하지 않았다. 마르시엔에서도 몽 팔리셀의 싸움에서도 클레베르의 휘하에 있었는데 그는 몽 팔리셀의 전투에서 총탄에 팔을 부상당했다.

그 이후 그는 이탈리아 전선으로 갔다. 그는 주베르와 함께 탕드 고개를 방어한 30인의 척탄병들 중 하나였다. 이때 그 공로가 인정되어 주베

르는 고급 부관으로 임명되고 퐁메르시는 소위로 승진되었다. 로디 전투가 치열하던 날, 퐁메르시는 베르티에와 함께 빗발치듯 날아오는 포탄 속에 있었다.

또한 노비에서는 자기의 옛 사령관이었던 주베르가 칼을 쳐들고 "전진!" 하고 외치다가 쓰러지는 것을 목격하기도 했다. 언젠가는, 전투에 필요한 물건들을 수송선에 싣고 그가 제노바로부터 인근의 어느 항구로 가던 도중 범선 칠팔 척으로 구성된 잉글랜드의 매복 선단에게 잡혔다. 제노바인 선장은 대포를 바다에 버리고 병사들을 중갑판에 숨기고 상선처럼 가장하여 어둠 속으로 달아나려고 했다.

하지만 퐁메르시는 신호기를 올리는 마스트의 밧줄에 삼색기를 잡아매게 하고 영국 경비 함대의 포화 밑을 위풍당당하게 통과했다. 그리고 또 20해리쯤 가서는 그는 더욱더 대담해져 그 순항선으로 영국의 대수송선을 공격한 뒤, 뱃전까지 가득 찰 만큼 많은 병사와 말을 싣고 시칠리아로 군대를 운반하려고 하던 그 배를 포획했다.

1805년에는 페르디난드 대공작으로부터 귄츠부르그를 탈취한 말레르 사단에 속해 있었다. 베팅겐에서는 제9용기병대의 선두에 서 있던 모프티 대령이 치명상을 입고 쓰러지는 것을 우박처럼 쏟아지는 탄환 속에서 양팔로 감싸 안았다.

그는 아우스터리츠에서 적의 포화를 뚫고 제대(梯隊)를 이루어 멋지게 진격했다. 러시아 근위 기병대가 보병 제4연대의 한 대대를 분쇄했을 때, 퐁메르시는 그 근위 기병대를 교란시켜 복수한 사람 가운데 하나였다. 황제 나폴레옹은 그에게 십자 훈장을 수여했다.

퐁메르시는 계속 우름제르를 사로잡은 만토바의 전투, 멜라스를 사로잡은 알렉산드리아의 전투, 맥크를 사로잡은 울름의 전투에 참가했다. 모르티에가 지휘하여 함부르크를 점령한 나폴레옹군 제8군단에도 부대의 일원으로 참가했다. 이어 이전에는 플랑드르 연대였던 보병 제

55연대로 옮겼다. 에일라우의 전투에서는 이 책 작자의 삼촌뻘이 되는 용감한 루이 위고 대위가 홀로 83명의 부하를 이끌고 두 시간에 걸쳐 적군의 총공격을 막았던 그 묘지에 그도 뛰어들었다. 퐁메르시는 살아서 이 무덤을 나올 수 있었던 세 사람 가운데 하나였다. 그는 또 프리들란트의 싸움에도 참가했다.

그다음 그는 모스크바를 보고, 베레지나를 보고, 그리고 루첸, 바우첸, 드레스덴, 와샤우, 라이프치히를 보았으며, 다시 겔렌하우젠의 샛길을 보고, 몽미라이, 샤토 티에리, 크라옹, 마른 강변, 엔 강변, 그리고 그 무시무시한 라옹의 진지를 보았다. 아르네 르 뒥에서 대위가 되어 있던 그는 열 명의 코사크(Cossack) 병사를 칼로 베며 장군의 생명은 아니지만 부하인 하사 하나의 생명을 구했다. 이때 그는 온몸에 부상을 입고 왼쪽 팔에서만 부서진 파편 스물일곱 조각을 빼냈다.

파리가 항복하기 일주일 전, 그는 한 동료와 지위를 교환해서 기병대에 들어갔다. 그는 구 왕조 시절에 '이중의 손'으로 불리고 있던 능력, 즉 병사로서는 칼과 총을, 장교로서는 보병대와 기병대를 똑같이 다룰 수 있는 그런 능력을 가지고 있었다. 즉, 이런 능력이 군대 교육으로 완성되어서 특수한 군대, 이를테면 전원이 기병이자 보병이기도 한 용기병이 생겨났다.

그는 나폴레옹을 수행하여 엘바 섬에 갔다. 워털루에서는 뒤부아 여단에 속하는 흉갑 기병 중대의 대장이었다. 루네부르그 대대의 군기를 빼앗은 사람도 그였다. 그는 그 군기를 빼앗아 황제의 발아래 던졌다. 그의 얼굴은 피투성이였다. 군기를 빼앗을 때 칼에 얼굴을 베였던 것이다. 만족한 황제는 그를 향해 기뻐하며 소리쳤다.

"그대를 이제 대령에 임명하며 그대에게 남작의 작위를 내리노라. 그대에게 레지옹 도뇌르 4등 훈장을 주겠다!"

퐁메르시는 대답했다.

"폐하, 곧 과부가 될 제 아내를 대신하여 감사드립니다."

한 시간 뒤에 그는 오앵의 깊은 골짜기에 빠졌다. 그런데 이 조르주 퐁메르시라는 자가 누구였던가? 역시 저 루아르 강의 불한당이었다.

이제 그에 대한 경력은 어느 정도 알았으리라고 생각한다. 워털루의 전투 이후 퐁메르시는 조금 전에 말한 오앵의 깊은 고랑에서 구출되고, 다행히 자기편 군대를 만나 야전 병원에서 야전 병원으로 끌려 다니다가 마침내 루아르 강 숙영지에 겨우 도착했다. 왕정복고는 그에게 급여의 반만을 지불한 뒤 베르농의 지정 거주지로 보냈다. 즉 베르농에서 감시를 받게 되었다. 국왕 루이 18세는 나폴레옹의 '백일천하' 중에 일어난 일은 전부 무효로 간주하고 있었으므로 레지옹 도뇌르 4등 훈장 자격도 대령의 계급도 남작의 칭호도 그에게는 모두 소용없는 것이 되고 말았다. 그러나 그는 잊지 않고 반드시 '육군 대령 남작 퐁메르시'라고 서명했다. 그는 낡아 빠진 푸른 예복 한 벌만을 가지고 있었지만 외출할 때는 항상 그 옷에 레지옹 도뇌르 4등 훈장의 약장을 달고 나갔다.

고등법원의 검사장이 그에게 '그 훈장의 부당 착용'에 대하여 검찰이 그를 기소할지도 모른다고 경고했는데, 퐁메르시는 씁쓰레한 미소를 띠고 편지를 썼다.

'내가 프랑스어를 잊어버렸는지, 아니면 당신이 프랑스어를 잘못 썼는지 어느 쪽인지는 모르나 어쨌든 나는 도무지 무슨 말인지 알아듣지 못하겠소.'

그리고 그날부터 일주일 동안 매일 그 붉은 약장을 달고 밖으로 나갔다. 아무도 그에게 시비를 걸거나 잔소리를 하는 사람은 없었다. 육군 장군과 그 관구의 사령관이 두서너 번 그에게 겉봉에 '퐁메르시 소령 귀하'라고 쓴 편지를 보내왔다. 그는 그러한 편지를 뜯어보지 않은 채 돌려보냈다. 마침 그 무렵 세인트헬레나 섬에 있었던 나폴레옹도 '보나파르트 장군 귀하'라고 쓴 허드슨 로 경의 서신을 같은 방법으로 돌려보냈던 것이다. 이러한 말투를 사용하는 것을 허락해 주기를 바라는 바, 퐁메르시는 결국 입속에 황제와 같은 침을 갖게 된 것이다.

마찬가지로 옛날 로마에서 사로잡힌 카르타고의 병사들은 플라미누스(로마의 집정관으로 한니발에게 패하여 죽음_옮긴이)에게 경례하는 것을 거부하여 다소나마 한니발과 같은 혼을 간직했던 것이다.

어느 날 아침, 퐁메르시는 베르농 거리에서 검사를 만나자 그에게 뚜벅뚜벅 걸어가서 말했다.

"검사님, 내 얼굴 흉터는 이대로 달고 다녀도 괜찮겠소이까?"

그에게는 기병 소령의 휴직급 이외에 아무런 재산이 없었다. 베르농에서는 가장 작은 집을 빌렸다. 그는 그곳에서 혼자 살고 있었는데 어떻게 살고 있느냐는 아까 본 대로이다.

제정 시대, 그는 두 전쟁 사이에 질노르망 양과 결혼할 만한 여유는 있었다. 늙은 부르주아인 질노르망 씨는 내심 불만이었으나 한숨을 쉬며 또 다음과 같이 말하며 그 결혼을 허락했다.

"가장 큰 가문도 피하지 못했는데(나폴레옹의 결혼을 가리킴_옮긴이)."

퐁메르시 부인은 어느 모로 보나 훌륭하고 교양도 높고 보기 드문 여성으로 그 남편에 어울리는 부인이었으나 아이 하나를 남기고 1815년에 세상을 떠났다. 그 아이가 고독한 생활을 보내게 된 대령에게 낙이 될 수도 있었을 것이다. 그러나 조부는 막무가내로 손자를 내놓으라고 하며 만약 내놓지 않으면 손자에게 상속권을 주지 않겠다며 으름장을 놓았다. 아버지는 아들의 장래를 위하여 양보했다. 결국 아이를 기를 수도 없게 된 그는 꽃을 가꾸고 사랑하기 시작했다.

뿐만 아니라 그 밖의 것에서도 그는 모든 것을 단념했다. 아무런 활동도 하지 않고 계획도 세우지 않았다. 현재 생각하는 것이라곤 지금 자기가 하고 있는 악의 없는 일들과 과거에 했던 위대한 일뿐이었다. 카네이션을 키우고 싶다고 생각하기도 하고 혹은 아우스터리츠 전투를 회상하며 시간을 보내기도 했다.

질노르망 씨는 이 사위와 전혀 친하지 않았다. 그의 눈으로 본다면 대령은 '불한당'이었고 대령이 볼 때 그는 '괴짜 노인'이었다. 질노르망 씨는 가끔 그 '남작 각하'에 대해 멸시하는 듯이 빈정대는 것 외에는 대령의 이야기를 입에 올리지 않았다. 퐁메르시는 자신의 아들을 만나거나 그에게 말을 걸어서는 안 된다는 약속을 한 상태였다. 그리고 만약 약속을 어길 경우, 아들의 상속권을 빼앗고 내쫓을 것이라고 질노르망 씨는 말했다. 질노르망 집안에서 본다면 퐁메르시는 페스트 환자였다. 질노르망 집안에서는 아이를 자기들 맘대로 키울 작정이었다. 그런 조건을 받아들인 것은 아마 대령의 잘못이었을지도 모르지만 그는 거기에 만족하고 그리 나쁘게 생각하지 않았다. 그저 자신만 희생하면 그만이라고 생각했다. 질노르망 씨의 유산은 별것 아니었으나 큰딸인 질노르망 양의 유산은 상당했다. 미혼으로 있는 이 이모는 물질적으로는 매우 풍요로웠다. 그리고 그녀 동생의 아들은 당연히 그 상속인이었다.

마리우스라는 이름의 그 소년은 자기에게 아버지가 있음을 알고 있었으나 그 이상은 아무것도 아는 것이 없었다. 아무도 아버지 이야기를 해주는 사람이 없었다. 그러나 할아버지를 따라간 사교장에서 들은 사람들의 귓속말이나 흘리는 말이나 눈짓 같은 것에서 그도 어느덧 눈치를 채어 마침내 어느 정도는 자신이 처한 상황을 알았다. 덧붙여 말하자면 그의 호흡권 내지 그 사교계의 사상이나 의견을, 물이 천천히 떨어져서 스며들듯이 자연히 몸에 익혔다. 그는 자기 아버지를 생각하면 수치심으로 가슴이 먹먹해졌다.

소년이 이렇게 성장하고 있는 동안, 대령은 두세 달에 한 번 집을 빠져나와 마치 명령을 어기고 추방된 땅으로 돌아가는 죄인처럼, 남몰래 파리로 가서는 이모 질노르망이 마리우스를 데리고 미사에 참석하는 시간에 맞춰, 생 쉴피스 성당에 가서 기다리곤 했다. 하지만 그는 이모가 행여 뒤돌아보지나 않을까 두려워해서 기둥 뒤에 몸을 숨긴 채, 숨도 가까스로 참으며 자기 아들을 바라보았던 것이다. 얼굴에 흉터가 있는 이 사나이도 그 노처녀가 그토록 무서웠다.

이러한 일로 그는 베르농의 교구 사제 마뵈프 신부와 알게 되었다. 이 훌륭한 신부는 생 쉴피스의 교구 재산 관리 위원의 한 사람과 형제였다. 이 교구 위원은 이 남자가 그 아이를 가만히 바라보고 있는 광경과 그 남자의 볼에 있는 흉터와 눈에 글썽이며 괴어 있는 눈물을 몇 번이나 보았다. 남자답게 생긴 이 사나이가 여자처럼 울고 있는 것이 교구 위원의 마음을 움직였다. 오랫동안 그의 모습이 가슴에 여운을 남겼다.

어느 날 그는 자신의 형을 만나러 베르농에 가다가 다리 위에서 퐁메르시를 만났다. 그리고 이 사람이 생 쉴피스 성당에서 자주 만나는 사나이라는 것을 알아차렸다. 교구 위원은 주임 신부에게 그 이야기를 했고 이런저런 구실을 붙여서 함께 대령을 찾아갔다. 이것이 계기가 되어 몇 번이나 찾아갔다. 마음을 단단히 닫고 있던 대령도 마침내 서로 사귀며 주임 신부와 교구 위원에게 그의 모든 과거와 아이의 장래를 위해 자신의 행복을 희생한 경위를 솔직하게 털어놓게 되었다.

그리하여 주임 신부는 대령에게 존경심과 애정을 갖게 되었고, 대령 역시 주임 신부에게 호의를 가지게 되었다. 사실 두 사람 모두 진실되고 선량할 경우, 그 늙은 사제와 늙은 군인보다 서로를 쉽게 이해하며 마음이 통하는 예도 별로 없다. 근본적으로 그들은 같은 부류의 인간인 것이다. 한 사람이 지상에서 조국에 자신을 바쳤다면, 다른 사람은 높은 곳에 있는 조국에 자신을 바친 것이다. 그 외의 다른 차이라곤 하나도 없었다.

한 해에 두 번, 정월 초하루와 성 조르주 축일(4월 23일_옮긴이)에 마리우스는 아버지에게 의무적으로 편지를 썼으나 그것은 이모가 불러 주는 대로 쓴 편지였으며 내용 또한 서간 문집에서 베껴 쓴 듯했다. 질노르망 씨가 허용한 것은 그것뿐이었다. 아이의 아버지는 거기에 애정이 넘치는 답장을 보내왔으나 할아버지는 그것을 읽지도 않고 자신의 주머니에 구겨 넣곤 했다.

고이 잠드소서

T 부인의 살롱, 그것은 마리우스 퐁메르시가 알고 있는 세상의 전부였다. 그가 인생을 바라볼 수 있는 창구는 오직 그것뿐이었다. 그 구멍은 어두컴컴했고, 그 천장으로 그에게 다가온 것은 온기보다도 냉기였고, 햇빛보다는 암흑이었다. 이 기이한 세상으로 끌려 들어올 때 기쁨과 광명뿐이었던 이 소년은 얼마 안 가서 쓸쓸하게 되었고 또 어린아이답지 않게 엄숙해졌다. 그 모든 것이 거만하고 특이한 사람들에게 둘러싸인 마리우스는 진지하게 놀란 시선으로 자기 주변을 가만히 둘러보았다. 모든 것이 그의 마음에 강한 놀라움을 더해 주고 그를 멈칫하게 할 뿐이었다.

T 부인의 살롱에는 많은 존경을 한 몸에 받는 늙은 귀족 부인들이 있었다. 마탕, 노아, 그리고 모두 레비라고 발음하는 레비스, 캉비스라고 발음하는 캉비 같은 노부인들이었다. 그러한 부인들의 태곳적 생김새와 성서에 나오는 이름은 소년이 머릿속에 암기하고 있는 구약성서와 함께 뒤섞였다. 이 노부인들이 모두 꺼져 가는 벽난로 주위에 둘러앉아서 푸른 갓을 씌운 램프 불을 희미하게 받으며 근엄한 옆얼굴에, 회색 혹은 흰 머리카락에, 칙칙한 색밖에 모르는 시대에 뒤떨어진 긴 드레스를 입고 이따금 답답하면서도 엄격한 말을 띄엄띄엄 중얼거릴 때, 소년 마리우스는 겁에 질린 듯한 눈으로 노부인들을 바라보며 어쩐지 여자라기보다는 옛 이스라엘의 족장들이나 점성술사들, 혹은 살아 있는 사람이 아니라 유령

들은 아닐까 생각했다.

그 유령들 이외에, 오래전부터 그곳에 드나들던 여러 사제들과 몇몇 귀족들도 함께 참석했다. 베리 공작 부인의 제1 비서역인 사스네 후작, '샤를 앙투안'라는 익명으로 짧은 서정 시집을 낸 발로리 자작, 젊지만 머리가 희끗희끗하고, 황금빛 술 장식이 달리고 깃이 깊게 파인 진홍색 벨벳 야회복을 입어 그 암흑에 충격을 주던, 예쁘고 기지 발랄한 아내를 동반한 보프르몽 대공, '적절한 예의'를 제일 잘 알고 있기 때문에 프랑스 남자 중의 남자라고 불리는 코리올리 데스피누즈 후작, 애교 턱을 가진 호인 아망드르 백작, 국왕의 서재로 불리는 루브르 도서관의 기둥, 포르 드 기 기사. 이 포르 드 기 씨는 늙은이라기보다는 겉늙었다는 느낌이 드는 대머리였는데 곧잘 사람들에게 이야기하는 바에 의하면 1793년 열여섯 살 때 기피자로 감옥에 끌려가서 역시 같은 기피자인 여든 살 노인 미르푸아의 주교와 같은 사슬에 묶였다고 한다. 그는 징병 기피자였고, 주교는 사제로서 선서 기피자였다.

그곳은 툴롱 형무소였다. 그들이 하던 일은 낮에 단두대에 올랐던 사람의 몸뚱이와 머리를 주워 오는 것이었다. 그들은 피가 철철 흐르는 시체를 등에 짊어졌다고 한다. 그래서 두 사람이 입고 있는 붉은 도형수 작업복 상의가 아침에는 말랐다가 밤에는 다시 젖어 두꺼운 껍질이 되었다. 그 이야기와 비슷한 정도의 처참한 이야기는 T 부인의 살롱에 얼마든지 있었다.

거기서는 마라를 저주한 나머지 트레스타이용(백색 테러를 일으킨 혁명 시대의 과격 왕당파 수령의 한 사람_옮긴이)에게 찬사를 보내기도 했다. 티보르 뒤 샬라르 씨, 르마르샹 드 고미쿠르씨, 야유 잘하기로 유명한 우익의 코르네 댕쿠르 씨 등등 요즘 세상엔 보기 드문 몇몇 의원들이 와서 휘스트 놀이를 즐기고 있었다. 대법관 페레트는 그 빼빼 가는 다리에 짧은 반바지를 입고 탈레랑 씨 댁에 가는 도중 가끔 이 살롱에 얼굴을 디밀었다. 그는 이전에 아르투아 백작과는 친구 사이였다. 그는 미녀 캉파스프 앞에 무릎을 꿇은 아리스토텔레스와 반대로 여배우 기마르를 엎드려 네 발로 걷게 해 대법관이 철학자를 위하여 복수하는 모습을 세상 사람들에게 보여 주었다.

신부로서는 첫째 알마 신부가 있다. 그는 〈라 푸드르〉의 동료 집필자였던 라로즈 씨에게서 "뭐! 쉰 살도 안 되었다고? 그런 건 보나 마나 입에서 젖내 나는 애송이들뿐이겠지!"라는 말을 들은 바로 그 사람이다. 그리고 국왕의 선교사인 르투르뇌르 신부. 아직 그때는 백작도 주교도 대신도 귀족원 의원도 아니고 단추 떨어진 낡은 성직자복을 입고 다니던 프레시누 신부. 생 제르맹 데 프레 성당의 주임 신부 크라브낭 신부. 또한 교황의 특파 대사. 이는 당시 니지비의 대주교 마키 예하로 나중에 추기경이 된 사람인데 생각에 잠긴 듯한 긴 코로 유명했다. 또 한 사람 이탈리아의 고위 성직자가 있었다. 그 직함은 팔리에리 신부. 교황청 주교, 일곱 명의 교황청 서기장 가운데 한 사람, 리베리아 대성당 명예 휘호를 가진 참사 회원, 열성(列聖) 조사 심문 변호인, 즉 '성원자들의 청원사(請願師)', 이 신분은 열성의 사무에 관계되는 것이며 거의 천국구의 심문 위원장을 의미한다.

마지막으로 두 추기경 뤼제른 씨와 클레르몽 토네르 씨가 있다. 뤼제른 추기경은 문필가이기도 하여, 수년 후에 〈콩세르바퇴르〉의 게재된 논문에 샤토브리앙의 이름과 나란히 자기 이름을 서명하는 영광을 누리기도 했다. 클레르몽 토네르 씨는 툴루즈의 대주교로 곧잘 파리로 휴가를 즐기러 와서는 조카인 토네르 후작—얼마 전에 육해군 대신을 지냈다.—의 집에 머물렀다. 클레르몽 토네르 추기경은 키가 작고 명랑한 노인으로 걸어 올린 성직자복 아래로 긴 빨간 양말을 드러내 보이고 있었다. 이 노인의 특징은 《백과전서》를 미워하는 일과 정신없이 당구에 열중하는 것이었다.

그 시절 클레르몽 토네르의 저택이 있던 마담 거리를 여름 저녁나절에 지나가는 행인들은, 멈춰 서서 당구공이 부딪치는 소리와 교황 선거 회의에 나갈 때 그를 수행하는 카리스트의 '명의' 코트레 주교에게 "여보게, 여기 표시를 한 뒤 점수를 세어 주게, 자 그럼 치겠네." 하고 외치는 추기경의 날카로운 목소리를 들었다. 클레르몽 토네르 추기경은 그의 친구이자 상리스의 원주교이며 40인의 회원(프랑스 아카데미 회원_옮긴이)의 한 사람인 로클로르 씨에 의해 T 부인의 살롱에 안내되었다. 로클로르 씨는 큰 키와 아카데미에 열심히 출근하는 것으로 유명했다. 회의가 열리는 한림원 도서관 옆 회의실의 유리창 달린 출입문을 통하여, 호기심 많은 사람들은 매주 목요일마다 옛날의 상리스 주교를 구경할 수 있었는데, 그는 언제나 머리에 새로 분가루를 뿌리고 보랏빛 양말을 신었으며, 등은 출입문 쪽을 향해 돌리고 있었다. 그것은 분명히 그 작은 깃을 잘 보이게 하기 위해서였다.

이 성직자들은 대부분 성당 사람인 동시에 궁정인이어서 T 부인의 살롱의 장중한 분위기 톤을 살려 주고 있었다. 또한 살롱에는 또 다섯 명의 귀족원 의원이 있었는데 비브레 후작, 탈라뤼 후작, 에르부빌 후작, 당브레 자작, 발랑티누아 공작 같은 사람들은 살롱의 위풍당당한 귀족적 분위기를 돋보이게 도와주었다. 특히 발랑티누아 공작은 모나코의 대공, 즉 외국의 군주였으나 프랑스와 프랑스의 귀족원을 높이 평가하고 있어서 이 두 가지를 기준 삼아 모든 것을 보았다. 늘 "추기경들이란 로마에 있는 프랑스의 상원의원들이며, 로드는 잉글랜드에 있는 프랑스 상원의원들이다."라고 말한 것은 바로 그였다. 하지만 그 세기에는 어디든 혁명이 있어야 했기에 그 봉건적인 사교장이, 앞에서 말한 바와 같이, 하나의 부르주아 계층 인사에 의해 지배당하고 있었다. 질노르망 씨가 그곳에 군림하고 있었다.

이 살롱이야말로 파리 왕당파의 정수 중 정수였다. 여기서는 명성이 높은 사람들은 설령 왕당파라 할지라도 한 패에서 제외되었다. 명성에는 반드시 무정부주의 같은 냄새가 풍기기 마련이다. 만약에 샤토브리앙이 그곳에 들어왔다면 르 페르 뒤셴(같은 이름의 정치 신문을 발간한 자크 에베르의 별명_옮긴이)이 들어온 것 같은 충격을 주었을 것이다. 하지만 공화제에 찬성했던 몇몇 사람은 이 정통 사교계에 특별히 출입이 허락되었다. 뵈뇨 백작도 조건부로 받아들여졌다.

오늘날의 '귀족' 살롱은 이미 그 시절의 살롱과는 조금도 비슷하지 않다. 현재의 포부르 생 제르맹은 얼치기 이단의 냄새가 낸다. 비난하며 말하는 건 아니지만 지금의 왕당파는 일종의 선동 정치가이다.

T 부인의 살롱에는 모두 상류 계층의 사람들만 있었다. 취미도 화려한 예절을 따라 우아하면서도 거만했다. 그곳에서의 관행은 온갖 종류의 습관적인 세련미를 포함하고 있었는데, 그 세련됨은 땅속에 매장되었으면서도 아직까지 남아 있는 옛 제도였다. 그러한 습관 중 어떤 것은, 특히 언어는 괴이해 보이기조차 했다. 피상적으로 아는 사람들은 단지 노후했을 뿐인 것들을 촌스러운 것으로 오해했을지도 모른다. 이를테면 그곳에서는 한 여인을 장군 부인이라 부르기도 했다. 대령 부인이라는 호칭도 어색하지 않았다. 아름다운 레옹 부인은 아마 롱그빌 공작 부인이나 슈브뢰즈 공작 부인 등의 기억 때문인지 대공 부인으로 불리기보다 그러한 호칭으로 불리기를 좋아하고 있었다. 크레키 후작 부인 역시 '연대장 부인'으로 불리고 있었다.

튈르리 궁전에서 국왕에게 친근하게 말을 걸 때는 언제나 3인칭으로 '국왕'이라 하고 절대로 '폐하'라고 하지 않는 그런 미묘한 습관을 만든 것도 역시 이 상류의 소사회였다. '폐하'라는 칭호는 '찬탈자 나폴레옹에 의해 더럽혀졌기' 때문이다. 또 살롱에서는 모든 사건과 인물을 비평했다. 사람들은 자신들의 시대를 비웃었다. 그것이 그 세기를 이해하는 수고를 덜어 주었다. 더불어 사람들은 서로 모여서 놀라움을 나누고 서로의 지식을 함께 나누었다. 므두셀라는 에피메니드에게 가르쳤다(둘 다 태고의 현자_옮긴이). 귀머거리 장님이 모르는 것을 설명했다. 그들은 코블렌츠(대혁명 시대에 귀족 망명자가 모여든 프로이센의 땅_옮긴이) 이래로 흘러온 시간을 없었던 것으로 했다. 루이 18세가 신의 은총을 입어 치세 25년을 맞이했듯이, 자기들 망명 인사들 또한 의거 25년을 맞이했던 것이다.

모든 것이 조화로웠다. 무엇 하나 지나치게 생생하거나 과격한 것은 없었다. 사람의 말은 한 가닥 숨소리에 지나지 않았다. 신문도 살롱과 맞장구를 쳐서 고대의 파피루스와 같이 생각되었다. 그곳에 젊은 사람들도 있었지만, 그들은 어쩐지 죽은 것처럼 생기가 없었다. 응접실의 제복 입은 하인들도 늙은이들이었다. 그야말로 그 모든 것이 이미 오래전 삶을 끝냈으되 무덤 속으로 들어가지 않겠다고 발버둥을 치고 있는 것 같았다. 보수(保守), 보수하다, 보수파, 그것이 이곳 사전의 내용의 전부였다. '향기롭다(세상의 평판이 좋다_옮긴이).'는 것이 문제였다. 사실 이 훌륭한 사람들의 의견 속에는 향료가 섞여 있었다. 그들의 사상에서는 방부제 냄새가 났다. 바로 미라의 세계 그것이었다. 상전들은 방부제 바른 시신이었고, 시종들은 박제로 만들어진 사람들이었다. 국외로 망명했다가 몰락해 버린 어느 훌륭한 노 후작 부인은 이미 하녀가 한 사람밖에 남지 않았지만 여전히 '우리 집 하녀들'이라고 말하고 있었다.

T 부인의 살롱에서 사람들은 무엇을 하고 있었는가? 그들은 과격한 왕당파였다. 과격파라는 이 말이 표현하는 것은, 아마 아직까지도 전부 소멸해 버리지는 않았으나, 이 말은 오늘날 이미 무의미한 것이 되었다. 그 이유를 이제 설명하겠다.

과격파라는 것은 곧 한계를 넘는다는 것이다. 그것은 왕위를 명목으로 삼아 왕의 홀(笏)을 공격하고, 제단을 명목으로 하여 주교의 관(冠)을 공격하는 것이다. 또 그것은 사람들이 오래 끌어가는 일을 난폭하게 다루는 일이다. 수레를 끌고 가는 말이 뒷다리로 마부를 차 버리는 것이다. 이 단자를 태워 죽이는 고통도 부족하다 하여 화형에다 트집을 잡는 일이다. 숭배받지 못한다 하여 우상을 비난하는 것이다. 존경이 지나쳐서 모욕하는 것이다. 교황에게서 만족할 만한 교황권을 발견하지 못하고, 왕에게서 만족할 만한 왕권을 발견하지 못하고, 밤에 빛이 너무 많다고 주장하는 일이다. 백색을 명목 삼아 석고나 눈, 백조나 백합꽃에 불만을 품는 것이다. 어떤 당파에 너무 깊이 개입해서 그것의 적이 되는 것이다. 찬성하는 나머지 반대하는 일이다. 과격한 정신이 왕정복고의 첫 단계에 드러나던 모습을 특징짓는다.

역사상, 1814년에 시작되어 우익의 실천가 빌렐 씨가 출세한 1820년경에 끝나는 이 짧막한 시기를 닮은 것은 없었다. 이 6년은 실로 유례없는 과도기로, 시끄러운 동시에 적막하고 즐거운 데 비례하여 침울했다. 새벽빛이 비치는 것처럼 보이면서 지평선에는 아직도 어둠이 거치지 않아 천천히 과거 속으로 가라앉아 가는 대파국(프랑스혁명_옮긴이)의 어둠에 온통 휩싸여 있었다. 이 빛과 그림자 속에 새롭고도 낡았고, 우스꽝스러우면서도 구슬프고, 앳되면서도 늙은 하나의 세계가 있어 졸리는 눈을 비비고 있었다. 귀환처럼 잠에서 깨어남을 닮은 것도 없다. 그 패들은 화난 듯 프랑스를 바라보고 반대로 프랑스는 그 패들을 빈정거리는 눈으로 바라보고 있었다.

이사 갔던 곳에서 시끄럽게 도시로 달려온 늙은 부엉이 같은, 사람 좋은 후작들. 이 세상에서 돌아오고 저 세상에서 돌아온 사람들. 모든 변화에 어리둥절하는 낙오자(옛 귀족_옮긴이)들. 프랑스에 남게 된 사실을 기뻐하여 눈물을 흘리고, 또 조국을 다시 보고 기뻐하다가는 이전의 왕정이 사라져 버린 데에 절망하는 선량한 귀족. 군국 귀족인 제정의 귀족을 매도하는 십자군 귀족. 역사의 의의를 잃은 역사적인 종족. 나폴레옹의 군대를 멸시하는 샤를마뉴 군대의 후예들.

앞에서도 말했지만, 검과 검은 서로 모욕을 주었다. 퐁트누아 전투의 장검은 가소롭기 짝이 없어 굵은 병이나 다름없다고 하면, 마렝고 전투의 장검은 잔학하고 가느다란 칼에 지나지 않는다고 대답했다. '옛날'은 '어제'를 비방했다. 이들은 이미 위대한 것에 감동하는 마음도, 우스운 것을 웃을 여유도 없었다. 그중에는 나폴레옹을 스카펭(몰리에르의 희극에 나오는 인물로 간사한 하인의 전형_옮긴이)이라고 하는 사람도 있었다.

그러나 그러한 세계는 없다. 다시 말해서, 지금은 그러한 세계의 그 아무것도 전혀 남아 있지 않다. 어쩌다 거기서 어떠한 형상을 잡아 내 머릿속에서 다시 한 번 살아 있는 모습으로 바꿔 보려고 해도 마치 노아의 홍수 이전 세계처럼 생소한 것으로 보인다. 왜냐하면 그 세계 또한 홍수에 모두 휩쓸려 가 버렸기 때문이다. 두 개의 혁명에 휘말려서 감쪽같이 자취를 감추고 만 것이다. 사상이란 그 얼마나 거대한 파도인가! 그 얼마나 재빨리 모든 것을 덮고 파괴하고 매장할 사명을 갖는 것일까! 그 얼마나 빠르게 무서운 심연을 만드는가!

이것이 멀리 가 버린 결백한 옛 시대의 살롱의 모습이었다. 거기선 마르탱빌 씨가 볼테르보다 더 많은 기지를 부리고 있었다.

그런 살롱은 그 자신만의 문학과 정치를 껴안고 있었다. 거기서는 피에베가 신용을 얻고 있었다. 아지에 씨의 발언이 법령 같은 권위를 가지고 있었다. 말라케 강변의 고서적 상인인 콜네 씨가 몹시 비평받고 있었다. 거기서 나폴레옹은 무조건 '코르시카의 식인귀'였다. 뒷날 국왕의 육군 중장 부오나파르테 후작의 이름이 역사 속에 기록된 것은 시대정신에 대한 양보였다.

하지만 그러한 살롱도 영원히 순수할 수는 없었다. 벌써 1818년부터 몇 명의 이론가들이 고개를 쳐들기 시작하며 어두운 그림자를 드리우고 있었다. 그들의 수법은 왕당파이면서도 왕당파를 변명하는 것이었다. 과격파가 극히 거만하게 구는 데에 이론파는 수치를 느끼고 있었다. 이론파는 머리가 영리했다. 그들은 함부로 떠들지 않았다. 그들 정치적 신조는 거만함이라는 풀기를 적당히 먹었다. 그들의 성공은 어쩌면 당연했다. 그들은 언제나 흰 넥타이를 매고, 윗도리의 단추를 단정하게 채우고 있었는데, 그것은 물론 효과가 있었다. 이론파의 과오랄까 불행은 늙은이 같은 청년들을 만들어 버린 일이다. 이론파들은 마치 현자와 같은 태도를 취하고 있었다. 그들은 절대적이고 과격한 주의에 온화한 권력을 접목시켜 보려고 했다. 보수적 자유주의를 파괴적 자유주의에다 대립시키고 있었고 그것이 또한 매우 교묘했다. 사람들은 그들이 이런 말을 하는 것을 흔히 들었다.

"왕권주의에 감사하라!"

왕권주의가 늘 적지 않은 역할을 했다. 왕권주의는 전통과 교양과 종교와 존경을 다시 가져오지 않았는가. 그것은 충직하고, 정직하고, 성실하며, 자비롭고, 헌신적이다. 비록 내키지 않더라도 국민의 새로운 위대함에 왕국 고래의 위대함을 섞었다. 그것의 과오는 혁명, 제국, 영광, 자유, 젊은 사상, 젊은 세대, 젊은 세기를 이해하지 않은 일이다. 하지만 왕권주의가 우리에게 저지른 그 잘못을, 우리 또한 저지르지 않는가?

우리가 유산으로 물려받은 혁명은 모든 것을 이해해야 한다. 왕권주의를 공격하는 것은 자유주의의 모순이다. 이 얼마나 큰 잘못이며 맹목이란 말인가! 혁명의 프랑스는 역사의 프랑스에, 다시 말해서 자기 어머니에게, 곧 자기 자신에게 무례하게 대하고 있다. 1816년 9월 5일 이후 왕국의 귀족이 받고 있는 대우는 1814년 7월 8일 이후 제국의 귀족이 받은 대우와 비슷하다. 그들은 독수리(나폴레옹의 문장_옮긴이)를 위하여 부당하게 대우했으나 우리는 이제 백합꽃(프랑스 왕조의 문장_옮긴이)에 대해 부당하게 대우했다.

이처럼 인간이란 언제나 힘들게 대할 무언가를 찾고 있었다. 루이 14세 왕관의 금을 지워 버리고 앙리 4세의 문장을 벗겼다고 해서 무슨 소용이 있겠는가? 이에나 다리에서 N자(나폴레옹의 머리글자_옮긴이)를 지운 보블랑 씨를 우리는 야유한다. 그가 도대체 무엇을 했단 말인가? 우리가 현재 하고 있는 짓도 그와 같다. 부빈(1214년 필립 오귀스트 왕이 독일 황제 오톤 4세를 무찌른 곳_옮긴이)의 승리는 마렝고의 승리와 마찬가지로 우리의 것이다. 백합꽃은 N자와 마찬가지로 우리의 것이다. 그것은 우리가 계승해야 할 재산이다. 그것을 지우는 것이 무슨 소용이란 말인가? 지금의 조국이나 과거의 조국이나 똑같이 부인해서는 안 된다. 어째서 역사의 전부를 원해서는 안 된단 말인가? 왜 프랑스의 전부를 사랑하지 않는단 말인가?

이처럼 이론파는 비판받기를 싫어하고 변호받는 것에 분개하고 있던 왕권주의를 비판하고 또 변호했다. 과격파는 왕권주의의 제1기를 특징지었다. 융합은 제2기의 성격이 되었다. 열광을 능란함으로 바꾼 것이다. 이쯤에서 서술을 멈추도록 하자.

이 이야기를 하는 동안에 이 책의 저자는 근대사의 기묘한 시기를 발견했다. 그래서 지나치면서 잠시나마 그것에 눈길을 주었으며, 오늘날에는 아무도 모르는 그 사회의 기이한 윤곽들 중 몇몇을 다시 그려 볼 수밖에 없었다. 하지만 그는 신속하게, 씁쓸하거나 조롱하는 어떤 사념도 없이, 그 윤곽들을 그려 보았다. 추억은 어머니인 조국에 관한 것이므로 친애와 존경을 불러일으켜 작자로 하여금 이 과거의 한 시기에 애착을 갖게 했다. 게다가 이 작은 세계도 그런대로 일종의 위대함을 지니고 있었다고 말해 두고 싶다. 이렇게 말하면 사람들은 웃을지 모르지만 무시하거나 미워할 수는 없을 것이다. 그것은 지난날의 프랑스였기 때문이다.

어쨌든 마리우스 퐁메르시는 여느 학생들처럼 평범하게 공부했다. 이모 질노르망 양의 손에서 떠났을 때 할아버지는 마리우스를 위해 순수 고전에 통달한 교사를 채용했다. 막 피어나려던 이 젊은 영혼은 가짜 정숙녀에게서 유식한 체하는 학자의 손으로 넘어갔다. 마리우스는 수년 동안 공립 중학교를 다닌 후 법률 학교에 입학했다. 그는 왕당파였고, 열정적이며 근엄했다. 그는 할아버지의 쾌활하면서도 차가운 태도에 불쾌감을 느껴서 할아버지를 가까이 따르지 않았다. 그리고 아버지를 생각하면 마음이 무거워졌다.

하지만 그는 온화하고 너그럽고 당당하고 종교적이고 열렬한 데다 차가운 열정까지 갖춘 소년이었다. 준엄할 정도로 품위가 있고 촌스러울 정도로 순결했다.

불한당의 최후

마리우스가 고전 공부를 마친 시기와 거의 비슷하게 질노르망 씨는 사교계에서 은퇴했다. 노인은 포부르 생 제르맹과 T 부인의 살롱에 작별을 고하고 마레의 피유 뒤 칼베르 거리에 있는 자택에 와서 정착했다. 그곳에서 그가 부리던 하인은 수위 외에 마농의 후임으로 들어온 니콜레트라는 하녀와, 앞서 말한 천식증을 숨기기 어려운 바스크가 있었다.

1827년 마리우스는 열일곱 살이 되었다. 어느 날 저녁 집에 돌아오자 할아버지는 한 통의 편지를 손에 들고 있었다.

"마리우스, 내일 베르농에 가거라."

질노르망 씨가 말했다.

"무슨 일이 있나요?"

마리우스가 물었다.

"네 아버지를 만나 봐라."

마리우스는 순간 멈칫했다. 그는 모든 일을 상상해 보았으나 다만 이것만은, 언젠가는 아버지와 만나게 될 일이 생길 것이라고는 전혀 생각지 않았다. 마리우스로서는 이렇게 뜻밖이고 이렇게 놀라운 일은, 그리고 또 군이 말하자면 불쾌한 일은 없었다. 그것은 멀어지려고 했지만 군이 억지로 붙여 놓는 것이나 다름없는 일이었다. 슬픔일 뿐만 아니라 고역이었다.

마리우스는 정치적 반감이라는 동기들을 제쳐 놓더라도, 질노르망 씨가 기분이 좋을 때면 저돌적인 무사라고 부르는 아버지가 자기를 전혀 사랑하고 있지 않다고 생각했다. 남의 손에 자란 자신을 생각하면 그것은 분명한 일이었다. 아버지의 사랑을 조금도 받지 못한다고 생각한 마리우스도 아버지를 사랑하지 않았다. 또한 그보다 당연한 일은 없다고 마음속으로 생각하고 있었다.

그는 하도 어이가 없어 질노르망 씨에게 더 이상 질문을 할 엄두도 내지 못했다. 할아버지는 말을 이었다.

"몸이 아픈 모양이다. 널 찾고 있어."

그러고는 잠시 후 덧붙였다.

"내일 아침에 떠나거라. 퐁텐 정류장에서 아침 6시에 출발하여 저녁에 도착하는 마차가 있을 게다. 그 마차를 타거라. 매우 급하다는 기별이야."

그리고 그는 편지를 구겨서 주머니에 넣었다. 그럴 마음만 있었다면 마리우스는 그날 밤에 출발해서 다음 날 아침 아버지 곁에 있었을 것이다. 불루아 거리의 역마차가 당시 밤중에 루앙을 다니면서 베르농을 지나가고 있었다. 질노르망 씨도 마리우스도 그런 것은 알아볼 생각도 하지 않았다.

다음 날 해 질 녘 마리우스는 베르농에 도착했다. 집집마다 불이 켜질 시각이었다. 마리우스는 지나가는 사람을 붙잡고 '퐁메르시 씨의 집'을 물었다. 그의 머릿속에는 복고 왕조의 의견이 가득했고 자신 또한 아버지의 남작이나 대령이니 하는 신분을 인정하지 않았기 때문이다.

집은 쉽게 찾을 수 있었다. 초인종을 누르자 손에 작은 램프를 든 여자가 나와 문을 열었다.

"퐁메르시 씨 계십니까?"

마리우스가 물었다.

여자가 꼼작도 하지 않고 서 있기만 했다.

"이 집이 맞습니까?"

여자가 고개를 끄덕였다.

"지금 뵐 수 있을까요?"

여자는 고개를 가로저었다.

"전 그분 아들인데요."

마리우스가 말했다.

"저를 기다리고 계실 겁니다."

"그분은 이제 당신을 기다리지 않아요."

여자가 말했다.

그제야 마리우스는 여자가 울고 있는 것을 알았다.

그 여자는 입구 가까이에 있는 곁방 하나를 손가락으로 가리켰다. 마리우스는 들어갔다.

난로 위에 놓인, 짐승 기름으로 만든 양초 한 자루가 밝히고 있는 방에는 세 남자가 있었다. 한 사람은 서 있고, 한 사람은 무릎을 꿇고 있고, 한 사람은 셔츠 바람으로 방바닥에 길게 누워 있었다. 바닥에 누워 있는 사람이 대령이었다.

다른 두 사람은 의사와 신부였는데 신부는 기도하고 있었다.

대령은 사흘 전부터 뇌막염에 시달렸다. 발병 초기부터 이상한 예감이 든 그는 아들을 보내 달라고 질노르망 씨에게 편지를 써 보냈다. 병은 더 심해졌다. 마리우스가 베르농에 도착한 바로 그날 저녁, 대령은 갑자기 착란 상태에 빠졌다. 하녀의 만류에도 불구하고 일어나 외쳤다.

"아들은 아직도 오지 않았어! 내가 가야겠어!"

그러고는 방을 뛰쳐나가다가 응접실 바닥에 쓰러지고 말았다. 그리고 조금 전에 막 그는 숨을 거두었다.

의사와 신부가 불려 왔다. 그러나 의사도 신부도 이미 늦었다. 아들 역시 너무 늦게 왔다.

어두침침한 촛불 아래 누워 있는 대령의 창백한 볼 위에, 생명이 사라진 눈에서 굵은 눈물 한 줄기가 흐르는 것이 보였다. 눈빛은 사라지고 없으나 눈물은 아직 마르지 않았다. 그 눈물은 기다리던 아들이 늦게 왔기에 흘린 눈물이었다.

마리우스는 처음이자 마지막으로 만난 그 남자를 가만히 내려다보았다. 엄숙하고 사나이다운 얼굴, 뜨고 있지만 이미 아무것도 볼 수 없는 눈, 하얗게 센 머리, 여기저기 칼에 베인 거무스름한 흉터와 총탄의 구멍이었던 듯한 불그레한 별 모양의 반점들로 뒤덮인 억센 팔다리. 마리우스는 또한 신이 선량함을 새겨 놓은 얼굴에 용감한 분전의 자취를 남기고 있는 커다란 흉터를 바라보았다. 마리우스는 그 남자가 자기 아버지이며 이미 죽었다는 것을 생각하고 전율하며 서 있었다.

마리우스가 느낀 슬픔은 누군가가 죽어 쓰러져 있는 것을 보았을 때 느끼는 그런 슬픔이었다.

그 방 안에는 비통함이, 폐부를 찌르는 비통함이 있었다. 하녀는 한쪽 구석에서 눈물을 흘리고 있었고, 기도를 하는 사제의 흐느낌이 들렸으며, 의사는 눈물을 훔치고 있었다. 시체도 울고 있었다.

의사와 신부와 하녀는 슬픔에 사로잡혀 고통스러운 눈길로 마리우스를 바라보고 있었다. 그 자리에서 그는 한 사람의 이방인이었다. 마리우스는 아무런 감정이 없었던지라 그런 자신의 태도가 거북하게 느껴져 당황하고 있었다. 그는 손에 들고 있던 모자를 떨어뜨렸다. 슬픔으로 인해 그것을 들고 있을 기운조차 없다는 것을 보이기 위해. 하지만 그는 자신의 그러한 행동을 곧바로 경멸했다. 하지만 그런 스스로가 나쁜 것일까? 어쨌든 아버지에게는 그 어떤 애정도 가지지 않았으니 어쩔 수 없지 않은가?

대령은 아무런 유산도 남기지 않았다. 가구를 몽땅 팔아도 장례식 비용이나 겨우 댈 수 있을 정도였다. 하녀가 종이쪽지 한 장을 발견하여 마리우스에게 주었다. 쪽지에는 대령의 자필로 이렇게 쓰여 있었다.

나의 아들에게.
황제는 워털루 싸움터에서 나를 남작에 봉하셨다. 왕정복고 정부는 피로써 지불한 이 칭호를 부인하지만 내 아들이라도 이 칭호를 인정하고 이 것을 패용하도록 하라. 물론 내 아들에게는 그러한 가치가 있을 것이다.

쪽지 뒷면에 대령은 또 이렇게 덧붙여 놓았다.

이 워털루 전투에서 어느 하사관이 나의 생명을 구해 주었다. 그의 이름은 테나르디에라고 한다. 최근 파리 근교의 셸 또는 몽페르메유에서 작은 여 관을 경영하고 있다고 한다. 만일 내 아들이 테나르디에를 만나게 되면 최대한의 호의를 베풀고 도와주기 바란다.

아버지를 향한 경건한 마음에서가 아니라, 언제나 죽음이 사람의 마음에 강요하는 그 막연한 경의로 인해 마리우스는 이 종이쪽지를 간직했다.

대령의 물건은 아무것도 남지 않았다. 질노르망 씨는 대령의 장검과 군복을 고물상에다 팔라고 지시했다. 이웃에 사는 사람들은 정원을 샅샅이 파헤쳐 그가 기르던 진귀한 꽃들을 뽑아 갔다. 남은 식물은 가시덤불이 되거나 죽어 버렸다.

마리우스는 베르농에 48시간밖에 머무르지 않았다. 장례식을 마친 뒤 파리로 돌아가서 다시 법률 공부를 시작했고, 아버지에 대해서는 마치 이 세상에 존재하지 않았던 사람처럼 생각조차 하지 않았다.

대령은 죽은 지 이틀 만에 땅에 묻히고 사흘 만에 잊혔다.

마리우스는 모자에 상장을 달았다. 그것이 전부였다.

미사에 가면 혁명파가 된다

마리우스는 유년 시절부터 종교상의 습관을 간직하고 있었다. 어느 일요일 날, 그는 생 쉴피스 성당의 미사에 참석하러 가서, 어린 시절 이모가 자기를 데리고 들어가던 그 비에르즈 예배소로 들어섰다. 여느 때와 달리 더 깊은 생각에 잠겨 있던 그는, 어느 기둥 뒤에 있는 유트레히트산 벨벳으로 감싼 의자 위에 웅크리고 앉아 있었는데, 그 등받이에는 '교구 위원 마뵈프 씨'라는 명패가 붙어 있었다. 미사가 시작된 직후 한 노인이 와서 마리우스에게 말했다.

"신사 양반, 그곳은 제 자리입니다."

마리우스는 얼른 물러섰고 노인은 그 의자에 앉았다.

미사가 끝난 뒤에도 마리우스는 몇 걸음 떨어져서 생각에 잠겨 우두커니 서 있었다. 노인이 다시 그의 곁으로 다가와 말을 걸었다.

"아까는 방해를 해서 미안했습니다. 또 지금도 방해해서 미안합니다. 성가신 사람이라고 생각하시겠지만 그 이유를 설명해 드리겠습니다."

"괜찮습니다."

마리우스는 말했다.

"그러실 필요 없습니다."

"아닙니다!"

노인은 말했다.

"저는 당신이 저를 나쁘게 생각하시는 것을 원하지 않기 때문입니다.

보시다시피 저는 이 장소를 매우 귀하게 여기고 있습니다. 미사를 이 자리에서 드리면 한층 더 고마운 것 같아서요. 그런 저를 궁금하게 생각하시겠죠? 지금 그 사연을 말씀드리지요. 제가 여러 해 동안, 두세 달에 한 번씩 정기적으로, 자기의 아이를 보러 오던 어느 착하고 불쌍한 아버지를 이 자리에 앉아서 보곤 했습니다. 그 사람은 자기 아들을 보는 데 그것 외에는 기회도 방법도 없었답니다. 왜냐하면 사정상 아이를 만날 수 없었기 때문입니다. 결국 그 사람은 미사에 오는 시간을 골라 찾아왔습니다. 어린 아들은 자기 아버지가 여기 와 있는 줄은 꿈에도 몰랐습니다. 아마 아버지가 있다는 것조차 몰랐을 겁니다, 순진한 그 아들은 말입니다. 아이의 아버지는, 혹시 누가 볼까 두려워 이 기둥 뒤에 몸을 숨기곤 했습니다. 그리고 아들을 바라보며 눈물을 흘렸습니다. 그 어린아이를 가슴 깊이 사랑하고 있었던 겁니다. 불쌍한 사람이었죠! 나는 그 광경을 여기서 보았지요. 그때부터 이 장소는 내게 신성한 장소가 되었습니다. 그래서 여기 와서 미사를 드리는 게 습관이 되었어요. 또한 제가 교구 재산 관리 위원인지라 집사 석에 앉을 권리가 있으나 저는 그 자리보다 이 자리가 더 좋습니다. 나는 또 불행한 그분의 내력도 약간은 알게 되었죠. 그분에게는 장인과 돈이 많은 숙모, 친척들이 있었는데 그들은 아버지가 아이를 만나면 아이에게서 상속권을 박탈하겠다고 위협했던 겁니다. 그래서 그분은 아들이 장차 부유하고 행복하게 살 수 있도록 해 주기 위해 자신을 희생했습니다. 그분으로부터 자식을 떼어 놓은 이유는 정치적 견해 때문이랍니다. 물론 저마다 정치적 견해는 가지고 있습니다. 하지만 그 한계를 모르고 극단적으로 치닫는 사람들이 있습니다. 맙소사! 그 사람이 워털루 전투에 참가했다고 그 사람이 흉악한 괴물은 아닙니다! 또 그러한 일로 아들을 아버지에게서 떼어 놓을 수는 없는 일이지요. 그 사람은 보나파르트의 대령이었지요. 지금은 죽었을 겁니다. 주임 신부를 하고 있는 내 형님과 같은 베르농에 살고 있었습니다. 그분 존함이 뭐라더라, 퐁마리라든가 퐁페르시라든가! 그리고 얼굴에 칼에 베인 커다란 흉터가 있었지요."

"퐁메르시 씨가 아닙니까?"

마리우스가 창백해진 얼굴로 물었다.

"맞아요. 퐁메르시 씨입니다. 당신도 아시는 분입니까?"

"네, 그분은 제 아버지십니다."

마리우스는 말했다.

늙은 교구 위원은 감격스러운 듯 두 손을 마주 잡고 외쳤다.

"아니! 당신이 그 아들이오? 아, 그렇지. 이젠 벌써 다 컸을 테지. 어떻게 이런 일이! 아, 가엾은 아이! 당신에게는 당신을 깊이 사랑하시던 아버님이 계셨습니다!"

마리우스는 아무 말없이 노인을 부축하며 그의 집까지 바래다주었다. 그 이튿날 마리우스는 질노르망 씨에게 말했다.

"친구들과 사냥 갈 약속을 했어요. 한 사흘 갔다 와도 될까요?"

"나흘도 좋다!"

할아버지가 대답했다.

"가서 잘 놀다 오너라."

그런 뒤 자기 딸에게 눈짓을 하고는 나직한 목소리로 말했다.

"연애라도 하는 모양이야!"

교구 위원을 만난 결과

마리우스가 어디 갔었는지는 조금 후에 알게 될 것이다.

마리우스는 사흘 동안 집을 비웠다가 파리로 돌아왔다. 그러고는 곧장 법률 학교 도서관에 가서 〈모니퇴르〉 묶음을 빌려 왔다.

마리우스는 〈모니퇴르〉를 읽고, 공화국과 제정 시대의 모든 역사, 《세인트헬레나 회상록》며 온갖 회상록, 신문, 보고서, 선고 같은 것을 닥치는 대로 읽었다. 대육군의 보고서 속에서 처음으로 아버지의 이름을 발견한 후, 그는 한 주일 동안 열병에 걸린 사람처럼 들떠 있었다.

마리우스는 또 조르주 퐁메르시의 상관이었던 장군들, 특히 H 백작을 만나러 갔다. 다시 찾아간 교구 재산 관리 위원 마뵈프 씨가, 베르농의 생활, 즉 대령의 은퇴와 재배하고 있던 꽃과 그의 고독한 은둔 생활에 관한 여러 가지 이야기를 상세히 들려주었다. 마리우스는 마침내 그 존귀하고 숭고하며 다정했던 사람, 자기의 아버지였던, 사자이면서도 어린양 같았던 아버지에 대해 모두 알게 되었다.

이렇게 마리우스는 자신의 모든 시간과 생각을 아버지에 관한 연구에 바쳤다. 당연히 그는 질노르망 식구들과 얼굴을 대하는 시간이 부족했다. 식사 시간에는 나타났으나 식사가 끝나면 금세 사라졌다. 이모는 투덜거렸다. 질노르망 씨는 미소를 띠었다.

"까짓것! 놔 두거라. 지금 한창 계집애 꽁무니를 쫓아다닐 나이지!"

그러면서 노인은 덧붙였다.

"그 녀석, 한때 벌이는 장난인가 했더니 아무래도 진짜 정열을 불태우고 있는 모양이로군!"

사실은 진짜 정열이었다. 마리우스는 아버지를 열렬히 숭배하기 시작했다.

동시에 이상한 변화가 그의 사상 속에 기지개를 켜며 일어나고 있었다. 그 변화는 지속적이었으며 또 순서대로 다른 곳으로 옮겨 갔다. 이 책은 우리 시대의 다양한 정신의 역사를 이야기하려는 것이므로 그러한 변화의 과정을 한 걸음 한 걸음 더듬어 그 모든 것을 지적하는 것은 나쁘지 않다고 생각한다. 지금 마리우스가 살펴본 역사는 그를 놀라게 했다. 그 역사가 그에게 안겨 준 최초의 반응은 현기증이었다.

그때까지 공화국이니 제국이니 하는 것은 그에게는 마치 괴물처럼 무서운 말일 뿐이었다. 공화국이란 황혼 속에 우뚝 서 있는 단두대였고, 제국이란 어두운 밤에 난무하는 칼이었다. 그는 지금 그 안을 들여다본 것이다. 그리하여 대혼돈의 어둠밖에는 없으리라 생각했던 곳에서 두려움과 기쁨이 섞인, 말할 수 없는 놀라움으로 찬연히 빛나는 별을 바라보았던 것이다. 미라보, 베르뇨, 생 쥐스트, 로베스피에르, 카미유 데물랭, 당통을. 그리고 솟아오르는 태양 나폴레옹을. 그는 자기가 어디 있는지 알 수 없었다. 너무나 강렬한 눈빛에 눈이 부셔서 뒷걸음질 쳤다. 그리고 조금씩 놀라움이 가셨다. 그 빛에 익숙해져서 현기증을 일으키지 않고도 그러한 광휘를 바라보고 또 공포심 없이 인물 하나하나를 똑바로 주시했다.

혁명과 제국이란 그의 꿈꾸는 듯한 눈동자 앞에 광휘를 발하는 먼 풍경이 되었다. 온갖 사건과 인물을 포함하는 이 두 집단이 다시 두 개의 위대한 업적 속에서 요약되는 것을 그는 보았다. 그 사실이란 민중에게 반환된 공민권이 지배하는 공화국과, 전 유럽의 과제가 된 프랑스 사상이 지배하는 제국이었다. 그는 대혁명 속에서 민중의 위대한 모습이 나타나는 것을 보았다. 참으로 훌륭한 일들이었다고 그는 마음속으로 외쳤다.

그가 경탄하며 현혹된 나머지 종합해서 보기만 한 이 최초의 평가에서 마리우스가 소홀히 했던 사실을 이곳에서 지적할 필요는 없으리라. 여기서 얘기되는 것은 다만 앞으로 걸어가고 있는 한 정신의 상태이다. 어떠한 진보도 한꺼번에 이룩되는 것은 아니다. 그 사실을 이 기회에 말해 둔 다음 이야기를 계속하자.

마리우스가 이때 비로소 느낀 것은 자신이 아버지를 이해하지 못했던 것과 마찬가지로 조국 또한 마찬가지로 이해하지 못했다는 것이다. 그는 이 두 가지 모두 깊이 알지 못했다. 그는 일부러 암흑의 베일 같은 것으로 자기 눈을 덮고 있었던 것이다. 이제 그는 눈을 뜨며 앞을 바라보았고 한편으로 찬탄하고 한편으로 숭배했다.

마리우스의 마음은 후회와 부끄러움으로 가득 찼다. 그는 마음속에 품고 있는 모든 것을 이제는 무덤 앞에서만 말할 수 있다고 생각하고 절망에 사로잡혔다. 아아, 만약에 아버지가 살아 계셨다면, 만약에 아직 아버지가 계셨다면, 만약에 하느님이 동정과 선의에서 아버지를 아직 살아 계시게 했다면, 그 곁에 달려가 힘껏 몸을 던지면서 큰 소리로 외쳤을 텐데!

"아버지, 제가 왔어요! 저예요, 저도 아버지와 같은 마음입니다. 저는 진정 아버지의 아들입니다!"

그러고 나서 힘차게 아버지의 흰 머리를 끌어안으며 그 머리칼을 눈물로 적시고 그 상처를 바라보고 그 손을 잡고 그 옷을 우러러보고 그 발에 입을 맞췄을 텐데! 아아, 어째서 아버지는 이렇게 빨리, 아직 그럴 나이도 아닌데, 정의의 심판도 기다리지 않고, 아들의 사랑도 기다리지 않고 돌아가셨단 말인가!

마리우스는 마음속으로 줄곧 흐느껴 울며 끊임없이 "아아!" 하고 탄식했다.

그동안 그는 더욱더 진지해지고, 더욱 신중을 기하고, 자기의 신념과 사상을 더욱 확실하게 믿게 되었다. 매 순간마다 진실의 광명이 쉬지 않고 비쳐들어 그의 부족한 이성을 채워 주었다. 그의 내면에서는 일종의 내적 발육이 일어나기 시작했다. 아버지와 조국. 그에게는 새로운 이 두 가지가 가져다주는 자연스러운 성장을 느끼고 있었다.

열쇠를 손에 쥔 듯 모든 것이 열렸다. 그는 이때까지 싫어하고 있던 것을 이해하고, 이때까지 미워하고 있던 것을 새롭게 보았다. 그는 이때부터 비방하게끔 배운 위업과 배척하도록 배운 위인들에 관해, 거기에 신의 뜻이 있음을, 신성하고 인간적인 의의가 있음을 알아보았다. 어제이면서도 이미 먼 옛일처럼 생각되는 이전의 자기 의견을 생각하면 마리우스는 자신에게 화가 나 어이없는 웃음을 지었다.

아버지에 대한 생각을 바꿈과 동시에 그는 자연히 나폴레옹에 대한 생각도 바꿨다. 그러나 나폴레옹에 대해서는 역시 노력 없이 바뀌지는 않았다고 해야 한다.

어릴 적부터 마리우스의 머리는 나폴레옹에 대해서는 1814년의 왕당파의 의견으로 가득 차 있었다. 어쨌든 왕정복고에 대한 편견과 이해관계와 본능은 모조리 나폴레옹을 왜곡하는 방향으로 기울어져 있었다. 복고 정부는 로베스피에르보다도 훨씬 더 많이 나폴레옹을 증오하고 있었다. 그리고 국민의 피로와 어머니들의 증오심을 교묘하게 악용했다. 보나파르트는 어느새 전설에 가까운 일종의 괴물로 변해 있었다. 앞서도 지적한 바와 같이 아이들의 상상과 비슷한 민중의 상상력에 호소하기 위해 1814년의 당사자들은 온갖 무서운 가면을 차례차례로 그려 내고, 장대할 정도의 무서움에서 기괴망측한 무서움에 이르기까지, 티베리우스(잔인한 로마의 황제_옮긴이)에서 괴물에 이르기까지 온갖 끔찍한 얼굴을 총동원했다. 그렇게 하여 보나파르트를 얘기할 때 마음속에 증오심만 있다면 흐느껴 울건 웃어 젖힌 건 그건 모두 자유였다. 마리우스도 이른바 '그 남자'에 대해서는 그 외의 생각은 하지 않았다. 그러한 생각은 마리우스의 성질 속에 있는 집요함과 자연스럽게 결합되었다. 마리우스의 마음에는 나폴레옹을 증오하는 완고한 어린 소년 하나가 자리 잡았던 것이다.

역사를 읽고 특히 여러 기록과 기타 자료를 놓고 역사를 연구해 가는 동안 나폴레옹의 진실을 숨기고 있던 베일이 차차 마리우스의 눈에서 벗겨져 나갔다. 그는 어떤 거대한 것을 발견했다. 그리고 다른 모든 경우와 마찬가지로 보나파르트에 대해서도 '이제껏 내가 오해하고 있었던 것이 아닐까?' 하고 생각하게 되었다. 날을 거듭함에 따라 더욱 분명히 보였다. 처음에는 내키지 않은 일이었으나 어느새 열중하게 되었다. 마치 불가항력에 이끌리듯 서서히 한 걸음, 한 걸음, 처음에는 어두운 계단을, 다음에는 어렴풋이 비쳐진 계단을, 마지막에는 감격의 빛으로 찬연하게 빛나는 계단을 마리우스는 기어 올라가기 시작했다.

어느 날 밤, 마리우스는 지붕 밑에 있는 자신의 작은 다락방에 홀로 앉아 있었다. 촛불이 켜져 있었다. 그는 책상에 팔꿈치를 괴고 열어 놓은 창가에 앉아 책을 읽고 있었다. 온갖 종류의 몽상이 떠올라 와 그의 머릿속으로 들어왔다. 밤은 얼마나 위대한 광경인가! 어디서 오는지 모를 희미한 소리가 들린다. 지구보다 200배나 큰 화성이 횃불처럼 새빨갛게 반짝이는 것이 보인다. 하늘은 까맣고 별은 일제히 깜박인다. 그야말로 놀라운 광경이다.

마리우스는 '대육군'의 전황 보고서를 읽고 있었다. 싸움터에서 쓴 저 호메로스적인 문장이다. 거기서 아버지의 이름을 발견했다. 황제의 이름은 항상 나왔다. 대제국의 전모가 그의 앞에 드러났다. 무언가 조수 같은 것이 점점 마음속에 부풀어 올라 들끓는 것을 느꼈다. 가끔은 아버지가 바람결처럼 그의 곁을 지나면서 귓가에 속삭이는 것 같았다. 마리우스는 조금씩 신비한 기분에 사로잡혔다. 북, 대포, 나팔, 보조를 맞춘 보병대의 행진, 멀고 희미한 기병대의 질주, 그 모든 소리가 들리는 것 같았다. 이따금 그의 두 눈이 하늘을 향하며 한없이 깊은 곳에서 반짝이는 별자리들을 바라보다가 다시 책 위로 향하여 그 위에서 모호하게 움직이는 또 다른 거대한 것들을 발견하곤 했다. 가슴이 죄는 것을 느꼈다. 흥분하여 몸을 떨며 숨 가쁘게 허덕였다. 갑자기 마음속에 무언가 끓어올라 자기가 무엇을 따르고 있는지도 모르는 채 일어서서 양팔을 창밖으로 내밀고 어둠 속을, 정적을, 무한한 암흑과 영원한 공간을 응시하며 소리쳤다.

"황제 폐하 만세!"

이 순간 모든 것이 결정되었다. 코르시카의 식인귀, 찬탈자, 폭군, 자신의 누이에게 애착한 괴물, 탈마(나폴레옹이 좋아하던 비극 배우_옮긴이)에게 가르침을 받은 익살 광대, 성지 자파(1799년 보나파르트에게 점령되었던 팔레스타인의 항구_옮긴이)의 침략자, 호랑이 부오나파르테―이러한 모든 것은 사라지고 그 대신 머릿속에 어렴풋이 밝은 광명이 나타나고 멀리 손이 닿지 않는 높이에 카이사르의 대리석상의 창백한 환영이 빛나고 있었다. 마리우스의 아버지에게 황제는 사람들이 칭찬하고 헌신하고 친애하는 대장에 지나지 않았다.

그러나 마리우스에게는 그 이상의 무엇이었다. 그에게 황제는 로마의 군단에서 세계 통일의 대업을 이어받은 프랑스 군단을 건설한다는 사명을 띠고 나타난 위인이었다. 그는 붕괴 현장으로 뛰어든 놀라운 건설자이며 샤를마뉴, 루이 1세, 앙리 4세, 리슐리외, 루이 14세, 공안 위원회(1793년 4월 국민의회가 만든 위원회_옮긴이)의 후계자였다. 황제는 물론 나름대로의 오점과 결점도 있고 죄악마저도 저질렀을 것이다. 역시 인간이었으니까. 그러나 그 결점마저도 엄숙한 것이며 그 오점도 빛나고 그 죄악도 다른 것과는 다른 그 무엇이었다. 세계의 모든 국민들로 하여금 프랑스인을 '대국민'으로 부르게 할 그런 사명을 띠고 나타난 인간이었다. 아니 그 이상이었다. 그가 든 칼로 유럽을 정복하고 그가 내뿜는 빛으로 세계를 정복한 프랑스 자신의 화신이기도 했다.

마리우스는 보나파르트 속에서 항상 국경에 버티고 서서 미래를 지켜주는 눈부신 거인의 모습을 발견했다. 전제군주이지만 집정관이었으며, 공화국에서 태어나서 혁명을 완수한 전제군주였다. 예수가 '신인(神人)'인 것과 같이 나폴레옹은 마리우스에게 '민중인(民衆人)'이었다.

새로 종교에 입문한 사람들 모두가 그렇듯, 마리우스는 자기의 전향에 완전히 도취되고 말았다. 그는 두려움 없이 그 속에 뛰어들었고 너무 깊이 빠져들었다. 그의 성격으로 보아 지극히 당연한 현상이었다. 일단 기울어지면 도중에서 멈추기란 거의 힘들었다. 칼에 열광한 정열이 마리우스를 사로잡고, 그 정열은 사상에 대한 심취와 함께 머릿속에서 뒤죽박죽 뒤섞였다. 스스로 그것을 깨닫지 못한 채 힘을 천재와 결부시키거나 아니면 천재와 혼동시키면서 찬미하고 있었다. 다시 말해서 스스로 깨닫지 못한 채 우상숭배의 두 방에 몸을 맡긴 것이다. 한쪽은 신성(神性)의 방이고 다른 쪽은 야수의 방이었다. 마리우스는 이 밖에도 여러 잘못된 방향으로 나가고 있었다. 그는 가감 없이 모든 것을 받아들였다. 사람은 진로로 향해 나아가면서도 도중에서 오류를 범하는 일이 가끔씩 있다. 마리우스는 진지한 열의를 가지고 모든 것을 하나로 뭉쳐 입속에 넣었다. 그는 새로운 길로 들어섰을 때, 나폴레옹의 영광을 측량하듯 옛 제도의 오류를 심판하고 참작해야 할 사정을 모두 무시하고 있었다.

어찌 되었든 놀라운 걸음이 시작되었다. 전에 왕정의 실추를 보았던 그곳에서 마리우스는 지금 새로운 프랑스의 도래를 보았다. 그가 지향하는 방향은 바뀌었다. 전에는 서쪽이었던 것이 지금은 동쪽이 되었다.

그러한 모든 마음의 혁명을 가족은 몰랐다. 오직 마리우스의 내부에서만 일어나고 있었다.

마리우스가 그런 은밀한 생활을 하며 부르봉파이자 과격파였던 낡은 외피를 완전히 던져 버렸을 때, 귀족주의, 근왕당, 왕당파의 옷을 벗었을 때, 완전히 혁명파가 되고 깊은 신념을 가진 민주파가 되고 거의 공화파까지 되었을 때, 마리우스는 오르페브르 강가의 어느 인쇄소에 들러 '남작 마리우스 퐁메르시'라는 라는 이름이 박힌 명함 100장을 주문했다.

그것은 그의 속에 일어난 변화, 즉 아버지를 중심으로 해서 움직인 변화의 작은 결과에 불과했다. 그러나 마리우스는 아무도 아는 사람이 없어서 어느 문지기에게도 이 명함을 뿌리고 다닐 수 없었다. 때문에 명함은 호주머니에 넣어 두었다.

다른 또 한 가지 자연스러운 결과는 아버지에 대한 기억이 가까워짐에 따라, 또한 대령이 25년 동안 분투해 온 일들에 접근함에 따라 할아버지에게서 멀어졌다는 점이다. 이미 말한 바와 같이 오래전부터 질노르망 씨의 기질을 좋아하지 않았다. 이미 두 사람 사이에는 경박한 노인에 대해 진지한 젊은이가 불러일으키는 온갖 부조화로 복잡했다. 제롱트(고전 희극의 완고한 노인_옮긴이)의 쾌활함은 베르테르의 우수를 들쑤시고 상처를 낸다. 같은 정치 의견과 같은 사상이 두 사람에게 통했던 동안은 마리우스와 질노르망 씨는 그것을 다리 삼아 얼굴을 마주하고 있었다. 그러나 일단 이 다리가 무너지자, 두 사람 사이에는 깊은 골이 생겼다. 게다가 어리석기 짝이 없는 이유로 그를 대령에게서 완력으로 떼어 내고 또 그렇게 해서 아버지에게서 자식을, 자식에게서 아버지를 빼앗은 것이 질노르망 씨였다는 것을 생각하면 마리우스는 말할 수 없는 반항심과 적개심이 일어나는 것을 부인할 수 없었다.

아버지에 대한 경애 때문에 마리우스는 할아버지를 거의 혐오하기에 이르렀다. 하지만 앞에서도 말했지만, 조금도 겉으로 드러내지 않았다. 다만 마리우스는 더욱더 냉담해져서 식사도 간단하게 하고 집에 있는 일도 드물게 되었다. 그 일로 이모의 잔소리가 심해졌지만 무척 온순한 태도로 학교 강의니, 시험이니, 강연회니 하는 평계를 댔다. 할아버지는 자신이 생각한 진단을 틀림없다며 믿고 있었다.

"분명 여자한테 반한 거야! 나도 그런 경험이 있었지."

마리우스는 자주 집을 비웠다.

"도대체 어딜 저렇게 다니는 걸까요?"

이모는 물었다.

마리우스가 집을 비우는 시간은 극히 짧았다. 그리고 한번은 아버지가 남긴 분부에 따라 몽페르메유에 가서 옛날 워털루 전투에서 중사였던 여관 주인 테나르디에를 찾아간 적이 있었다. 그러나 테나르디에는 이미 파산하고 여관 문을 닫은 상태였다. 그 후 어떻게 되었는지 아는 사람은 없었다. 이 일정으로 인해 마리우스는 나흘 동안 집을 비웠다.

"분명히 여자한테 미쳤어, 녀석!"

할아버지가 말했다.

그러고 보니 집안사람들은 그가 셔츠 밑 가슴 위에 검은 끈이 달린 무엇인가를 걸고 있는 것을 본 것 같았다.

어떤 염문

앞에서 어느 창기병 이야기를 잠깐 한 적이 있다.

그는 질노르망 씨의 조카뻘이 되는 사람의 아들로서 집을 나와 혼자 병영 생활을 하고 있었다. 이 테오딜 질노르망 중위는 미남 장교로 불리기에 딱 알맞은 모든 조건을 갖추고 있었다. '여자 같은 몸매'에 의기양양하게 군도를 차고 카이저수염을 기르고 있었다. 가끔씩 파리에 나오는 수도 있었으나 극히 드문 일이었기에 마리우스는 그를 만난 적은 없다. 이 두 육촌 형제는 서로의 이름만 알고 있었다. 테오딜은 전에도 말했지만 질노르망 당고모의 사랑을 받고 있었는데, 그 이유는 단지 두 사람이 자주 만나지 않았기 때문이었다. 누구를 자주 만나지 않을 경우, 그 사람이 그처럼 완전해 보일 수가 없는 법이다.

어느 날 아침, 질노르망 이모가 본래의 침착성을 잃지는 않았으나 매우 흥분하여 자기 방으로 돌아왔다. 마리우스가 다시 할아버지에게 잠깐 여행을 하고 싶으니 허락해 달라고 이제 막 청을 하고 있던 참이었다. 게다가 그날 밤 출발할 예정이라고 말했기에 이모는 더욱 흥분했다.

"다녀오너라!"

할아버지는 대답했다.

질노르망 씨는 이미 위까지 양쪽 눈썹을 추켜올리면서 중얼거렸다.

"이 녀석, 전과가 있는데 또 외박을 하겠군."

질노르망 이모는 씨근거리면서 자기 방으로 올라가다가 계단 앞에 서서는 "너무 심하잖아!" 하고 소리를 지르고는 "도대체 어딜 그렇게 쏘다니는 거야?" 하고 중얼거렸다.

그녀는 무언가 떳떳치 못한 정사, 어스름 속에 숨어 있는 여자, 밀회, 비밀, 그러한 것들을 그려 보고 그 방면으로 약간의 관심을 가져 보는 것도 나쁘지 않을 거라고 생각했다. 종교적 비의를 아는 것은 어떤 추문의 신선한 충격을 느끼는 것과 비슷하다. 신성한 영혼들은 그런 것들을 싫어하지 않는다. 열렬한 신앙심 한구석에 추문에 대한 호기심도 있다.

그래서 질노르망 이모는 사연을 알고 싶은 막연한 욕망에 사로잡혔다.

평소의 차분함을 들쑤시는 조금은 불안한 호기심을 밀어내기 위해 그녀는 수를 놓기 시작했다. 그것은 이륜마차의 많은 수레바퀴가 있는 제정 시대와 왕정복고 시대의 자수의 한 종류로 무명 헝겊 위에 무명실로 놓는 수였다. 지루하기 짝이 없는 일에 성질 까다로운 여인이 몇 시간이나 의자에 앉아 몰두하고 있었다. 그리고 문이 열렸다.

질노르망 양은 고개를 들었다. 테오뒬 중위가 앞에 서서 거수경례를 하고 있었다. 그녀는 너무도 기쁜 나머지 비명을 질렀다. 나이를 먹어 정숙한, 그리고 신앙심 깊은 고모라 해도 자기 방으로 불쑥 들어온 창기병을 보는 일은 역시 기쁜 것이다.

"난 또 누구라고, 테오뒬이었구나!"

그녀는 외쳤다.

"근처를 지나가다 들렀어요, 고모님."

"자아, 어서 키스해 다오."

"네!"

테오뒬은 말했다.

그리고 테오뒬은 고모를 포옹하며 입을 맞췄다. 질노르망 고모는 책상

께로 가서 서랍을 열었다.

"한 일주일 정도 머무를 거지?"

"아뇨, 오늘 밤에 돌아가야 합니다."

"어떻게 그럴 수가 있니!"

"방법이 없습니다."

"그러지 말고 자고 가거라, 테오뒬."

"저도 마음은 그러고 싶습니다만, 명령이 그러지 못하게 하는군요. 사정은 간단합니다. 주둔지가 이동하는 바람에 여태까지는 믈랑에 있었는데 가용으로 옮기게 되었습니다. 옛 주둔지에서 새 주둔지로 가려면 파리를 지나가야 됩니다. 그래서 잠깐 고모님 얼굴을 뵙고 오겠다고 말하고 온 것입니다."

"그런 거라면 네게 수고비를 주겠다."

고모는 루이 금화 열 개를 그의 손에 쥐어 주었다.

"사실은 고모님을 뵙는 저의 기쁨을 위해서 주시는 거겠죠, 고모님?"

테오뒬은 다시 한 번 고모를 껴안고 키스했다. 그때 군복의 금몰 때문에 그녀의 목덜미가 약간 긁혔으나 그녀는 그것마저도 기뻤다.

"너는 연대원들과 함께 말을 타고 이동하니?"

"아뇨, 고모님. 전 고모님을 만나기 위해 특별 허가를 받았습니다. 졸병이 제 말을 끌고 가 저는 승합마차로 가야 합니다. 그런데 잠깐 여쭈어 볼 말이 있는데요."

"뭐지?"

"육촌 동생 마리우스 퐁메르시도 여행을 가요?"

"그걸 네가 어떻게 알고 있니?"

고모는 문득 강한 호기심이 일어나서 물었다.

"이곳으로 오는 길에 앞 칸막이가 된 자리를 예약해 놓으려고 승합마차 사무실에 갔었죠."

"그런데?"

"한 손님이 벌써 지붕 위 자리를 예약해 두었더군요."

"이름이 뭐였지?"

"마리우스 퐁메르시."

"저런 못된 놈 같으니! 아, 네 육촌 동생은 너처럼 행실이 바른 애가 아니란다. 역마차 속에서 밤을 새우려 하다니!"

고모는 외쳤다.

"저도 마찬가지입니다."

"아니야, 네 경우는 그게 의무니까 어쩔 수 없지만 그 아인 멋대로 돌아다니는 거야."

"무슨 그런 말씀을!"

테오뒬은 말했다.

그 순간, 질노르망 고모의 마음에 한 사건이 일어났다. 기발한 생각이 떠오른 것이다. 만약 그녀가 남자였다면 이마를 소리 나게 탁 쳤을 것이다. 그녀는 테오뒬에게 묻기 시작했다.

"네 육촌 동생은 아마 너를 모르지?"

"모릅니다. 저는 그를 본 적이 있지만 그는 한 번도 저를 본 적이 없어요."

"그런데 너희는 함께 여행을 하게 됐구나, 함께 마차를 타고 말이지."

"동생은 지붕 위 좌석이고 전 앞 칸막이 자리인걸요."

"그 역마차는 어디로 가지?"

"앙들리행입니다."

"그렇다면 마리우스도 거기로 가는구나?"

"저처럼 도중에서 내리지 않는다면 그렇겠죠. 전 가용행으로 바꿔 타기 위해 베르농에서 내립니다. 전 마리우스의 여행지는 전혀 모릅니다."

"마리우스! 정말 듣기 거북한 이름이야! 어떻게 그따위 이름을 붙였는지 몰라! 거기다 비하면 네 이름은 정말 좋아, 테오뒬(그리스어로 신을 섬

긴다는 의미가 있음_옮긴이)!"

"전 차라리 알프레드였으면 좋겠어요."

장교는 말했다.

"좀 들어 봐라, 테오뒬."

"네, 듣고 있어요, 고모님."

"단단히 들어야 해."

"단단히 듣고 있습니다."

"알았니?"

"네."

"사실은 말이다, 마리우스가 자주 집을 비운단다."

"네에?"

"여행을 한다는 거야."

"그래서요?"

"외박을 하고 온단 말이지."

"호오!"

"그래서 어찌 된 영문인지 알고 싶어서 말이야."

테오뒬은 청동으로 만든 사람처럼 침착하게 말했다.

"여자들 뒤꽁무니를 쫓아다니나 보죠."

그러고는 자신의 생각이 틀림없다는 듯 엷은 웃음을 띠며 덧붙였다.

"풋내기 계집애를 말예요."

"그래, 틀림없이 그런가 봐."

고모는 외쳤다. 그녀는 질노르망 씨가 지껄이고 있는 것을 듣는 듯한 기분이었다. 그리고 종조부와 그 조카의 아들이 거의 같은 방법으로 강조한 '계집애'라는 말로써, 자기가 믿고 있었던 생각이 이제 절대로 확실한 것이 된 듯한 기분이 들었다. 그녀는 말을 덧붙였다.

"부탁이 하나 있다. 마리우스 뒤를 좀 밟아 보렴. 마리우스는 너를 모르고 있어. 그러니까 문제없을 거야. 계집애가 있다면 그 계집애를 잘 살 피도록 해. 그리고 자초지종을 편지로 써 보내다오. 할아버지도 분명 기뻐하실 거다.”

그러나 테오뒬은 그런 탐정 놀이에 그다지 흥미가 가지 않았다. 그래도 루이 금화 열 개에 마음이 움직여서 잘하면 또 한 번 얻을 수 있을지도 모른다는 생각이 들었다. 그래서 그 부탁을 승낙하고 말았다.

“네, 해 보겠습니다, 고모님.”

그리고 그는 혼잣말로 덧붙였다.

“감시역이로군, 난.”

질노르망 양은 그를 힘껏 안고 입을 맞추었다.

“테오뒬! 넌 분별없는 짓은 안 하겠지? 넌 규율에 따르고 명령에 복종하고 빈틈없이 의무를 지키는 사람이야. 그러니까 가족을 버리고 여자 따위를 만나러 가진 않겠지.”

창기병은 카르투슈(18세기 초에 처형된 대도적_옮긴이)가 정직하다고 칭찬받는 것처럼 흐뭇한 표정을 지었다.

마리우스는 그 대화가 있던 날 저녁, 미행을 당하는 줄도 모른 채 승합마차에 올라탔다. 그런데 감시인이란 자는 만사를 젖혀 놓고 잠부터 잤다. 까짓 잠이나 실컷 자자는 기분이 되어 버렸다. 이 아르고스(100개의 눈을 가지고 그 눈의 반은 잠을 자면서 경계를 게을리하지 않는 괴물_옮긴이)는 정신없이 하룻밤 내내 코를 골았다.

새벽녘에 승합마차의 마부가 외쳤다.

“베르농! 베르농! 베르농에서 내리실 손님!”

테오뒬 중위는 눈을 떴다.

“됐어.”

그는 반쯤 졸면서 중얼거렸다.

“이제 여기서 내려야겠군.”

그리고 잠이 깸에 따라 그의 기억은 점점 더 또렷해졌다. 고모의 부탁과 루이 금화 열 닢과 마리우스의 동정을 알리겠다고 약속한 것이 생각난 것이다. 그러자 슬쩍 웃음이 나왔다.

'이미 마차 안에는 없겠지.'

그는 군복 윗도리 단추를 채우며 생각했다.

'아마 푸아시에서 내렸는지도 모르지. 아니면 트리엘에서 내렸을지도 몰라. 플랑에서 내리지 않았다면 망트일까? 아니면 롤르부아즈에서 내렸을까? 어쩌면 파시까지 왔을지도 모르지. 아니면 왼쪽으로 꺾어 에브뢰 방면으로 갔거나 오른쪽으로 돌아 라로슈 기용으로 갔거나……. 고모님, 어디 한번 직접 뒤쫓아 보세요. 그런데 도대체 뭐라고 써야 한담, 저 착한 고모한테 말이야?'

그때 지붕 윗자리에서 내려오는 검은 바지가 앞 칸을 막은 유리창에 어른거렸다.

"혹시 마리우스?"

중위는 중얼거렸다.

마리우스였다.

마차 아래에는 말과 마부들 속에 섞여서 한 시골 처녀가 손님들에게 꽃을 팔고 있었다.

"부인에게 꽃을 선물하세요."

시골 처녀는 외쳤다.

마리우스는 처녀에게 다가가서 꽃바구니 속에서 가장 아름다운 꽃을 골랐다.

"호, 이것 봐라!"

앞 칸막이 자리에서 뛰어내리면서 테오될은 말했다.

"재미있어지는데! 도대체 어떤 여자에게 저 아름다운 꽃을 가지고 가는 걸까? 저렇게 아름다운 꽃을 가지고 가는 걸 보니 미인임이 분명해.

좀 보고 싶군."

이번에는 고모의 부탁이 아닌, 자신의 호기심 때문에 짐승 뒤를 쫓는 개처럼 마리우스의 뒤를 밟기 시작했다. 마리우스는 테오뒬에게 조금도 주의를 기울이지 않았다. 멋진 여자들이 승합마차에서 내려왔으나 마리우스는 눈길도 주지 않았다. 그는 이미 주변을 신경 쓰고 있지 않았다.

'사랑에 정신이 빠졌군!'

테오뒬은 생각했다.

마리우스는 성당 쪽으로 걸어갔다.

'오, 그럴듯한데!'

테오뒬은 혼자 말했다.

'성당으로 간다고? 알겠어. 미사로 약간 양념을 한 밀회라니 멋지군! 하느님 어깨 너머로 보내는 추파만큼 짜릿한 것은 없겠지.'

성당에 이르자 마리우스는 안으로 들어가지 않고 뒤쪽으로 돌았다. 그리고 맨 뒤쪽의 버팀목 모퉁이로 몸을 숨겼다.

"밀회 장소는 밖이로군. 어디 계집애 얼굴 좀 보자."

창기병은 발끝으로 살금살금 마리우스가 돌아간 모퉁이 쪽으로 걸어갔다.

그리고 순간 그는 놀라 멈춰 섰다.

마리우스는 이마를 두 손 안에 파묻은 채 어느 묘소 풀밭 속에 꿇어앉아 있었다. 그가 산 꽃다발은 무덤 위에 가지런히 놓여 있었다. 무덤 한쪽에는 머리 부분임을 알리는 흙더미 위에 검은 나무 십자가가 서 있고 흰 글씨로 이름이 쓰여 있었다.

'육군 대령 남작 퐁메르시'

마리우스가 슬프게 우는 소리가 들렸다.

'계집애'란, 하나의 무덤이었다.

화강암과 대리석

마리우스가 처음 파리를 떠나 찾아온 곳은 바로 여기였다. 그가 외박을 한다고 질노르망 씨가 말할 때마다 그는 그곳을 찾아가고 있었다.

테오뒬 중위는 생각지도 않게 묘지에 부딪히자 그만 당황하고 말았다. 묘소에 대한 경의와 대령에 대한 존경 섞인, 그 스스로도 뭐라고 말할 수 없는 이상야릇한 불안감을 느꼈다. 그는 마리우스를 홀로 묘지에 남긴 채 돌아왔으나 그 퇴각에는 규율이 있었다. 어느새 망인은 커다란 견장을 달고 테오뒬 중위 앞에 모습을 드러냈고, 그는 놀라 거수경례를 했다. 고모에게는 뭐라고 써야 할지 몰라 결국 아무것도 쓰지 않기로 했다. 마리우스의 연애에 관해 테오뒬이 발견한 것을 통해 아마 아무런 결과도 일어나지 않았을 테지만, 우연 속에서 흔히 볼 수 있는 저 신비로운 조화로 말미암아 베르농의 그 사건이 알려지지도 않았는데 파리에서는 사건 하나가 일어났다.

사흘째 되는 날 새벽, 마리우스는 베르농에서 돌아와 할아버지 집에 도착했다. 그는 이틀 밤을 승합마차 안에서 보낸지라 한 시간가량 수영을 하면서 휴식을 취하고 싶었다. 그는 서둘러 자기 방으로 뛰어 올라가서 여행용 프록코트를 벗고 목에 걸고 있던 검은 끈을 끄르자마자 곧 수영장으로 달려갔다. 정정한 노인이면 누구나가 다 그렇듯이 질노르망 씨 또한 아침 일찍 깨어 있다가 마리우스가 돌아오는 소리를 들었다. 자신의 늙은 발걸음으로 최대한 빨리 마리우스의 다락방으로 올라가 마리우스를 얼싸안으며 입을 맞추고 이것저것 물어 보고 그동안 어딜 갔다 왔는지 알아보려 했다.

하지만 팔십 노인이 올라가는 것보다 청년의 움직임이 더 빨랐다. 질노르망 노인이 지붕 밑 방에 들어갔을 때 이미 마리우스는 방에서 나가고 없었다.

　침대는 잠자리 그대로였고, 그 침대 위에는 프록코트와 검은 끈이 아무렇게나 던져져 있었다.

　"이게 도리어 낫지."

　질노르망 씨는 말했다.

　그 길로 곧장 그는 응접실로 들어갔다. 거기에는 벌써 큰딸 질노르망 양이 앉아서 수레바퀴 수를 놓고 있었다.

　질노르망 씨는 의기양양하게 들어섰다.

　그는 한 손에 프록코트를 들고 다른 손에는 리본 목 끈을 들고 있었다. 질노르망 씨는 외쳤다.

　"이제 됐어! 드디어 비밀을 밝힐 수 있어! 속속들이 알 수 있게 되었단 말이다. 저 엉큼한 난봉꾼의 비밀을. 그 사연도 직접 보게 되었어. 상대방의 초상도 볼 수 있고!"

　과연 메달 비슷한 울퉁불퉁한 검은 가죽의 작은 갑이 끈 끝에 달려 있었다. 노인은 그 작은 갑을 손에 든 채로 한동안 들여다보고 있었다. 그 기색은 마치 굶주린 거지가 자신을 위해 차린 것이 아닌 훌륭한 만찬이 코 밑으로 운반되어 가는 것을 바라보듯이 게걸스러움과 황홀감과 분노가 섞여 있었다.

　"이 속에 초상이 들어 있는 것이 분명해. 나도 기억이 있어. 가슴에 정답게 품고 다닌다고. 바보 같은 녀석! 틀림없이 구역질이 날 만큼 더러운 화냥년일 거야! 요즘의 젊은 놈들 취향은 정말 이상하단 말이야!"

　"어디 봐요, 아버지."

　노처녀는 말했다.

　단추를 누르자 작은 갑문이 열렸다. 그 안에는 정성스럽게 접은 한 장의 종이밖에 들어 있지 않았다.

　"'역시 그녀로부터 당신에게'라……."

질노르망 씨는 웃어 대면서 말했다.

"흔해 빠진 연애편지야!"

"어머, 어디 한번 읽어 봐요!"

노처녀가 끼어들었다.

그녀는 안경을 썼다. 두 사람은 종이를 펴서 다음과 같은 글을 읽었다.

나의 아들에게,

황제는 워털루 싸움터에서 나를 남작에 봉하셨다. 왕정복고 정부는 피로
써 지불한 이 칭호를 부인하지만 내 아들만이라도 이 칭호를 인정하고 이
것을 패용하도록 하라. 물론 내 아들에게는 그러한 가치가 있을 것이다.

아버지와 딸이 받은 충격은 말로 표현할 수 없을 만큼 끔직했다. 그들
은 해골이 뿜는 요기라도 쐰 것처럼 온몸이 오싹 얼어붙는 것을 느꼈다.
서로가 말 한마디 하지 못했다. 겨우 질노르망 씨는 자신에게 말하듯 나
직한 목소리로 중얼거렸다.

"이건, 저 어리석은 놈의 필적이야."

이모는 종이를 이리저리 살펴보고는 작은 갑 속에 집어넣었다. 이와
동시에 푸른 종이에 싼 장방형의 물건이 프록코트의 호주머니에서 떨어
졌다. 질노르망 양은 그것을 주워 파란 종이를 펴 보았다. 그것은 100장
이나 되는 마리우스의 명함이었다. 명함 한 장을 딸에게서 받은 질노르
망 씨는 명함에서 다음과 같은 것을 읽었다.

'남작 마리우스 퐁메르시.'

노인은 초인종을 눌렀다.

곧 니콜레트가 나타났다. 질노르망 씨는 끈과 작은 갑과 프록코트를
움켜쥐고는 그것들 모두를 응접실 마룻바닥 한복판에 내동댕이치면서
말했다.

"가져가, 이 넝마 조각을!"

더없이 깊은 침묵 속에 꼬박 한 시간이 지나갔다. 노인과 늙은 딸은 서로를 외면한 채 등을 맞대고 앉아 같은 문제에 대한 해결책을 제 나름대로 생각하고 있는 듯했다. 이렇게 한 시간이나 지났을 때 질노르망 이모가 말했다.

"흥, 좋군. 그래!"

한참 후에 마리우스가 나타났다. 이제 막 돌아오는 길이었다. 그는 응접실의 문턱을 넘기 전에 할아버지 손에 자기 명함이 한 장 들려 있는 것을 보았다. 할아버지는 그를 보자 부르주아 특유의 냉소적이고 강압적인 목소리로 외쳤다.

"요놈, 요놈, 요놈! 이제 넌 남작이라며? 하, 그거 참 잘됐구나. 하지만 어떻게 된 일이지?"

마리우스는 얼굴을 약간 붉히며 대답했다.

"그 뜻은 제가 제 아버지의 아들이라는 뜻입니다."

질노르망 씨는 비웃음을 멈추고 엄숙하게 말했다.

"네 아비는 나다."

"제 아버지는……."

마리우스는 눈을 내리깔고 엄숙한 태도로 대답했다.

"겸허하고 용감한 분이었습니다. 공화국과 프랑스를 위해 목숨을 바쳐 훌륭히 활약을 했습니다. 지금까지 인간이 만든 가장 위대한 역사 속 위인이셨습니다. 그리고 25년간을 야영지에서 사셨습니다. 낮에는 산탄과 포탄 아래, 밤에는 눈에 묻히고 흙투성이가 되어 비를 맞으며 사셨습니다. 그러면서 군기를 두 개나 빼앗았습니다. 스무 군데나 상처를 입었습니다. 하지만 모두에게 잊힌 것도 모자라 버림받은 채 돌아가셨습니다. 잘못이 있다면 두 배신자를 너무 사랑했다는 것입니다. 조국과 저를 말예요!"

그것은 이미 질노르망 씨가 잠자코 듣고 있을 한도를 넘어서고 있었다. '공화국'이라는 말을 듣고 그는 벌떡 일어섰다. 마리우스가 한 말 하나하나에 늙은 왕당파의 얼굴은 새빨갛게 편 대장간의 불을 풀무질하는 것처럼 변해 갔다. 가라앉았던 얼굴빛이 붉어지더니, 진홍색이 되고 다음에는 불꽃이 되어 활활 불타올랐다.

"마리우스!"

그는 외쳤다.

"고약한 놈! 네 아비가 어떤 인간이었는지 나는 모른다! 그리고 알고 싶은 생각도 없다!

그 자식에 대해서는 아무것도 모른다! 얼굴도 몰라! 하지만 내가 알고 있는 것은 그런 인간들 속에는 제대로 정신이 박힌 인간이 없다는 사실이야! 모두가 부랑자, 살인자, 혁명 당원, 도둑놈이다! 알아듣겠니? 모두가 그렇단 말이다! 그런 놈들을 난 하나도 모른다! 알겠니? 마리우스! 글쎄, 네가 남작이라니 돼먹지 않은 어거지야! 로베스피에르를 위해 일한 놈들은 전부 악한들이었어. 부오나파르테를 위해 일한 놈들은 전부가 강도야! 국왕을, 정통 국왕을 배신한 놈들은 모두 반역자야! 그 비겁한 놈들은 전부 워털루에서 프로이센인과 영국인들 앞에서 달아났어! 내가 알고 있는 건 그뿐이다! 네 아비도 그런지 어떤지 난 몰라! 유감스럽기 짝이 없고 미안한 말이지만 말이야!"

이번에는 마리우스가 대장간의 불이 되고 질노르망 씨가 풀무가 되었다. 마리우스는 분노로 온몸이 떨렸다. 자기도 어떻게 된 건지 모르는 채 머리가 확확 달아올랐다. 마치 성체가 바람에 날려가 버린 것을 본 신부나 불상 위에다 침을 뱉고 가는 사람을 보는 승려의 마음과 같았다. 그러한 말을 자기 눈앞에서 거리낌 없이 할 수 있다는 것은 용서받을 수 없는 행위였다. 그러나 어떻게 하면 좋은가? 아버지는 지금 자기 앞에서 짓밟히고 모욕을 당한 것이다. 그것도 누구한테서? 다름 아닌 할아버지한테서가 아닌가! 어떻게 하면 한쪽을 능욕하지 않고 다른 한쪽에게 속 시원한 복수를 할 수 있겠는가? 하지만 그가 할아버지를 모욕할 수는 없었다. 그러나 아버지 복수를 미룰 수도 없었다. 한편에는 신성한 무덤이 있고, 한편에는 백발이 있다. 그는 한동안 술에 취한 듯 비틀거리는 걸음을 내디뎠다. 머릿속에서는 강한 회오리바람이 쳤다. 이윽고 그는 눈을 들고 가만히 할아버지를 바라보며 우레 같은 소리로 고함을 쳤다.

"부르봉 왕가 타도, 돼지 같은 루이 18세 타도!"

루이 18세는 이미 4년 전에 죽고 없었다.

그러나 마리우스에게는 아무래도 좋았다. 가뜩이나 붉었던 노인의 얼굴이 갑자기 그 머리칼보다도 하얗게 변했다. 노인은 난로 위에 있는 베리 공작의 흉상을 향해 특별히 장중한 태도로 공손하게 절을 했다.

그리고 천천히 입을 다문 채 난로에서 창으로, 창에서 난로로 두 번 응접실을 왔다 갔다 가로지르자 마치 석상이 걷고 있는 것처럼 마룻바닥이 삐걱삐걱 울렸다. 두 번 가로지르는 동안 질노르망 씨는 늙은 양처럼 망연하게 이 충돌하는 광경을 바라보고 있던 딸 쪽으로 몸을 기울였다. 그리고 차가운 웃음을 띠며 말했다.

"이분 같은 남작님과 나 같은 부르주아가 한 지붕 아래 함께 살 수는 없지."

노인은 갑자기 몸을 똑바로 일으켜 세우더니 창백해져서는 덜덜 떠는 무서운 모습으로, 분노로 번쩍이는 이마를 치켜 올리며 마리우스 쪽을 향해 외쳤다.

"어서 이 집에서 나가!"

마리우스는 집을 나왔다.

그 이튿날 질노르망 씨는 딸에게 말했다.

"저 흡혈귀에게는 6개월마다 60피스톨씩 부쳐 주도록 해. 그리고 앞으로는 내 앞에서 절대로 그놈 이야기를 꺼내지 마라."

그래도 화가 풀리지 않아 그 화풀이를 어떻게 해야 좋을지 모르는 질노르망 씨는 3개월 이상이나 자기 딸에게 마치 '남남과 같은 쌀쌀한 말투'를 썼다.

한편 마리우스도 격분하여 집을 뛰쳐나갔다. 마리우스의 분노를 더욱 격렬하게 만든 사정을 말해야겠다. 이런 가족의 비극을 더욱 뒤엉키게 하는 소소한 일들은 언제나 주변에 깔려 있는 법이어서 결국 그 때문에 부정이 더 늘어나지는 않더라도 손실은 커지게 마련인 것이다.

니콜레트는 할아버지 명령으로 황급히 마리우스의 '넝마 조각'을 그의 방으로 가져가서는 저도 모르는 사이 다락방에 이어진 어두컴컴한 층계에서 대령이 쓴 종이쪽지가 들어 있는 검은 가죽 갑을 떨어뜨렸던 것이다. 그때부터 그 종이쪽지도 그 갑도 다시는 보이지 않았다. 마리우스는 '질노르망 씨'가―이날 이후 그는 할아버지를 그렇게밖에 부르지 않았다.―'아버지의 유언'을 불 속에 던져 버렸다고 믿었다. 마리우스는 대령이 쓴 몇 줄의 문장을 암기하고 있었기 때문에 결과적으로는 아무런 손실도 없는 셈이었다. 하지만 그 종이쪽지, 필적, 그 소중한 유품, 그러한 것들은 모두 바로 마리우스의 마음 그 자체였다. 그것들이 모두 어떻게 되었단 말인가.

마리우스는 집을 나갔다. 어디로 간다고 말하지도 않고, 어디로 가는지 자신도 모르는 채 30프랑, 시계, 그리고 몇 가지 옷을 여행 가방에 넣어 가지고 집을 나섰다. 그러고는 시간제 이륜마차를 빌려 타고 목적도 없이 라틴 구 쪽으로 향했다.

앞으로 마리우스는 어떻게 될 것인가?

4. ABC의 친구

역사에 남을 뻔한 한 무리

표면적으로 평온했던 그 시절에, 확연한 혁명적 전율이 희미하게 흐르고 있었다. 1789년과 1792년의 깊숙한 심연에서 다시금 되돌아온 숨결이 주위에 감돌고 있었다. 이런 말이 허용된다면—젊은 세대가 움직임에 영향을 받아 변하고 있었다. 문자판 위를 도는 시곗바늘은 또한 사람들의 마음속에도 돌고 있는 것이다. 사람들은 각자 자신의 몫만큼 그 첫발을 내딛고 있었다. 왕당파는 자유주의자가 되고 자유주의자는 민주주의자가 되어 가고 있었다.

그것은 마치 무수한 썰물에 뒤섞인 밀물 같았다. 썰물의 특징은 서로 섞여 돌아가는 것이다. 거기서 기이한 사상의 결합이 생겨났다. 사람들은 나폴레옹을 숭배하면서 동시에 자유를 숭배했다. 우리는 지금 역사를 서술하고 있다. 그러한 것들이 그 시절의 세대가 남긴 모습인 것이다. 정치적 의견이란 다양한 과정을 거친다. 볼테르적 왕당주의도 매우 색다른 정치적 입장이었지만, 이와 좋은 짝을 이루는 보나파르트적 자유주의 또한 기이한 정치적 입장을 지녔다.

그 밖에 사상 집단들은 더 진지했다. 그런 단체에서는 원칙을 탐구하고 무엇보다도 권리를 추구했다. 또한 절대적인 것에 열광하여 무궁한 실현을 언뜻 찾기도 했다. 절대적인 것, 그 자체의 경직성으로, 오성들을 끝없는 창천으로 떠밀고, 그것들로 하여금 무한정 속에서 부유하게 만든다. 꿈을 만드는 데 신념만한 것이 없다. 그리고 미래를 만드는 데 꿈만한 것이 없다. 오늘 유토피아이던 것이 내일에는 살과 뼈를 가진 현실이 된다.

하지만 그런 급진적인 정치사상에는 이중의 바탕이 있었다. 정체를 파악할 수는 없지만 무언가 불길하고 수상한 움직임이 시작되고 있어서 '세워진 질서(왕정복고_옮긴이)'를 위협하고 있었다. 그것은 확실히 혁명의 징후였다. 집권자들의 속마음이란 바닥을 깨뜨려 보면 뜻밖에도 민중의 속마음과 통하는 법이다. 다시 말하면 민중 사이에서 일어나려 했던 폭동이 쿠데타와 호응하고 있었던 것이다.

그 당시 프랑스에는 독일의 투겐트 분트(19세기 초 독일 학생이 만든 애국 결사_옮긴이)나 이탈리아의 카르보나리(비슷한 무렵에 생겨난 이탈리아 통일을 위한 비밀결사_옮긴이) 같은 대규모 지하조직은 아직 없었다. 고작 여기저기에 그저 그런 구덩이들이 생기고 있는 형편이었다. 엑스에서 쿠구르드가 겨우 모습을 갖추어 갔으며, 파리에서도 비슷한 단체들 중에서 'ABC의 친구'라는 모임이 눈에 띄는 정도였다.

'ABC의 친구'란 무엇이었던가? 겉으로는 아이들의 교육을 목표로 하고 있었지만 실제로는 어른들의 재교육이 목적이었다.

그들은 스스로 'ABC의 친구'라고 선언했다. ABC(아베세)란 'Abaisse (아베세라고 발음하면 비천하다는 의미_옮긴이)'로서, 즉 민중을 뜻하고 있었다. 그들은 민중을 향상시키는 것을 목표로 삼고 있었다. 동음이의어 찾기와 같은 말장난처럼 보이지만, 그것을 비웃는 일은 잘못일 수 있었다. 말장난에도 때로는 정치에 중대한 연관성을 갖는 일이 있다. 그 증거로서 이를테면 '카스트라투스는 카스트라로(고자는 전쟁터의 진영으로_옮긴이)'는 나르세스(콘스탄티노플의 환관_옮긴이)를 실제로 장군으로 만들었다. 이를테면 '바르바리와 바르베리니(야만과 바르베리니. 교황이 된 바르베리니는 도시인이라는 뜻의 이름을 가진다_옮긴이)'가 있고, '푸에로스와 푸에고스(헌법과 푸에고스)'와 '너는 페트루스, 나는 이 페트람 위에(너는 베드로. 내가 이 반석 위에 내 교회를 세우리니)' 등등이 있다.

'ABC의 친구'의 수는 많지 않았다. 그것은 지금 싹트고 있는 태동기에 만들어진 비밀결사였다. 그러나 당파라는 것이 용감한 투사를 낳는 법이라면 이 결사도 거의 당파라고 해도 좋을 듯하다. 그들은 항상 파리의 두 장소에서 모였다. 하나는 중앙 시장 가까이에 있는 '코랭트'라고 불리는 선술집이고―이것은 뒤에 다시 문제가 되는 장소다.― 또 하나는 팡테옹 근처 생 미셸 광장에 있는, 오늘날에는 허물어져 버린 '뮈쟁'이라는 조그마한 카페였다. 이 두 집회소 중 첫 번째 장소는 노동자들 가까이에 있었고, 두 번째 장소는 학생들 가까이에 있었다.

'ABC의 친구'가 평소 비밀 집회를 가진 장소는 카페 뮈쟁의 깊숙한 뒷방에서였다. 그 방은 손님들이 오는 홀과 상당한 거리가 있었고, 매우 긴 복도를 통해야 하며, 창문이 둘에 좁은 그레 거리를 향하는 비밀 계단이 붙은 출구가 있었다. 동료들은 그곳에서 담배를 피우고, 술을 마시고, 카드놀이를 하고, 우스갯소리로 이야기꽃을 피웠다. 그들은 이곳에 오면 온갖 이야기를 큰 소리로 주고받았지만 어떤 한 일에 대해서는 낮은 목소리로 소곤거렸다. 벽에는 공화정 시절에 제작된 프랑스 지도 한 장이 붙어 있었는데, 경관의 콧구멍을 벌름거리게 하기에 충분한 징표였다.

'ABC의 친구' 대부분은, 몇몇 노동자들과 친하게 지내던 학생들이었다. 중요한 인물의 이름을 들면 다음과 같다. 그들은 이제 어느 정도 역사의 인물이 되어 있는 앙졸라, 콩브페르, 장 플루베르, 푀이, 쿠르페락, 바오렐, 레글 또는 레에글, 졸리, 그랑테르 등이다. 그 젊은이들은 강한 우정으로 가족 같은 분위기를 형성하고 있었다. 게다가 레에글을 빼 놓고는 모두가 남부 출신이었다.

이 주목할 만한 집단은 이제 우리 뒤에 있는 보이지 않는 심연 속으로 사라져 버렸다. 이야기의 이 부분에 이르러, 그들이 비극적 사건의 암흑 속으로 들어가는 모습을 독자들이 보기 전에 우선 그 젊은 얼굴들에 관해 이야기하는 게 부질없는 일은 아닐 것이다.

맨 처음은 앙졸라이다. 왜 맨 처음에 그의 이름을 들었는지 그 까닭을 곧 알게 될 것이다. 그는 부유한 가정의 외아들이었다.

앙졸라는 매력적인 동시에 무시무시한 일도 해낼 수 있는 젊은이였다. 그는 천사처럼 아름다웠다. 야만스러운 안티노우스(로마 황제 아드리앙의 사랑을 받은 매우 미남인 노예_옮긴이)였다. 왜냐하면 그의 눈에서 뿜어져 나오는 생각에 잠긴 듯한 안광을 보면, 그가 이미 전생에서 혁명의 대재앙을 거치고 왔나 싶었기 때문이다. 마치 옆에서 직접 목격한 사람처럼 혁명의 전설을 소상히 알고 있었다. 큰 사건에 관한 매우 사소한 일까지 모두 알고 있었다. 고위 사제 같으면서도 전사 같은 천성, 일개 소년의 천성으로는 기이하기 짝이 없었다. 그는 사제인 동시에 투사였다. 가까이에서 보면 민주주의를 수호하는 병사였고, 현대사를 조망할 수 있는 지점에서 보면 이상을 추구하는 사제였다.

깊은 눈동자와 발그스레한 눈꺼풀, 아랫입술은 두툼하고 오만해 보였는데, 이마는 시원스러웠다. 이마가 큰 부분을 차지하고 있는 얼굴은 지평선의 훤히 트인 하늘을 보는 듯하다. 금세기 초와 전세기 말 일찍부터 명성을 떨치던 몇몇 청년들과 마찬가지로 그는 처녀들에게서 발견되는 싱싱한 젊음을 지니고 있었다. 하지만 때로는 창백하게 흐려지는 일도 있었다.

앙졸라는 이미 성인이었지만 얼핏 보기에 아직 소년으로 보였다. 나이가 스물두 살임에도 열일곱 정도로밖에 보이지 않았다. 그는 하도 진지하여 이 세상에 여자라는 존재가 있는 것조차 모르는 것 같았다. 유일한 열정의 대상은 법이었고, 유일한 생각은 방해물을 뒤엎는 일이었다. 아 벤티노 산(고대 로마의 산_옮긴이)에 올라가면 그는 그라쿠스(이 산에 올라 가 귀족에게 반항한 형제의 이름_옮긴이)가 되고, 대혁명 당시 국민의회에 들어가면 생 쥐스트(스물일곱에 로베스피에르와 함께 단두대의 이슬로 사라 진 국민의회 의원_옮긴이)가 되었을 것이다.

앙졸라는 장미꽃을 들여다본 적이 거의 없으며, 봄을 느끼지 못하고 새의 노랫소리를 들은 적도 없었다. 에바드네(그리스의 비극인 에우리피데 스의 《애원하는 여자들》의 등장인물_옮긴이)의 드러낸 젖가슴도 아리스토 지톤을 움직이지 못했던 것과 마찬가지로 그 또한 무심했을 것이고, 꽃 도 그에게는 하르모디오스(아리스토지톤과 함께 폭군의 살해를 음모했던 아 테네 사람_옮긴이)에게서와 마찬가지로 다만 검을 갖추기 위한 방법으로 쓰였을 것이다.

앙졸라는 유희 속에 있으면서도 엄격했다. 공화국이 아닌 것들 앞에서 는 정숙하게 눈을 내리깔았다. 앙졸라는 '자유'라는 대리석 여신을 사랑 했다. 그의 말은 엄한 영감이 감돌고 찬송가의 전율이 흐르고 있었다. 그 는 느닷없이 날개를 펴고 날아올라서 사람들을 놀라게 했다. 아무것도 모른 채 섣불리 그에게 다가서는 처녀는 불행했을 것이다! 이따금 캉브 레 광장이나 생 장 드 보베 거리의 가게에서 일하는 바람기 있는 젊은 여 공들이 갓 중학교에서 도망 나온 듯한 이 얼굴, 교회당 복사 소년과 같은 모습, 황금빛 긴 속눈썹, 푸른 두 눈, 바람에 흐트러진 모발, 장밋빛 뺨, 생 기발랄한 입술, 쪽 고른 감미로운 치아를 보고 활짝 피기 시작한 이 인생 의 아름다운 모습에 욕망을 느껴서 그의 곁으로 다가가 자신의 용모와 자신의 매력이 어떤 효과를 주는지 앙졸라에게 시험해 보려 한다면 돌연 생각지 못했던 무시무시한 시선이 그 여자에게 돌아갔을 것이다. 그리고 보마르셰의 여자에게 아양을 떠는 세라핌과 《에제키엘》의 무서운 천사 를 혼동하지 말라고 그 여자에게 따끔하게 훈계했을 것이다.

앙졸라가 혁명의 논리를 대변하고 있었다면, 콩브페르는 혁명의 철학을 대변하고 있었다. 혁명의 논리와 혁명의 철학 사이에는 이런 차이가 있었다. 혁명의 논리는 전쟁에 찬성할 수 있지만 철학은 결국 평화로 귀결될 수밖에 없었다.

콩브페르는 앙졸라의 사상에서 결점을 보충 수정하며 그것을 완전한 것으로 만들어 갔다. 콩브페르는 앙졸라보다 관점이 높지는 않았으나 그가 보는 시야의 폭은 넓었다. 그는 가장 광범위하게 산재하는 오성들 속에서 보편적 관념에 입각한 폭넓은 원칙을 사람들 정신에 주입시켰다. 콩브페르는 언제나 말했다.

"혁명이다. 그러나 우선은 문명이다."

그러면서 높게 솟은 산 주위에 넓고 푸른 지평선을 펼쳐 보였다. 그러므로 콩브페르가 제시한 견해는 누구든지 접근할 수 있고 실행 가능한 것이었다.

콩브페르의 혁명은 앙졸라의 혁명보다 한결 더 너그럽고 평화롭게 숨쉬고 있었다. 앙졸라가 혁명의 신성한 권리를 표현했다면 콩브페르는 그 자연스러운 권리를 표현하고 있었다. 전자는 생각하는 방법에서 로베스피에르와 결부되고 후자는 콩도르세의 사상에 가까웠다. 콩브페르는 앙졸라보다 일반인들의 생활을 더 자세히 알고 있었다. 이 두 젊은이가 역사의 인물이 되었더라면 한쪽은 의인이라 하고, 또 한쪽은 현인이라고 했을 것이다. 앙졸라는 더 남성다웠다. 콩브페르는 더 인간적이었다. '인간'과 '남성', 확실히 이것이야말로 두 사람의 미묘한 차이였다.

앙졸라가 근엄했던 것처럼 콩브페르도 부드러웠는데, 두 사람 모두 순결했다. 콩브페르는 공민이라는 말을 사랑했는데 그 이상으로 인간이라는 단어를 더 좋아했다. 스페인 사람들이 말하는 '옹브르'(인간이라는 뜻인데 호칭으로 쓴다_옮긴이)라는 말을 기꺼이 썼을 것이다. 그는 뭐든지 닥치는 대로 읽었고, 연극을 보러 가고, 대학의 공개강좌를 들으러 다니고, 아라고(천문학자이며 물리학자_옮긴이)에게 편광 현상을 배우고, 조 프루아 생 틸레르(생물학자이며 발생학의 창시자_옮긴이)가 안면으로 가는 외경동맥과 뇌수로 가는 내경동맥의 이중 작용에 관한 주제로 하는 강 의에 집중했다.

그는 당시의 조류에 관심이 많아 과학의 발전을 성실하게 따라갔고, 생시몽과 푸리에의 학설을 비교해 보고(모두 당시의 공상적 사회주의자_옮 긴이), 상형문자를 해독하고, 조약돌을 깨뜨려서 지질학을 연구하고, 기 억을 더듬어 누에의 나방을 그리고, 《아카데미 사전》에서 프랑스어의 오 류를 지적하고, 퓌이제귀르(프랑스의 원수이며 전술가_옮긴이)와 들뢰즈를 연구하고, 아무것도, 기적들도 수긍하지 않았고, 그런 반면 무엇이든, 유 령조차도 부정하지 않고, 〈모니퇴르〉 기관지를 철해 놓은 것을 뒤적거리 며 생각에 잠기곤 했다.

그는 미래가 학교 교사의 손에 달려 있다고 생각해서 교육 문제에 도 많은 관심을 나타냈다. 그는 지적 수준과 윤리적 수준의 향상, 과학 의 발달, 사상의 순환, 청년기 정신의 육성 등의 문제를 위해 사회가 부 단한 노력을 할 것을 바랐다. 한편 통용되고 있는 현 교육의 초라함, 문 예 교육에서 소위 고전주의라고 하는 두세 세기의 직품들에만 치우쳐 있는 빈곤함, 공식적으로 인정된 현학자들의 폭군적 교조주의, 스콜라 적이고 판에 박힌 편견 등이, 결국 우리의 학교들을 인위적인 굴(멍텅 구리라는 뜻이 있다_옮긴이) 양식장처럼 만들어 버리지는 않을까 걱정하 고 있었다.

그는 박식하고 순수 결벽가이고, 하는 일이 구체적이고, 다재다능하고 노력가이고, 또 동시에 친구들의 말을 빌리면 '공상적인 정도로' 사색가 였다. 콩브페르는 자신의 모든 꿈이 이뤄지리라 믿었다. 다시 말해서 철 도의 발전, 외과 수술에 따르는 고통의 제거, 암실 속에서 사진을 현상하 는 방법, 전신, 경기구(輕氣球)의 조종법 등등. 뿐만 아니라 온갖 미신, 전

제정치나 편견과 같은 인류의 적이 도처에 만들어 놓은 요새를 그다지 두려워하지 않았다. 콩브페르는 과학이 언젠가는 그런 형세를 바꾸어 놓으리라고 믿는 사람 가운데 하나였다.

앙졸라는 결사의 우두머리였고 콩브페르는 그 안내자였다. 하나가 함께 싸우고 싶은 사람이었다면, 다른 하나는 함께 전진하고 싶은 사람이었다. 그렇다고 해서 콩브페르에게 싸울 힘이 없다는 것은 아니다. 그도 장애물에 몸을 부딪치고 그것을 힘껏 움켜쥐기를 결코 두려워하지 않았다. 하지만 자명한 이치들을 사람들에게 설명하고 실증 법칙을 세상에 알려 인류를 조금씩 그 운명과 일치시켜 가는 일이야말로 더욱 바람직한 일이라고 콩브페르는 생각했다.

빛에 두 가지 종류가 있다고 한다면, 콩브페르는 맹렬하게 타오르는 빛보다도 밝게 비치는 빛 쪽을 향하고 있었다. 하긴 화재도 새벽처럼 밝다. 하지만 태양이 떠오르기를 기다리지 못할 이유가 무엇이란 말인가? 화산은 주위를 밝게 비춘다. 그러나 여명은 더 멀리 잘 밝힌다. 아마도 콩브페르는 타오르는 불꽃의 숭고함보다는 아름다움의 순백색을 좋아했을 것이다. 연기로 인하여 흐려진 광명이나 폭력이라는 대가를 지불한 진보 등은 이 다정하고 성실한 정신을 가진 영혼을 온전하게 만족시키지는 못했을 것이다.

온 백성이 하나가 된 1793년 때처럼 진실 속으로 뛰어드는 것은 그의 마음을 질겁하게 했을 것이다. 그러나 콩브페르는 그 이상으로 정체(停滯)라는 것을 혐오했다. 그는 거기서 부패와 죽음의 역한 냄새를 맡았다. 요컨대 그는 역한 냄새보다는 격랑에 뜨는 흰 거품을 사랑하고, 썩은 시궁창보다는 급류를 좋아하고, 몽포콩 호수보다는 나이아가라 폭포를 더 좋아했다. 결국 그는 멈춰 서 있는 것도 서둘러 가는 것도 원치 않았던 것이다.

절대에 기사도적으로 반한 그의 혈기 왕성한 친구들이 혁명적 모험을 찬양하며 그것을 동경하고 있을 때, 콩브페르는 역사가 자연히 진보해 가는 것을 유심히 지켜보기를 바랐다. 콩브페르가 말하는 좋은 진보란 차가울지 모르지만 순수한 진보, 체계적일지는 몰라도 어느 곳 하나 나무랄 데 없는 진보, 조용하지만 흔들리지 않는 진보였다. 미래가 온전히 순수함을 간직한 채 찾아온다면, 그리고 민중의 덕의의 끝없는 진화가 아무것에도 방해되지 않고 실현된다면 아마 콩브페르는 무릎을 꿇고 두 손을 모아 기도라도 했을 것이다.

'선은 결백해야 한다.'고 콩브페르는 언제나 입버릇처럼 말했다. 또한 혁명의 위대함이 빛나는 이상을 향한다면 벼락 사이를 뚫고 발톱에 불과 피를 매단 채 그것을 향해 날아가는 것이라면, 진보의 아름다움은 오점을 남기지 않는 것이다. 진보를 표상하는 워싱턴과 혁명의 화신인 당통 사이에는, 백조의 날개를 가진 천사와 독수리의 날개를 가진 천사만큼의 현격한 차이가 있는 것이다.

장 플루베르는 콩브페르보다 온화한 인물이었다. 그는 필요한 중세 연구를 촉발시킨 당시의 힘차고 활발한 움직임에 편승한 일시적 변덕에 조금은 이끌려, 자기 이름을 즈앙(장의 중세식 호칭_옮긴이)이라 불렀다. 장 플루베르는 연정에 사로잡혀 여자를 사랑하고, 화분에 화초를 기르고, 피리를 불고, 시를 짓고, 백성을 사랑하고, 여인들을 동정하고, 아이들의 불행에 눈물을 흘리고, 미래와 신을 똑같이 믿고, 그리고 대혁명이 존경하는 한 인간의 목을, 다시 말해서 앙드레 셰니예의 목을 자른 것을 비난했다. 그의 목소리는 평소에는 가냘프나 돌연 남자답게 억세게 울릴 때가 있었다.

그는 박식하다고 할 만큼 학문에 능통하고, 또한 동양 어학에도 거의 학자 수준이었다. 무엇보다 그는 선량했다. 그리고 선량함이 얼마나 위대함에 가까운 것인지 아는 사람에게는 지극히 당연해 보이겠지만, 그는 시에서의 광대함을 사랑했다. 그는 이탈리아어, 라틴어, 그리스어, 히

브리어를 알고 있었다. 그리고 그것을 실제로 활용해서 읽은 것이라고
는 단테, 쥬베날, 아이스킬로스, 이자야라는 네 시인뿐이었다. 프랑스어
로 된 작품으로는 라신보다 코르네유를, 코르네유보다는 아그리파 도비
네를 좋아했다.

장 플루베르는 귀리나 범의귀가 우거진 들판을 산책하기 좋아하고, 세
상일에 관심을 기울이는 것 못지않게 구름에도 관심이 있었다. 그의 정
신은 두 자세를 취하고 있었는데, 하나는 사람을 향하고, 다른 하나는 신
을 향하고 있었다. 그래서 세상 움직임을 연구하든가 아니면 신에 관한
명상에 잠겼다. 장 플루베르는 하루 종일 사회문제를 탐구하곤 했다. 이
를테면 임금, 자본, 신용, 결혼, 종교, 사상의 자유, 연애의 자유, 교육, 형
법, 빈곤, 조합, 재산, 생산, 분배와, 이와 같은 인류를 어두운 그림자로 뒤
덮고 있는 현재의 사회적 문제들에 관해 깊은 사유를 펼쳤다.

그리고 밤이 되면 저 거대한 천체에 가득한 별을 올려다보았다. 앙졸
라와 마찬가지로 그도 부잣집 외아들이었다. 그는 목소리가 조용했고,
눈을 내리깔았고, 어색한 웃음을 지었다. 또 옷차림에 신경을 쓰지 않아
어쩐지 어색해 보였고 아무것도 아닌 일에 얼굴을 붉히며 부끄러움 많은
남자이자 겁쟁이였다. 그러나 사실은 용감한 사나이였다.

푀이는 부채 제조소 직공으로 아버지도 어머니도 없는 고아였다. 그
는 온종일 일하여 고작 3프랑의 수입을 올리고 있었다. 그러면서도 세상
을 해방시킨다는 생각밖에 없었다. 그리고 또 하나 마음에 품고 있는 것
은 교양을 쌓는 일이었는데, 그는 이것을 자기가 해방되는 방법이라 생
각했다. 푀이는 혼자서 읽고 쓰기를 배웠다. 그의 모든 지식은 혼자 스스
로 얻은 것이었다.

푀이는 마음이 너그러웠다. 그 포용력은 무한했다. 이 고아는 민중을
자기 모친으로 여겼다. 어머니가 없었기에 조국에 마음을 담그고 있었
다. 푀이는 조국 없는 사람이 이 지상에 한 사람도 없기를 바랐다. 민중

의 자식인 그는 오늘날 우리가 '국민정신'이라고 부르는 사상을 일찍부터 날카롭게 통찰하여 마음속에 품고 있었다. 그는 특히 역사 공부에 힘을 기울였는데, 분개를 하더라도 정부가 하는 짓을 잘 알고 분개하기 위함이었다. 이런 젊은 이상가들의 모임은 주로 프랑스에 관심을 두고 있었는데 쾨이는 그 가운데서도 프랑스가 아닌 다른 나라에 제일인자였다. 특히 그리스, 폴란드, 헝가리, 루마니아, 이탈리아 등이 그의 관심 대상이었고 또 그에 대해 전문가였다. 쾨이는 입버릇처럼 이들 나라 이름을 들고, 마치 자기의 권리인 양 끊임없이 어떤 화제건 간에 아랑곳하지 않고 그 나라 이야기를 들고 나왔다. 크레타 섬과 테살리아에 침입한 터키, 바르샤바에 침입한 러시아, 베니스에 침입한 오스트리아의 폭력 행위에 그는 몹시 분개하고 있었다.

특히 1772년의 대폭동(폴란드의 분할_옮긴이)에는 너무도 흥분한 나머지 온몸을 부들부들 떨었다. 진실을 품은 분노만큼 최고의 웅변은 없는데 그는 그런 웅변가 중 하나였다. 1772년이라는 모욕과 배신에 의해 멸망한 그 고결하고 용맹한 국민, 세 나라의 저 범죄 행위, 그 잔악한 간계 등에 대하여 지칠 줄 모르고 웅변을 쏟아 내었는데, 하나의 국가를 멸망시키는 끔찍한 행각의 견본이며 동시에 지침이 된 그 간계는 그 이후 여러 고결한 국가들을 가격하여 그 국가들의 출생 신고서를 아예 없애 버렸다. 오늘날의 모든 국제사회의 침범 행위의 근원은 폴란드 분할에서 비롯한다. 폴란드의 분할은 하나의 명제였으며 오늘날의 모든 정치적 범죄행위는 그 문제에서 비롯된 명제들이다.

근 한 세기 전부터, 폴란드의 분할 행위를 '변경할 수 없다'고 인정하고, 인준하고, 서명하고, 도장을 찍지 않은 독재자나 반역자는 하나도 없다. 근대국가의 배신 기록을 살펴보면 이 배신이 가장 먼저 눈에 띈다. 빈 회의의 열강국들은 그들의 범죄를 수행하기에 앞서 우선 이 범죄를 참고로 했던 것이다.

1772년에는 사냥할 짐승을 궁지로 몰아댔다는 뿔피리 신호 소리를 냈고, 1815년에는 잡은 짐승의 고기와 내장을 분배했던 것이다. 그런 것이 푀이가 언제나 외치는 주제였다. 이 가엾은 노동자는 정의의 옹호자가 되고 정의는 그를 위대하게 해주는 것으로 보답했다. 왜냐하면 올바른 권리의 주장 속에는 진실로 영원한 것이 있기 때문이다. 오늘날 바르샤바를 타타르가 되게 할 수 없는 것은 현재의 베니스를 게르만이 되게 할 수 없는 것과 마찬가지다. 어느 국왕이라도 그따위 싸움질에서 쓸데없는 노고를 바치면 명예까지 잃게 된다.

일단 침몰된 조국도 언젠가는 수면 위로 떠올라 다시 그 모습을 드러내기 마련이다. 그리스는 다시 그리스가 되고, 이탈리아는 다시 이탈리아가 된다. 이미 엎어진 일에 대한 권리의 저항은 영원토록 지워지지 않는다. 한 민족을 도둑질한 죄는 시효가 필요치 않다. 그런 심한 사기 죄는 미래에서도 결코 사라지지 않는다. 결국은 그 비겁한 야바위 짓에는 미래가 없다. 손수건의 상표를 떼듯, 한 국가의 상표를 제거하는 법이 아니다.

쿠르페락은 드 쿠르페락 씨라고 불리는 아버지가 있었다. 왕정복고 시대의 시민계급은 귀족을 나타내는 '드'라는 말을 무언가 소중한 것으로 여기고 있었다. 그것은 그들이 귀족 제도라든가 귀족계급에 품고 있던 잘못된 생각 중 하나였다. 이 '드'가 아무런 의미도 없다는 것을 오늘날에는 모두가 잘 알고 있다. 그러나 〈미네르브(왕정복고 초기 왕당파 신문_옮긴이)〉 시대 소시민들은 이 처량한 '드'를 높이 평가하고 있었으므로, 어떤 사람들은 그것을 폐지하지 않으면 안 된다고까지 말했다. 그 결과 드 쇼블랭 씨는 쇼블랭 씨, 드 코마르탱 씨는 코마르탱 씨, 드 콩스탕 드 르벡 씨는 뱅자맹 콩스탕 씨, 드 라파예트 씨는 라파예트 씨라고 저마다 자기를 부르게 했다. 쿠르페락도 뒤질세라 간단하게 쿠르페락이라고만 부르게 했다.

쿠르페락에 관해서는 이 정도로 해 두자. 이 이상으로 쿠르페락을 알고 싶다면 톨로미에스를 참조하라는 말로 마감하겠다.

쿠르페락은 실제로 이제 막 피기 시작한 재치의 꽃이라 부르기에 어울릴 만큼 젊은 활기에 넘쳐 있었다. 다만 그런 지질은 새끼 고양이가 가진 귀여움과 마찬가지여서 머지않아 사라져 버리고 그 멋진 아름다움도 두 다리로 서면 부르주아가 되고, 네 다리로 서면 밉살스러운 수고양이가 되어 버리는 것이다.

이런 종류의 재치는 학교에 들어가서는 차례대로 나가는 학생들—뒤에서는 쉼 없이 자라는 청춘의 싹—이 순서대로 전달해 가는, '마치 릴레이 선수처럼' 손에서 손으로 건네지는 것이어서 거의 어느 시대에도 같은 유형의 정신을 볼 수 있다. 그러니까 앞서도 말했듯이 1828년에 쿠르페락이 한 말은 누가 듣더라도 1817년에 톨로미에스가 하는 말을 듣는 것과 같았을 것이다. 다만 쿠르페락은 호인이었다. 얼핏 보기에 외면적인 정신은 비슷했지만 자세히 관찰하면 톨로미에스와 쿠스페락 사이에는 커다란 차이가 있었다. 그들 안에 숨겨진 인간성은 전자와 후자가 전혀 달랐다. 톨로미에스 속에는 한 검사가 있는데 비해 쿠르페락 속에는 의협회가 있었다.

앙졸라는 결사의 수령이며, 콩브페르는 지도자, 쿠르페락은 그 중심이었다. 다른 두 사람이 동료들에게 빛을 건네 주었다면 쿠르페락은 뜨거운 열을 주었다. 사실 쿠르페락은 결사의 중심이 되는 데 필요한 자질을 모두 갖추고 있었다. 친밀성 있는 원만함과 명랑한 성격을 모두 갖추고 있었다.

바오렐은 이미 1822년 6월의 유혈 소동 때에 살해된 젊은 청년 랄르망의 장례식에도 참가했다.

바오렐은 언제나 명랑한 사나이며 성장 과정은 좋지 않았지만 비열하지 않고, 한없이 돈을 물 쓰듯 해서 그 낭비는 도무지 아까운 것을 모르는 듯했고, 말은 웅변가라 할 만큼 유창했고, 그 대담함은 무모할 만큼 힘이 넘쳤다. 누가 봐도 참으로 더없이 좋은 사람이었다. 대담한 빛깔의 조끼를 걸치고 시뻘건 기염을 내뿜었다. 천성 자체가 떠들기를 좋아해서 그것이 폭동이 아니라면 싸움처럼 좋아하는 것이 없고, 혁명이 아니라면 폭동처럼 좋은 것은 없다는 사나이였다. 일단 일이 일어나기만 하면 언제라도 유리창을 깨부수고, 보도의 포석을 벗겨 내고, 정부를 뒤엎으려 들기만 했다. 새삼 그 결과가 궁금했던 것이다. 대학은 이미 11년 동안이나 다니고 있었다. 법률학의 냄새를 맡고는 있었지만 경험은 없었다.

"나는 절대로 변호사는 되지 않을 거야." 하는 것이 그의 좌우명이었으며, 처박아 놓은 각모(변호사가 쓰는 모자)가 조금 내다보이는 나이트 테이블이 그의 문장(紋章)이었다. 가끔씩 법률 학교에 등교할 때는 항상 프록코트에 단추를 단정히 채우고—외투 같은 것은 아직 만들어 내지 않았던 무렵이니까.—이상한 곳에 가서 감기에 걸리지 않도록 위생에 주의를 하고 있었다.

학교 정문을 보고는 "안 본 사이, 어지간히 늙어 빠졌군!" 했고, 학장 델뱅쿠르 씨를 보고는 "굉장한 기념비로군!" 하고 말했다. 강의 속에서 상송의 소재를 발견하기도 하고, 교수들 용모 속에서 만화의 소재를 찾기도 했다. 그는 꽤 많은 학자금을, 1년에 자그마치 3천 프랑이라는 돈을 하찮은 일에 낭비하고 있었다. 그는 시골에 있는 부모가 자기를 존경케 하도록 말을 잘해 놓았던 것이다.

그는 부모에 대해서 이렇게 말했다.

"그들은 시골 농민이지 소시민이 아니야. 그들이 조금이라도 사리분별을 할 줄 아는 건 다 그 때문이지."

변덕쟁이 바오렐은 마음 내키는 대로 여러 카페를 들락거렸다. 다른 사람들은 각자의 취향에 맞는 단골집이 있었지만 그에게는 그런 것이 없었다. 그는 정처 없이 쏘다니기를 좋아했다. 방황이 인간적이라 한다면

할 일 없이 배회하는 것은 파리 사람다운 것이다. 그러나 사실 그는 통찰력이 있었고 겉보기와는 달리 생각이 깊었다.

그는 'ABC의 친구'와 다른 그룹과의—아직 분명하게 형태를 이루지는 않았지만 머지않아 조직될 다른 그룹—연결 역할을 맡고 있었다.

이 젊은이들의 집회소에는 대머리 회원이 한 명 있었다.

루이 18세가 국외로 망명하려던 날, 이 국왕이 길에서 손님을 기다리는 이륜마차에 타는 것을 도와줘서 공작 칭호를 받은 아바레 후작은 자주 이런 말을 하곤 했다. 1814년 국왕이 프랑스로 돌아와서 칼레에 상륙했을 때 한 남자가 국왕에게 청원서를 내놓았다.

"무슨 청인가?"

국왕이 물었다.

"폐하, 부디 우체국을."

"이름이 뭐지?"

"레에글이라고 합니다."

국왕은 이마를 찌푸리고 청원서의 서명을 보고 레글이라고 쓴 이름을 보았다. 그다지 보나파르트스럽지 않은 이 철자에 감동한 국왕은 조용히 미소 지었다.

"폐하."

청원서를 내놓은 남자가 말을 이었다.

"제 선조 중 한 사람은 개 담당이었는데 레퀼(짐승의 입 또는 턱_옮긴이)이라는 별명이 있었습니다. 그 별명이 제 이름이 되었습니다. 저는 제대로 레퀼이라고 합니다만, 그것을 줄여서 레글(Lesgle) 또는 좀 다르게 레에글이라고 하는 사람도 있습니다."

이 말에 국왕은 드디어 웃음보를 터뜨렸다. 뒤에 국왕은 이 남자에게 모의 우체국을 주었는데, 특별한 생각에서였는지 무심코 그랬는지도 알수 없었다.

그룹의 대머리 회원이란 바로 이 레글 또는 레에글의 아들인데 레에글(드 모)이라고 서명하고 있었다. 동료들은 그를 간단히 보쉬에라고 불렀다.

보쉬에는 쾌활한 청년이었지만 어딘가 모르게 짙은 불행의 그림자를 지니고 있었다. 그의 특기는 무엇을 해도 완성하지 못하는 것이었다. 결국 그는 모든 것을 웃음으로 해결했다. 아직 스물다섯 살인데 머리가 벗겨져 있었다. 그의 아버지는 집 한 채와 밭 한 뙈기를 가지고 있었다.

그러나 아들인 보쉬에는 섣불리 투기에 손을 댔다가 실패하여 집과 전답을 순식간에 잃고 말았다. 보쉬에게는 이제 아무것도 남아 있지 않았다. 학식도 있고 재치도 있었으나 무엇을 하건 모두 성공하지 못했다. 모든 일이 틀어지고 만사가 그의 기대를 배반했다. 나무를 패면 손가락을 다쳤다. 애인이 생겼나 싶으면 오래지 않아 딴 남자가 뒤에 있다는 것을 알았다. 시도 때도 가리지 않고 불운이 그를 덮쳐 왔다. 그러나 그는 아무렇지도 않은 듯 명랑하게 행동했다.

그는 곧잘 말하곤 했다.

"난 기왓장이 자주 떨어지는 지붕 밑에 살고 있어."

보쉬에는 별로 놀라는 일이 없었다. 왜냐하면 어떤 사건이라도 모두 미리 짐작하고 있었던 터라 설사 운이 나빴다 해도 결코 침착성을 잃지 않았다. 마치 농담을 이해하는 사람처럼 운명의 심술궂은 처사를 웃으며 받아들였다. 가난했지만 그의 호주머니에는 유머가 끊기지 않았다. 돈은 마지막 1수까지 이내 써 버리고 말지만 타고난 너털웃음이 떨어지는 일은 절대로 없었다. 역경이 그의 집에 찾아와도 그는 그것을 옛 친구처럼 정답게 맞아들였다. 파국이 닥쳐오면 다정하게 그 어깨를 두드려 주었다. '숙명'과도 친하게 지내고 이제는 그것을 애칭으로까지 부르게 되었다.

"안녕하시오, 기뇽(불운이란 의미_옮긴이) 씨."

그는 숙명을 부르는 것이었다.

그런 운명의 박해가 보쉬에를 어느 틈에 발명가로 만들었다. 그의 머릿속은 갖가지 아이디어로 넘쳐 났다. 돈 한 푼 없었지만 마음만 있으면 '돈을 물 쓰듯' 쓸 수 있는 수단을 생각해 냈다. 어느 날 밤, 그는 어떤 말괄량이 여자와 함께 저녁 식사를 했는데 '100프랑'어치나 먹어 버렸다. 그 큰 잔치판에서 그는 다음과 같은 재치 있는 말을 생각해 냈다.

"생 루이 아가씨, 내 장화를 벗겨 주구려(생 루이는 100프랑이라는 말인 동시에 성 루이 왕을 가리킴. 여자여, 어떻게든지 이 100프랑을 지불해 달라는 의미_옮긴이)."

보쉬에는 변호사가 되기 위한 길을 서두름 없이 걸어갔다. 즉, 그가 법률 공부를 하는 방법은 바오렐식이었다. 보쉬에게는 주소라는 게 없었다. 사실 정해진 숙소가 없기도 했다. 그는 동료 중 아무에게나 재워 달라고 부탁했으나 대개는 졸리에게로 갔다. 졸리는 의학도였다. 그는 보쉬에보다 두 살 아래였다.

졸리는 젊은 노이로제 환자였다. 그는 의학 공부를 했지만 결과는 자신이 환자가 되어 버린 일이 더 많았다. 스물세 살밖에 안 된 스스로를 환자라 생각하고 거울 속 혓바닥을 매일같이 비춰 보며 하루를 보내고 있었다. 또한 그는 인간도 자침처럼 자기를 느낀다고 확신했기에 밤이면 혈액순환이 지구의 커다란 자기의 흐름에 거슬리지 않도록 머리는 남으로 발은 북으로 향하도록 침대를 놓았다. 천둥이 치고 비바람이 부는 날에는 자신의 맥을 짚어 보았다. 하지만 그는 동료들 가운데에서는 가장 쾌활했다. 젊고, 괴팍스럽고, 허약하고, 쾌활하고, 부조리한 이 성질들이 그의 속에서는 모두 다정하게 지내고 있었기에 전체로 보아서는 어울리지 않지만 조금은 색다른 기분 좋은 인간으로 평가되었다. 동료들은 날개를 달아 주듯 그의 이름에 가벼운 자음을 많이 붙여서 졸르를리라고 불렀다.

"자넨 네 개의 L을 타고 단숨에 날 수 있는 사나이야."

장 플루베르는 항상 이렇게 그에게 말했다.

졸리는 단장 끝으로 곧잘 코를 문지르는 버릇이 있었는데 이것은 기민한 정신을 지닌 사람이 곧잘 하는 짓이다.

이들은 모두가 달랐다. 하지만 어느 누구도 쉽게 평가해서는 안 됐다. 모두가 한결같이 진지하게 다루지 않으면 안 될 젊은이들뿐이었다. 그런 그들은 '진보'라는 하나의 똑같은 신앙을 숭배하고 있었다.

그들은 모두 프랑스 혁명에서 태어난 직계 아들들이었다. 아무리 경박한 자라도 1789년이라는 연호를 입에 담을 때에는 엄숙했다. 그들 육신의 아버지는 푀유탕(대혁명 초기의 온건파_옮긴이)이거나, 왕당파거나, 정통 이론파이거나 했고 또한 현재도 그러했다. 그러나 그것은 어찌 되었든 상관없었다. 자신이 태어나기 전에 일어났던 혼란 따위는 젊은 그들에게 별 영향을 주지 않았다. 주의(主義)라는 순수한 피가 그들 혈관에 흐르고 있었다. 그들은 모두 변하지 않는 영원한 권리와 절대 의무를 획득하기 위해서 모인 것이었고, 그 사이에 중간 색채란 존재하지 않았다.

이 결사에 동참하여 그 동료가 된 이상 그들은 가슴속에 이상을 만들고 있었다. 이러한 정열과 신념을 가진 그들 속에 단 한 사람, 회의주의자가 있었다. 어떻게 회의주의자가 이들 속에 섞여 들어왔을까? 생각지 못한 우연한 일이었다. 그 회의주의자의 이름은 그랑테르였는데 언제나 R 자로 서명하고 있었다. 그랑테르는 무엇이건 믿으려 들지 않는 사나이였다. 물론 그는 파리에 있는 동안 가장 많은 공부를 한 학생 중 하나였다.

예를 들면, 가장 좋은 커피를 마실 수 있는 카페는 랑블리에이고, 가장 좋은 당구장은 카페 볼테르이며, 멘 거리의 에르미타즈에는 맛좋은 쿠키와 아름다운 여자가 있고, 사게 부인의 집에는 뼈를 발라낸 훌륭한 닭구이를, 퀴네트 성문 근처에선 훌륭한 생선 스튜를 먹을 수 있고, 콩바 성문 근처에선 꽤 좋은 백포도주를 마실 수 있다는 것 따위를 알고 있었다. 그는 온갖 좋은 것이 있는 곳을 알고 있었다. 게다가 그는 사바트(프랑스의 주먹 쓰는 운동_옮긴이)나 쇼송(프랑스의 걷어차기 운동_옮긴이)도 할 수 있고, 댄스도 몇 종류는 출 수 있었고, 특히 곤봉술에 능했다. 또한 그는 굉장한 술꾼이기도 했다.

하지만 그랑테르는 무척이나 못생긴 사나이였다. 그 무렵, 제화 여직공 중 가장 잘생긴 이르마 부아시는 그가 너무 못생긴 것에 어이가 없어서 "그랑테르는 도저히 못 견디겠어." 하는 판결을 내렸다. 그러나 그랑테르의 자만심은 한 번도 고개를 숙인 적이 없었다. 그는 여자를 보면 다정한 눈길을 보내며 그 어떤 여자라도 "내게 그럴 생각만 있다면!" 하는 듯한 묘한 표정을 지었다. 더불어 동료들에게는 스스로가 인기가 많다는 것을 믿게 하려고 무진 애를 썼다.

민중의 권리, 인권, 사회계약, 프랑스 혁명, 공화제, 민주주의, 인간성, 문명, 종교, 진보 등 그 모든 말들은 그랑테르에게 아무 의미가 없었다. 그는 그 모든 것들을 비웃었다. 회의주의라는, 이 지성에게 들러붙은 이 메마른 카리에스는, 그가 가진 완전한 관념을 단 하나도 남겨 두지 않았다. 그는 다만 냉소와 더불어 살고 있었다.

그가 주장한 명백한 진리란 이런 것이다.

"확실한 것은 단 하나밖에 없다. 그것은 현재 내 술잔에 가득 찬 술이다."

그는 어떠한 헌신도 냉정하게 바라보았다.

그것이 누구의 누구에 대한 어떤 헌신이건, 형제이건, 아버지이건, 로베스피에르의 아우이건, 루아즈롤이건, 어떤 헌신이건 다 냉소했다.

"남을 위해서 그렇게 헛되게 죽다니, 대단한 진보야."

그는 그렇게 외쳤다.

그리스도 수난상에 대해서는 이렇게 말했다.

"그야말로 멋지게 성공한 교수형인걸."

방랑자에 노름꾼이고, 여자를 볼 줄 모르고 늘 취해 있는 그는 끊임없이 이런 콧노래를 불러 젊은 몽상가들에게 불쾌감을 주었다.

'우리는 처녀를 좋아해. 그리고 우리는 술을 좋아해.'

그는 이 가사를 '앙리 4세 만세'라는 가락에 맞춰 불렀다.

그런데 이 회의주의자가 열광하는 대상이 하나 있었다. 그 대상은 사상도 아니고, 교의도 아니며, 예술도 아니고, 학문도 아니었다. 그건 한 인간, 다시 말해서 앙졸라였다. 그랑테르는 앙졸라를 찬미하고 사랑하고 숭배하고 있었다. 이 무정부주의적인 회의주의자는 절대적인 정신을 지닌 사람만이 모인 이 단체 속에서 누구에게 결부된 것일까? 가장 절대적인 영혼을 지닌 사람이었다. 앙졸라는 어떻게 그를 자신에게 복종케 했을까? 사상의 힘으로였는가? 아니다, 성격의 힘으로였다. 이것은 자주 발견되는 현상이다. 한 명의 회의론자가 신념을 지닌 사람에게 결부되는 현상은 보색의 법칙처럼 자연스러운 일이다.

우리에게 부족한 것이 우리를 끌어당긴다. 장님만큼 햇빛을 사랑하는 사람은 없다. 난쟁이는 연대의 고수장(鼓手長)을 미칠 듯이 동경한다. 두꺼비는 언제나 하늘을 우러러보고 있다. 왜? 새가 나는 것을 보기 위해서다.

그랑테르는 자신의 마음에서 의혹이 기어 다니고 있는 한, 앙졸라의 내면에서 비상하고 있는 신념을 놓치지 않고 바라보았다. 그에게는 앙졸라가 필요했다. 자기 자신이 분명하게 의식하지 않았고 그 이유를 생각해 보려고도 하지 않았지만, 그는 앙졸라의 순결하고 건전하고 확고하고 정직하고 준엄하고 천진한 성질에 매혹당하고 있었다. 그는 본능적으로 자기와 대조되는 사람을 찬미하고 있었던 것이다. 그의 부드럽고 희미하고 정신없고 병적으로 기형적인 사상들은, 앙졸라가 마치 척추인 양, 그에게 달라붙어 있었다. 그랑테르의 정신의 척추는 앙졸라의 확고부동한 척추에 기대고 있었다.

앙졸라 가까이에 있으면 그랑테르도 어엿한 사람이 되었다. 뿐만 아니라, 그 자신이 겉보기에는 섞일 수 없을 듯한 두 요소로 구성되어 있었다.

빈정거리면서도 진지했다. 그는 차가움을 가장하면서도 실은 따뜻한 애정을 품고 있었다. 그의 정신은 신념 없이도 지낼 수 있으나 그의 마음은 우정 없이는 견디지 못했다. 이것은 심한 모순이다. 애정은 신념이기 때문이다. 그의 성질은 그런 것이었다.

세상에는 옷의 안감처럼 남의 이면이 되기 위해 태어난 것 같은 사람이 있다. 이를테면 폴뤽스, 파트로클, 니쥐스, 유다미다스, 에페스티온, 페크메야가 그런 사람이다. 그들은 누구든 다른 사람에게 기대는 조건 아래서밖에 살 수 없다. 그들의 이름은 언제나 남의 이름 다음에 놓이고 '와'라는 접속격 조사 뒤에밖에 쓰이지 못한다. 그들의 존재는 그들 자신의 것이 아니다. 그들의 존재는 그들 고유의 것이 아닌 다른 운명의 이면인 것이다. 그랑테르는 그런 사람 가운데 하나였다. 그는 앙졸라의 등이었다.

그러한 친화력은 당초 알파벳의 글자에서 비롯되었다고 해도 무방하리라. 알파벳 순서를 보면 O와 P는 떼어 놓을 수 없는 관계에 있다. 독자들은 이것을 그대로 O와 P 또는 오레스트와 필라드라고 발음해도 자연스러울 것이다.

그랑테르는 앙졸라의 참다운 위성으로서 이 젊은이들 그룹 속에 살고 있었다. 그랑테르의 삶은 거기에 있었다. 그는 그곳에 몸담지 않으면 마음이 즐겁지 않았다. 그는 친구들이 가는 곳이라면 어디든 따라갔다. 그랑테르의 기쁨은 자신이 마신 술기운을 통해, 친구들이 오가는 모습을 바라보는 것이었다. 동료들은 그의 선량한 기질 때문에 모두 그를 너그럽게 보아주었다.

신념가 앙졸라는 이 회의주의자를 경멸했고, 또 절제가로서도 이 주정뱅이를 멸시했다. 물론 조금은 가엾게 여기긴 했지만 그것 역시 오만한 동정이었다. 그랑테르는 자기의 우정이 조금도 받아들여지지 않는 필라드(그리스 신화에서 오레스트에게 충고해 주는 벗으로 충실한 벗의 전형_옮긴이)였다. 그는 항상 앙졸라로부터 심한 구박을 받고, 가혹하게 배척되고, 거절당하면서도 여전히 앙졸라에 대해서 이렇게 말했다.

"얼마나 아름다운 대리석 같은 놈이냐!"

보쉬에의 블롱도 추도 연설

곧 알게 되겠지만 이미 언급한 사건과 서로 연결되는 이야기다. 어느 날 오후 레에글 드 모는 카페 뮈쟁의 입구 문틀에 기분이 매우 좋은 듯 기대어 서 있었는데 마치 사람 모양의 기둥이 잠시 쉬는 것 같았다. 그에겐 몽상이 전부였다. 그는 생 미셸 광장을 바라보고 있었다. 무언가에 기댄다는 건 선 채로 잠을 자는 것과 다름없기 때문에 몽상가에게는 꽤 마음에 드는 일이었다. 레에글 드 모는 전전날 법학부에서 저지른 하찮은 실수를 생각하고 있었다. 그것은 꽤 막연한 계획이긴 했지만 레에글 드 모 개인의 장래 계획을 바꾸고도 남을 실수였다. 하지만 그 생각을 하면서도 그는 별로 우울해지지 않았다.

몽상을 하는 중에도 마차는 지나가고, 몽상가라 해도 마차를 보지 못할 리가 없다. 레에글 드 모는 한가하게 빈둥거리는 것처럼 눈을 여기저기로 굴리며 몽상에 빠져 있다가 이륜마차 한 대가 광장으로 들어오는 것을 보았다. 그 마차는 보통 걸음으로 다가왔는데 어쩐지 갈 길을 잃고 방황하는 것처럼 보였다.

저 마차는 누구를 찾고 있나? 어째서 천천히 가는 거지? 레에글은 유심히 바라보았다. 마차에는 마부와 청년이 나란히 타고 있고 그 청년 앞에는 상당히 큰 여행 가방이 놓여 있었다. 그 가방에는 지나가는 사람에게도 보일 만큼 크고 까만 글씨로 '마리우스 퐁메르시'라고 쓴 종이를 가

방 천에 붙여 놓았다.

"마리우스 퐁메르시!"

이름을 보자 레에글은 자세를 바꾸고 몸을 벌떡 일으켜서 마차 속의 청년에게 외쳤다. 부르는 소리를 듣고 마차가 섰다. 청년은 깊은 생각에 잠겨 있었던 것 같았는데 문득 눈을 들었다.

"네?"

"당신이 마리우스 퐁메르시?"

"그렇습니다."

"당신을 찾고 있는 참이었다오."

레에글 드 모가 말했다.

"왜 나를 찾아요?"

마리우스가 물었다.

무리도 아닌 것이, 마리우스는 할아버지 집을 지금 막 뛰쳐나온 길이었고 눈앞에 있는 사나이는 처음 보는 얼굴이었기 때문이었다.

"난 당신을 처음 보는데요?"

"나도 당신을 모르오."

레에글은 대답했다.

마리우스는 틀림없이 장난꾸러기가 길 한복판에서 사람을 놀리는구나 생각했다. 마리우스는 지금 웃을 만한 기분이 아니었다. 그는 눈살을 찌푸렸다.

"당신, 그저께 학교에 안 나왔지요?"

레에글 드 모는 태연하게 말을 이었다.

"그랬나요?"

"분명히 안 나왔소."

"당신도 학생인가요?"

마리우스가 물었다.

"그렇소. 당신처럼 학생이오. 그저께 난 우연히 학교에 나가 보았다오. 왜 때로는 그런 생각이 들지 않소? 마침 교수가 출석을 부르고 있던 참이 었는데 이런 때 그자는 참으로 어리석은 짓을 하거든요. 세 번 이름을 불러도 대답이 없으면 그 이름을 지워 버리거든. 그렇게 되면 수업료 60프 랑도 날아가 버리는 거요."

마리우스가 귀를 기울여 듣기 시작했고 레에글은 말을 이었다.

"출석을 부른 것은 블롱도였소. 알겠죠, 블롱도를? 유난히 뾰족하고 심술궂은 코를 가진 작자 말입니다. 그자는 결석자를 찾아내면 무척 좋아하죠. 그저께는 일부러 P에서부터 시작하더군. P는 내게 아무 관계도 없으니 듣지 않았소. 호명은 잘 진행되어 갔소. 결석자는 없었지요. 전원 출석이었으니까. 블롱도는 따분한 표정을 하더군요. 난 '귀여운 블롱도 씨. 오늘은 아무도 처분할 수 없군그래.'라고 입 속으로 중얼거렸소. 그러자 블롱도란 작자가 갑자기 '마리우스 퐁메르시' 하고 불렀는데 아무도 대답하지 않더군. 블롱도는 희망으로 가슴이 부풀어 한층 더 큰 소리로 '마리우스 퐁메르시' 하고 되풀이하고는 얼른 펜을 들었어요. 봐요, 내게도 인정이란 게 있단 말이오. 그래서 얼른 이렇게 생각했어요. 지금 여기서 선량한 한 녀석의 이름이 지워지려 하고 있다. 잠깐 기다려 봐. 그는 틀림없이 태평한 놈이지만 재미있는 놈일 거야. 학생으로서는 훌륭하다고 할 수는 없군. 품행도 방정하지 못하고, 점수를 따려고 애쓰지도 않고, 과학이니 문학이니 신학이니 철학이니 무턱대고 주워 담아서 그걸 자랑하기나 하는 박식한 풋내기도 아니고, 지나치게 엄하게 뽐내기만 하는 바보 재주꾼도 아닐뿐더러 대학 따위를 고마워하는 남자는 아니다. 틀림없이 존경할 만한 게으름뱅이고, 거리를 빈둥거리고 다니든가 교외에 나가 틀어박혀 있거나, 가게에 근무하는 계집에게 반해 있거나, 미인의 뒤꽁무니를 쫓고 있겠군. 어쩌면 지금쯤 내 여자 집에 숨어 들어가 있는지도 모르지. 좋아, 그를 도와주지 뭐. 블롱도 선생을 골려 줘야지! 이때 블롱도는 바로 말살(抹殺)의 검은 펜에 잉크를 찍으며 교활한 짐승 같은 눈으로 우리를 둘러보며 세 번째로 되풀이했지요. '마리우스 퐁메르시!' '네!' 내가 대답했고 당신 이름은 지워지지 않았소."

"이봐요……!"

마리우스는 말을 하려 했다.

"그리고 내가 대신 지워졌다오."

레에글 드 모는 덧붙였다.

"그건 또 왜요?"

"왜라니요? 나는 대답하기 위해서 교단 가까이 있다가 다시 도망가려고 문 옆으로 갔었단 말이오. 교수가 어쩐 일로 나를 뚫어지게 보더란 말이오. 그러더니 느닷없이 블롱도 선생, 브왈로가 말한 대로 정말 어쩔 수 없는 놈이더군. 갑자기 L자로 달려들었어요. L은 내 머리글자라오. 나는 모 지방 사람으로 레에글이라고 하지."

"레에글?"

마리우스가 말을 끊었다.

"참 좋은 이름이군요!"

"그 블롱도 선생이 바로 그 좋은 이름에 달려들어 외쳤다오. '레에글!' 난 대답했소, '네!' 그러자 블롱도 선생은 손톱을 감춘 호랑이 같은 부드러운 눈길로 나를 지켜보고 빙긋 웃더니 '자네가 퐁메르시라면 분명 레에글은 아닐 테지.' 이건 당신에겐 반가운 말이겠지만 내게는 그야말로 치명적이었소. 그는 그렇게 하고 내 이름을 지워 버렸거든."

"이거 정말 폐를 끼쳤습니다."

마리우스가 놀라서 외쳤다.

"나는 우선."

레에글은 상대방 말을 가로막았다.

"어떤 재치 있는 찬사를 보내면서 블롱도를 매장하고 싶어요. 그자가 죽은 것으로 칩시다. 죽었다고 해 봐야 그자는 말라빠지고 창백하고 쌀쌀맞고 딱딱하고 고약한 냄새를 풍기고 있으니 별로 달라질 것도 없지만 말이오. 나는 이렇게 말할 거요. '그대 대지를 심판하는 자여, 기억하라. 블롱도 여기에 잠들다. 코의 블롱도, 블롱도 나지카(코빼기 블롱도), 규율의 황소 보스디시플리네(징계의 소), 훈령의 개, 점호의 천사. 그는 꼿꼿하고 네모반듯하고 정확하고 정직하고 혹독하고 박정했다. 그가 내 이름을 지웠듯 신은 그의 이름을 지웠노라.'"

"정말 뭐라고 해야……."

마리우스는 말을 이었다.

"젊은이, 이것으로 당신에게 교훈이 되었다면 다행이오. 앞으론 빠짐없이 출석하도록."

"정말 미안합니다."

"앞으로 더 이상 다른 이의 이름을 지워 버리지 않도록 하시오."

"뭐라 할 말이……."

레에글은 웃음을 터뜨렸다.

"아니, 난 무척 기쁘다오. 아무튼 변호사가 될 비탈길에 굴러 들어갈 판이었는데 제명되는 바람에 오히려 살았소. 덕분에 변호사의 길은 끊긴 셈이니까. 이제 미망인의 변호나 고아의 반대 변론 같은 건 하지 않아도 되겠소. 이젠 법복에 아무 볼일 없소. 실습 기간도 소용없고. 이렇게 제명은 이루어진 셈이오. 이것도 당신 덕분이지, 퐁메르시. 언제 한번 정식으로 사례하는 의미에서 방문하려는데 당신 주소는?"

"이 마차 속입니다."

마리우스가 말했다.

"유복하다는 증거로군."

레에글은 태연한 표정으로 대답했다.

"축하하오. 거기서 사신다면 집세는 1년에 9천 프랑쯤 되겠군."

이때 쿠르페락이 카페에서 나왔다.

"난 두 시간 전부터 이 마차 셋집에 있는데 이제 그만 나가고 싶어서 견딜 수가 없답니다. 그런데 조금 까닭이 있어서 어디로 가야 할지 난처하군요."

마리우스는 침울한 얼굴로 웃었다.

"여보게, 내가 있는 곳으로 오게나."

쿠르페락이 말했다.

"내가 우선권이 있는 거지만, 난 집이 없으니까."

레에글이 참견을 했다.

"자넨 잠자코 있어, 보쉬에."

쿠르페락이 말을 이었다.

"보쉬에? 당신은 분명히 레에글이었는데?"

마리우스가 말했다.

"거기다 드 모를 덧붙이는 거지. 별명이 보쉬에라네."

레에글이 대답했다.

"마부 양반, 포르트 생 자크 여관으로 갑시다."

쿠르페락이 마차에 올라타며 말했다. 이렇게 해서 마리우스는 그날 밤부터 생 자크 여관의 쿠르페락 방에 묵게 되었다.

마리우스의 놀라움

며칠 사이에 마리우스는 쿠르페락의 친구가 되었다. 젊은 시절에는 금방 친밀해지고 마음의 상처도 쉽게 아문다. 마리우스도 쿠르페락 옆에 있은 다음부터는 자유롭게 숨을 쉴 수 있었다. 이런 일은 그에게 일찍이 없었던 일이었다. 쿠르페락은 아무것도 묻지 않고 물으려고도 하지 않았다. 이 또래에서는 얼굴이 모든 것을 한꺼번에 말해 버리니 굳이 말을 주고받을 필요가 없다. 얼굴 표정이 모든 것을 말해 준다고 해도 될 젊은이가 있는 법이다. 얼굴을 서로 바라보는 것만으로 서로의 마음을 알 수 있다.

"그런데 자넨 정치에 어떤 의견을 갖고 있나?"

어느 날 아침 쿠르페락이 갑작스레 마리우스에게 이런 질문을 했다.

"그거야!"

마리우스는 약간 기분이 상한 듯 대답했다.

"무슨 파인가?"

"민주적 보나파르트파."

"안전한 회색분자로군."

쿠르페락이 말했다.

다음 날 쿠르페락은 마리우스를 카페 뮈쟁으로 데리고 갔는데 빙글빙글 웃으면서 마리우스 귀에 대고 소곤거렸다.

"혁명 속으로 뛰어들 기회를 자네에게 만들어 주지."

그렇게 말한 뒤 쿠르페락은 'ABC의 친구'의 방으로 마리우스를 데리고 갔다. 그는 마리우스를 다른 동료들에게 소개하고 나서 낮은 목소리로 마리우스에게 무슨 말인지 모를 소개를 짤막하게 했다.

"학생이야."

마리우스는 온갖 정신이 무리지어 있는 벌집 속에 떨어진 것 같아 답답했지만 그는 신중하고 진실했으며, 반짝이는 정신을 못 갖춘 그런 사나이는 결코 아니었다.

이제까지 고독하게 지내 온 마리우스는 습관과 취미 탓에 혼자 자문자답하는 버릇 때문에 지금 자기 주위를 날고 있는 젊은이들의 무리에서 약간 기가 눌리는 기분을 느꼈다. 그곳에 있는 가지각색의 창의성들이 한꺼번에 그를 부추기고 사방으로 끌어당겼다. 자유롭게 활동하는 정신의 활발한 교류 속에서 그의 사상은 폭풍처럼 휘몰아쳤다. 가끔은 너무 혼란스러워져 자기 사상이 어딘가로 멀리 사라져 버려, 그것을 다시 되찾는 일이 고통스러울 지경이 되기도 했다.

철학, 문학, 미술, 역사, 종교 같은 이야기가, 이제껏 들어 본 적도 없는 이상한 모양으로 귀에 들어왔다. 예전에 알지 못했던 사상의 다양한 측면을 들여다보는 듯한 느낌이었다. 그리고 그 사상을 넓은 전망 속에 늘어놓고 보기가 어려워 뭔가 무질서한 것을 보는 것만 같은 느낌에 선뜻 믿을 수가 없었다.

마리우스는 정치에 관해서는 할아버지 의견을 버리고 아버지 뜻을 따랐을 때 자신의 입장은 정해졌다고 믿었다. 그런데 지금 아직도 자신의 입장이 분명하지 않나 싶은 생각이 들어 혼란스러웠지만 그렇다고 인정할 용기도 나지 않았다. 여태까지 거기 서서 온갖 것을 보아 온 자신의 각도가 다시 흔들리기 시작했던 것이다. 어디서부터인지 술렁거리기 시작하더니 거의 두뇌의 전 영역을 흔들었다. 마음속은 이상야릇한 대혼란의 도가니였으며, 견딜 수 없을 정도의 혼란이었다.

그 청년들에게는 '범할 수 없는 것'이 아무것도 없는 것 같았다. 마리우스는 온갖 주제를 놓고 처음 들어 보는 말을 서로 주고받는 걸 들었다. 그런 말들은 아직도 조금 어리둥절한 그에게 정신적으로 충격을 주었다.

어느 날 거리에 한 장의 연극 광고가 붙었는데 낡은 상연물로 이른바 고전물인 비극의 제목을 인쇄한 것이었다.

"치워 버려, 소시민들이 좋아하는 비극이야!"

바오렐이 외쳤다. 그러자 콩브페르가 그 말에 반박해서 이렇게 말하는 것을 마리우스는 들었다.

"넌 잘 모르고 있군, 바오렐. 시민계급은 비극을 좋아한다고. 그 점은 너그럽게 보아 줄 필요가 있지. 가면을 뒤집어쓰고 하는 비극도 존재 이유가 있거든. 나는 아이스킬로스 따위를 들고 나와서 그 존재의 권리를 이러쿵저러쿵 말하는 사람들의 의견에는 찬성하지 않아. 자연 속에는 아직 소묘인 채로 존재하는 게 얼마든지 있지. 하지만 인간의 창작 속에 모방이 있어도 무방할 거야. 부리가 아닌 부리, 날개가 아닌 날개, 물갈퀴가 아닌 물갈퀴, 발이 아닌 발, 웃지 않을 수 없게 하는 고통스러운 외침, 이런 것들이 자연이 만들어 낸 집오리라고 할 수 있지. 그런데 이런 가금류도 새에 섞여서 살고 있는 판에 고전주의 비극이 고대 그리스 비극과 나란히 있으면 왜 안 되는 건지 모르겠군."

또 어느 땐가 마리우스가 앙졸라와 쿠르페락 사이에 끼어서 우연히 장 자크 루소 거리를 지나가고 있었는데 쿠르페락이 마리우스의 팔을 움켜잡았다.

"알겠나? 여긴 원래 플라트리에르 거리지만 지금은 장 자크 루소 거리라고 부르고 있네. 60년쯤 전에 한 괴상한 부부가 여기 살고 있었기 때문이야. 장 자크하고 테레즈였지. 이따금 여기서 갓난아이가 태어났는데 테레즈는 아이를 낳고, 루소는 차례대로 아이를 버렸다네."

그러자 앙졸라가 쿠르페락에게 소리를 질렀다.

"말조심하게, 장 자크를! 그 사람은 내 찬미의 대상일세. 그야 자기 아이를 버린 것은 사실이지만 그 대신에 민중을 아이처럼 사랑했잖은가!"

그들 청년은 아무 말도 하지 않았다. 다만 다른 사람들은 모두 보나파르트라고 하는데 장 플루베르만 황제라는 말을 이따금 나폴레옹이라고 불렀다. 앙졸라는 '부오나파르테'라고 발음했다.

마리우스는 정체를 알 수 없는 놀라움을 느꼈는데 그것은 '지혜의 시초'였다.

카페 뮈쟁의 깊숙한 방

이 청년들의 회합에 마리우스도 참석해서 가끔씩 이야기에 끼어들기도 했는데, 어떤 때는 그의 정신이 밑바닥부터 흔들렸다.

카페 뮈쟁의 깊숙한 뒷방에서 일어난 일이었다. 그날 저녁에는 'ABC의 친구' 거의 모두가 모여 있었다. 켕케식 램프 불도 엄청나게 켜 있었다. 모두가 별로 열을 올리거나 하지는 않았지만 이런저런 말을 주고받느라 떠들썩했다. 앙졸라와 마리우스는 잠자코 있었지만 다른 사람들은 제각기 마음에 드는 문제로 토론하고 있었다. 동료끼리 하는 잡담이 때로는 평화로운 소란을 만들어 낸다. 확실히 진지한 이야기도 들을 수 있지만 농담처럼 되거나 혼란에 빠지는 일도 있었다. 모두 말을 주고받고 말꼬리를 붙잡고 늘어지기도 했다. 방 안 여기저기에서 이야기가 오갔다.

여자는 누구도 이 방에 들어오지 못하도록 되어 있었지만 다만 루이종이라는 이 카페에서 일하는 접시 닦는 여자만은 예외라 가끔씩 그릇을 씻는 곳에서 '실험실(학생들의 은어로 요리장_옮긴이)'로 가기 위해 방을 지나갈 때도 있었다.

그랑테르는 완전히 술에 취해서 혼자 한구석을 점령한 채 알아들을 수 없는 말을 목청껏 늘어놓으면서 고래고래 소리 지르고 있었다.

"목이 말라 견딜 수가 없군. 여러분, 나는 꿈을 꾸고 있다네. 하이델베르크의 술통이 갑자기 쓰러지는 꿈일세. 거기에 거머리를 열두 마리가량 붙였는데 내가 그 거머리가 되는 꿈이라네. 아아, 술을 마시고 싶군. 인생을 잊고 싶어. 인생 따위를 누가 생각해냈는지 모르지만 정말 끔찍한 발명품이야. 오래가지도 못하고 가치도 없지. 살아 있으니 어처구니없는 짓만 저지르는 걸세. 인생은 써먹을 데 하나 없는 장식품일 뿐이야. 행복이란 사람에게 보이는 쪽만을 색칠한 낡아 빠진 창틀이라고. 모든 것은 공허하다고 틀림없이 〈전도서〉에 쓰여 있거든. 아마 실재 인물이 한 말은 아니겠지만 내 생각도 마찬가지야. 영혼은 발가벗고 다니기 싫으니까 공허라는 옷을 입는 거지. 오오, 공허! 과장된 말로 모든 것을 감싸 버리는 공허! 요리장을 실험실로, 댄서를 무용 교수로, 곡예사를 체육 교사로, 주먹 대장을 권투 선수로, 약장수를 화학자로, 이발사를 예술가로, 미장이를 건축 기사로, 경마 기사를 운동가로, 쥐며느리를 날벌레라 부르거든. 공(空)에는 표리가 있는 법이지. 겉은 어리석고, 유리구슬을 달고 기뻐하는 검둥이라네. 속은 바보이고, 누더기를 걸치고 분발하는 철학자야. 나는 겉을 위해서는 눈물을 흘려도 속을 보면 웃어 버린다네. 명예와 품위도 대부분은 가짜 금일세. 국왕은 인간의 자존심을 상대로 장난을 하지. 칼리굴라 황제는 말을 명예 집정관으로 삼았네. 샤를 2세는 쇠고기 한 덩어리를 기사로 삼았지. 자, 여러분들, 집정관 인시타투스(칼리굴라 황제의 말_옮긴이)와 준남작(準男爵) 구운 쇠고기 사이에 끼어서 뽐내 볼 텐가. 인간의 본질 가치에 대해서 말해 볼 것 같으면 그건 모두 존경할 가치가 없네. 이웃 사람끼리 어떤 말로 칭찬을 하는지 한번 들어 보게나. 순백한 것이 순백에 대해서 하는 말은 무서운 거야. 만약 백합꽃이 입을 연다면 비둘기에 대해 얼마나 욕을 해 대겠나! 신들린 여자가 믿음이 강한 여자를 욕을 할라치면 살무사나 독사보다도 더 독살스러운 말이 튀어나오지. 내가 무식한 게 유감이군. 좀 여러 가지를 알고 있다면 많은 예를 들려줄 텐데, 난 아무것도 모르거든. 그래도 나는 언제나 기지만은 있지. 내가 그로한테서 그림을 배우던 때는 그림 나부랭이를 끼적거리는 대신 시간을 보내기 위해 사과를 훔쳐 먹곤 했다네. 라팽(서투른 그림쟁이_옮긴이)은 라핀(약탈_옮긴이)의 남성형인 셈이야. 나는 우선 이런 정도라네. 자네들도 나와 비슷하겠지. 자네들이 아무리 완전하고 뛰어나고 유능하다 해도 내겐 별로 상관없네. 모든 장점은 단점과 통하지. 검소한 사람은 인색한 사람과 가깝고, 관대한 사람은 낭비하는 사람과 특별히 차이가 없고, 용기는 허세와 같은 그릇이라네. 매우 믿음 깊은 척 말을 하는 사람도 조금은 위선이 있는 법일세. 디오게네스의 외투에 구멍이 있듯이 미덕 속에도 악덕은 있거든. 자네들은 피살된 자와 죽인 자, 카이사르와 브루투스 중에 어느 쪽을 찬미하나? 대개는 살인자의 편을 들더군. 브루투스 만세지! 그는 죽었네. 미덕이란 그런 거야. 미덕, 좋지. 그렇다면 광기 또한 좋은 걸세. 그들 위인들에게는 기묘한 얼룩이 있어. 카이사르를 죽인 브루투스는 소년의 조각상을 사랑했지. 그 조각상은 그리스의 조각가 스트롱질리옹이 만든 것이라네. 그는 아름다운 다리라고 부른 여장부 유크네모스의 모습도 조각했는데 그것은 네로가 여행 떠날 때 가져가 버렸네. 결국 스트롱질리옹은 후세에 두 개의 조각밖에 남기지 않은 셈이지. 그 두 조각상은 브루투스와 네로를 치환한 걸세. 다시 말하면 브루투스는 그중의 하나를, 네로는 또 다른 하나를 사랑한 거야. 역사란 언제까지라도 변하지 않는 쓸데없는 긴 이야기에 지나지 않네. 어느 시대고 다 과거 시대의 모방이거든. 마렝고의 싸움은 피드나 싸움을 그대로 옮겨 놓았고, 클로비스 왕의 톨비악 전투와 나폴레옹의 아우스터리츠의 전투는 두 방울의 피가 닮은 것처럼 비슷하지. 나는 전승을 높이 평가하지는 않는다네. 싸움에 이기는 것만큼 바보 같은 건 없지. 참다운 영광이란 싸우지 않고 상대를 설득하는 일이거든. 어쨌든 뭐든 한번 증명해 보게. 제대로 증명할 수 있다면 자네들은 만족할 테지만 그것도 얼마나 하찮은 만족인가! 사람을 정복한다니 이 얼마나 비참한 만족인가! 아아, 이 무슨 일인가. 곳곳에 공허와 비열만이 가득 차 있네. 모든 것은 성공에 굴복하지. 심지어 문법까지도. 호라티우스는 '습관이 그것을 원한다면.' 하고 말했네. 그런 까닭에 나는 인류를 경멸한다네. 이번에는 전체에서 부분으로 내려가 볼까? 자네들은 내가 여러 민족을 찬미하기를 바라나? 그렇다면 하나만 묻지. 대체 어떤 민족을 칭찬하라는 말인가? 그리스 민족인가? 옛날의 파리 사람이라고 불리는 아테네 사람들은, 마치 파리 사람들이 콜리니를 죽였듯이 포시옹을 죽이고 폭군들에게 아첨했지. 아나세포라스에 이르러서는 피지스트라투스를 보고 '그의 오줌에는 꿀벌이 모여든다.'고 말하기도 했으니까. 그리스에서 50년 동안에 나온 가장 저명한 인물은 문법 학자 필레타스였네. 그는 몸이 너무나 작고 여위었기 때문에 바람에 날리지 않도록 납을 신발에 달고 다녀야 했지. 코린트 제일의 대광장에 실라니온이 조각한 것이 있는데 플린의 목록에 실려 있네. 그것은 에피스타테스의 입상이었지. 그런데 에피스타테스는 대체 뭘 했지? 그는 다리를 걸어 넘어뜨리는 기술을 발명했을 뿐이야. 그리스와 그 영광은 이런 것으로 요약되는 거야. 그럼 다른 민족으로 가 보기로 하세. 나는 영국을 찬양해야 할까? 프랑스를 찬양해야 하나? 프랑스를 왜? 파리가 있기 때문에? 그러나 옛날의 파리인 아테네에 대한 내 의견은 이미 말했잖은가. 그럼 영국은? 왜, 런던이 있기 때문인가? 나는 그런 카르타고 같은 도시는 싫어. 거기다 런던은 영화의 도시지만 동시에 빈곤의 수도이기도 하거든. 채링 크로스 교구에서만 1년에 100명씩 굶어 죽지 않는가? 이것이 알비온(고대 그리스인들이 부른 영국의 이름_옮긴이)일세. 게다가 나는 평소에 점잔 빼는 어떤 영국 여자가 장미 화관에 푸른 안경을 쓰고 춤을 추는 것을 본 적이 있네. '영국은 저리 가라!' 그럼 영국인 존 불을 찬양하지 않는다면 그 동생인 미국인 조너선을 칭찬할까? 나는 이 노예를 잔뜩 거느린 동생을 좋아하지 않아. '시간은 금이다.'는 금언을 빼 버리면 영국에 뭐가 남지? '목화는 왕이다.'는 표어를 빼 버리면 미국에 뭐가 남는가? 그리고 독일, 이놈은 꼭 림프액이고, 이탈리아는 담즙일세. 그럼 우리는 러시아에 도취해야 하나? 볼테르는 러시아를 찬미했지. 그는 또한 중국도 찬미했어. 나도 러시아가 미를, 그중에서도 특히 강력한 전제정치라는 아름다움을 갖추고 있다는 것에는 동의하지만 전제군주란 불쌍한 거야. 그들의 생명은 위태롭거든. 알렉시는 목이 잘리고, 피터는 찔려 죽고, 폴은 교살당하고, 또 다른 폴은 구두 뒤꿈치로 짓밟혀 죽고, 몇몇 이반은 교수형당하고, 숱한 니콜라나 바질이란 자는 독살을 당했지. 이러한 예들은 분명히 러시아 황제의 궁전이 비위생적인 상태였다는 것을 드러내는 걸세. 문명 민족들은 사상가에게 찬사를 들으려고 전쟁을 들고 나온단 말이지. 그런데 전쟁, 개화된 전쟁이라 해도 약사 산 협곡의 트라브칼 산적의 노략질에서 파스 두퇴즈의 코망슈족 토인의 약탈에 이르기까지 온갖 산적 행위들을 다 모아 놓은 것에 지나지 않거든. 자네들은 내게 말하겠지. 뭐라고! 유럽은 그래도 아시아보다 낫지 않느냐고. 나도 아시아가 우스꽝스럽다는 건 인정하네. 그러나 자네들이 어째서 그렇게 달라이라마를 웃음거리로 삼는지 모르겠어. 자네들 서구 민족은 이사벨라 여왕의 더러워진 속옷부터 프랑스 황태자의 침실용 변기에 이르기까지 온갖 오물을 여성들의 유행품이나 남성들의 사치품으로 그럴듯하게 받아들이지 않았는가? 우리는 이젠 틀렸다고 인류에게 말하겠네. 브뤼셀에서는 맥주를 가장 많이 마시고 스톡홀름에서는 가장 많은 브랜디를, 마드리드에서는 초콜릿을, 암스테르담에서는 진을, 런던에서는 포도주를, 콘스탄티노플에서는 커피를, 파리에서는 압생트 술을 가장 많이 소비하고 있지. 이런 것들이야말로 유익한 지식이야. 아무튼 파리가 가장 최고라네. 파리에서는 넝마주이까지도 놀기 좋아하니 말일세. 디오게네스도 피레우스에서 철학자 생활을 하기보다는 파리에 태어나 모베르 광장에서 넝마주이를 하고 싶었을 거야. 그리고 또 이런 것도 알아 두게. 넝마주이가 모이는 술집을 한잔 마시는 집이라고 하지. 그 가운데에서도 유명한 술집은 '카스롱'과 '아바투아르'야. 그런데 오오, 술집이여, 주막집이여, 대폿집이여, 목로술집이여, 싸구려 집이여, 카바레여, 넝마주이의 술집이여, 대상(隊商)들의 술집이여. 나야말로 육욕에 불타는 사나이일세. 나는 리샤르의 가게에서 한 사람 앞에 40수짜리 식사를 하지. 나는 발가벗은 클레오파트라를 굴릴 페르시아 양탄자가 갖고 싶어! 클레오파트라는 어디 있는 거야? 아아 누구라고, 루이종이로군. 잘 있었나."

카페 뮈쟁의 깊숙한 뒷방 구석에서 곤죽이 되도록 취한 그랑테르는 접시 닦는 여자가 지나가는 것을 붙잡고 그렇게 말하며 계속 떠들어 댔다.

보쉬에는 그에게 팔을 뻗쳐 억지로라도 입을 다물게 만들려고 했지만 그랑테르는 더욱더 열을 내어 떠들어 댔다.

"레에글 드 모, 손대지 마라. 히포크라테스가 아르타크세르크세스의 헌 옷을 소용없다고 거절하는 체해 봐야 아무 소용없네. 나를 조용하게 만들려고 하지만 그런 걱정은 하지 않는 게 좋다네. 첫째 나는 슬프거든. 뭐라고 해야 자네 마음에 들려나? 인간은 악해. 추하지. 나비는 잘 만들었지만 인간은 실패작이야. 신은 이 동물을 잘못 만든 거야. 인간이 모인 곳을 좀 보게. 못생긴 물건들의 품평회 같지. 어느 놈이고 모두 형편없다니까. 여자(femme)는 불결(infame)이란 말과 운이 맞잖아. 그렇지, 난 우울증에 사로잡히고, 멜랑콜리에 걸리고, 노스탤지어에 시름하고, 게다가 히포콘드리아일세. 초조하고 화가 치밀고 하품을 하고 지루하고 실망하고 지긋지긋하단 말이지. 신 따윈 쓸모없는 존재라고!"

"글쎄, 조용히 좀 하게. 대문자 R(그랑테르)!"

보쉬에가 말했다. 그는 몇몇 친구들과 법률 문제에 관한 토론을 하느라고 재판 용어를 계속 남발하고 있었다. 그 결말은 이러했다.

"……로 말하자면 법률가 부류에 속한다 해도 기껏 아마추어 검사 정도겠지만, 나는 이렇게 주장하네. 즉 노르망디의 관습법 조항에 따르면, 생 미셸에서는 매년 재산 소유자와 유산 상속자 전원, 그리고 각 개인에 대해서 어떤 종류의 '대가'를 귀족들을 위해서—다른 사람들에 대한 세금은 별도로 하고—지불되어야 하거든. 그리고 이것은 모든 장기 소작지, 임대차지, 자유지에 대해, 그리고 소유지와 국유지에 관한 계약에 대해, 저당물과 저당권에 관한 계약에 대해……."

"한탄하는 님프, 에코여!"

그랑테르가 콧노래를 불렀다.

그랑테르 바로 옆 테이블의 이야기 소리는 거의 들리지 않았지만 두 개의 작은 컵 사이에 종이 한 장과 잉크병과 펜이 있는 것을 보아 보드빌의 윤곽이 잡혀 가는 모양이었다. 그 대사업은 서로 머리를 맞댄 두 사람에 의해 소곤소곤 의논되고 있었다.

"우선 인물 이름을 정하기로 하지. 이름이 정해지면 주제도 금방 생각나는 법이니까."

"좋아, 말해 보게. 내가 쓰지."

"도리몽 씨 어떤가?"

"연금 소유자인가?"

"그렇다고 할 수 있어."

"그의 딸은 셀레스틴."

"……틴. 그리고?"

"생발 대령."

"생발은 너무 판에 박혀 있어. 난 발생이 좋다고 생각하는데."

이 보드빌 작가를 지망하는 두 사람 옆에는 다른 한 쌍이 있었는데 그들은 주위가 시끄러운 틈을 타 조용하게 결투에 관한 논의를 하고 있었다. 서른 살 전후의 나이 든 사람이 열여덟 살가량의 젊은이를 보고 상대방이 어느 정도의 솜씨를 가졌는지를 선배나 되는 듯한 얼굴로 조언하고 있었다.

"큰일 날 소리를 하는군! 조심해! 놈은 칼 솜씨가 대단하거든. 솜씨가 정확해. 공격력이 있고, 동작에 무리가 없고, 팔목을 노리지. 싹 물러났다가 한 칼에 찔러 들어오곤 하지. 몸을 똑바로 젖히고 정확하게 다시 쳐 오는 거야. 젠장! 게다가 놈은 왼손잡이란 말일세."

그랑테르의 맞은편 구석에는 졸리와 바오렐이 도미노 놀이를 하면서 연애 이야기에 빠져 있었다.

"자네 행복한 모양이군. 자네 애인은 언제나 웃고 있지 않나?"

졸리가 말했다.

"아냐, 그건 그녀의 결점이라네. 애인이 웃고 있는 건 좋은 게 아니라니까. 웃고 있는 여자는 남자에게 속여 보라고 꾀는 것 같으니 말일세. 남자는 여자가 쾌활한 걸 보면 후회하는 마음이 안 나지만 슬퍼하는 걸 보면 양심의 아픔을 느끼거든."

바오렐이 대답했다.

"배부른 놈! 여자가 웃는 건 참 좋은 걸세! 게다가 자네들은 한 번도 안 싸웠잖아!"

"그건 그런 조약을 맺었기 때문이야. 우린 조그마한 신성 동맹을 맺어 서로 국경선을 정하고 절대로 넘지 않기로 했거든. 찬바람이 부는 쪽은 보의 영역이고, 부드러운 바람이 부는 쪽은 젝스의 영역인 셈이야. 그러니까 우리 사이가 평화로울 수밖에."

"평화가 결국 행복의 소화(消火)로군."

"자넨 어떤가, 졸르를리? 자네와 아가씨의 말다툼은 어찌 된 건가? 아가씨라면 알아들을 테지."

"그녀는 여전히 화를 내고 잔뜩 부어 있어."

"자넨 정말 그 사랑 때문에 불쌍할 만큼 말라 버렸다니까."

"아아!"

"나 같으면 그런 여자는 차 버리고 말거야."

"말은 쉽네."

"행동하기도 쉬워. 이름은 뮈지세였던가?"

"응, 하지만 그렇게 안 되지. 바오렐, 그녀는 기막힌 여자야! 문학을 좋아하고, 조그만 발에 조그만 손, 훌륭한 옷맵시에 흰 살결, 거기다 오동통하기까지. 카드 점쟁이 같은 눈을 하고 있다니까. 나는 그만 홀딱 반해 버렸다네."

"그렇다면 그녀의 환심을 사기 위해 좀 더 자주 멋을 부리고 다녀야 겠군. 스톱 상점에 가서 고급 양가죽 바지라도 사서 입게. 효과가 단박에 나타날 거야."

"얼마나 할까?"

그랑테르가 외쳤다.

셋째 구석에 자리 잡은 무리는 시 토론에 열을 올리고 있었다. 이교도의 신화와 그리스도교 신화의 싸움이었다.

올림포스에 관한 논제였는데 장 플루베르는 낭만주의 입장에서 변호를 하고 있었다. 장 플루베르는 감정이 평온할 때만 얌전했는데, 일단 흥분했다 하면 갑자기 폭발한 것처럼 되고 들뜬 기분이 그 흥분을 부추겨서 유쾌해지는 동시에 서정적이 되었다.

"그리스 신들 욕은 그만하지."

장 플루베르가 말했다.

"신들은 아직 죽지 않았을 거야. 유피테르가 죽었다고는 생각지 않아. 자네들은 신들이 공상의 산물이라고 말하지. 오늘날 자연계는 그 공상이 사라져 버린 흔적인지는 몰라도 아직 온갖 위대한 이교 신화를 느끼게 한다네. 예를 들면 성채 모양을 하고 있는 비뉴말 산(피레네 산맥_옮긴이)은 지금도 내 눈에는 땅의 여신인 시벨의 모자처럼 보여. 그리고 밤마다 이오 여신이 찾아와서 버드나무 줄기의 조그마한 구멍에 손가락을 대며 피리를 부는 것 같아. 이오는 비스바슈의 폭포와 어떤 관계가 있다고 계속 믿고 있다네."

또 하나 남은 구석에서는 정치 이야기로 바빴다. 흠정헌법을 헐뜯고 있었는데 콩브페르는 온화하게 그것을 지지하는 말투였지만, 쿠르페락은 격렬한 기세로 공격하는 중이었다. 공교롭게도 탁자 위에는 유명한 투케의 헌법 조문이 들어 있는 담뱃갑이 하나 놓여 있었는데 쿠르페락은 그것을 움켜쥐고 휘둘러 버석거리는 종이 소리까지 내 가며 자신의 의견을 피력하고 있었다.

"첫째, 나는 국왕은 필요 없다고 봐. 경제적 측면에서 보더라도 결코 바람직하지 못하다니까. 국왕은 식객일 뿐이야. 국왕을 떠받들고 있으면 그냥은 못 지내지. 자, 들어 봐. 국왕이 얼마나 값비싼 건지 말이야. 프랑수아 1세가 죽었을 때 프랑스의 공채는 1년에 3만 리브르였네. 루이 14세가 죽었을 때 그것은 1마르크에 28리브르로 환산해서 26억 리브르가 되어 있었네. 그런데 데마레의 말에 따르면 1760년의 돈으로는 45억에 해당되고, 오늘날의 돈으로는 120억에 해당한다더군.

둘째, 콩브페르에겐 안됐지만 흠정헌법이란 문명의 해로운 방편일세. 과도기를 혼란에서 구한다거나, 시대의 변천을 원활하게 만든다거나, 동요를 가라앉힌다거나, 가상의 헌법 실시로 국가를 서서히 군주제에서 민주제로 옮긴다거나 하는 그런 이론은 모두 억지로 갖다 붙인 가증스러운 이론이라네! 안 되지, 천만에! 절대로 허위와 광명으로 민중을 인도할 수는 없어. 그런 헌법의 지하실 속에서 주의(主義)는 시들고 색은 바래지기 마련인 거야. 퇴화는 안 되지. 타협은 사양할래. 국왕이 국민에게 헌법을 주다니 말도 안 되는 소리. 그런 흠정헌법에는 모두 14조문이 있네. 자비를 베푸는 손 옆에 권력을 다시 움켜쥐려는 손톱이 있는 거지. 나는 자네가 말하는 헌법을 단호히 거절해. 헌법이라지만 허위가 뒤에 숨어 있는 가면에 지나지 않아. 헌법을 받아들인다는 건 국민이 양보한다는 말일세. 권리는 완전해야만 비로소 권리라고 말할 수 있는 거야. 딱 질색이라니까. 헌법 같은 건 정말 필요 없다네!"

겨울이었다. 난로 속에서는 장작 두 개비가 탁탁 소리를 내며 타고 있었는데 그 소리가 상당히 유혹적이어서 쿠르페락은 문득 그쪽에 마음이 끌렸다. 그는 불쌍한 투케의 헌법 헌장을 손안에서 구깃구깃하게 쥐었다가는 불에 던져 버렸다. 종이는 순식간에 타올랐다. 콩브페르는 루이 18세의 걸작이 타 버리는 것을 조용히 지켜보며 가만히 이렇게 말할 뿐이었다.

"불꽃으로 변신한 헌법이로군."

이렇게 야유와, 기지, 조롱, 쾌활하다고 불리는 프랑스 기질, 유머라고 불리는 영국 기질, 좋은 취미와 나쁜 취미, 옳은 이론, 궤변 같은 대화의 미친 듯한 각 갈래의 불꽃이 방 안 여기저기에서 한꺼번에 솟아오르고 엉켜서, 마치 사람들 머리 위에 유쾌한 포격전이 벌어진 것 같았다.

퍼져 가는 지평선

젊은이들끼리 일으키는 정신의 충돌은 어떤 불꽃이 튀고, 어떤 빛이 번쩍일지 전혀 예측할 수 없기에 더욱 신기하다. 금방 어떤 것이 튀어나올지는 누구도 모른다. 조용하다 싶으면 갑작스레 폭소가 터지고 익살스럽게 장난을 치다가도 문득 진지해진다. 누군가 아무렇게나 내뱉은 말 한마디 때문에 방 안의 공기가 달라진다. 저마다 하는 생각이 모두를 지배하고 말없이 어떤 몸짓만 해도 예기치 않은 장면이 펼쳐진다. 그런 이야기에는 급한 모퉁이가 여러 개 있어 그때마다 이야기의 전망이 순식간에 바뀌어 버린다. 결국 그런 대화를 조종해 가는 건 우연인 셈이다.

별로 중요치 않은 이야기가 맞부딪치면서 하나의 묘하고 엄숙한 사상이 튀어나와 그랑테르, 바오렐, 플루베르, 보쉬에, 콩브페르, 쿠르페락 들이 뒤섞여서 주고받는 말들 속을 갑자기 칼날처럼 날카롭게 스쳐갔다.

대화 속에서 어떻게 한 문구가 문득 튀어나오는 걸까? 왜 갑자기 그 문구가 별로 주의해서 들으려 하지 않는 사람들의 관심을 끄는 것일까? 앞에서 말한 것과 같이 그 이유는 누구도 모른다. 그렇게 왁자지껄하는 새에 보쉬에가 콩브페르에게 무언가 말하려다가 이런 날짜를 내뱉고는 입을 다물었다.

"1815년 6월 18일, 워털루."

워털루라는 지명을 듣자 물컵이 놓인 옆 탁자에 팔꿈치를 짚고 있던 마리우스가 손등에서 턱을 떼고 얼굴을 들어 모두를 유심히 지켜보기 시작했다.

"그래."

쿠르페락이 외쳤다.

"이 18이라는 숫자는 이상한 숫자거든. 나는 놀라고 있다네. 보나파르트에겐 숙명의 숫자라고 할 수 있지. 18 앞에 루이라는 글자를 놓아 봐. 그리고 18 뒤에 무월(霧月)이라는 글자를 놓아 보게(나폴레옹이 쿠데타에 성공한 공화력 8년 무월 18일_옮긴이). 저 사나이의 모든 운명이 똑똑히 보이잖아. 그의 운명에는 결말이 일의 발단을 따라 나오는 뜻깊은 특성이 있는 거지."

그때까지 잠자코 있던 앙졸라가 침묵을 깨고 쿠르페락에게 이런 말을 했다.

"죄악을 말하고 있는데 자네는 속죄에 대한 말을 하고 싶은 모양일세."

마리우스는 워털루가 갑자기 튀어나왔을 때부터 몹시 흥분하다가 이 '죄악'이라는 말을 듣자 더 이상 참을 수 없었다. 벌떡 일어나서 벽에 걸려 있는 프랑스 지도 쪽으로 천천히 다가갔다. 지도 아래쪽에는 따로 칸막이가 있어서 거기에 조그마한 섬이 그려져 있었는데 그는 그 칸막이 위에 손가락을 대고 말했다.

"코르시카 섬. 이 조그마한 섬이 프랑스를 위대하게 만든 거야."

그것은 언 기류를 휘몰아치는 바람이었다. 금방이라도 무슨 일이 벌어질 것만 같았다. 그때 바오렐은 보쉬에에게 무슨 대답인가를 하면서 곧잘 해 보이는 토르소 같은 포즈를 취하려다가 그만두고 귀를 기울였다.

그 푸른 눈으로 아무도 바라보지 않고 허공을 지켜보는 것 같던 앙졸라는 마리우스 쪽은 돌아보지도 않고 대답했다.

"프랑스가 위대해지는 데 코르시카 섬 따위는 필요 없네. 프랑스는 프랑스이기 때문에 위대한 거야. '사자라는 이름이 있기 때문'이란 말이야."

마리우스는 조금도 물러서려 하지 않고 앙졸라에게로 돌아섰다. 그의 목소리는 배 속으로부터 튀어나와 떨리면서 터졌다.

"맹세코 말하지만 나는 프랑스를 경멸하는 게 아닐세! 나폴레옹과 프랑스를 하나로 치부하는 것은 결코 프랑스를 경멸하는 게 아니지. 그래. 이 점을 좀 이야기하겠네. 나는 자네들 가운데선 신참이지만 사실을 얘기하자면 자네들에게는 놀라움을 금할 수가 없군. 우리의 현재 입장이란 게 뭔가? 우리는 어떤 사람인가? 자네들은 어떤 사람이고 나는 또 어떤 사람인가? 우선 황제에 대해서 말해 보지. 내가 들어 보니 자네들은 마치 왕당파 같더군. '우'에 힘을 주어 부오나파르테라고 하더란 말이지. 하지만 나의 할아버지는 그보다 더 멋지게 발음한다는 걸 알려 주겠어. 할아버지는 부오나 파르테라고 한단 말이야. 나는 자네들을 청년이라고 생각했는데 자네들은 도대체 어디에 정열을 쏟고 있는 건가? 그 정열을 어떻게 하려고 그러는 건가? 황제를 찬미하지 않는다면 도대체 누구에게 찬미를 바친단 말인가? 그 이상의 무엇이 필요하다는 건가? 자네들은 저 위대함을 바라지 않는다지만, 그럼 어떤 위인을 바라고 있나? 황제에게는 모든 것이 다 갖추어져 있었지. 그는 완전무결했어. 그의 두뇌에는 인간 능력의 전부가 담겨 있었어. 그는 유스티니아누스처럼 법전을 만들고, 카이사르처럼 명령했고, 파스칼의 번개와 타키투스의 우레를 섞은 듯한 대화를 했고, 역사를 만들고, 역사를 썼지. 그가 쓴 보고서는 《일리아드》 같다네. 그는 뉴턴의 숫자와 마호메트의 비유를 연결 지어 피라미드처럼 위대한 말을 근동(近東)에 남겨 놓았네. 틸시트에서는 황제에게 위엄을 가르치고, 과학 아카데미에서는 라플라스의 의문에 답하는가 하면, 참사원에서는 메를랭에게 대항했지. 전자의 기하학, 후자의 소송에 함께 영혼을 주고, 검사들을 대할 때면 법률가, 천문학자를 대할 때면 항성학자였어. 크롬웰이 절약하느라 두 자루의 촛불 가운데 한 자루를 꺼버렸듯 그는 탕플에 가서 커튼의 술 하나에도 흥정을 했네. 황제는 모든 것을 보고, 모든 것을 알았어. 그러면서도 자기 어린아이의 요람으로 다가가면 부드러운 아버지의 웃음을 짓는 사람이었네. 마침내 유럽은 갑자기 겁을 먹고 귀를 기울이기 시작했어. 그의 군대가 행진을 시작했거든. 포차의 대군이 움직이고, 배로 만든 다리는 강 위에 잇닿았고, 구름 같은 기병대는 선풍 속을 달리고, 함성, 나팔 소리, 여기저기 왕좌가 흔들리고, 여러 왕국의 경계선이 지도 위에서 춤을 추는 가운데 칼집에서 뺀 초인 같은 칼 소리가 들렸지. 사람들 눈은 황제를 보았네. 그의 모습을. 손에 불꽃을 잡고 눈을 반짝거리면서 한쪽 날개에는 대육군을, 다른 날개에는 노련한 근위대를, 우레 소리 요란한 속에 활짝 펴고 지평선 위에 벌떡 일어서는 그의 모습을 본 걸세. 황제는 바로 전쟁의 우두머리 천사였네!"

모두들 조용했으며 앙졸라는 고개를 숙이고 있었다. 침묵은 항상 동의나 굴복의 표시이다. 마리우스는 거의 숨도 쉬지 않고 더욱 열띤 말을 이어 나갔다.

"여러분, 올바른 생각을 갖도록 합시다! 그런 황제의 제국에서 산다는 건 한 국민으로서 얼마나 빛나는 운명이냔 말이오. 더욱이 그 민중이야말로 프랑스이고, 그 민중이 자기의 자질을 저 위대한 자질에 더한다는 걸 생각해 보시오! 나타나자마자 군림하고, 진군하자마자 승전하고, 모든 나라의 수도를 통과하고, 자신의 척탄병에서 뽑은 부하를 제후에 앉히고, 여러 왕조의 몰락을 선포하고, 유럽을 단숨에 변화시키고, 황제를 따라 공격하는 군대는 마치 신의 칼자루를 쥐기라도 한 듯 적을 두려움에 떨게 하고, 그 혼자서 한니발과 카이사르와 샤를마뉴를 계승하고, 하룻밤이 샐 때마다 빛나는 전승을 보여 줬던 그. 그와 같은 큰 인물을 다루는 민족으로서 앵발리드 광장의 포성을 잠을 깨우는 시계 소리로 삼

159

고, 마렝고, 아르콜라, 아우스터리츠, 이에나, 와그람! 이들 영원히 빛나는 놀라운 승리의 이름을 광명의 심연 속에 던져 놓고, 몇 세기에 걸쳐 하늘 꼭대기에 계속해서 승리의 성좌를 꽃피우고, 프랑스 제국을 로마 제국과 같은 위치에 세우고, 대국민이 되고 대육군을 낳아서 높은 산 사방에 독수리를 날려 보내듯 지상 구석구석에 대군을 날려 보내고, 정복하고 격파하여 승리의 영광이 거듭난 나머지 유럽 유일의 금빛 찬란한 민족이 되고, 역사를 통해서 기인처럼 나팔을 불어 대고, 정복과 후세 사람들의 찬탄으로 세계를 이중으로 정복했어. 이거야말로 정말 숭고한 일이 아니겠나. 이보다 더 위대한 게 뭐가 있을까?"

"있지. 자유를 얻는 일."

콩브페르가 말했다.

이번에는 마리우스가 고개를 숙였다. 간단하지만 차가운 이 한마디가 그의 서사시 같은 말의 흐름을 날카롭게 끊어 버려 그 흐름의 근원까지 마음속에서 사라져 가는 것을 느꼈다. 마리우스가 눈을 들었을 때 콩브페르는 보이지 않았다. 아마 마리우스의 열렬한 장광설에 한마디로 응수한 걸로 만족하고 나가 버린 모양이었다. 모두 콩브페르의 뒤를 따라 나가 버리고 앙졸라만이 남아 방 안은 텅 비었다.

마리우스와 단둘이 남게 된 앙졸라는 근엄한 눈초리로 마리우스를 지켜보고 있었다. 그러나 마리우스는 자기의 관념을 더듬어 보고 자기가 결코 진 게 아니라고 생각했다. 마리우스의 가슴에는 아직도 흥분이 가시지 않았다. 그러나 그가 앙졸라를 상대로 삼단논법을 펴려 했을 때 누군가 계단을 내려가면서 부르는 노랫소리가 들렸다. 콩브페르의 목소리였다. 그는 이런 노래를 불렀다.

카이사르가 설령 나에게
영광과 전쟁을 준다며

160

대신에 사랑하는 어머니를

놓고 가라고 한다면,

위대한 카이사르에게 대답하리라.

그대의 왕홀과 전차도 돌려주리다.

나는 어머니가 역시 좋아.

말해 무엇하리, 그야 어머니가 좋지.

콩브페르가 노래하는 부드럽고 거친 음조의 이 노래에는 뭔가 이상한 위대함이 엿보였다. 마리우스는 생각에 잠겨 눈을 천장으로 돌린 채 거의 무의식중에 되풀이했다.

"어머니?"

그때 마리우스는 자기의 어깨에 놓인 앙졸라의 손을 느꼈다.

"여보게, 어머니란 공화국을 이르는 말이라네."

앙졸라가 말했다.

곤궁

그날 저녁에 있었던 일은 마리우스를 깊이 잡아 흔들었으며, 그의 마음속에 슬프고 어두운 그림자를 새겨 놓았다. 그가 체험한 것은 만약 대지가 의식을 가지고 있다는 가정하에, 밀 씨앗을 뿌리려고 괭이로 땅을 파 엎을 때 땅이 맛보는 그런 체험이었다. 대지는 그때 상처의 아픔밖에 못 느낀다. 싹이 틀 때 생기는 설렘과 결실의 기쁨은 훨씬 나중에야 찾아오는 것이다.

마리우스는 우울해졌다. 그는 간신히 하나의 신념을 굳히려던 참이었는데 이제 그 신념을 버려야 하나? '아니, 그럴 수는 없어.' 그는 자신을 타일렀다. 의혹에 빠지고 싶지 않다고 그는 분명히 마음에 맹세했다. 하지만 의혹은 다시 시작되었다. 아직 빠져나오지 못한 한 가지 신앙과 또 그 속으로 들어갈 결심도 아직 서지 않은 다른 신앙. 이 두 신앙 사이에 끼어 있는 게 견딜 수 없었다. 그런 어정쩡한 상태를 기뻐하는 것은 박쥐 같은 영혼뿐이다.

마리우스는 사물을 솔직하게 보는 순수한 눈을 가졌기에 그에겐 참다운 빛이 필요했다. 의혹이 내뿜는 희미한 빛이 그를 괴롭혔다. 지금 있는 이곳에 머물러 있고 싶고 아무리 매달려 있고 싶어도 감당할 수 없는 힘에 끌려서 계속 걸어가고 나아가고 길을 살펴보고 방향을 생각하고 앞으로 더 나가지 않을 수 없었다.

이 힘이 지금 마리우스를 어디로 끌고 가려는 걸까? 그토록 아버지에게 가까이 다가간 지금 다시 아버지에게서 멀어지는 건 두려운 일이었다. 이것저것 반성할수록 마리우스의 불안은 더욱 커져 갔다. 그의 주위 여기저기에 절벽이 솟아오른 듯이 느껴졌다. 조부의 의견, 친구들 의견 어느 것에도 동의할 수 없었다. 그는 조부의 눈으로 보면 무모하기 짝이 없었고, 친구들의 눈으로 보면 뒤떨어진 상태였다. 자신이 노인과 젊은이에게서 동시에 고립되어 있다는 것을 깨달은 뒤에 그는 카페 뮈쟁에 나가지 않았다.

혼란스러운 의식 속에서 마리우스는 생활의 중대한 면을 딱히 생각하고 있지 않았다. 그 생활의 현실은 그렇게 쉽게 잊어버린 채 있을 수는 없는 거였다.

현실은 느닷없이 그를 팔꿈치로 찌르며 찾아왔다.

어느 날 아침 여관 주인이 마리우스의 방에 들어와서 말했다.

"쿠르페락 씨가 당신의 보증인인가요?"

"그렇습니다."

"방값을 주셨으면 합니다."

"쿠르페락에게 할 이야기가 있으니 좀 와 달라고 전해 주십시오."

마리우스가 말했다.

쿠르페락이 오고 주인은 나갔다. 마리우스는 여태까지 그에게 털어놓으려 하지 않았던 것, 자신은 의지할 데도 없고 친척도 하나 없는 사람이라는 것을 이야기했다.

"자넨 뭐가 될 생각인가?"

쿠르페락이 말했다.

"모르겠어."

마리우스가 대답했다.

"뭘 할 작정이야?"

"그것도 모르겠네."

"돈은 있나?"

"15프랑이 있다네."

"그래서 나더러 빌려 달라는 얘기야?"

"천만에."

"옷은?"

"이것뿐이야."

"값나가는 물건은 좀 있나?"

"시계가 하나 있지."

"은인가?"

"금이야. 이걸세."

"내가 헌 옷 파는 집을 알고 있다네. 자네의 프록코트와 바지를 사 줄 거야."

"잘됐군."

"그럼 남은 건 바지와 조끼와 모자 그리고 윗도리 각각 한 벌뿐이군."

"그리고 구두."

"뭐야? 맨발로는 못 걸어? 사치스러운 소리를 다 하고 있군!"

"그것만 있으면 충분해."

"난 시계방도 한 집 알아. 자네 시계를 사 줄 거야."

"좋아."

"아니, 좋아가 아니지. 앞으로 어떻게 살아갈 건가?"

"뭐든지 할 거야. 적어도 나쁜 일만 아니라면 말이지."

"영어 할 줄 아나?"

"몰라."

"독일어는?"

"몰라."

"하는 수 없군."

"왜?"

"내 친구 하나가 출판을 하고 있는데 백과사전 같은 것을 만들고 있어. 자네가 독일어나 영어라도 번역할 수 있다면 좋겠다고 생각한 거야. 보수는 싸도 그럭저럭 살아갈 수는 있을 테니 말일세."

"그럼 영어와 독일어를 공부하지."

"그럼 그때까지는?"

"그때까지는 옷이나 시계를 팔아서 연명해 보겠네."

그들은 헌 옷 장수를 불렀고 옷 장수는 헌 옷을 20프랑에 사 갔다. 두 사람은 시계방으로 갔다. 시계방 주인은 시계를 45프랑에 샀다.

"이만하면 나쁘지 않아."

마리우스가 하숙으로 돌아오면서 쿠르페락에게 말했다.

"지금 15프랑이 있으니까 합치면 80프랑이 되는군."

"하숙비 계산은?"

쿠르페락이 주의를 주었다.

"아참, 잊었네."

하숙집 주인은 계산서를 가지고 와서 곧 지불해 달라고 했는데 모두 70프랑이었다.

"10프랑이 남았어."

마리우스가 말했다.

"야단났군."

쿠르페락이 말했다.

"영어를 공부하는 동안 4프랑으로 살고 독일어를 배우는 동안 5프랑으로 먹고살아야지. 어학을 재빠르게 터득하거나 100수짜리로 가늘고 길게 연명하는 법을 배우든가."

이러는 동안 원래 남의 불행한 사정을 보면 참지 못하는 질노르망 이모는 애를 써서 마침내 마리우스의 숙소를 찾아냈다. 어느 날 오전 마리우스가 학교에서 돌아와 보니 이모의 편지와 봉인된 상자가 하나 와 있었다. 상자 속에는 '60피스톨', 즉 금화로 600프랑이 들어 있었다.

마리우스는 이미 생활 수단이 마련되어 앞으로는 충분히 혼자 생활해 갈 수 있다는 뜻의 편지와 함께 루이 금화를 이모에게 다시 돌려보냈다. 이때 그에게는 고작 3프랑이 남아 있을 뿐이었다.

이모는 마리우스가 거절했다는 소식을 마리우스의 할아버지에게는 알리지 않았다. 할아버지를 화나게 할 게 두려웠다. 이미 "그 흡혈귀 이야기는 앞으로 절대 내게 하지 말라."는 엄명까지 있었기 때문이었다.

마리우스는 더 이상 빚을 지고 싶지 않아서 포르트 생 자크 여관을 나와 버렸다.

5. 불행의 뛰어난 효과

무일푼의 마리우스

마리우스의 생활은 곤궁해졌다. 옷가지나 시계를 먹어 버리는 것쯤은 아무것도 아니었다. 그는 이른바 '공수병에 걸린 쇠고기'란 것을 먹었다 (몹시 가난하다는 의미_옮긴이). 너무나 비참했다. 빵 없이 지내는 날들, 잠 못 이루는 매일 밤, 촛불이 없는 밤, 불 없는 난로, 일 없는 날들, 희망이 안 보이는 미래, 팔꿈치가 해진 윗도리. 계집아이의 놀림을 받는 낡은 모자, 방세를 치르지 못하니 저녁때면 잠겨 있는 문, 문지기나 싸구려 음식점 주인 영감이 퍼붓는 모욕, 이웃 사람들의 냉소 어린 시선, 숱한 모멸, 짓밟힌 인격, 좋든 싫든 해야 할 일, 염증, 무료함, 실의의 구렁텅이에 빠진 날들이었다.

마리우스는 깊이 깨달았다. 사람들이 그런 것들을 얼마나 탐하는지, 아니 그런 것밖에는 아무것도 탐할 수 없는 경우가 얼마나 많은지. 청춘 시절에는 여성의 사랑이 필요한 까닭에 자존심도 가져야 하는데, 그는 초라한 옷차림으로 조롱을 받고, 가난하다고 업신여김을 받았다. 제왕 같은 청춘을 자랑하며 가슴이 한껏 부풀어야 할 시기에 그는 구멍 뚫린 자기 구두에 몇 번이나 눈을 맞추고, 빈궁의 부당한 치욕을 느끼고, 비참한 수치감으로 얼굴을 붉혔다.

마음이 약한 사람을 비굴하게 만드는 무서운 시련은 또 마음이 강한 사람을 탁월하게 만드는 바람직한 시련이기도 하다. 그것은 비열한 인간이나 신과 같은 인간을 만들려고 할 때면 반드시 운명이 인간을 던지는 도가니 구실을 한다.

왜냐하면 하찮고 작은 싸움 속에서야말로 진정 위대한 행위가 이뤄지기 때문이다. 빈궁과 치욕이 여지없이 달려드는 생활 속에서 어떤 사람들은 끈질기고 남다른 강한 용기를 내어 한 걸음 또 한 걸음 저항한다. 그러다 마침내 그 누구의 눈도 미치지 않고, 어떤 명성도 없으며, 어떤 갈채의 나팔도 불지 않는 곳에서 숭고하고 신비로운 승리를 획득한다.

인생, 불행, 고독, 빈곤이라고 불리는 것들 모두가 싸움터이며 거기에는 영웅이 존재한다. 이름도 없는 이 영웅들은 세상에 이름을 날리고 있는 영웅들보다도 더 위대할 수도 있다.

꿋꿋하고도 고귀한 성격은 이렇게 만들어지는 것이다. 빈곤은 거의 모든 인간에게 살뜰하지 않은 계모지만 어떤 사람에게는 참다운 어머니 역할을 하기도 한다. 궁핍은 억센 영혼과 정신을 낳아 주고 유모가 되어 자랑스러운 마음을 키워 낸다. 불행은 마음이 숭고한 사람들에게는 영양분이 풍부한 젖이기 때문이다.

한때 마리우스는, 방으로 통하는 층계를 청소하고, 치즈 가게에서 브리 치즈를 1수어치밖에 못 사고, 어두워지기를 기다려 빵과 방금 산 한 조각의 치즈를 훔친 것이라도 되는 양 살그머니 자기 다락방으로 가지고 올라가는 때도 있었다. 가끔씩 거리 사람들은 옆구리에 책을 낀 한 청년이 음식점 여자들 틈바구니에 섞여서 욕을 먹고 떠밀리면서 울 것 같은 얼굴로 길모퉁이 푸줏간으로 도망치듯 들어가는 것을 보았다. 겁을 먹고 아직도 마음이 가라앉지 않은 것 같은 그 청년은 가게 안으로 들어가자마자 땀이 맺힌 이마에서 모자를 벗어 들고 놀라서 쳐다보는 푸줏간 안주인에게 공손히 고개를 숙이고, 한 번 더 꼬마에게도 고개를 숙인 다음, 살이 붙은 양 갈비뼈 한 조각을 육칠 수를 주고 사서 종이에 싼 그 고기를 옆구리에 낀 두 권의 책 사이에 찔러 넣고 가게에서 나왔다. 그는 마리우스였다.

마리우스는 그 갈비를 직접 끓여서 사흘 동안 먹었는데 첫날에는 고기를 먹고, 이튿날은 기름을 먹고, 사흘째 되던 날은 뼈를 갉아먹었다.

질노르망 이모는 계속해서 몇 번이고 60피스톨을 보내왔지만 그때마다 마리우스는 절대로 곤란하지 않다고 돌려보냈다.

앞서 말한 사상의 혁명이 그의 마음속에 일어났을 때, 그는 아직도 아버지의 상복을 입고 있었다. 그 뒤로 마리우스는 검은 옷을 벗지 않기로 작정했는데, 어느 날 그 옷이 그의 곁에서 떠나갔다. 드디어 윗도리가 없어졌다. 지금은 바지도 가 버리려는 중이었다. 어떻게 해야 할까?

쿠르페락이 전에 마리우스에게 진 신세를 보답한다면서 낡은 윗도리를 하나 주었다. 마리우스는 어느 집 문지기에게 부탁하여 30수에 그것을 뒤집어 새 옷처럼 만들었다. 하지만 그 윗도리는 녹색이었기 때문에 마리우스는 해가 진 뒤가 아니면 밖으로 나가지 않았다. 날이 어두워지면 그 윗도리는 검게 보였고 언제나 상복을 입고 싶다고 생각한 그는 이런 식으로 어둠을 입게 되었다.

그런 생활을 하는 와중에도 마리우스는 변호사 시험에 합격했다. 마리우스는 표면적으로 쿠르페락의 방에서 함께 지내는 걸로 되어 있었다. 깨끗하게 정돈된 방으로 거기에는 소설의 결본을 섞어 빈칸을 메우고 있기는 했지만, 법률에 관한 헌 책 몇 권이 꽂혀 있어 변호사가 갖추어야 할 서가다워 보였다. 편지도 모두 쿠르페락의 주소로 오도록 했다.

변호사가 되자 마리우스는 할아버지에게 부드럽지는 않지만 복종과 경의를 깃들여 그 사실을 알렸다. 질노르망 씨는 부들부들 떨면서 그 편지를 받아 들어 다 읽고 나서는 짝짝 찢어 쓰레기통에 던져 넣었다. 이삼 일

뒤에 질노르망 양은 방 안에서 아버지가 혼자 커다란 소리로 중얼대는 소리를 들었다. 그것은 노인이 몹시 흥분하면 반드시 하는 짓으로 이렇게 말하고 있었다.

"네가 바보가 아니라면 알겠지. 남작하고 변호사를 한꺼번에 할 수는 없다는걸."

가난한 마리우스

빈곤도 결국은 다른 일과 마찬가지이다. 빈곤도 결국에는 어떤 형체를 가지고 정리가 된다. 사람은 살아가게 마련이다. 바꿔 말해서 비참하더라도 살아가기에 충분한 어떤 방식으로 생활하기 마련이다. 마리우스 퐁메르시의 생활이 어떤 모양으로 마무리되었는지는 다음과 같다.

그는 가장 험난한 고개를 이미 넘어섰다. 길은 여전히 험했지만 전보다는 약간 눈앞이 트였다. 고생을 견디고 용기를 내어 끈기 있게 의지를 관철한 보람이 있어서 마침내 1년에 700프랑가량을 벌게 되었다. 그는 독일어와 영어를 배웠다. 쿠르페락이 친구의 출판사에 소개해 준 덕분으로 마리우스는 문학부에서 약간의 '역할'을 하게 되었다. 내용 견본을 만들고, 외국 신문을 번역하고, 출판물에 주를 달고, 전기를 엮는 것이 그의 일이었다. 수입은 괜찮을 때도 있고 나쁠 때도 있었으나 적어도 700프랑은 되었다. 마리우스는 그 돈으로 생활해 나갔으며 그다지 형편없지는 않았다.

어떤 모양으로 꾸려 갔는가? 그것은 이러했다. 마리우스는 고르보 집의 난로도 없는 초라한 방을 1년에 30프랑으로 빌렸고 가구는 꼭 없어서는 안 될 것만 들여놓았다. 그 가구들은 자신의 것이었다.

마리우스는 문지기 할머니에게 다달이 3프랑을 주고 방 청소를 하게 했고 아침마다 더운 물 조금과 날계란, 1수짜리 빵을 가져오게 했다. 그 빵과 계란이 그의 점심이었다. 점심값은 계란이 싸고 비싸지는 것에 따라 2수에서 4수 사이를 오르내렸다. 저녁 6시가 되면 생 자크 거리로 나와 마튀랭 거리 모퉁이에 있는 판화상 파세의 맞은편 루소라는 음식점으로 저녁을 먹으러 갔다. 수프는 먹지 않고 6수짜리 고기 한 접시, 3수짜리 작은 채소 반 접시와 3수짜리 디저트를 먹었다. 그리고 3수를 내면 빵은 마음대로 먹을 수 있었다. 그리고 포도주 대신에 물을 마셨다. 그 무렵에도 계산대에서 여전히 뚱뚱하기는 하나 아직도 얼굴에 윤기가 도는 루소의 주인아주머니가 버티고 앉아 있었는데, 계산을 하고 보이에게 1수를 주면 루소의 아주머니는 생긋 웃음을 보냈다. 그것을 본 다음에 마리우스는 밖으로 나왔다. 이렇게 해서 16수에 따뜻한 미소와 저녁을 얻었다.

이 루소라는 음식점은 술을 마시기보다 맹물 마시는 사람이 오히려 많아 음식점이라기보다 휴게실이었다. 이 음식점이 지금까지 남아 있지는 않다. 주인은 '물장수 루소'라는 재미있는 별명을 가지고 있었다.

이렇게 점심은 4수, 저녁은 16수로 하루 식사비는 20수면 되었다. 그렇게 1년에 365프랑이 들었다. 거기에다 방세 30프랑, 할머니에게 30프랑, 그 밖에 약간의 잡비가 들었다. 결국 450프랑으로 마리우스는 식사하고, 방을 얻고, 일을 시킬 수 있었다. 또 셔츠 50프랑, 세탁비 50프랑으로 100프랑이 들었다. 어쨌든 650프랑은 절대로 넘기지 않았고 손에 50프랑이 남았다. 이전에 비하면 부자였다. 그는 경우에 따라 10프랑쯤은 친구에게 꿔 주기도 했는데 쿠르페락은 딱 한 번 60프랑을 빌려 갔다. 방에 벽난로가 없었으므로 마리우스는 간단하게 몸을 따뜻하게 할 수 있는 방법을 연구했다. 마리우스는 언제나 두 벌의 옷을 가지고 있었다. 낡은 것은 '집에서 입는 옷'으로, 새것은 외출용으로 쓰고 있었는데 두 개모두 빛깔은 검은색이었다. 셔츠는 모두 세 장이 있었다. 하나는 입고 하나는 장에 넣어 두고, 나머지 하나는 세탁소에 가 있었다. 그래서 낡아서 못 입게 되는 대로 하나씩 새로 마련했다. 그렇다고 해도 거의가 낡은 거라 윗옷 단추를 턱밑까지 채우고 있어야만 했다.

마리우스가 이렇게 알뜰한 살림을 하게 되기까지는 몇 년이라는 세월이 걸렸다. 힘든 날들이었다. 처음에는 뚫고 나가느라고 노력했고 나중엔 기어오르느라고 애썼다. 그렇지만 마리우스는 단 하루도 용기가 꺾인 적이 없었다. 어떤 가난도 참고 견디며 빚만은 지지 않기 위해 별짓을 다 했다. 그는 이제까지 누구에게서도 1수조차 빌린 적이 없다고 자신 있게 말했다. 그에게 빚은 남에게 예속당하기 시작하는 전조였다. 아니, 채권자란 노예 주인보다 더 악질이라고 생각하고 있었다. 왜냐하면 노예 주인은 다만 노예의 몸뚱이만을 소유할 뿐이지만, 채권자는 채무자의 품위를 지배하고 모욕할 수 있기 때문이다. 마리우스는 돈을 꿀 정도가 되면 차라리 먹지 않았다. 그래서 실제로 며칠씩 굶기도 했다.

어떤 일이든 극단에 이르면 서로 통하는 것을 그는 느끼고, 조심하지 않으면 물질적 타락이 정신의 비참함을 초래할 것이라고 단정하여 자존심을 잃지 않도록 명심했다. 다른 입장에 처해 있었다면 오히려 당연한 예절이라고 보아도 좋을 말씨나 태도도 현재의 그로서는 비굴한 것으로 생각되어 애써 굳건한 태도를 보였다. 그러나 그것이 너무 지나치면 오만으로 보일까 싶어 과도한 언동은 피했다. 그의 얼굴은 엄격한 마음가짐을 나타내어 언제나 붉은 홍조를 띠었다. 마리우스는 자신에게 무자비할 정도로 이성적인 자세를 취했다.

어떤 시련을 겪으면서도 그는, 자신 속에 있는 은밀한 힘에 의해 격려받고, 때로는 그 힘에 실려 가는 자신을 발견하곤 했다. 영혼은 육체에게 힘을 빌려 주고 때로는 육체를 떨치고 일어나게 만들었다. 즉, 새장을 지탱하는 것은 그 안의 새뿐이다.

마리우스는 마음속에 품은 아버지의 이름과 더불어 또 하나의 이름을 새겨 두고 있었다. 테나르디에라는 이름이었다. 마음의 출렁임이 심하고 무엇이든 깊게 생각하는 성격을 가진 마리우스는 그 사나이를 아버지의 생명의 은인으로 생각했다. 그리고 그 모습을 강렬한 빛에 싸 포장했다. 그 용감무쌍한 중사는 워털루 전투 포탄 속에서 아버지를 구했던 것이다. 마리우스는 그 사나이에 대한 기억을 아버지의 기억에서 결코 분리시키지 않고 두 사람을 한데 묶어 숭배하고 있었다. 그것은 대령에게 바치는 큰 제단과 테나르디에를 위해서 바치는 작은 제단, 말하자면 이단(二段) 숭배였다. 테나르디에가 역경에 빠지고 불운의 포로가 되었다는 것을 생각하면 그에게 감사하는 마음의 감동은 더욱 커졌다.

그 불행한 여관집 주인이 몰락하고 파산해 버렸다는 것을 마리우스는 이미 몽페르메유에 가서 알았다. 하지만 마리우스는 그 후에도 끈질기게 테나르디에의 발자취를 더듬고, 그가 모습을 감춘 빈곤의 나락 속에서 그의 행방을 찾아내려고 노력했다. 마리우스는 여러 고장을 찾아 헤맸다. 셸, 봉디에, 구르네, 노장, 라니에도 가보았다. 3년 동안을 그는 소액의 저축마저 그 사람을 찾는 일에 필요한 비용으로 쓰며 열중했다. 그러나 그 누구도 테나르디에의 소식을 전해 주는 사람은 없었다. 사람들은 그가 다른 나라로 갔을 것이라고 말했다. 마리우스처럼 애정에 이끌려 그를 찾은 건 아니지만, 그 못지않게 열심히 테나르디에를 찾던 채권자들 또한 끝내 그를 찾지 못했다. 마리우스는 그를 찾지 못한 일을 꺼림칙하게 생각하며 자신을 탓하고 원망했다.

그것은 아버지인 대령이 그에게 부탁한 마지막 부채로서, 그것을 갚느냐 못 갚느냐 하는 것은 자신의 명예에 관한 일이라고 생각했기 때문이다. '어떻게 해야 하나! 아버지가 전장에서 쓰러져 죽어 가고 있을 때 그 사람은 초연과 산탄의 비를 무릅쓰고 아버지를 어깨에 들쳐 메고 무사히 구출해 주었다. 더군다나 그는 아버지에게 아무런 은혜도 받지 않았다. 그랬는데 나는 암흑 속에 처박혀 죽어 가고 있을 그를 찾아,

죽음에서 삶으로 다시 데려오지 못하다니! 아니, 아니! 반드시 찾고 말 테다!'

사실 테나르디에를 찾아낼 수만 있다면 마리우스는 서슴없이 한쪽 팔을 내밀어 희생했을 것이고, 테나르디에를 가난에서 건질 수 있다면 몸속의 피도 마다 않고 온전히 흘렸을 것이다. 테나르디에를 만나는 것, 테나르디에를 위해서 무엇인가 한다는 것, '당신은 나를 모르십니다. 그러나 나는 당신을 알고 있습니다! 이제 내가 여기 왔습니다! 어서 뜻대로 무엇이든 분부해 주십시오!'라고 말하는 것이 마리우스에겐 가장 감미로우며 가장 빛나는 꿈이었다.

성장한 마리우스

그 무렵 마리우스는 스무 살이 되었다. 할아버지 집을 나온 지 3년이 지났다. 두 사람 모두 서로를 멀리하며 얼굴을 마주 대하려 하지 않았다. 하기야 만나 본들 무슨 소용이 있단 말인가? 결과는 보나 마나 충돌뿐이리라. 대체 어느 쪽이 상대를 이길 수 있을까? 마리우스를 청동 항아리라고 하면 질노르망 노인은 무쇠 항아리였다.

그러나 분명한 사실은 마리우스는 할아버지의 마음을 오해하고 있던 것이다. 그는 질노르망 씨가 전혀 자기를 사랑하지 않는다고 생각했다. 저 무뚝뚝하고 완고하고 그러면서도 유쾌하고 사람 좋은 노인, 툭하면 고함을 지르고 자기 멋대로 호통을 치고 화를 내고 지팡이를 휘두르곤 하는 노인이 자기에게는 고작해야 희극의 제롱트 같은 경박하고도 까다로운 애정밖에는 품지 않았을 거라고 생각했다. 하지만 그것은 오해였다. 자기 아들을 사랑하지 않는 아버지는 있어도 자기 손자를 사랑하지 않는 할아버지는 없다. 이미 말한 바와 같이 질노르망 씨는 마음속으로는 마리우스를 깊이 사랑하고 있었다. 다만 그가 사랑하는 방식은 그다운 폭언과 주먹질이었던 것이다.

그런데 그 아이가 사라져 버리자 질노르망 씨 마음속에는 어둡고 깊은 구멍이 생겼다. 다시는 그 아이 이야기는 꺼내지 말라고 명령했으면서도 그 명령이 너무나 잘 지켜져 속으로는 몹시 섭섭했다. 처음에는 그 부오나파르테파가, 그 자코뱅 당원이, 그 테러리스트가, 그 과격 혁명 당원이 머지않아 돌아올 것이라는 희망을 품고 있었다. 하지만 몇 주일이 지나고, 몇 달이 지나고, 몇 년이 지나도 그 흡혈귀가 모습을 드러내지 않자 질노르망 씨는 몹시 낙담했다. "하지만 나는 그놈을 쫓아낼 수밖에 도리가 없었다."고 뇌까리면서도 할아버지는 다시금 스스로에게 묻는 것이었다.

"만약에 다시 한 번 이런 일이 되풀이된다면 나는 또 같은 짓을 할 것인가?" 그의 자존심은 당장에 "그렇다."고 대답했다. 하지만 다시 그 늙은 머리는 조용히 가로저으며 "아니야."라고 슬프게 중얼거렸다.

질노르망 씨는 넋을 놓고 있는 때가 많아졌다. 마리우스가 없는 집은 너무도 쓸쓸했다. 노인에게는 햇빛과 같은 따뜻한 애정이 필요했다. 애정은 열이다. 격렬한 성품이었지만 마리우스가 집을 떠난 이후 그의 마음속에도 변화가 일어났다. 할아버지는 무슨 일이 생겨도 그 '몹쓸 놈'에게는 한 걸음도 다가가지 않겠다고 작심했지만 손자에 대한 그리움은 더하면 더할 뿐 사라지지 않았다. 한 번도 마리우스에 대해 묻지는 않았으나 마음속으로는 늘 생각했다. 그 할아버지는 여전히 르 마레에 살고 있었으나 생활은 점점 고립되어 갔다. 성질은 전과 마찬가지로 괄괄했지만 그 패기는 마치 고통과 노여움을 머금은 것처럼 거칠게 휘몰아치다가도 금방 어깨를 축 늘어뜨렸다.

그는 가끔 이렇게 말했다.

"아아! 이놈 돌아오면 실컷 두들겨 줘야지!"

사실 이모는 마리우스를 그다지 사랑하고 있지 않았기에 별로 마음 쓸일도 없었다. 마리우스는 이모에게 희미한 실루엣에 불과했다. 그리고 마침내는—그녀가 고양이나 앵무새를 길러도 제대로 보살펴 주지 않았던 것처럼, 아니 그 이상으로—마리우스를 생각하지 않게 되었다.

질노르망 노인의 근심이 깊어진 이유는 자신의 고통을 몽땅 가슴속에 넣은 채 그 누구에게도 내색하지 않았기 때문이었다. 할아버지의 슬픔은 연기마저 다 태워 버린다는, 새로 발명된 큰 아궁이와 비슷했다. 때때로 남의 이야기를 좋아하는 작자들이 마리우스의 일을 화제 삼아 노인에게 묻는 일이 있었다.

"손자님은 뭘 하고 있습니까? 어떻게 지낸답니까?"

그러면 늙은 부르주아 노인은 슬픔을 이기지 못할 때는 한숨을 지으면서, 또 내색하고 싶지 않을 때는 옷소매를 손톱으로 튕기면서 대답했다.

"퐁메르시 남작께서는 변두리 어딘가에서 엉터리 변호사질을 하고 있다오."

이런 모습으로 노인이 서글퍼하고 있을 때 마리우스는 더할 나위 없이 명랑했다. 씩씩한 마음의 소유자가 모두 그렇듯이 불행이 오히려 그의 아린 추억을 사라지게 했다. 지금은 질노르망 씨의 일도 가볍고 정다운 추억으로 떠올렸다. 이제까지는 '아버지에게 심술궂었던' 그 인간에게는 그 어떤 것도 받지 않으리라고 생각했다. 그러나 현재는 그러한 생각도 처음 느꼈던 분노에 비하면 꽤 희미해졌다. 게다가 또 자기가 이제까지 고통을 받아 온 일, 그리고 지금도 괴로워하고 있다는 것이 그로서는 차라리 즐거웠다. 그것은 아버지를 위한 고통이었다. 생활이 궁핍하다는 사실이 그를 만족하게 하고 그를 기쁘게 했다. 마리우스는 그 어떤 기쁨을 가지고 '이런 일은 아무것도 아니다.'라고 마음속으로 생각했다. 이런 하찮은 일은 일종의 죄 값음이다. 이렇게라도 속죄하지 않으면 아버지에 대해서, 그렇게도 훌륭했던 아버지에 대해서, 불효하고 무심했다는 벌을 어떤 형태로든 받았을 것이다. 아버지가 겪은 모진 고통을 자신은 조금도 알지 못한다는 사실은 옳지 않다. 더욱이 현재 자기가 겪는 고통이나 빈곤도 대령의 영웅다운 생애에 비교하면 대체 무엇이란 말인가? 요컨대 아버지에 접근하고 아버지를 닮기 위한 방법은 오직 하나였다. 아버지가 적과 싸워 용감했던 것처럼 자기도 빈곤과 씩씩하게 싸우는 일이었다. 아버지인 대령이 '내 아들은 그럴 만한 가치가 있다.'고 했던 유서의 마지막 말은 결국 아들에 대한 무한한 기대였던 것이다.

마리우스는 대령의 유언장을 잃어버렸기에 가슴에 품고 다닐 수가 없었다. 하지만 대령의 말은 항상 마음속에 품고 있었다. 그리고 할아버지의 집을 쫓겨났을 때는 아무것도 모르는 어린아이에 지나지 않았으나 지금은 성인이 되었다. 그것을 그는 느끼고 있었다. 거듭 강조하지만 빈곤은 그에게 좋은 결과를 가져다주었다. 젊은 시절의 가난은 성공할 경우 의지를 모두 노력으로, 그리고 영혼을 모두 열망으로 향하게 한다는 훌륭한 장점을 가지고 있었다. 가난은 물질생활의 허식을 여지없이 벗겨내고 그 보기 흉한 정체를 드러내어 그 결과 이상 가까운 생활로 인간을 도약하게 만든다. 부유한 청년에게는 경마, 사냥, 개, 담배, 노름, 미식(美食) 따위의 화려하기는 하나 상스러운 많은 오락거리가 있다. 하지만 그것들은 영혼의 저속한 면이 놀아나는 것이기 때문에 영혼의 고상하고 섬세한 면과는 멀어진다.

그런데 생활이 궁핍한 청년은 어렵게 빵을 구하고 그것을 먹고 나면 이제 몽상하는 일밖에는 아무것도 할 것이 없다. 그는 신이 보여 주는 무료 연극을 보러 간다. 그는 하늘을, 공간을, 별을, 꽃을, 어린아이를 보고 자기도 그 속에서 같이 고민하고 있는 인류를, 자기도 그 일부로 빛나고 있는 천지 만물을 하염없이 바라본다. 또한 인류를 응시하고 거기서 고결한 영혼을 발견한다. 마리우스는 몽상하며 스스로의 마음이 사랑으로 가득 차 있음을 느낀다. 고통받는 인간의 이기주의를 떠나 관조하는 인간으로서 모든 것에 동정의 눈길을 던진다. 그 마음속에서 눈부신 감정이 꽃봉오리를 연다. 그것은 자기 망각과 만인에 대한 연민의 감정이다. 닫힌 영혼에게는 주지 않지만 열려 있는 선량한 영혼에게는 아낌없이 주는, 그 무수한 즐거움과 친해서 이제 예지의 백만장자가 된 마리우스는 금전의 백만장자를 애처롭게 여기게 된다. 맑디맑은 빛이 그의 정신 안에 비쳐 들어옴에 따라 모든 미움은 가슴속에서 사라져 간다. 그래도 마리우스가 불행하다는 말인가? 아니, 마리우스는 불행하지 않다. 생활의 빈궁도 젊은이에게는 결코 비참한 게 아니다. 아무리 가난해도 젊은이라는 것은 건강하고, 힘이 넘치고, 활발한 걸음걸이와 뜨거운 피를 소용돌이치게 하며, 검은 머리, 생생한 뺨, 장미꽃처럼 붉은 입술, 흰 이, 맑은 숨결은 그 어떤 늙은 제왕도 부러워할 것이리라.

그리고 날마다 마리우스는 밥벌이에 매달린다. 그의 손이 빵을 벌고 있는 동안 그의 등뼈는 긍지를 얻고, 그의 두뇌는 사상을 얻는다. 일을 마치면 마리우스는 말할 수 없는 황홀경에 빠져 관조와 환희의 세계로 들어간다. 그의 발은 고뇌 속에, 장애 속에, 돌바닥 위에, 가시덤불 속에, 또 때로는 진창 속에 있어도 머리는 빛을 받아 살아가는 것이다. 건강하고, 유쾌하고, 온화하고, 평화롭고, 사려 깊고, 진지하고, 작은 것에 만족하고, 남에게 친절하다. 그리고 많은 부자들이 가지고 있지 않은 두 가지 재산, 곧 자신을 자유롭게 하는 노동과 품위를 안겨 주는 사상을 부족한 자신에게 베푼 신께 무한한 감사를 드린다.

마리우스의 마음속에서 바로 그런 일이 일어나고 있었다. 한마디로 말하면 조금은 지나치게 명상 속에 빠져 살고 있었다.

생계가 어느 정도 해결되자 그는 그 상태로 만족했다. 그리고 가난도 좋은 점이 있다고 생각하며 일을 적당히 하고 사색하는 시간을 늘렸다. 그래서 때에 따라서는 며칠씩 몽상을 계속하고 투시가처럼 무아와 내면의 광휘와 침묵의 황홀경에 잠기는 일도 생겼다.

마리우스는 생활 방식을 다음과 같이 결정지었다. 되도록 정신적 일을 하기 위해서 되도록 물질적 일을 줄일 것. 바꿔 말하면 현실 생활에는 몇 시간만을 투자하고 나머지 시간 모두는 무한한 것 속에 던질 것. 마리우스는 자신은 아무것도 부족한 것이 없다고 생각했기에 이런 관조란 결국 게으름의 한 형태에 지나지 않는다는 것에는 생각이 미치지 못했다. 생활에 우선 필요한 것을 얻은 것으로 만족하여 너무나 빨리 휴식을 취했다는 것을 깨닫지 못했다.

물론 마리우스 같은 열정적이고 용감한 성질에서 그런 상태는 아주 일시적인 것일 수밖에 없으며, 운명의 불가피하고 복잡한 갈등에 부딪치면 그는 금방 잠을 깨리라는 것은 분명하다.

마리우스는 변호사가 되었으면서도 변론대에 서지 않고, 또 질노르망 노인이 생각하고 있는 것과 달리 엉터리 변호사질도 하지 않았다. 소소한 변론조차 하지 않았다. 명상이 그로 하여금 변호사라는 직업에서 벗어나게 했다. 또한 소송 대리인들과 수시로 교섭하고, 재판소에 뻔질나게 드나들고, 소송 사건을 찾아다니고 하는 일이 그를 몹시 지치게 만들었다. 왜 그런 일을 하지 않으면 안 되는가? 마리우스는 자신이 처한 생활의 방편을 바꿔야 할 이유를 찾지 못했다. 그다지 유명하지 않는 출판사 일은 그에게 그렇게 힘든 노동을 부여하지 않았으면서 안정된 일거리를 제공했고 이미 설명한 바와 같이 그의 생활을 만족시켰다.

마리우스가 거래하는 출판사는 분명히 마지멜 씨가 경영했다고 기억하는데, 그 마지멜 씨가 그에게 훌륭한 숙소와 일정한 일을 맡기면서 1년에 1천 500프랑의 급료를 내겠다고 제의를 해 왔다. 훌륭한 숙소와 1천 500프랑이라! 과연 나쁘지는 않았다.

그러나 그것은 자유를 버리고 구속을 당하는 일이다. 즉, 월급쟁이가 된다는 소리다. 다시 말하면 일종의 고용 문인이 되는 것이다! 마리우스 생각으로는 그 제안을 받아들인다면 자신의 지위는 높아짐과 동시에 하락하는 것이었다. 생활은 풍요로워지겠지만 존엄성은 떨어지는 것이다. 그리고 더없이 소중하고 아름다웠던 불행이 추하고 우스꽝스러운 부자유로 변해 버린다. 마치 장님이 애꾸가 되는 것과 같다. 그는 그 제의를 거절했다.

마리우스는 고독한 생활을 하고 있었다. 그는 무슨 일이거나 국외(局外)에 머무르는 것을 좋아했으며, 또 전에 너무 겁을 먹었던 일도 있어서 앙졸라가 주관하는 그룹에도 열성적으로 참석하지 않았다. 지금도 사이 좋게 사귀고 있으며 경우에 따라서는 서로 힘껏 도울 마음이기는 하나 그 이상 깊이 관여하지는 않았다.

현재 마리우스에게는 친구가 둘 있었다. 하나는 청년 쿠르페락이고 다른 하나는 늙은 마뵈프 씨였다. 마리우스의 마음은 그들 중 노인 쪽으로 기울어져 있었다. 마리우스가 마음의 혁명을 이룩한 것은 이 노인 덕분이었고, 또 아버지를 알고 사랑하게 된 것도 이 노인 덕분이었다.

"그분은 내 눈의 백내장을 고쳐 주었다."고 마리우스는 말했다. 과연 그 교구 의원은 결정적인 역할을 했다.

하지만 마뵈피 씨로서는 그때, 섭리의 고요하고 공정한 대행자 노릇을 했던 것에 지나지 않았다. 마뵈프 씨는 때마침 누군가가 가져온 촛불과 같이, 우연히 자기도 모르게 마리우스의 앞길을 밝혀 주었던 것이다. 마뵈프 씨는 그 촛불이었지 그것을 가져온 누군가는 아니었다.

마리우스의 내면에서 이루어진 정치적 혁신을 이해하고 원하고 지도할 능력이 마뵈프 씨에게는 없었다.

뒤에 다시 마뵈프 씨가 나올 것이므로, 그에 관해 몇 마디 이야기하는 것도 부질없지는 않을 것이다.

마뵈프 씨

마뵈프 씨가 마리우스에게 자기는 "물론 정치상의 의견은 여러 가지 있어도 좋다고 생각한다."고 말하던 날, 그는 자신의 진심을 이렇게 털어놓았던 것이다. 마뵈프 씨에게는 모든 정치적 의견은 아무래도 좋았다. 자기를 귀찮게 건드리지만 않는다면 어떤 의견이거나 가리지 않고 수용했다. 마치 그리스인이 복수의 세 여신을 '미의 여신, 선의 여신, 매혹의 여신'이라든가 '에우메니데스'라고 불렀던 것처럼, 마뵈프 씨의 정치적 의견을 말하자면 온 마음을 다하여 식물을, 특히 책을 사랑하는 일이었다. 당시는 누구나 '주의자'라는 끝말이 붙는 호칭을 갖지 않으면 살아가지 못하던 때였으므로 그도 다른 사람들과 마찬가지로 그러한 호칭이 하나쯤은 있어야 했다.

그러나 그는 왕당주의자도 아니고, 보나파르트주의자도 아니고, 입헌 왕정주의자도 아니고, 오를레앙 왕당주의자도 아니고, 무정부주의자도 아니고, 다만 애서(愛書)주의자였다.

이 세상에는 수를 헤아릴 수 없을 만큼의 이끼와 풀과 나무가 있어 그것을 관찰할 수 있고, 2절판이나 32절판 같은 책들이 쌓여 있는데, 사람들은 왜 헌법이다, 민주주의다, 정통 왕위 계승권이다, 왕정이다, 공화제다, 하는 턱없는 일로 온 열정을 쏟아 가며 서로를 미워하는지 마뵈프 씨는 이해할 수 없었다.

그는 자신이 쓸모없는 인간이 되지 않으려고 매우 조심했다. 그리하여 도서 수집가라는 사실이 그의 독서를 끊임없이 허용했고, 식물학자라는 사실이 그의 정원 가꾸기를 막지 않았다. 마뵈프 씨가 퐁메르시와 알게 되었을 때, 그와 대령 사이에 친화력이 생긴 것은, 대령이 꽃들을 위해 하던 일을 그는 과일들을 위해 하고 있었기 때문이다. 그리고 마뵈프 씨는 생 제르맹의 배에 못지않은 맛좋은 배를 묘목에서 만들어 내는 일에 성공했다.

또 요즘 이름이 알려져 있는 여름 자두 못지않게 향기로운 10월 자두도 그의 연구로 생산된 것 같았다. 그가 미사에 참석하는 것도 신앙 때문이라기보다는 차라리 온화한 성격 탓이라고 하겠으며, 또 그는 사람과 마주하는 것은 좋아했지만 그들의 시끄러운 목소리는 싫어했기에 사람이 많이 모이면서도 말이 없고 조용한 오직 하나의 장소인 교회를 선택했다. 그리고 자신도 국가의 일원으로서 조금이나마 도움이 되는 일을 해야겠다는 생각에 교구 위원직을 맡았던 것이다. 하기야 그는 튤립의 구근을 사랑하는 것만큼 여자를 사랑한 적이 없고, 또 엘제비르판(네덜란드의 인쇄업자_옮긴이)을 좋아하는 만큼 남자를 좋아한 일도 없었다. 어느 날 예순 고개를 훨씬 넘은 그에게 누군가가 물었다.

"당신은 결혼했던 적이 없습니까?"

"글쎄, 잊어버렸는데."

마뵈프 씨는 말했다. 가끔은 "아아, 지금 내게 돈이 있었으면!" 하고 말한 적도 있었다. 하기야 이 말은 누구나 하는 말이 아니지 않는가? 다만 마뵈프 씨의 경우는 질노르망 노인처럼 아리따운 아가씨를 탐내며 한 말이 아니라 고서를 들여다보면서 한 말이었다. 마뵈프 씨는 늙은 하녀 한 명과 함께 고독한 생활을 하고 있었다. 그에게는 손가락에 통풍기가 있어서 잠자리에 들 때는 류머티즘으로 인해 관절 경직이 생긴 그의 힘없는 손가락들이, 시트 자락 속에서 구부정하게 휜 채 있었다. 마뵈프 씨는 《코트레 근방의 식물지》라는 채색판의 책을 출판했는데, 독자들의 호응이 매우 좋았고, 판화의 동반은 그가 소유하고 있었으며, 책들도 그가 손수 만들어 판매했다. 그 때문에 메지에르 거리에 있는 그의 집에는 책을 사기 위해 손님이 하루에 두어 번 찾아왔다.

마뵈프 씨는 1년에 3천 프랑은 넉넉히 벌었다. 그것이 그의 전 재산인 셈이었다. 그는 가난했지만 참을성과 절약과 바친 시간 덕분에 온갖 종류의 귀중한 진본을 수집해 놓았다. 외출할 때는 반드시 책을 한 권 옆구리에 끼고 나갔는데, 돌아올 때는 두 권이 되는 일이 흔히 있었다. 그의 집은 단층 건물로 방이 네 개 있고 조그만 뜰이 있었다. 방 안의 장식이라고는 액자에 넣은 식물표본과 옛 거장들의 판화뿐이었다. 그는 군도나 소총만 보아도 피가 얼어붙는 듯했다. 평생을 대포에 접근하기는커녕 앵발리드에 들어간 일도 없었다. 그의 소화 능력은 그런대로 쓸 만했고, 그의 형님 하나는 주임 사제이고, 그의 머리카락은 새하얗고, 입속에도 마음속에도 이가 없고, 온몸을 자주 떨었고, 피카르디 사투리에 어린아이같이 웃었고, 겁이 많은 것이 마치 늙은 염소와 똑같은 모양을 하고 있었다. 그리고 생 자크 문에 있는 출판사 주인 르와이욜이라는 노인 외에 살아 있는 인간으로서는 친구도 아무것도 없었다. 그의 꿈은 쪽을 프랑스에 이식하여 재배하는 일이었다.

마뵈프 씨의 하녀 또한 주인과 마찬가지로 어딘가 빠진 데가 있는 천진한 늙은이였다. 이 착한 노파는 가엾게도 평생 숫처녀로 늙었다. 식스틴 성당에서 알레그리의 성가라도 야옹야옹 불렀음 직한 쉴탕이란 수고양이가 노파의 마음을 독차지하고 있어서 그녀가 간직한 꺼져 가는 정열에 제법 어울리는 상대가 되고 있었다.

이 하녀의 꿈은 단 한 번도 인간을 향한 적이 없었다. 그녀는 한 번도 자기의 고양이를 넘어서지 못했다. 노파는 고양이처럼 수염이 나 있었다. 노파의 자랑은 언제나 백색인 자신의 모자였다. 일요일 미사에서 돌아오면 가방에 넣어 두었던 속옷이나 내의류 등을 헤아려 보고, 마름질만 해 둔 채 바느질을 하지 않은 천 조각들을 침대 위에 늘어놓는 것으로 여가 시간을 보냈다. 이 늙은 하녀는 글을 읽을 줄 알았다. 마뵈프 씨는 그녀에게 '라메르 플뤼타크'라는 별명을 붙였다.

마뵈프 씨는 마리우스가 마음에 들었다. 왜냐하면 마리우스는 젊었으나 온화한 성격이었으므로 소심한 그의 마음에 상처를 주는 일 없이 늙은 마음을 위로해 주었기 때문이다. 온화한 젊은이는 노인에게는 바람

없는 날의 따뜻한 햇볕과 같았다. 마리우스가 군사적 영광과, 대포의 화약, 행군과 전진, 자신의 부친이 군도로 치고 피격당하기를 거듭하던 그 모든 경탄할 만한 전투 이야기를 잔뜩 읽은 후 마뵈프 씨를 만나러 갔고, 마뵈프 씨는 꽃과 관련시켜 그 영웅 이야기를 그에게 들려주었다.

교구 사제인 형이 1830년경에 죽고 얼마 지나지 않아 마뵈프 씨의 앞길은 마치 밤이 온 것처럼 캄캄해졌다. 공증인의 파산으로 인해 마뵈프 씨가 형과 공동 명의로 가지고 있던 전 재산 1만 프랑이 날아가 버렸다. 거기에 7월 혁명으로 서적상의 위기가 닥쳐왔다. 난세에 가장 팔리지 않는 책은 아마 《식물지》 같은 것이리라. 《코트레 근방의 식물지》는 전혀 팔리지 않게 되었다. 한 사람도 사러 오지 않은 채 몇 주가 흘렀다. 가끔 마뵈프 씨는 입구에서 벨이 울리는 소리를 듣고 기쁨에 몸을 일으켜 세웠다.

하지만 플루타크 할멈은 서글픈 표정을 지으며 말했다.

"선생님, 물장수가 왔어요."

결국 어느 날, 마뵈프 씨는 메지에르 거리의 집을 팔고, 교구 위원을 사임하고, 생 쉴피스 성당과 인연을 끊고, 장서는 팔지 않았으나 판화의 일부를—되도록 애착이 덜한 것을 골라 팔고, 몽파르나스 거리의 자그마한 집으로 이사를 갔다. 그러나 거기서는 석 달밖에 살지 않았는데, 여기에는 두 가지 까닭이 있었다. 첫째로, 마당이 딸린 단층집 임대료가 300프랑이나 되었는데, 그는 200프랑 이상 낼 마음은 없었기 때문이다. 둘째로, 그 집은 파투 사격장 근처였기 때문에 하루 종일 사격 소리가 들려와 그로서는 소총 소리를 견디기 어려웠던 것이다.

그는 자기가 지은 《식물지》와 동판과 식물표본과 지갑과 장서를 가지고 살페트리에르 구호원 근처의 아우스터리츠 마을의 촌가로 이사를 했다. 방 셋에 생나무 울타리를 둘러친 우물과 뜰이 딸린 집이었는데 집세는 1년에 50에퀴(150프랑)였다.

마뵈프 씨는 이사를 하면서 가구를 몽땅 팔아 버렸다. 이사해 오던 날,

그는 무척 기뻐하여 손수 못을 쳐서 판화와 식물표본을 걸고 나머지 시간은 뜰로 나가 흙을 팠다. 저녁이 되어 어두운 얼굴로 시름에 잠겨 있는 플루타크 할멈을 보자 웃음 띤 얼굴로 그 어깨를 툭툭 치며 말했다.

"자, 이제 우리는 쪽을 재배할 거야!"

두 방문객만이 아우스터리츠의 촌가를 찾아 마뵈프 씨를 만나는 일이 허락되었다. 그 두 사람은 생 자크의 출판사 주인과 마리우스 두 사람뿐이었다. 물론 그 마을의 시끄러운 이름이 그에게 그다지 유쾌하지 않았던 것은 사실이었다.

그런데 앞에서도 지적한 바와 같이 하나의 지혜나 하나의 광기, 혹은 자주 생기는 일이지만, 두 가지 면에 깊이 빠져 든 지식인들의 두뇌는 세상사를 지극히 더디게 투과시킨다. 그런 사람에게는 자신의 운명조차도 아득하게 먼 것으로 느껴진다. 그러한 정신의 몰두로부터 일종의 수동적 생활 방식이 생겨난다. 그 생활이 쇠퇴하고, 떨어지고, 밀리고, 심지어 무너져도 자신은 미처 그 사실을 깨닫지 못하는 것이다.

물론 결국에 가서는 눈을 뜨고야 말지만 그때는 이미 늦었다. 그때까지는 행복과 불행이 서로 싸우는 인생의 도박 속에서 그 어느 쪽에도 손을 내밀지 않고 도사리고 있다. 아니, 자신이 그 내기의 대상인데도 아무런 관심 없는 얼굴로 승부를 구경하고 있다.

그처럼 마뵈프 씨는 어두운 심연 속으로 자신의 희망 하나하나가 끝내는 모두 사라져 버리고 없어도 다소 어리광스럽게 태연한 마음으로 지냈다. 그의 정신에는 시계추 운동 비슷한 속성이 있었다. 한번 공상에 의해 태엽이 감겨지면 그 공상이 사라진 뒤까지도 시계추는 오래 움직이는 것이었다. 시계는 태엽 감는 것을 잃었다 해서 바로 그 순간에 멈추지 않았다.

마뵈프 씨에게는 소박한 즐거움이 몇 개 있었다. 그 모두가 돈이 전혀 들지 않는, 그리고 다른 사람들은 상상조차 하지 못한 즐거움이었다. 그것은 아주 사소한 우연이 가져다주는 즐거움이었다. 어느 날, 플루타크 할멈이 방구석에서 소설을 커다란 소리를 내어 읽고 있었다. 할멈은 그렇게 하는 것이 머리에 잘 들어온다고 생각했던 것이다. 큰 소리로 무엇인가를 읽는 것은 곧 자신만의 독서를 스스로에게 알려 주는 것이다.

플루타크 할멈은 그런 자세로 손에 든 소설책을 읽고 있었다. 마뵈프 씨는 별 생각 없이 귀를 기울이고 있었다.

플루타크 할멈은 한참을 읽다 다음과 같은 한 구절에 이르렀다. 용기병 장교와 미녀의 이야기였다.

"미녀는 토라진 체했다. 그러자 용기병은……."

여기까지 읽은 할머니는 안경을 닦기 위해 잠시 책 읽기를 멈췄다.

"부처님과 용."

마뵈프 씨는 조그만 소리로 중얼거렸다.

"옳아, 정말이야. 옛날 컴컴한 굴속에 용 한 마리가 살고 있었지. 그 용은 입으로 불을 뿜어 하늘을 태웠대. 호랑이 발톱을 가진 괴물은 이미 몇 개의 별에 불을 뿜었다는군. 그런데 부처님이 불타는 굴속으로 들어가 보기 좋게 용을 개심시켰다는 이야기야. 플루타크 할멈, 할멈이 지금 읽고 있는 책은 아주 좋은 책이야. 세상 어떤 이야기도 이처럼 아름다운 전설은 없을걸."

그렇게 말하고 마뵈프 씨는 즐거운 몽상 속에 잠겼다.

가난은 비참의 이웃

마리우스는 이 천진한 노인, 자신이 점차 무일푼이 되어 가는 것을 알아차리고 그제야 놀라면서도 여전히 슬퍼하는 일 따위는 하지 않는 이 노인이 좋았다. 마리우스는 쿠르페락을 만나면서 신경 써서 마뵈프 씨도 찾아보고 있었다. 그러나 그것은 아주 드문 일로 한 달에 한 두 번이 고작이었다.

마리우스에게는 교외의 가로수 길이나 연병장, 뤽상부르 공원의 인적 드문 오솔길을 혼자서 오래 산책하는 일이 하나의 즐거움이었다. 가끔씩은 채소 재배인의 정원이나, 샐러드용 채소밭, 우리에 들어 있는 닭이나, 양수기 물레바퀴를 돌리고 있는 말을 바라보며 한나절을 보내는 날도 있었다. 지나가는 사람들은 놀란 눈을 하고 마리우스를 바라보았는데 그중에는 그의 차림새를 수상하게 생각하고 미심쩍다는 듯이 얼굴을 흘끔거리며 지나가는 사람도 있었다. 하지만 마리우스는 목표도 없이 몽상에 빠져 있는 한낱 가난한 젊은이에 불과했다.

마리우스는 이렇게 산책길에 나섰다가 문득 고르보의 집을 발견했는데, 부근에 집도 많지 않아 한적하며 싼 방세도 마음에 들어 거기에서 살기로 했다. 거기 사람들은 그를 그저 마리우스 씨라고 알고 있을 뿐이었다.

지난날 아버지 상관이나 동료 중 몇 사람은 마리우스의 형편을 알고 찾아오도록 권유하는 사람도 있었는데 아버지에 관해 이야기할 수 있는 좋은 기회였기 때문에 마리우스는 거절하지 않았다. 그래서 가끔 파졸 백작, 벨라벤 장군, 프리리옹 장군의 저택을 방문하기도 하고, 또 앵발리드를 찾아가기도 했다. 그런 저택에서는 음악회나 무도회가 열리기도 했다. 그런 날 저녁에는 마리우스는 새 옷을 입고 갔지만 길바닥의 깐돌도 갈라져 나갈 만큼 추운 날이 아니면 절대로 가지 않았다. 마차를 타고 갈 돈이 없으니 걸어가야 했는데 구두에 조금이라도 흙을 묻힌 채로는 그 집에 도착하기 싫었기 때문이다.

마리우스는 자주 이런 말을 했는데 그것은 결코 빈정거리는 게 아니었다.

"살롱이라는 곳은 구두만 빼놓고 온몸이 흙투성이라고 해도 아무 상관없는 곳이다. 거기서 환영받으려고 하면 오직 하나만 완전무결하면 된다. 양심이냐고? 아니, 그것은 구두다."

정열은 사랑의 정열을 제외하고는 모두 몽상 속에 사라져 버리는 법이라 마리우스의 정치 열정도 마침내 몽상 속으로 흔적을 감추고 말았다. 거기엔 1830년의 혁명이 마리우스를 만족시키고 그의 마음을 진정시켰다는 이유도 있었다. 그렇긴 했지만 정치적인 일로 분개하지 않게 되었다는 것일 뿐이지 그 밖에는 모두 전과 같았다. 그는 전과 같은 의견을 갖고 있으며 다만 그것이 느슨해진 것뿐이다. 적절히 표현하자면 지금의 그는 정치적 의견은 없이 오직 정치적 공감만 가질 뿐이었다. 지금은 인류의 당파에 속해 있었다.

마리우스는 인류 중에서도 프랑스를, 프랑스라는 국가에서도 민중을, 민중에서는 여성을 택했다. 그는 특별히 여성에게 연민을 가졌다. 현재의 그는 사실보다도 사상을 좋아하고, 영웅보다도 시인을 좋아하고, 마렝고 전투 같은 사건보다는 〈욥기〉 같은 책을 찬양했다. 그리고 또 하루를 명상 속에 보낸 뒤, 저녁때 가로수 길을 걸어 돌아오면서 나뭇가지 사이 너머로 끝없이 펼쳐진 하늘을, 표현하기 어려운 황혼의 빛을, 심연을, 그림자를, 신비를 바라볼 때면 오직 인간과 관련되는 일들은 모두가 별볼 일 없게 느껴졌다.

그는 이제야말로 인생의 진리와 인간 철학의 진리를 깨달았다고 믿었다. 그야말로 올바른 확신이었다. 그리고 그는 진리를 깨달은 인간이 우물 밑바닥에 있으면서도 쳐다볼 수 있는 유일한 하늘만을 지켜보게 되었다.

그렇다고 해서 장래의 계획이나 설계, 준비나 고안하는 일을 그만둔 건 아니다. 그런 몽상에 잠긴 마리우스의 속을 만약 누가 들여다볼 수 있다면 아마도 그 영혼의 순수함에 눈이 부셨을 것이다. 사실 남의 속마음을 맨눈으로 들여다볼 수가 있다면, 인간은 그가 하는 사색보다 몽상 때문에 그를 더욱 확실히 비판할 수 있을 것이다. 사상에는 의지가 깃들어 있으나 몽상에는 없다. 몽상은 아주 자연스럽게 일어나는 일이니 거대한 것이나 관념적인 것을 지향하는 몽상이라도 인간 정신의 형태를 잃지 않고 간직하고 있다. 아니, 빛나는 운명을 향한 인간의 무분별하고 비정상적인 동경처럼 영혼의 밑바닥으로부터 직접적으로, 거짓 없이 솟아오르는 건 없다. 그러한 동경 속에서야말로 조직적으로 추리할 수 있고 정돈된 사상 속에서 훨씬 더 쉽게 각자의 진정한 성격을 알아볼 수가 있는 것이다. 몽상이야말로 그 사람을 가장 잘 닮는데 저마다의 성질에 따라 미지의 것과 불가능한 것을 꿈꾸기 때문이다.

1831년 중반 무렵, 마리우스의 시중을 드는 노파가 이웃인 가엾은 종드레트 가족이 쫓겨나게 되었다는 소식을 마리우스에게 알려 주었다. 마리우스는 거의 날마다 밖에서 지내다시피 했기 때문에 옆방에 사람이 들어왔다는 것도 제대로 모르고 있었다.

"왜 쫓겨나는 겁니까?"

마리우스가 물었다.

"방세를 안 냈어요. 두 차례나 밀렸답니다."

"얼마나 되는데요?"

"20프랑이라더군요."

마리우스는 서랍 속에 모아 둔 30프랑이 있었다.

"자, 여기 25프랑이 있어요. 그 가엾은 분들의 방세를 치러 주세요. 나머지 5프랑은 그들에게 주시고 내가 주었다고는 하지 마세요."

마리우스가 노파에게 말했다.

대역

때마침 테오뒬 중위가 소속된 연대가 파리에 주둔하게 되었는데, 그것은 질노르망 이모에게 제2의 수단이 될 기회가 되었다. 그녀는 처음에는 테오뒬에게 마리우스를 감시하도록 시킬까 생각했지만 이번에는 테오뒬에게 마리우스의 뒤를 잇게 해야겠다고 마음먹었다.

그것은 위험한 시도였지만, 청년이라고 하는 새벽녘의 빛은 때로 노인이라는 폐허에는 쾌적한 것이고, 아닌 게 아니라 할아버지는 젊은이의 모습을 집 안에서 보기를 은근히 바라고 있으므로 또 다른 마리우스를 보여 주는 것도 한 방법이었다.

'상관없어.'

이모는 생각했다.

'책에서 보는 사소한 오타 같은 거야. 마리우스가 아니라 테오뒬이라고 읽으면 되는 거지.'

조카의 아들이라고 하면 손자뻘이다. 변호사가 없으므로 창기병을 불러들이는 것이다.

어느 날 아침, 질노르망 씨가 〈코티디엔〉인가 뭔가를 읽고 있는데 딸이 들어가, 자기가 총애하는 사람에 관해 말을 할 거라서 아주 부드러운 목소리로 말했다.

"아버지, 테오뒬이 오늘 아침에 문안드리러 오겠답니다."

"누구? 테오뒬이라니?"

"아버지 조카의 아들이잖아요?"

"아아, 그래?"

할아버지는 말했다.

할아버지는 다시 신문을 읽기 시작하고 테오뒬인가 뭔가 하는 조카의 아들 따위는 더 생각지도 않다가 얼마 뒤에는 괜히 기분이 나빠졌다. 그는 무엇이든 읽게 되면 거의 언제나 기분이 언짢아지곤 했다. 질노르망 씨가 지금 손에 들고 있는 '신문'은 물론 왕당계 신문이었는데, 그 신문은 내일도 또 일어날 것이 확실한 조그만 사건 하나를 신랄한 논조로 보도하고 있었다. 당시 파리에서 일상다반사처럼 일어나는, 법학부와 의학부 학생이 정오를 기해서 팡테옹 광장에 집합하기로 되어 있는 사건 하나를 토의하기 위해서였다. 시국에 관한 문제였는데 국민군의 포병에 관한 문제로, 루브르 안뜰에 비치한 대포를 에워싼 육군 대신과 '시민군'의 의견 충돌에 관한 것이었다. 학생들은 그것에 관해 '토의'하게 되어 있다. 거기까지만 읽어도 질노르망 씨는 벌써 화가 치밀어 올랐다. 질노르망 씨는 마리우스를 떠올렸다. 그놈도 학생이니까 아마도 다른 애들처럼 '정오에 팡테옹 광장으로 토의'를 하러 가겠지.

질노르망 씨가 그 일로 언짢은 생각에 빠져 있을 때, 평상복을 입은 테오뒬 중위가 질노르망 양의 안내를 받으면서 조심스럽게 방에 들어섰다. 평복을 입은 것은 그 나름의 속셈 때문이었다.

"저 고집덩어리 영감도 있는 돈을 몽땅 종신연금에 집어넣지는 않았을 거야. 유산을 얻을 수만 있다면 종종 평복을 입는 것도 쓸데없는 일은 아니지."

창기병은 이렇게 판단했던 것이다.

질노르망 양이 큰 소리로 아버지에게 말했다.

"테오뒬이 왔어요, 아버지!"

그리고 작은 소리로 중위에게 말했다.

"무슨 말씀을 하시더라도 옳다고 해 드려."

그렇게 말한 뒤 그녀는 물러갔다.

중위는 이런 까다로운 만남에는 그다지 익숙하지 않았기에 머뭇거리면서 "안녕하셨습니까, 할아버지?"라는 인사말을 입속으로 웅얼거렸다. 자기도 모르게 군대식 경례를 붙일 뻔하다가 얼른 보통 하는 대로 고개를 숙여, 결국 이도 저도 아닌 인사가 되어 버렸다.

"오, 너로구나. 잘 왔다. 거기 좀 앉지."

질노르망 씨가 말했다. 그렇게 한마디 던진 뒤에는 바로 창기병의 일을 잊어버렸다.

테오뒬이 걸터앉자 질노르망 씨가 일어났다. 질노르망 씨는 두 손을 주머니에 넣고는 방 안을 이리저리 서성대면서 떨리는 늙은 손가락으로 양쪽 주머니에 하나씩 들어 있는 시계를 주물럭거리며 큰 소리로 떠들어 댔다.

"그 몹쓸 코흘리개 놈들이 팡테옹 광장에 집합한다고! 나 참, 기가 차는군! 젖비린내 나는 놈들이! 코를 누르면 젖이 튀어나올 것들이. 그 주제에 내일 정오에 토의한다는 말이지! 도대체 어떻게 된다는 거야? 어떻게? 나락으로 떨어질 게 뻔해! 혁명 공화당 놈들이 세상을 이렇게 만든 거란 말이지! 시민 포병? 시민 포병에 대해 토의한단 말이지! 어디 두고 보자, 자코뱅주의가 어디로 끌고 가는지. 내가 뭐든 걸지. 장담하지만, 100만 프랑이라도 걸고 단언하건대, 전과자나 방면된 죄수 따위 말고는 아무도 놈들 패에 안 낄걸. 공화주의자하고 전과자라. 흥, 잘 어울릴 게야. 카르노가 '날더러 어디로 가라는 거냐, 이 배신자야.'라고 말하자 푸셰(나폴레옹을 배반하고 왕정복고에 협력함_옮긴이)가 '어디든 좋을 대로 가란 말이다, 바보 같으니!'라고 말했지. 이것이 공화주의자들이 하는 수작이지 뭐야."

"맞습니다."

테오뒬이 말했다. 질노르망 씨는 잠깐 고개를 돌려 테오뒬을 보고는 계속 말을 이었다.

"그 몹쓸 망나니가 비밀결사에 들어가다니. 엉뚱하다니까! 넌 왜 내 집을 나간 거냐? 공화주의자가 되기 위해서? 하지만 국민은 네가 말하는 공화제 따위는 원하지도 않아. 암, 그렇고 말고. 국민은 양식을 가지고 있거든. 옛날부터 국왕이 계셨고 앞으로도 국왕이 계시리라는 걸 모두 알고 있으니 말이야. 국민은 결국 국민에 지나지 않는다는 걸 깨닫고 있거든. 국민은 공화제 같은 건 문제 삼지도 않아, 공화제 따위는 말이다. 알아들어? 처치 같은 녀석! 몹쓸 놈 같으니! 엉뚱한 짓이나 하고 돌아다니고 있으니! 〈르 페르 뒤셴〉에 정신을 빼앗기고, 단두대에 추파를 던지고, 1793년이라는 계집을 위해 발코니 아래 서서 세레나데를 부르고 기타를 치는 멍청한 그런 젊은 놈들에게는 침을 뱉고 싶다니까. 쓸개 빠진 놈들만 모였으니! 어느 놈이나 마찬가지야. 예외는 없어. 거리에 나가 흐르는 공기를 조금이라도 마시면 금세 제 정신을 잃어버리니 원. 19세기는 독을 품고 있어. 조그만 녀석도 염소 같은 수염이라도 나면 지가 대단한 뭐라도 되는 양 늙은 부모를 내버린단 말이지. 그게 공화주의자고 낭만주의자라고 떠들어 대면서. 도대체 낭만주의자란 게 뭐냐? 도대체 어떤 건지 좀 말해 봐라. 모두 미친 짓이야. 1년 전에 그 미친 소동은 너희를 《에르나니》로 몰고 갔지. 그런데 좀 물어보자. 도대체 《에르나니》란 게 뭐냐? 대구(對句)의 집합체가 아니냔 말이다. 프랑스어로 썼다고 할 수도 없는 그런 글 아니냐? 그런 것들이 이번에는 루브르 궁 안뜰에 대포를 끌어들인다 이 말이지. 그런 짓만 하는 게 요즘의 불한당들이야."

"옳은 말씀입니다, 할아버지."

테오될이 말했다.

질노르망 씨는 계속 말을 이었다.

"박물관 안뜰에 대포를 끌어들여? 무엇을 위한 거냐? 대포로 뭘 쏘려는 거야? 벨베데르의 아폴론상에 산탄이라도 퍼붓게? 탄약통이 무엇 때문에 메디치 가의 비너스하고 관련이 생겼단 말이냐? 정말, 요즘 젊은것들은 전부 깡패들이야! 놈들의 뱅자맹 콩스탕(자유당)은 얼마나 보잘것없는 인간인가. 거기다 악당 아니면 모두 백치니. 놈들은 추한 건 뭐든지 해 대고, 궁상맞은 꼴을 하고, 여자라면 설설 기고 침을 흘리면서 뒤를 쫓다가 하녀들의 비웃음이나 산단 말이지. 정녕 놈들은 당당하게 고백도 하지 못하는 사랑의 동냥아치야. 못생기고 멍텅구리지. 치에르슬랭이나 포티예 같은 대사나 끊임없이 중얼대고 부대 자루 같은 옷에 마부 조끼, 거친 무명 셔츠와 두꺼운 모직 바지, 초라하고 두꺼운 가죽신을 신은 채 이놈저놈 몰려들어 말도 안 되는 소리나 지껄이는 게 고작이지. 그 품위 없는 은어를 주워 모으면 뚫어진 구두창을 충분히 고치고도 남을 게야. 그런 쓸개 빠진 조무래기들이 다들 저마다 정치적 의견입네 하고 내뱉는단 말이야. 정치적 의견을 갖는 일은 못하도록 엄하게 막아야 돼. 이론을 바꿔치기하고, 사회를 변형시키고, 왕정을 파괴하고, 법률을 땅에 떨어뜨리지를 않나, 지하실과 다락방을 뒤집어 놓고, 문지기와 국왕을 뒤바꾸고, 유럽을 혼란에 빠지게 만들고, 세계를 재건한다는 놈들이 세탁부들이 짐수레에 올라탈 때 그 종아리를 슬그머니 들여다보고 좋아한다니! 아아, 마리우스! 이 망할 녀석아! 광장에 지껄이러 가려는 거냐! 협의하고 토론하고 대책을 마련한다고? 놈들은 그것을 대책이라고 부르는 거겠지. 한심한 일이야! 같은 소동이라도 요즘은 싸구려에 어처구니없는 것이 돼 버리고 말았어. 나는 옛날에 대혁명이라는 혼돈을 봤는데 오늘날에는 진창을 볼 뿐이야. 학생이 국민군에 관해서 토의를 해? 오지브와나 카도다슈와 같은 야만족에도 그런 일은 없을 거다! 발가벗은 알몸뚱이에 깃이 달린 공 같은 것을 이마에 붙이고 몽둥이를 휘두르고 다니는 야만인들도 저 바슐리에들만큼 교양이 없는 건 아니지. 가증스러운 풋내기들, 귓구멍이 뚫렸다고 으스대기는! 그런 놈들이 토의하고 궤변을 논해. 세상도 끝이다. 말할 것도 없이 이 가련한 지구 덩어리도 끝장이야. 마지막에 딸꾹질이 필요하다니까 프랑스가 지금 그것을 하고 있는 거야. 어디 토의해 보라고, 몹쓸 녀석들아! 놈들이 오데옹 극장 복도 같은 데서 신문을 읽으니까 이런 일이 생기는 거야. 단돈 1수를 내고 신문을 읽고는 그것만으로 양식이다, 지식이다, 마음이다, 영혼이다, 정신이다, 하고 아는 체를 하지. 거기서 못된 것만 배워 가지고 부모 형제의 곁을 뛰쳐나가거든. 신문이란 모두 페스트처럼 위험한 거야! 〈드라포 블랑〉조차도 위험하고말고. 사실 마르탱빌이라는 기자는 자코뱅 당원이었지 않았나. 아아! 이게 무슨 일이란 말이냐! 너는 이 할아비를 절망에 **빠**뜨리고 아무렇지 않느냐, 너는!"

"분명히 그렇습니다."

테오뒬이 말했다.

그리고 질노르망 씨가 한숨 돌리고 있는 동안 창기병은 제법 의젓한 얼굴로 덧붙였다.

"정말 신문은 〈모니퇴르〉만 있으면 되고, 책은 《군사연감》만 있으면 됩니다."

질노르망 씨는 다시 말을 이어 갔다.

"놈들은 시에예스 같은 자들이야. 국왕을 죽인 반역자가 원로원 의원이 되다니! 놈들은 모두 결국엔 그렇게 들어앉게 되겠지. 처음에 시민 제군 어쩌고 하다가는 장차 백작님이라고 불리고 싶어 하지. 정말 뻔뻔스럽기 짝이 없는 백작님이지. 9월의 학살자! 철학자 시에예스야. 하지만 나는 정신이 바로 박혀 있으니 그따위 철학자들의 철학 같은 건 티볼리 어릿광대의 코안경만큼도 문제가 되질 않아. 언제였더라? 말라케 강변에서 본 원로원 의원들이 꿀벌 무늬(나폴레옹의 무늬_옮긴이)로 수놓은 자줏빛 벨벳 망토를 두르고 앙리 4세풍의 모자를 쓰고 있었는데 완전 꼴불견이더구먼. 마치 호랑이한테 문안차 온 원숭이 같았어. 시민 제군, 내가 단언컨대 그대들이 말하는 진보란 미친 짓이며, 그대들이 말하는 인류란 환영일 뿐이며, 그대들이 저지른 혁명은 죄악 그 자체, 그대들 공화국은 괴물이다. 그대들이 자랑하는 순결하고 젊은 프랑스는 매음굴에서 태어났지. 나는 그대들 앞에서 이것들을 주장한다. 설사 그대들이 신문기자이거나 경제학자이거나 법률학자이거나 그 어떤 신분이든, 또 그대들이 자유, 평등, 박애를 단두대의 칼날이 알고 있는 것 이상으로 잘 알고 있다고 할지라도 말이지! 나는 단언하네, 친애하는 제군!"

"그럼요. 정말 지당한 말씀만 하시네요."

중위가 외쳤다.

질노르망 씨는 어떤 몸짓을 보이려다 말고 고개를 돌려 창기병 테오뒬의 얼굴을 물끄러미 쏘아보더니 말했다.

"넌 멍텅구리구나."

6. 두 별의 마주침

별명, 새 이름의 유래

마리우스는 그 무렵 알맞은 키의 미남 청년이 되어 있었다. 숱이 많은 검은 머리, 훤칠하고 이지적인 이마, 정열가답게 퍼진 콧방울, 진지하고 조용한 태도, 그리고 얼굴 전체에 어딘지 기품이 서려 사려 깊고 맑은 느낌을 주었다. 얼굴 옆선은 둥그스름하면서도 꿋꿋해서 알자스와 로렌 지방을 통해 프랑스인에게 전해져 온 게르만족 같은 부드러움이 풍기고, 또한 로마인 가운데 고대 게르만인의 특징, 레옹족과 아키리아족과 구별해 주는 것과 같은 완만함을 보였다.

마리우스는 지금 사색하는 인간의 정신이, 깊이와 솔직함이 거의 비슷한 비율로 성립되는 그 나이에 다다른 참이었다. 큰일이 닥치면 멍청해 보일 것 같기도 하지만 갑작스레 뛰어나게 우수한 인간으로 보일 때도 있었다. 신중하고 예의바른 태도는 버릇없다는 느낌을 주지 않았다. 붉은 입술과 하얗고 고르게 난 이 또한 매우 매력적이어서 그가 미소를 지으면 엄격한 느낌의 얼굴이 부드럽게 보였다. 때로는 맑은 이마와 육감적인 그 미소가 묘하게 대조적으로 보이기도 했다. 그의 눈은 작았지만 눈동자는 컸다.

빈곤의 밑바닥을 헤매 다닐 무렵 마리우스는 자신이 지나갈 때면 젊은 처녀들이 돌아본다는 걸 알아채고 죽을 만큼 괴로운 마음이 되어 그곳에서 도망치거나 숨어 버리거나 했다. 자신의 낡아 빠진 옷을 비웃는 거라고 생각했던 것인데 실제로 처녀들은 그의 점잖은 맵시를 보고 멍해져 있었다.

그렇게 아름다운 처녀들의 기분을 제멋대로 오해하면서 마리우스는 붙임성 없는 사람이 되었다. 누구든 여자라면 그렇게 도망가곤 하니 그의 마음에 드는 여자가 한 사람도 없었다. 그런 이유로 그는 무미한 생활을 할 수밖에 없었다. 쿠르페락의 말에 의하면 바보 같은 생활이었다.

쿠르페락은 마리우스에게 이렇게 말했다.

"그렇게 점잔을 빼지 말라고.―그들은 서로 너 나 하는 사이였다. 자연스레 너 나 하는 사이가 되는 것은 젊은이들 사이에 빚어지는 우정의 특성이다.―한마디 충고하지. 그렇게 책만 노려보고 있지 말고 가끔은 여자도 좀 봐. 계집이란 좋은 거라니까, 마리우스! 그렇게 도망가거나 빨개지기만 하면 정말 바보가 되고 말 거야."

쿠르페락은 또 언젠가는 길에서 만났을 때 이렇게 말했다.

"안녕하신가, 사제님."

쿠르페락에게서 이런 말을 들은 다음에는 약 일주일 동안 마리우스는 전보다도 더 젊고 늙은 것에 상관없이 여자는 모두 멀리했고 게다가 쿠르페락마저 피해 다녔다.

그러나 이 넓은 세상에서 마리우스가 도망가지도 않고 아무런 관심조차 갖지 않는 여자가 둘 있었다. 물론 그들도 여성이라고 불리는 걸 알았다면 그는 깜짝 놀랐을 것이다. 한 사람은 그의 방을 청소해 주는 수염이 난 노파였다.

쿠르페락은 노파에게 이런 말을 했다.

"할멈이 수염 난 걸 보고 마리우스란 놈이 수염을 안 기르는 걸세."

또 한 사람은 그가 가끔 보는 어느 집 소녀로 한 번도 신경 써 본 일이 없었다.

벌써 1년 전부터 마리우스는 뤽상부르 공원 묘목원의 울타리를 따라 나 있는 인적 드문 오솔길에서 한 남자와 어린 처녀의 모습을 종종 보게 되었다. 그 두 사람은 그 오솔길에서도 가장 호젓한 웨스트 거리 쪽 끝에 언제나 같은 벤치에 나란히 앉아 있었다. 사색에 잠긴 사람들이 늘 그렇듯 산책을 하면 마리우스도 아무런 생각 없이 그 오솔길로 가곤 했는데 그때마다 거의 매일 그 두 사람이 와 있었다.

남자는 예순 살가량 돼 보였는데 어딘지 우수가 깃든 근엄한 모습이었다. 퇴역 군인들에게서나 흔히 볼 수 있는 단단하지만 피로한 기색이 풍겼다. 거기에 훈장이라도 달고 있었다면 마리우스는 퇴역 장교라고 생각했을 것이다. 사람은 좋아 보였지만 어쩐지 접근하기 어려운 구석이 있었고 결코 남과 눈길을 마주치려고 하지 않았다. 푸른 바지에 푸른 프록코트에 테가 넓은 모자를 썼는데, 언제 보아도 새로워 보였다. 그리고 검은 넥타이에 새하얗지만 거친, 마치 퀘이커 교도나 입을 듯한 셔츠를 입고 있었다.

어느 날 상점에서 일하는 말괄량이가 옆을 지나가며 "깔끔한 홀아비 군." 했다. 머리는 새하얬다.

소녀가 처음 그를 따라와서 둘이 앉기로 정한 그 벤치에 앉았을 때, 소녀는 아직 열서너 살 정도로 보였고, 보기 흉할 정도로 여위고 겁먹은 듯했으며, 딱히 특징이 없었지만 눈만은 장차 아름다워질 것처럼 보였다. 다만 마음에 걸릴 정도로 그 눈을 줄곧 치켜뜨고 있었다. 차림새는 서투른 바느질로 만든 바탕이 두꺼운 검은 메리노 천의 옷, 수도원 기숙생이 입으면 알맞을 듯 늙은이 같으면서도 어린애 같은 옷을 입고 있었다. 그들은 아버지와 딸처럼 보였다.

마리우스는 아직 노인이라고 하기 어려운 나이 든 남자와 아직 다 컸다고 할 수 없는 그 소녀에게 처음 이삼 일 동안은 관심을 가졌으나 그 다음부터는 마음에 두지 않았다. 그들 쪽에서도 마리우스를 보려고 하지 않는 것 같았다. 조용하게 태연한 듯 서로 이야기를 주고받았다. 계집애는 즐거운 듯 끊임없이 재잘거리고 늙은이는 그다지 말은 없었지만 가끔씩 표현하기 어려운 애정이 넘치는 눈길로 딸을 바라보았다.

어느 사이엔가 마리우스는 무의식적으로 그 오솔길을 산책하는 게 습관이 되었다. 그리고 언제나 그들의 모습을 보았다. 마리우스는 거의 언제나 두 사람이 앉아 있는 벤치 반대쪽 끝에서부터 그 오솔길로 들어갔다. 오솔길을 쭉 걸어서 그들 앞으로 지나갔다가 다시 되돌아와서 처음부터 끝까지 다시 걸어가곤 했다. 그는 산책을 할 때마다 그곳을 대여섯 번 왔다 갔다 하고 그 산책을 일주일에 대여섯 번 했으나 그들과 아직 눈인사조차 주고받지 않았다. 그 남자와 소녀는 어쩐지 다른 사람의 눈을 피하는 듯 보였다.

그런데 남의 눈을 피하는 것 같은 그런 모습이 오히려 묘목원 옆길을 산책하는 대여섯 명의 학생들 주위를 끌게 되었다. 학교에서 돌아오는 착실한 학생도 있었지만, 당구를 치다가 돌아오는 학생들도 있었는데 당구를 치다가 돌아오는 쿠르페락도 한동안 두 사람을 관찰했지만 소녀가 못생긴 것을 알아채고는 곧 조심스럽게 물러났다. 그는 달아나면서 파르티인처럼 두 사람에게 별명의 화살을 쏘았다.

소녀의 옷과 노인의 머리칼이 강하게 눈길을 끈 탓에 소녀에게는 '마드무아젤 라누아르(검은 옷 양)', 아버지에게는 '무슈 르블랑(백발 씨)'이라고 별명을 지었다. 정말 잘 어울리는 별명인 데다 아무도 그들과 말을 주고받은 적이 없어 전혀 이름을 알지 못했기 때문에 모두가 이 별명을 사용하게 되었다.

학생들은 "아, 르블랑 씨가 여전히 벤치에 와 있네!" 했다. 마리우스도 그게 훨씬 편했기 때문에 다른 친구처럼 알지 못하는 그 사람을 르블랑 씨라고 불렀다. 우리도 편의상 그들처럼 그를 르블랑 씨라고 부르자.

마리우스는 그렇게 해서 처음 1년 동안 거의 매일 같은 시각에 그 두 사람을 보았다. 노인은 그의 마음에 들었지만 소녀에겐 아무런 감정도 없었다.

빛이 있었느니라

2년째가 되자, 독자가 이 이야기에 도달한 시점에, 마리우스의 뤽상부르 공원을 산책하던 버릇은 자신도 이유를 잘 알지 못하는 사이에 끊어져 6개월 가까이 그 오솔길에 발을 들여놓지 않았다.

어느 날 마리우스는 다시 그곳에 가 보았다. 상쾌한 여름날 아침이라 날씨가 좋은 날이면 누구나 그렇듯 마리우스도 마음이 들떠 있었다. 온갖 새소리가 들려오고 나뭇잎 틈 사이로 올려다 보이는 푸른 하늘 한 조각 한 조각이 마음속에 스미는 느낌을 주었다.

마리우스는 곧장 '자기의 오솔길'을 향했다. 그리고 길 끝에 이르러 역시 그 낯익은 두 사람이 여전히 그 벤치에 앉아 있는 것을 보았다. 가까이 다가가 보니 노인은 전과 다름이 없었지만 소녀는 다른 사람처럼 보였다.

지금 눈앞에 보이는 소녀는 키도 크고 아름다운 여자로, 아직 어린아이 시절의 순진함과 귀여움과 사랑스러움을 그대로 담고 있는 한창 나이 때의, 나무랄 데 없는 매혹적인 모습이었다. 그것은 열다섯 살이라는 짧은 말로 표현할 수 있는 잠깐 동안의 순결한 나이였다. 금빛이 어린 멋진 갈색 머리, 대리석 같은 이마, 장미 꽃잎을 연상케 하는 뺨, 감동에 파리해지는 눈, 눈부시게 하얀 살결, 햇빛과 같은 미소와 말소리가 음악처럼 흘러나오는 아름다운 입매, 라파엘이 성모마리아로 그렸음 직한 머리가 장 구종이 조각한 것 같은 비너스의 목 위에서 쉬고 있었다.

그리고 보는 이의 넋을 잃게 하는 그 얼굴을 더욱 완벽하게 만드는 것은 아름답기보다 귀여운 그 코였다. 곧지도 않고 굽지도 않았으며 이탈리아형도 아니고 그리스형도 아닌 파리 사람의 코였다. 어딘지 영리해 보이고 섬세하게 다듬어지지는 않았지만 순수하게 느껴지는, 화가를 절망케 하고 시인을 매혹시킬 만한 그런 코였다.

소녀가 언제나 눈을 내리깔고 있었기 때문에 마리우스는 바로 곁을 지나도 그 눈을 볼 수 없었다. 다만 짙은 그늘과 부끄러움이 깃든 긴 밤색 속눈썹만을 볼 수 있을 뿐이었다. 그러면서도 그 아름다운 소녀는 자기에게 이야기하는 백발노인의 목소리에 귀를 기울이면서 끊임없이 미소 짓고 있었다. 그 순진한 미소는 눈을 내리깔고 있기에 더없이 매혹적으로 보였다.

마리우스가 얼핏 보았을 때는 소녀가 이 사나이의 다른 딸이려니, 틀림없이 먼젓번 소녀의 언니려니 생각했지만 언제나처럼 산책길을 따라 두 번째로 그 벤치에 가까이 다다랐을 때 유심히 살펴보고 나서야 전에 보았던 소녀라는 것을 깨달았다.

그 소녀가 반년 동안에 처녀가 되어 있었던 것이다. 다만 그것뿐이었다. 이런 일은 당연한 것으로 여자는 어느 시기가 되면 순식간에 봉오리가 터져서 눈 깜짝할 사이에 꽃이 되어 버리는 것이다. 어제까지만 해도 어린아이라 별로 주의도 기울이지 않았건만 오늘은 이미 그대로 보고 지나칠 수 없게 되는 것이다.

그 처녀는 자라기만 한 게 아니라 이상적인 여자가 되어 있었다. 4월이 되면 사흘 동안에 활짝 꽃이 피어 버리는 나무가 있듯 이 처녀도 반년 동안에 아름답게 활짝 피어난 것이다. 처녀의 4월이 돌아온 것이다.

가난하기 때문에 검소하게 살던 사람이 하루아침에 무일푼에서 큰 부자가 되어 물 쓰듯 돈을 쓰고, 갑자기 눈부신 생활을 시작하고, 너그럽고 화려한 사람이 되는 것을 가끔씩 보게 된다. 그것은 연금이 굴러 들어왔기 때문이다. 어제로 지불 기한이 만기가 되었기 때문이다. 그 처녀도 반년 치의 연금을 받은 것이다.

게다가 또 지금은, 벨벳 모자에 메리노 옷을 입고 학생 구두에 빨간 손을 드러낸 기숙생 같은 꼴이 아니었다. 아름다워짐과 동시에 취미도 갖추어져서 산뜻하게 차려입은 그 모습은 수수함과 우아함을 넉넉하게 풍기고 있었고, 일부러 꾸민 티도 나지 않았다. 검은 비단옷에 같은 천의 케이프를 두르고, 모자는 흰 크레이프였다. 흰 장갑을 통해 보이는 매우 화사한 그 손은 중국 상아로 만들어진 파라솔 자루를 만지작거리고 있고, 비단 구두는 그 자그마한 발 모양을 그대로 드러내고 있었다. 옆을 지나칠 때 온몸에서 젊디젊은, 스미는 듯한 향기가 풍겨 왔다.

노인은 여전한 모습이었다.

마리우스가 두 번째 가까이 갔을 때, 처녀가 문득 눈을 들었는데 짙은 하늘의 푸른빛을 띠고 있었다. 그러나 가려진 하늘 속에는 아직 어린애 같은 눈길이 감돌고 있었다. 처녀는 마치 단풍나무 그늘을 뛰어다니는 새끼 원숭이를 바라보듯, 벤치 위에 그림자를 드리우고 있는 대리석 수반을 바라보는 것처럼 무심코 마리우스를 보았다. 마리우스도 역시 딴생각을 하면서 산책을 계속했다. 마리우스는 네댓 번 처녀가 있는 벤치 곁을 지나갔지만 처녀 쪽으로는 눈길을 주지 않았다.

그날부터 마리우스는 또 예전처럼 날마다 뤽상부르 공원을 찾아갔다. 그리고 예전처럼 거기 있는 '아버지와 딸'을 보았지만 이제는 그들에게 신경을 쓰지 않았다. 아름다워진 처녀를 바라보긴 하지만 예전과 마찬가지로 별로 마음에는 두지 않았다. 마리우스가 여전히 처녀가 있는 벤치 바로 옆을 지나다니는 것은 다만 습관에 불과했다.

봄의 탓

어느 따뜻한 봄날, 뤽상부르 공원은 그늘과 햇살이 넘치고, 하늘은 마치 아침에 천사들이 씻은 듯 맑게 개었고 우거진 마로니에 숲 속에서는 참새들이 귀여운 목소리로 지저귀고 있었다. 마리우스는 자연을 향하여 마음을 활짝 열어젖히고 아무 생각 없이 다만 살아 있다는 느낌으로 깊게 숨을 들이쉬면서 벤치 옆을 지나갔다. 어린 처녀가 그에게로 눈길을 돌렸고 두 사람의 시선이 마주쳤다.

그때 어린 처녀의 눈길에 무엇이 깃들어 있었던가? 그것은 마리우스도 뭐라 말할 수 없는 것이었다. 거기에는 아무것도 담겨져 있지 않았지만 모든 것이 담겨 있기도 했다. 이상한 빛이 번쩍였다.

처녀는 고개를 숙였고 마리우스는 산책을 계속했다.

마리우스가 방금 본 것은 순진하고 단순한 어린아이의 눈길이 아니었다. 그것은 살짝 열리려다가 다시 곧 닫혀 버린 신비로운 심연이었다. 소녀들은 누구나 때로 그런 눈길로 바라보는 날이 있다. 거기에 부딪힌다면 바로 재난을 만난 것과도 같다!

아직 자기를 잘 알지 못하는 영혼의 그런 첫 눈길은 여명의 하늘과도 같다. 알지 못하는 그 어떤 찬란한 것이 눈뜬 것이다. 장엄한 어둠을 희미하게 비추는 뜻하지 않은 번쩍임, 현재의 때 묻지 않은 모든 것과 미래의 모든 정열로 이루어진 그 번쩍임의 위험한 매력은 어떤 말로도 표현하기 어려울 것이다. 그것은 우연히 나타나서 기다리는 목적 없는 애정이다. 순수한 마음이 자기도 모르게 쳐 놓은, 스스로 바라지도 않고 알지도 못하는 사이에 사람의 마음을 사로잡아 버리는 올가미인 것이다. 그것은 한 여자로서 남자를 바라보는 눈길이었다.

그런 눈길이 떨어진 곳에서는 반드시 깊은 꿈이 생겨났다. 온갖 순수함과 정열이 한데 숨어 있는 그 천상적(天上的)이고 숙명적인 눈길에서 뿜어져 나온 빛은 요염한 여자들의 어떤 교묘한 추파보다도 남자 마음에 깊숙하게 향기와 독에 가득 찬, 이른바 사랑이라고 불리는 아스라한 꽃을 갑자기 피우게 하는 마력을 지닌 것이다.

저녁때 다락방으로 돌아간 마리우스는 문득 자기 옷을 바라보고 처음으로 자신이 얼마나 초라하고 볼썽사나운 꼴인가를 깨닫고는 평상복으로 뤽상부르 공원을 산책한다는 것이 상당히 촌스러운 일이라는 것을 알았다. 그 평상복이란 장식 끈까지 해어진 모자와, 마차꾼이 신는 허술한 구두, 무릎이 닳아서 허옇게 변해 버린 검은 바지, 양 팔꿈치 근처가 얇아진 검은 윗도리였다.

큰 번민이 시작되다

다음 날 여느 때와 같은 시각에 마리우스는 옷장에서 새 윗도리, 새 바지, 새 모자, 새 구두를 꺼냈다. 옷 한 벌을 완전히 갖춘 차림에 장갑까지 끼고, 그야말로 호화로운 옷차림으로 뤽상부르 공원으로 나갔다.

도중에 쿠르페락을 만났지만 모르는 체하고 지나쳤다. 쿠르페락은 집에 돌아와서 친구들에게 말했다.

"지금 마리우스의 새 모자와 새 윗도리하고 만났지. 녀석은 속에 들어 있던걸. 아마 시험이라도 치러 가는 모양이야. 몹시 멍청한 얼굴을 하고 있더라고."

마리우스는 뤽상부르 공원에 이르러 우선 연못을 한 바퀴 돌면서 백조를 바라본 뒤에, 이끼로 머리가 시꺼멓게 변하고 한쪽 허리가 떨어져 나간 조각상 앞에 서서 오래도록 그것을 바라보고 서 있었다. 연못가에는 마흔 살가량 된 배가 불룩하게 나온 한 부르주아 남자가 다섯 살 정도 된 사내아이 손을 잡고 말하고 있었다.

"무슨 일이든지 너무 지나쳐선 안 되는 법이다. 알겠니? 전체주의나 무정부주의는 똑같이 멀리해야 되는 거야."

마리우스는 그 부르주아가 하는 말에 귀를 기울인 다음 다시 한 번 연못을 돌아보았다. 그러고 나서야 겨우 '자기의 오솔길' 쪽으로 발을 돌렸는데, 느릿느릿하게 걷는 폼이 마치 그쪽으로 가는 것이 썩 내키지 않는 모양새였다. 가지 않고는 견딜 수 없으면서도 가는 게 아무래도 망설여지는 듯했다. 그러나 스스로는 그것을 전혀 깨닫지 못하고 평상시처럼 산책하고 있다고만 여겼다.

오솔길에 이르자 저쪽 끝 '그들의 벤치'에 르블랑 씨와 어린 딸이 앉아 있는 것이 보였다. 마리우스는 윗도리의 단추를 제일 위까지 채우고, 몸통 부분을 잡아당겨 주름이 잡히지 않게 하고, 윤이 나도록 반짝이는 바지를 만족스럽게 둘러보고 나서 벤치를 향하여 전진하기 시작했다. 마치 이제부터 무언가를 공격하려는 걸음걸이였다. 사실 정복해야겠다는 속셈은 분명히 있었다. 그런 까닭에 '한니발은 로마를 향하여 전진을 시작했다.'고 하듯이 '그는 벤치를 향하여 전진하기 시작했다.'고 표현한 것이다.

그렇다고는 해도 마리우스는 무의식적으로 몸을 움직이는 데 지나지 않았기 때문에 그의 정신적 문제나 학구적 몰두가 잠깐이나마 끊긴 것은 결코 아니었다. 그는 그때 이런 생각을 하고 있었다.

《대학 입학 자격시험 참고서》는 별 볼 일 없는 책이야. 인간 정신의 걸작으로 라신의 비극을 세 가지로 들어서 해설했지만 몰리에르의 희극은 단 하나밖에 예로 들지 않은 걸 보면 어지간한 바보들이 쓴 게 틀림없다니까.'

하지만 이렇게 생각하는 중에도 귓속에는 뭔가 날카로운 소리가 울리고 있었다. 점점 벤치 가까이로 다가갈수록 그는 윗도리 주름을 펴고 눈을 어린 처녀에게서 떼지 않았다. 그녀가 거기에 있다는 사실만으로 오솔길 저편 끝이 파랗고 아련한 빛으로 가득 찬 듯 보였다.

가까이 다가가면 갈수록 마리우스의 발걸음은 점점 더 느려졌다. 벤치를 향한 어느 지점에 이르자 오솔길 끝까지는 아직도 상당한 거리가 남아 있었는데도 그는 거기서 걸음을 멈추고, 자기도 이유를 모르는 채 홱 돌아섰다. 길 끝까지 가지 않았다는 사실을 알아차리지도 못했다. 처녀가 멀리서 그를 알아보고 새 옷차림을 한 그의 훌륭한 맵시를 보았는지 어떤지도 알 수 없었다. 하지만 그는 누군가가 뒤에서 보더라도 훌륭하게 보이게끔 몸을 꼿꼿이 펴고 걸었다.

반대편 끝까지 가자 거기서 되돌아와서 이번에는 전보다는 조금 더 벤치 가까이로 다가갔다. 가로수 세 그루를 사이에 둔 지점까지 갔지만 거기서 왠지 더 앞으로 갈 수 없을 것만 같은 생각에 잠시 망설였다. 처녀가 이쪽을 향해서 고개를 갸우뚱하는 것을 본 것 같았다. 마리우스는 남자답게 용기를 내고 망설여지는 마음을 억누르고 다시 앞으로 나가기 시작했다. 잠시 뒤에는 몸을 꼿꼿이 펴고 귀밑까지 빨개지면서 오른쪽으로도 왼쪽으로도 한눈팔지 않고 정치가처럼 윗도리 주머니에 손을 집어넣은 채 벤치 앞을 지나갔다. 지나친 순간 그는 마치 요새의 대포 밑을 지나듯 심장이 무섭게 두근거리는 것을 느꼈다.

그녀는 전날과 같은 비단옷에 크레이프 모자를 쓰고 있었다. 뭐라 표현할 수 없는 아름다운 목소리가 그의 귀에 들려왔다. '그녀의 목소리'가 틀림없었다.

그녀가 조용히 이야기하고 있었다. 그녀는 정말 아름다웠다. 마리우스가 그녀를 보려고도 하지 않았어도 아름답다는 것을 느꼈다. '그는 이렇게 생각했다. '프랑수아 드 뇌샤토 씨가 자기가 쓴 것처럼 〈질 블라스〉의 간행본 첫머리에 실은 〈마르코 오브르공 드 라 롱다〉에 관한 논문이 사실은 내 작품이라는 것을 만약 그녀가 알게 되면 나를 인정하고 존경

심을 갖겠지!'

마리우스는 벤치 앞을 지나서 바로 앞 오솔길 끝까지 가자 거기서 발길을 되돌려 다시 아름다운 처녀 앞을 지났는데 이번에는 얼굴이 몹시 새파랗게 질렸다. 게다가 심한 불쾌감마저 느꼈다. 그는 벤치와 어린 처녀에게서 멀어졌다. 그리고 그녀에게 등을 돌리면서도 그녀가 이쪽을 보고 있는 것 같아 자기도 모르게 뭔가에 발이 걸려 넘어질 뻔했다.

마리우스는 다시는 벤치 가까이 가려고 하지 않았다. 오솔길 가운데까지 오자 걸음을 멈추고 평상시 그러면 결코 하지 않는 일이지만, 두리번거리며 주위를 둘러보고 거기에 있는 벤치에 앉아 몽롱한 마음으로 생각했다.

'내가 저 사람들의 흰 모자나 검은 옷에 반해 있는 만큼 저 사람들도 이 윤나는 바지와 새 윗도리를 보고 아무것도 못 느끼진 않았겠지.'

마리우스는 15분 정도 앉아 있다가 마치 후광에 싸인 듯한 그 벤치를 향해서 다시 한 번 전진하려는 듯 일어섰다가 그 자리에 우뚝 선 채 움직이지 않았다. 15개월이 지난 지금에야 그는 매일 그 처녀와 함께 벤치에 앉아 있는 저 신사도 아마 자신을 알아차리고 이렇게 열심히 배회하는 것을 이상하게 여길 거라는 사실을 생각해 냈던 것이다.

그리고 또 지금에 와서야 마리우스는 아는 사이도 아닌 저 사람을 함부로 르블랑 씨라고 별명으로 부른다는 것은 입 밖에 내어 말은 하지 않아도 다소 실례가 된다는 걸 비로소 깨달았다.

이런 까닭으로 마리우스는 몇 분 동안 고개를 숙이고 선 채 손에 든 지팡이 끝으로 모래 위에 그림을 끼적거리고 있었다. 그러다가 갑자기 르블랑 씨와 처녀에게 등을 돌리고 벤치와는 반대 방향으로 자기 집으로 와 버렸다.

그날 저녁 마리우스는 저녁 식사를 하러 가는 것을 잊었는데 저녁 8시가 되어서야 그것을 깨달았지만 생 자크 거리까지 가기에는 이미 너무 늦었었다. "쳇!" 하고 그는 빵 한 조각을 먹었다.

그는 옷에 솔질을 하고 차분히 개어 놓은 다음에야 겨우 잠자리에 들었다.

부공 할멈은 몇 번이나 놀라다

이튿날 부공 할멈은—이건 쿠르페락이 고르보 집의 현관지기에다, 셋집 주인이며, 가정부인 그 노파에게 붙인 이름이다. 노파의 본명은 이미 말했듯 뷔르공 부인인데, 아무도 존경할 줄 모르는 쿠르페락이 그렇게 불렀던 것이다.—마리우스가 또 새 옷을 입고 나가는 것을 보고 입을 다물지 못했다.

마리우스는 또다시 뤽상부르 공원으로 갔다. 이번에는 오솔길 가운데쯤에 있는 벤치에서 더 이상 앞으로 나가지 않았다. 어제처럼 그는 거기에 앉아 멀리서 흰 모자와 검은 옷, 특히 그 파르스름한 빛을 분명하게 바라보고 있었다. 마리우스는 거기서 조금도 움직이지 않고 앉아 있다가 뤽상부르 공원이 문을 닫을 무렵이 되어서야 비로소 집으로 돌아갔다. 르블랑 씨와 처녀가 공원을 떠나는 것을 보지 못했기 때문에 마리우스는 그들이 웨스트 거리 뒷문으로 나갔다는 결론을 내렸다. 그 뒤 몇 주일이 지나고 나서 그때 일을 회상해 보니, 도대체 그날 저녁은 어디서 먹었는지 도무지 생각나지 않았다.

그 이튿날 부공 할멈은 또다시 놀랐다. 벌써 사흘째 마리우스가 또 새 옷을 입고 나갔기 때문이다.

"사흘이나 계속!"

할멈이 외쳤다.

부공 할멈은 뒤를 밟아 봐야겠다고 생각했다. 하지만 마리우스는 성큼성큼 큰 걸음으로 걸었다. 노파의 걸음으로는 마치 하마가 영양의 뒤를 쫓아가는 꼴인지라 이내 마리우스의 모습이 보이지 않게 되자 할멈은 헐떡거리며 집으로 돌아왔다. 지병인 천식 때문에 거의 숨이 막혀서 잔뜩 화가 났다.

"어떻게 된 일이람. 매일 새 옷을 입고 이렇게 사람을 뛰게 하다니!"

할멈은 투덜거렸다.

마리우스는 또 뤽상부르 공원에 와 있었다. 어린 처녀는 이미 르블랑 씨와 함께 와 있었다. 마리우스는 책에 정신이 팔린 척하면서 될 수 있는 대로 가까이 다가갔지만 그래도 아직 그들과 꽤 멀리 떨어진 곳에서 걸음을 멈추고 다시 되돌아가서 자기 벤치에 앉았다. 거기서 그대로 참새가 마치 놀리기라도 하듯 마음 내키는 대로 오솔길 위에 내려앉았다 날아갔다 하는 것을 바라보면서 네 시간쯤 시간을 보냈다.

그렇게 보름 정도가 지났다. 마리우스는 여전히 뤽상부르 공원에 다녔는데 그것은 산책이라기보다 자기도 모르게 그저 늘 같은 자리에 앉으러 간다는 것뿐이었다. 그 자리에 도착하면 한 걸음도 더 가지 않았다. 또 매일 아침에 새 옷을 입었지만 그는 남의 눈에 띄고 싶은 것은 아니었다. 그리고 다음 날도 그다음 날도 똑같은 짓을 반복하는 것이었다.

어린 처녀는 분명 놀라우리만치 아름다웠다. 굳이 한 가지를 꼬집는다면 슬픔을 띤 눈길과 해맑은 미소가 아무래도 안 어울리는 탓에 얼굴이 착잡해 보이고 그 때문에 가끔씩 부드러운 얼굴이 사랑스러우면서도 묘한 느낌을 주었다.

사로잡힌 몸

두 번째 주일도 다 간 어느 날, 마리우스는 여느 때처럼 자기 벤치에 앉아서 손에 책을 펴 들고 있었지만 벌써 두 시간이 지나도록 한 장도 넘기지 못했다.

그때 문득 그는 소스라치게 놀랐다. 오솔길 저쪽 끝에서 큰일이 일어난 것이다. 르블랑 씨와 처녀가 벤치를 떠나 처녀가 아버지를 부축하고 나란히 서서 마리우스가 있는 오솔길 중간쯤으로 천천히 걸어오고 있었다. 마리우스는 덮었던 책을 다시 펴고 열심히 읽으려고 했지만 몸이 떨렸다. 후광이 곧장 그를 향해 오는 것 같았다.

'아아! 큰일 났네! 자세를 고칠 시간도 없는데.'

그러는 동안 백발의 남자와 어린 처녀가 가까이 다가오고 있었다. 마리우스에게는 그 시간이 한 세기쯤 되는 것 같았고 한순간인 것도 같았다.

'도대체 왜 이리로 오는 거지?'

마리우스는 이상하다고 생각했다.

'어떡하지! 그녀가 여기를 지나간다! 그녀가 걸어간단 말이야. 이 모래 위를, 이 오솔길을, 내 바로 앞을!'

마리우스는 아찔해졌다. 자기가 미남자였으면, 십자 훈장이라도 달고 있었으면 했다. 조용하고 차분한 두 사람의 발소리가 점점 더 다가왔다. 르블랑 씨가 눈을 부릅뜨고 자기를 노려볼 거라고 상상했다.

'저 신사는 내게 말을 걸까?'

그가 고개를 숙였다 얼굴을 들어보니 그들이 바로 옆에 와 있었다. 어린 처녀가 지나치면서 마리우스를 지그시 바라보았는데 생각에 잠긴 듯한 부드러운 눈길로 유심히 보는 바람에 마리우스는 머리꼭대기부터 발끝까지 오싹한 기분이 들었다. 처녀의 눈은 그가 오랫동안 자기에게 가까이 오지 않은 걸 나무라고 있는 듯 느껴졌다. "그래서 제가 온 거예요."

하는 것 같았다.

마리우스는 광명과 심연으로 가득 찬 눈길을 받고 현기증이 날 지경이었다. 머릿속에 순간적으로 불이 붙는 것 같았다. 처녀가 자기에게 와 주었다. 얼마나 큰 기쁨인가! 게다가 표현할 길 없는 기막힌 눈길로 나를 지그시 지켜봤어! 처녀는 여태까지보다 더욱더 아름답게 보였다. 여성다운 아름다움과 천사다운 아름다움으로, 페트라르카가 시로 노래를 바치고, 단테가 그 앞에 무릎을 꿇은 듯한 완벽한 아름다움이었다.

마리우스는 푸른 하늘 높이 둥둥 떠 있는 기분이 들었다. 그러면서도 구두가 먼지투성이여서 몹시 마음이 상했다. 처녀는 구두도 봤을 게 틀림없다고 생각했다.

마리우스는 처녀의 뒷모습이 안 보일 때까지 바라보았다. 그러고 나서 미친 사람처럼 뤽상부르 공원 안을 걷기 시작했다. 아마 이따금 혼자서 웃기도 하고 커다란 소리로 지껄이기도 했을 것이다. 아이 보는 여자들이 마리우스가 넋을 잃고 꿈꾸는 얼굴로 자기들 가까이 다가오는 바람에 저마다 자신에게 반한 것으로 착각할 지경이었다.

마리우스는 또 거리에서 처녀의 모습을 마주치기를 바라면서 뤽상부르 공원을 나왔다. 오데옹 극장 회랑 아래서 쿠르페락과 마주치자 마리우스가 말했다.

"함께 저녁 식사 하러 가세나."

그들은 루소 식당에 가서 6프랑을 썼다. 마리우스는 걸신이 들린 듯 먹어 댔다. 그는 보이에게도 6수를 주었다. 디저트를 먹을 때가 되어서야 그는 쿠르페락에게 말했다.

"신문 읽었나? 오드리드 퀴이라보가 기막힌 연설을 했어!"

마리우스는 사랑에 빠져 있었다. 식사가 끝나자 다시 쿠르페락에게 말했다.

"연극 구경시켜 주지."

그들은 포르트 생 마리탱 극장으로 가서 〈아드레의 여관〉을 하고 있는 프레데릭의 연기를 보았다. 연극을 보면서 마리우스는 배를 움켜잡고 웃었다. 동시에 그는 안절부절못했다. 극장을 나왔을 때 부인복 재봉사 같아 보이는 여자가 도랑물을 건널 때 양말대님이 슬쩍 내다보였으나 마리우스는 그것을 보려고도 하지 않고, 쿠르페락이 "저 정도 여자라면 기꺼이 내 수집품에 넣어 줄 텐데." 하는 말을 듣자 가슴이 울렁거리기까지 했다.

이튿날 쿠르페락이 카페 볼테르에서 점심을 먹자고 했고 마리우스는 그 초대에 응해 전날 이상으로 엄청나게 먹어 댔다. 그는 계속 생각에 잠겼으면서도 매우 쾌활했다. 기회만 있으면 큰 소리로 웃고 싶어 했고 심지어 한 지방 사람을 소개받자 정답게 포옹하기도 했다. 마침 학생들이 테이블 주위를 둘러싸고 국가가 돈을 들여서 소르본 대학 강단에서 쓸데없는 강의를 잘라 팔고 있는 문제에 대해 토론하고 있었다. 그 토론은 마침내 키슈라의 사전과 운율론의 결합 등에 관한 것으로 옮겨 갔다.

마리우스가 그 토론을 가로막고 큰 소리로 외쳤다.

"하지만 훈장을 타는 것도 좋은 일이지!"

"이거야 원 어떻게 됐나 본데!"

쿠르페락이 장 플루베르에게 나직하게 소곤거렸다.

"아냐, 저건 진정일세."

장 플루베르가 대답했다.

사실 그는 진정이었다. 마리우스는 커다란 정열이 소용돌이치는 저 격렬하고 유쾌한 첫 시기에 맞닥뜨려 있었던 것이다. 한 처녀의 눈길이 그를 그렇게 만들었다. 폭발 갱에 이미 화약이 재어져 있는 이상, 발화 준비가 다 된 이상, 거기에 불을 붙이는 것만큼 쉬운 일도 없다. 흘끗 던진 눈길 하나가 곧 도화선이 된 것이다.

이제는 어쩔 수 없다. 마리우스는 한 여성을 사랑하고 있었고 그의 운명은 미지의 세계로 들어가고 있었다.

여자의 눈길은 겉으로는 아무렇지 않지만 실제로는 무시무시한 톱니바퀴와 같다. 매일 그 옆을 안심한 채 별일 없이 지나가고 그 정체를 전혀 깨닫지도 못한다. 가끔은 그런 것이 있다는 것조차 잊고서 오가고 몽상하고 지껄이고 웃는다.

그러다가 갑자기 무언가에 사로잡힌 것을 느낀다. 그때는 이미 끝이다. 톱니바퀴에 말려들었고 눈길의 포로가 된 것이다. 어디서부터인지, 어떻게 해선지, 사상의 어느 부분에서인지, 또는 방심하고 있던 마음의 어느 틈 사이로부터 시작된 건지는 모르지만 눈길의 포로가 된 것이다. 잡히기만 하면 끝이다. 몸도 마음도 끌려 들어가고 만다. 이상한 힘이 사람을 꽉 움켜쥐고 빼앗아 가 버려 버둥거려도 소용이 없으며 이제는 사람의 힘으로는 구해 낼 방법이 없다. 톱니바퀴에서 다른 톱니바퀴로, 고뇌에서 고뇌로, 번뇌에서 번뇌로 점점 깊은 곳으로 빠져 간다. 사람도, 그 정신도, 행복도, 미래도, 영혼도 모두. 그리고 악한 여자에게 잡히느냐 고결한 여자에게 지배되느냐에 따라 무서운 기계에서 풀려나올 때 치욕으로 추해지든지, 아니면 정열로 다시 태어난 듯한 모습이 되어 나오는지가 결정되는 것이다.

여러 가지로 얽히는 U자를 둘러싸고

고독, 모든 것에서의 초탈, 자부심, 독립, 자연에 대한 애착, 나날의 물질적 생활에 대한 활력의 부족, 자기 속에 틀어박힌 생활, 순결에 대한 남모르는 투쟁, 온갖 것에 대한 솔직한 도취, 그런 것이 마침내 마리우스를 정열이라고 불리는 것에 사로잡히게 만들었다. 아버지에 대한 숭배는 점점 일종의 신앙이 되어 신앙이 모두 그렇듯 영혼 깊숙이 내려앉고 말았다. 그래서 영혼의 전면을 채울 뭔가가 필요했는데, 그때 사랑이 찾아왔다.

꼬박 한 달이 지나는 동안 마리우스는 날마다 뤽상부르 공원에 갔다. 그 시간이 되면 그는 가만히 있을 수가 없었다.

"저 친구 근무 중이구먼."

쿠르페락이 말했다.

마리우스는 황홀한 마음으로 매일매일을 보내고 있었다. 그 처녀도 마리우스를 유심히 지켜보고 있는 게 틀림없었다.

마리우스는 드디어 용기를 내서 그 벤치 가까이로 다가갔지만 타고난 약한 기질과 사랑하는 남자의 조심스러운 본능에서 그 앞을 지날 수가 없었다. 마리우스는 '아버지의 주의'를 끌지 않는 게 현명하다고 판단했다. 그는 약은 꾀를 써서 처녀에게는 될수록 잘 보이면서도 노신사에게는 잘 보이지 않도록 나무숲이나 조각상의 받침돌 그늘을 자기의 자리로 삼았다.

때로는 꼬박 반시간 동안이나 레오디나스상이나 스파르타쿠스상 뒤에 가만히 서서 손에 든 책 너머로 조용히 눈을 들어 아름다운 처녀의 모습을 찾기도 했다. 그러면 처녀도 희미하게 미소 띤 사랑스러운 옆얼굴을 그에게로 돌리는 것이었다. 처녀는 더없이 자연스럽고 온화하게 백발의 노인과 이야기하면서도 그 소녀다운 정열적인 눈동자에 온갖 꿈을 담아 마리우스에게 보냈다. 그것은 세상이 시작되는 날, 아득한 옛날부터 이미 이브가 알고 있던 교묘한 수법이라 모든 여자는 그 인생이 처음 시작되는 날부터 그것을 알고 있는 것이다! 처녀의 입은 한 사람에게 대답하면서, 눈길은 또 한 사람에게 대답했다.

그러나 르블랑 씨도 드디어는 무슨 눈치를 챘는지 마리우스가 거기에 가면 르블랑 씨는 곧잘 일어나서 걷기 시작해 끝내 그때까지 앉아 있던

218

장소를 버리고 오솔길의 다른 한편 끝으로 옮겨 '검투사'상 옆에 있는 벤치에 앉곤 했는데, 그것은 마치 마리우스가 거기까지 자기들을 쫓아오는지를 보려는 것 같기도 했다. 마리우스는 그것을 깨닫지 못하고 거기까지 쫓아가는 실수를 저질렀다.

'아버지'는 관습을 깨뜨리기 시작하여 이제는 매일처럼 '딸'을 데려오지 않고 가끔씩 혼자 왔다. 그럴 때는 마리우스도 뒤도 보지 않고 돌아가 버렸는데 이것도 또 하나의 실수였다.

마리우스는 그러한 징조들에 전혀 주의하지 않았다. 소심했던 단계에서 피할 수 없는 자연적인 진전으로, 맹목적 단계에 빠져들었고 사랑은 깊어 갈 뿐이었다. 매일 밤 사랑하는 사람의 꿈을 꾸었다. 게다가 생각지도 않았던 행복이 찾아와 결국은 그것이 불에 기름을 부은 결과가 되어 마리우스의 눈을 더욱 멀게 만들었다.

어느 날 저녁 해 질 무렵 마리우스는 '르블랑 씨와 그 딸'이 막 떠나간 벤치 위에서 손수건 하나를 발견했다. 수수한 손수건이었지만 수도 놓여 있지 않은 새하얗고 질 좋은 감에 형언할 수 없는 향기가 감돌고 있었다.

그가 정신없이 그것을 주워 들고 보니 손수건에는 U. F.라는 글자가 적혀 있었다. 마리우스는 그 아름다운 소녀에 대해서는, 가족, 이름, 주소 등 아무것도 몰랐다. 이 두 글자야말로 그녀에 관해서 파악할 수 있는 실마리가 되었으며 귀중한 머리글자였다. 그는 당장에 그 위에 상상의 누각을 쌓기 시작했다. U는 세례명일 텐데 '위르쉴일까! 참 아름다운 이름이로군!' 그는 손수건에 키스하고 그 향기를 맡고 낮에는 가슴에 대 보고 밤에는 입술에 대고 잤다.

"그녀의 영혼의 향기가 느껴지는도다!"

마리우스는 이렇게 소리 높여 말하는 것이었다.

사실 그 손수건은 노신사의 것인데 무심코 주머니에서 떨어뜨렸던 것이다. 그러나 그것을 주운 뒤부터 마리우스는 언제나 그것에 입을 맞추거나 가슴에 댄 채 뤽상부르 공원으로 나갔다. 그 아름다운 처녀는 무슨 영문인지 알 수가 없어서, 그것이 무슨 의미냐는 신호를 노인이 눈치채지 못하도록 마리우스에게 보냈다.

"아아, 저 수줍음이라니!"

마리우스는 말했다.

늙은 상이군인도 행복해질 수 있다

나는 '수줍음'이라는 말을 쓴 데다 아무것도 감출 생각이 없는 까닭에, 황홀감에 젖어 있는 마리우스에게 '그의 위르쉴'이 한번은 매우 심각한 괴로움을 주었다는 것을 말해 둬야겠다.

그것은 평상시처럼 처녀가 르블랑 씨로 하여금 벤치에서 일어나 오솔길을 산책하게 하던 날의 일이었다. 늦은 봄바람이 세게 불어 플라타너스 높은 나뭇가지를 흔들어 대고 있었다. 아버지와 딸은 서로 팔을 끼고 마침 마리우스의 벤치 앞을 지나가려던 참이었다. 마리우스는 그들이 지나가자 얼른 일어나서 미칠 것 같은 마음으로 그 뒷모습을 눈으로 쫓았다.

돌연 세찬 바람이—전에 없이 기분이 좋아서 아마도 봄 장난을 할 역할을 맡은 게 분명한—묘목원에서부터 휙 불어와 오솔길 위에 들이닥쳤다. 그리고 마치 베르길리우스가 노래한 님프나 테오크리토스의 목신들에게나 어울릴 귀여운 전율 속에 어린 처녀를 감싼다 싶더니 그녀의 옷을, 이시스 여신의 긴 옷보다도 신성한 그 옷을 거의 양말대님 있는 데까지 걷어 올려 아리따운 종아리가 보이도록 만들었다. 마리우스는 그것을 보고 견딜 수 없이 화가 났다.

처녀는 깜짝 놀란 여신처럼 아름다운 몸짓으로 얼른 드레스 자락을 끌어 내렸지만 마리우스의 마음은 가라앉지 않았다. 분명히 오솔길엔 자기밖에 없지만 누가 보고 있었을지도 모른다. 만약 누가 있었다면! 그런 일을 어떻게 용서할 수 있을까! 그녀에게 방금 일어난 일은 정말 몸서리가쳐질 만큼 기분 나쁜 일이다!

하지만 그녀가 나쁜 게 아니라 죄가 있다면 바람에게 있었지만 마리우스의 마음에는 세뤼뱅 속에 숨겨져 있는 바르톨로가 무럭무럭 고개를 들어 이제는 아무래도 불만스러워져 자기의 그림자에게도 질투를 했다. 실제로 이런 일 때문에 육체에 대한 심하고 이상한 질투심이 사람의 마음속에서 눈을 떠 부당하게까지 멋대로 날뛰는 것이다. 게다가 이질투심을 젖혀 놓고 보아도 그 매혹적인 종아리가 그에게 아무런 쾌감을 주지 않았다. 차라리 지나가는 여자의 양말을 보는 편이 유쾌한 일이었을 것이다.

'그의 위르쉴'이 오솔길 끝까지 갔다가 르블랑 씨와 함께 되돌아와서 마리우스가 앉아 있는 벤치 앞을 지날 때 마리우스는 퉁명스럽게 흘끔처녀를 노려보았다. 어린 처녀는 눈을 치뜨면서 몸을 약간 뒤로 젖혔다. 그것은 "어머, 무슨 일이에요?" 하는 뜻이었다.

그것이 그들의 '첫 다툼'이었다. 마리우스가 처녀를 눈으로 나무란 것과 거의 동시에 누군가 오솔길에 나타났다. 그는 허리가 꼬부라지고 머리가 새하얀 주름살투성이의 상이군인으로 루이 15세식 군복을 입고 가슴에는 병사의 생 루이 훈장(루이 14세가 제정한 기사 제도의 훈장, 대혁명으로 폐지되었으나 1815년부터 1830년까지 부활했음_옮긴이)인, 십자로 엮은 군도가 달려 있는 붉은 나사의 조그마한 타원형 약장(略章)을 달고 있었다. 윗저고리 한쪽 소매는 팔이 없어 축 늘어졌고, 턱에는 은빛 수염이 자랐으며, 한쪽 다리는 의족이었다.

마리우스는 그 남자가 매우 흐뭇한 미소를 짓는 것처럼 보였다. 또 그

심술궂은 인간이 다리를 절름거리면서 자기 곁을 지날 때에는 친근감을 곁들여 유쾌한 듯한 눈짓을 받았다고까지 생각되었다. 마치 서로 의논이라도 한 듯 우연 덕분에 함께 좋은 구경을 하지 않았느냐는 눈짓이었다.

이 마르스의 떨거지 같은 놈, 뭐가 그리 기뻐? 그 의족과 처녀의 종아리와 도대체 어떤 관계가 있지? 마리우스는 질투의 절정에 달했다.

'이 녀석도 그 자리에 있었던 거야! 이 녀석도 틀림없이 봤을 거라고!'

그는 그 상이군인을 때려죽이고 싶은 충동을 느꼈다.

시간이 지나가면 아무리 날카로운 칼끝도 무뎌지게 마련이라 마리우스의 '위르쉴'에 대한 화가 아무리 옳고 정당했다 해도 어느 틈엔가 점점 옅어지고 말았다. 그는 드디어 처녀를 용서했지만 용서하는 것은 정말 힘든 일이었다. 그는 사흘 동안이나 처녀를 원망하고 있었다.

그러나 이런 일이 일어났음에도, 아니 그런 일이 일어났기 때문에 더욱더 마리우스의 정열은 불타올랐고 열렬해져 갔다.

잠적

'처녀'의 이름이 위르쉴이라는 것을 마리우스가 어떻게 해서 알아냈는지 또는 알아냈다고 믿었는지, 그것은 지금 독자들이 본 그대로다.

욕망은 사랑하는 동안에 생겨난다(식욕은 먹고 있는 동안에 일어난다는 비유_옮긴이). 처녀의 이름이 위르쉴이라는 걸 안 것만으로도 굉장한 일이었다. 그렇지만 동시에 대수롭지 않은 일이기도 했다. 마리우스는 3주일 동안에 그 행복을 끝까지 맛보았다. 이제는 좀 더 다른 행복을 바라게 되었는데, 처녀가 살고 있는 곳을 알고 싶었다.

마리우스는 이미 '검투사'상 옆 벤치의 함정에 빠져 첫 실수를 저질렀고 르블랑 씨가 혼자 오자 뤽상부르 공원에서 뒤도 돌아보지 않고 나가 버린 두 번째 실수도 저질렀다. 그리고 세 번째 실수를 저질렀는데, 그건 더욱 굉장한 실수였다. '위르쉴'의 뒤를 밟았던 것이다. 처녀는 웨스트 거리 가장 왕래가 적은 곳에 있는 새로 지은 수수한 4층 건물에 살고 있었다.

마리우스는 뤽상부르 공원에서 처녀를 본다는 행복에, 처녀가 살고 있는 집까지 따라간다는 행복을 덧붙였다. 마리우스의 갈망은 점점 커져만 갔다. 그는 이미 처녀의 이름, 적어도 세례명, 그 사랑스러운 이름, 참으로 여자다운 이름을 알고 있었다. 또 어디에 살고 있는지도 알았다. 이번에는 처녀가 어떤 사람인지 알고 싶어졌다.

어느 날 저녁 마리우스는 두 사람 뒤를 쫓아 그 집까지 갔다. 두 사람이 정문 안으로 들어가 보이지 않게 되자, 따라 들어가 대담하게 문지기에게 물었다.

"지금 들어간 분은 2층에 사시나요?"

"아뇨. 4층에 사십니다."

문지기가 대답했다. 이것으로 한 걸음 나아간 셈이었고 이 성공은 그에게 용기를 주었다.

"앞으로 향한 방인가요?"

마리우스가 물었다.

"물론입니다! 집이란 반드시 길 쪽을 향해서 짓는 법이니까요."

문지기가 말했다.

"어떤 사람입니까?"

마리우스는 다른 질문을 했다.

"연금생활자예요. 무척 친절하시죠. 그렇게 부자도 아니지만 불행한 사람들을 아주 잘 돕지요."

"이름이 뭡니까?"

마리우스는 다시 물었다.

문지기는 고개를 들고 말했다.

"당신은 탐정인가요?"

마리우스는 좀 겸연쩍었지만 무척 기뻐하며 돌아왔다. 훨씬 진전된 것이다.

'됐어, 이름은 위르쉴, 연금생활자의 딸이고, 저 웨스트 거리의 4층에 산다는 것도 알았어.'

이튿날 르블랑 씨와 딸은 뤽상부르 공원에 잠깐 모습을 나타냈다가 아직 해가 높이 떴는데도 돌아가 버렸다. 마리우스는 늘 하듯이 웨스트 거리까지 그 뒤를 따라갔다. 정문 앞에 이르자 르블랑 씨는 딸을 먼저 들여보내고 자기는 문에 들어가기 전에 걸음을 멈추고 홱 돌아서서 마리우스를 유심히 지켜보았다.

다음 날 그들은 뤽상부르 공원에 오지 않았다. 마리우스는 온종일 기다렸다. 해가 진 뒤 웨스트 거리에 가 보니 4층 창문에서 불빛이 새어 나오고 있었다. 그는 그 불빛이 꺼질 때까지 창문 밑을 서성거렸다.

다음 날도 역시 아무도 뤽상부르 공원에 나타나지 않았다. 마리우스는 온종일 기다리다가 다시 창문 밑으로 가서 밤을 지키는 파수꾼 노릇을 했다. 파수를 서는 동안 어느 틈엔가 10시 반이 되었다. 마리우스는 저녁 식사를 대충 적당한 것으로 때우기로 했다. 열은 앓는 사람을 좀먹고 사랑은 사랑하는 사람을 살찌게 한다.

그렇게 해서 일주일이 지나는 동안 르블랑 씨와 딸은 뤽상부르 공원에 나타나지 않았다. 마리우스는 슬픈 상상을 했지만 차마 대낮부터 정문에서 파수를 볼 용기는 없었다. 해 저문 뒤 유리창에 비치는 불그스름한 불빛을 올려다보는 것으로 달랬다. 창문에 이따금 사람의 그림자가 비치면 마리우스의 가슴이 두근거렸다. 8일째 되는 날 그가 창문 아래에 갔을 때는 불빛이 안 보였다.

"저런! 아직도 불이 안 켜져 있네. 밤인데도 외출한 걸까?"

마리우스가 중얼거렸다.

그는 기다렸다. 10시, 12시, 밤 1시까지. 4층 어느 창문에도 불빛은 하나도 비치지 않고, 그리고 아무도 그 집에 들어오지 않았다. 그는 몹시 우울해져서 그 자리를 떠났다.

그 이튿날—마리우스는 다만 내일만을 생각하며 살았고, 그에게는 이미 오늘이라는 날은 없었다.—도 역시 아버지나 딸 누구도 뤽상부르 공원에 나타나지 않았다. 마리우스가 두려워했던 일이 벌어졌다. 날이 저물고 그는 그 집 앞으로 갔다. 창문에 불빛은 보이지 않고 덧문이 닫혀 있었으며 4층은 캄캄했다.

마리우스는 문을 두드리고 안으로 들어가 문지기에게 물었다.

"4층에 사는 분은 어떻게 된 겁니까?"

"이사하셨소."

문지기가 대답했다.

마리우스는 비틀거리면서 힘없는 소리로 물었다.

"언제요?"

"어제 하셨습니다."

"그럼 새집 주소도 알리지 않고 가 버리셨나요?"

"네."

그러고 나서 문지기는 얼굴을 들고 바라보더니 마리우스인 것을 알아차렸다.

"아, 당신이군요! 역시 당신은 경찰이었죠?"

문지기는 말했다.

7. 파트롱 미네트

갱도와 광부들

어떤 인간 사회든 극장에서 말하는 이른바 '나락'이라고 하는 것이 있기 마련이다. 사회의 땅에는 때로는 선, 때로는 악을 파내기 위해 가는 곳마다 갱도가 파여 있다. 그런 작업은 서로 겹쳐 행해지는데 상층에 갱도가 있는가 하면 하층에도 있다. 어두컴컴한 지하 갱은 때로 문명 아래 저절로 무너져 버리기도 하고, 무관심하고 태만한 우리 발에 밟혀 버리는 수도 있는데, 그 지하 갱 자체 내에도 상층과 하층이 있다. 지난 18세기의 《백과사전(디드로와 달랑베르를 중심으로 18세기 철학자들이 공동 집필_옮긴이)》도 그런 갱도 중의 하나로 지상에까지 드러난 갱도였다. 원시 그리스도교를 비밀스럽게 품고 있던 저 암흑은, 오직 하나의 기회를 노리다 로마 황제 아래에서 폭발하여 인류를 그 광명으로 가득 채웠던 것이다. 신성한 암흑 속에는 언제나 광명이 깃들어 있는 것이다. 화산이 품고 있는 암흑은 언제 불길을 내뿜을지 모른다. 용암의 시초는 모두 어둠 속에 싸여 있다. 최초의 미사를 올렸던 저 로마의 지하 묘지는 단순한 로마의 굴이 아니라 세계로 통하는 지하도였다.

사회구조 아래는 이처럼 무섭도록 복잡한 폐허가 있고 다양한 종류의 동굴이 있다. 종교의 갱도, 철학의 갱도, 정치의 갱도, 경제의 갱도, 혁명의 갱도가 있다. 어떤 사람은 사상을, 어떤 사람은 수학을, 어떤 사람은 분노를 목표로 곡괭이로 파 들어간다. 이 동굴에서 저 동굴로 사람들은 서로 부르고 또 대답한다. 유토피아는 그들 갱도를 통하여 지하 속으로 들어간 뒤 거기서 사방에 가지를 뻗치는 것이다.

가끔은 서로 만나 손을 잡기도 하는데 장 자크는 디오게네스에게 자기 곡괭이를 빌려 주고, 디오게네스는 장 자크에게 자기 불을 빌려 준다. 때로는 유토피아와 유토피아가 서로 땅속에서 싸울 경우도 있어 칼뱅은 소시니아스의 머리를 움켜잡는다. 그러나 그런 모든 힘들이 하나의 목적을 향해 나아가는 것을, 그 광대한 활동력이 어둠 속을 오가고 오르내리면서 상부에서 하부로 외부에서 내부로 천천히 자리를 바꾸어 가는 것을, 아무도 막을 수는 없다. 그것은 사람이 알 수 없는 곳에 모여 꿈틀대는 하나의 거대한 힘이기 때문이다.

그러나 사회가 표면만을 보고 아무런 변화도 없다고 생각하고 있을 때 자기도 모르게 그 발굴 작업으로 인해 그 안의 내장이 완전히 바뀌는 것이다. 지하가 여러 층인 만큼 작업도 가지각색이고 발굴도 다양하다. 그런데 이러한 깊은 발굴 작업에서 과연 무엇을 캐낼 수 있을까? 그것은 미래다.

지하 깊숙이 내려갈수록 그 속에 있는 노동자는 더욱더 알 수 없는 존재가 된다. 사회철학자가 인정할 수 있는 단계까지라면 그 작업은 옳다고 봐야 하지만 그 단계를 일단 한 걸음 넘어서면 일은 바로 종잡을 수 없이 마구 뒤섞인 것이 되고, 거기서 더 깊이 내려가게 되면 무섭고 두려운 것이 돼 버린다. 그리고 어느 깊이까지 다다르면 이미 문명 정신을 갖고 끌어내기가 어렵다. 말하자면 인간이 숨 쉴 수 있는 한계를 넘어서는 것이다. 거기서 더 내려간다면 어쩌면 괴물 같은 것이 나타날 수도 있다.

내려가기 위해 만들어진 충계는 매우 독특하다. 그 계단 하나하나는 철학이 근거로 할 수 있는 계단과 통해 있고 각 계단에는 그곳을 판 작업자가 한 사람씩 지키고 서 있다. 숭고한 자와 매우 이상한 모양을 하고 있는 자가 섞여 있다. 존 하스(종교개혁의 선구자의 한 사람_옮긴이) 밑에 루터가 있고, 루터 밑에 데카르트가 있고, 데카르트 밑에 볼테르가 있고, 볼테르 밑에 콩도르세가 있고, 콩도르세 밑에 로베스피에르가 있고, 로베스피에르 밑에 마라(프랑스혁명의 지도자_옮긴이)가 있다. 또 마라 밑에는 바뵈프(대혁명 시대 공산주의적 선동가_옮긴이)가 있고, 그 밑에도 얼마든지 계속 이어진다.

더욱 아래로 희미하게 보이는 곳과 전혀 보이지 않는 곳의 경계에는 앞에서 나온 인물들과는 전혀 다른 어두운 그림자들이 흐릿하게 보이는데 그것은 아마 아직 이 세상에 나타나지 않은 인물들의 그림자일 것이다. 어제의 사람들은 벌써 유령이지만 내일의 사람들은 아직 태아에 불과하다. 그렇지만 정신의 눈은 그것을 흐릿한 안개 속에서도 분명히 가려낼 수 있다. 태 속에서 잠자고 있는 미래를 꿰뚫어 보는 것은 철학자가 하는 일 가운데 하나다.

태아 상태에 있는 혼돈으로 가득 찬 세계는 얼마나 이상한 환영인가! 생시몽이며 오언(영국의 공업가로 사회 개량의 선구자_옮긴이)이며 푸리에 같은 이들도 그 측면 갱내에 있다.

지하의 개척자들은 자신들이 언제나 고립되어 있다고 믿고 있지만 실은 그런 것이 아니라 어떤 눈에 보이지 않는 신성한 끈으로 자기도 모르게 서로서로 연결되어 있는 것이다. 그들의 일이 너무나 다종다양하여 그들이 그렇게 믿는 것도 무리가 아니다. 그래서 가끔은 어떤 사람이 켠 불이 다른 사람이 켜 든 불빛과 전혀 다른 경우도 있다. 천국을 보는 자가 있는가 하면 지상의 비극을 보는 자도 있는 것이다.

그러나 어떻게 대조적으로 보든 그러한 작업자들은 계단 제일 위에 있는 자로부터 계단 제일 아래에 이르기까지, 또 가장 현명한 자에서부터 가장 어리석은 자에 이르기까지 모두 하나의 비슷한 점이 있다. 그것은 자기를 버리는 것으로, 마라도 예수처럼 자기를 잊고 있다. 그들은 자신을 버리고 내던지고 조금도 돌보지 않고 자기 이외의 것만을 본다. 그들은 모두 공통적인 눈을 가지고 있어 절대만을 찾고 있다. 제일 위에 있는 사람의 눈은 멀리 하늘을 보고 있다. 또 제일 아래 있는 사람도, 설령 아무리 알려져 있지 않은 인간이라도 그 눈썹 아래에는 희미하게나마 무한한 것에 대한 빛이 서려 있다. 그 별과 같은 눈동자는 그들을 나타내는 표시로, 그것을 지니고 있는 사람이 어떤 일을 하든 상관없이 모두 존경받을 만한 가치가 있다.

어두운 눈동자는 이것과는 반대의 표시이다. 그런 눈동자에서 악이 시작된다. 흐리멍덩하게 흐린 눈을 가진 사람은 경계하고 두려워하지 않으면 안 된다. 사회조직 속에는 암흑의 갱부도 끼어 있는 것.

어느 깊이까지 도달하게 되면 인간은 파 들어가는 것이 아니라 묻혀버리는 꼴이 되고 광명도 사라져 버린다.

이상 말한 모든 갱도 밑에, 그런 통로들 밑에, 진보와 유토피아의 그 광대한 지하조직 밑 땅속 아득한 곳에, 마라보다 밑에, 바뵈프보다 아래에, 그 밑에, 훨씬 밑에, 위에 있는 계단과는 아무런 관련이 없는 곳에, 가장 마지막 갱도가 있는데 그것은 매우 무서운 장소다. 우리가 처음 나락이라고 한 곳이 바로 그곳이다. 그곳은 어둠에 찬 무덤이고, 눈먼 장님들이 우글대는 굴, '밑바닥'인 것이다.

그곳은 바로 지옥으로 통하는 곳이다.

밑바닥

거기서는 나를 잊는 마음도 사라져 버리고 악마가 조금씩 모습을 드러내기 시작한다. 사람들은 저마다 자기만을 위해 산다. 맹목적인 자아가 성난 소리를 지르고 뭔가를 찾고 뭔가를 더듬고 뭔가를 갉아먹고 있다. 사회의 우골리노(단테의 《신곡》에 나오는 13세기 이탈리아의 잔인무도한 왕. 아이들과 함께 탑에 갇혔는데 굶어 죽은 자기 아이의 머리를 씹어 먹음_옮긴이)가 그 구렁텅이 속에 있다.

그런 무덤 속에서 꿈틀거리는 무시무시한 그림자들은 거의 짐승이나 유령의 모습을 하고, 세계의 진보에 마음을 쓰는 게 아니라 사상이나 언어 따위는 팽개치고 오직 자기 혼자만의 욕망을 채우는 데만 온 정신을 쏟는다. 그들은 의식도 거의 없는데 그들 마음을 차지하고 있는 것은 오직 일종의 무서운 허무뿐이다.

그들에게는 어머니가 둘이다. 둘 다 무정한 계모인 무지와 빈곤이다. 또 동료 하나가 있는데 바로 결핍이다. 그들은 식욕을 채우는 것으로 유일하게 만족을 느낀다. 그들은 거의 동물처럼 늘 먹고 마시는데 골몰한다. 폭군 같은 것이 아니라 호랑이처럼 광포할 정도이다.

그러한 악귀들은 고통을 견뎌 내지 못하고 끝내 죄를 저지르고 만다. 그것은 필연적인 귀결이고 무서운 인과관계, 암흑세계의 논리다. 사회의 나락 속을 헤매고 다니는 소리, 그것은 결코 절대로 찾아 헤매는 소리가 아니라 채워지지 않는 물질에 항의하는 소리다. 거기서 인간은 용(악마의 표상_옮긴이)으로 변하는 굶주림이 그 출발점이 되고 악마가 되는 것이 그 도착 지점인 셈이다. 그러한 굴속에서 라스네르(당시 유명한 살인범_옮긴이)가 탄생하는 것이다. 우리는 앞서 제4편에서 상층 광구 중 하나인 정치 혁명 철학의 대 갱도를 보았다. 이미 말한 것처럼 그곳에서는 모든 것이 고상하고 순수하고 훌륭하고 성실하다. 물론 그곳에서도 인간은 잘

못을 저지를 수 있고 또 실제로 저지르기도 한다. 그러나 잘못도 영웅적인 요소를 품고 있으면 존귀한 것이 된다. 거기서 행해지고 있는 모든 작업은 전부 '진보'라는 이름을 달고 있기 때문이다.

이번에는 좀 더 다른 심연, 보기에도 무서운 심연을 들여다볼 차례다.

분명히 말해 두지만 사회 밑바닥에는 크나큰 동굴이 가로 놓여 있는데, 그것은 무지가 모두 사라질 때까지 영원히 존재할 것이다.

이 동굴은 동굴 중 가장 아래 있고, 또 어느 동굴과도 적대 관계이며 모든 것에 대한 '증오' 그 자체다. 이 동굴은 철학자를 모르는 데다 그곳의 칼은 한 번도 펜으로 만들어진 적이 없다. 그곳의 어둠은 잉크병의 숭고한 검은색과는 비슷하지도 않다. 그 숨 막힐 것 같은 천장 밑에 도사린 손가락은 여태까지 한 번도 책을 펴 들어 본 일이 없고 신문을 펼쳐 본 일도 없다. 큰 도둑 카르투슈에 비교하면 바뵈프도 개척자 축에 끼고, 악한 신데르한네스에 비교하면 마라도 귀족 축에 든다. 이 동굴은 모든 것을 무너뜨리는 게 목적이다.

모든 것, 그 모든 것이라는 말 속에는 이 동굴이 증오하는 상층 갱도도 포함되어 있음을 뜻한다. 이 동굴에 떼 지어 있는 추악한 자들은 단지 현존하는 사회질서에 구멍을 뚫어 나갈 뿐만 아니라 철학, 과학, 법률, 인류의 사상, 문명, 혁명, 진실 모두에 구멍을 뚫는다. 이 동굴은 강도나 매음, 살해나 암살 같은 이름을 가지고 있다. 그것은 암흑과 혼돈만을 바라며 이 동굴의 천장은 무지로 이루어져 있다.

다른 모든 동굴, 즉 이 동굴 위에 있는 동굴들은 오직 하나의 목적만을 가지고 있는데, 이 동굴을 잘라 내 버리는 것이다. 철학이 진보나 이외의 갖가지 기관을 활용해서 이루려는 일은, 그리고 현실을 개선해 가면서 동시에 절대를 바라보며 도달하려는 것은 다름이 아닌 바로 이 목적이다. '무지'라는 동굴을 파괴하는 것은 바로 '죄악'이라는 두더지를 퇴치하는 것이다.

이상을 한마디로 요약한다면 다음과 같다. 즉 사회에 단 하나의 위험이 있다면, 그것은 '암흑'이다.

인류는 동등하다. 모든 인간이 똑같이 흙으로 빚어졌다. 적어도 이 세상에는 하늘이 정해 준 운명에 있어서는 차별이 없다. 전세에서는 다 같은 어둠, 현세에서는 다 같은 육체, 내세에서는 다 같은 한줌의 재인데, 그러나 인간을 만드는 원료에 무지라는 것이 섞이면 그 원료가 시커멓게 변질된다. 그 지울 수 없는 검은빛이 인간 내부 깊숙이 침투하면서 거기서 악으로 변하는 것이다.

바베, 괼메르, 클라크수, 몽파르나스

클라크수와 괼메르와 바베와 몽파르나스, 네 불한당이 1830년부터 1835년까지 파리의 밑바닥을 지배하고 있었다.

괼메르는 신의 자리에서 쫓겨난 헤라클레스라는 별명을 가진 남자였다. 그는 아르슈 마리용 거리의 지하도에 살고 있었다. 6피트에 달하는 키, 대리석 같은 가슴, 청동같이 단단한 팔 근육, 동굴에서 밀려 나오는 듯한 숨소리, 거인 같은 체격, 새처럼 작은 머리, 그는 마치 파르네즈의 헤라클레스가 두꺼운 무명 바지에 무명 윗도리를 걸친 모습과 비슷했다. 그런 체격으로 봤을 때 그는 괴물도 때려눕힐 수 있을 것 같았다.

그러나 괼메르는 괴물을 때려눕히기보다는 자신이 직접 괴물이 되는 편이 훨씬 낫다고 생각했다. 좁은 이마, 넓은 관자놀이, 마흔도 안 됐는데 벌써 주름지기 시작한 눈초리, 뻣뻣하고 짧은 머리카락, 수염이 덮인 볼, 멧돼지 같은 턱수염. 그의 근육은 노동을 바랐지만 그의 어리석은 머리는 그걸 원치 않았다. 이 게으름뱅이는 힘이 넘치는 장사로 눈 하나 깜짝하지 않고 살인도 해치웠다. 세상에선 그를 식민지 태생이라고 말했다. 1815년에는 아비뇽에서 인부 노릇을 했다니 브륀 원수 사건(네덜란드와 이탈리아의 전투에서 명성을 떨쳤던 장군이 1815년 아비뇽에서 암살됨_옮긴이)도 틀림없이 어느 정도 관계가 있을 터였다. 끨메르는 그 이후로 인부 노릇을 그만두고 악한이 되었다.

호리호리한 바베는 끨메르의 체격과는 아주 대조적이었다. 그는 몸이 약한 대신 제법 아는 게 많았다. 바베는 몸집이 작아 언뜻 경망스럽게 보였지만 의외로 속을 알기 어려웠다. 햇빛에 그 뼈까지 훤히 들여다보일 것 같았지만 그 눈을 통해서는 아무것도 보기 어려웠다.

그는 자칭 화학자로 보베슈(나폴레옹 시대와 왕정복고 시대의 유명한 어릿광대_옮긴이) 밑에 들어가 어릿광대 노릇을 한 적도 있고 보비노(보베슈와 비슷한 무렵의 어릿광대_옮긴이) 패에 끼어서 재담꾼 노릇을 한 적도 있었다. 생 미엘에서는 가극단의 배우 노릇도 했으며 행티깨나 있는 남자로 말재주도 좋고 의미심장하게 빙그레 웃기도 잘하고 유난스러운 몸짓을 했다. 거리에서 '국가원수'의 석고상이나 초상화를 파는 일을 했으며 이 빼는 일도 했고, 축제일 같은 때는 여러 가지 요술을 부리기도 했다.

나팔과 노점을 가지고 있었는데, 그곳 간판에는 '치과 의사 바베, 아카데미회원, 금속과 비금속에 관한 물리적 실험을 통해 이를 해 넣고 다른 치과 의사가 하지 못하는 치근까지 뽑음. 치료비는 이 하나에 1프랑 50상팀, 두 개엔 2프랑, 세 개엔 2프랑 50상팀, 이 절호의 기회를 이용하시오.'—이 '절호의 기회를 이용하시오.'라는 소리는 '될 수 있으면 이를 다 빼라'는 뜻이었다.—라고 쓰여 있었다.

바베는 결혼하여 아이도 몇 낳았지만 아내와 아이들이 지금 뭘 하고 있는지는 전혀 모르고 있었다. 손수건을 떨어뜨리듯이 그는 아내와 아이들을 어딘가에 떨어뜨린 게 다였다. 이 암흑세계에서는 대단히 의외로 치부되는 일이지만, 그는 신문을 읽을 줄 알았다. 어느 날, 아직 가족과 함께 노점을 밀고 다니고 있을 때 〈메사제〉에서 어떤 여자가 얼굴이 송아지 같은 아이를 낳았으며 그 아이가 충분히 자랄 것 같다는 기사를 읽은 다음 이렇게 외쳤다.

"거 굉장한 횡재구먼……. 하지만 우리 마누라는 그런 애를 낳을 재주는 없어."

그 후 그는 모든 것을 집어던지고 '파리에 손을 대기로' 결심했다고 했다.

클라크수는 어떤 인물인가? 글자 그대로 캄캄한 밤이었다. 그는 하늘이 새카맣게 칠해질 때까지 기다렸다가 모습을 나타내는 것이다. 밤이 되면 굴속에서 나왔다가 날이 새기 전에 들어갔는데 그 굴이 어디에 있는지는 아무도 모른다. 동료와 한 치 앞도 볼 수 없는 캄캄한 어둠 속에서 얘기할 때도 그는 반드시 몸을 돌리고 얘기했다. 클라크수란 이름은 본명이 아니었다. 그는 스스로 "내 이름은 파 뒤 투(아무것도 아니다)다." 하고 말했다.

어쩌다 갑자기 촛불이라도 비칠라치면 그는 급히 가면을 썼다. 그는 입술을 움직이지 않고 말하는 복화술을 할 줄 알았는데 이런 말을 곧잘 했다. "클라크수는 두 가지 목소리를 내는 밤의 새다." 클라크수는 그 정체를 알 수 없는 무서운 부랑자였다. 정말 이름이 있는 건지 아닌지 그것조차도 알 수 없었다. 클라크수는 그의 별명이었다. 목소리를 낼 수 있는 건지 어떤지 그것도 알 수 없었다. 입으로 얘기하기보다 배로 얘기할 때가 더 많았다. 아무도 그 가면 아래 숨은 얼굴을 본 일이 없어 얼굴이라는 게 있는지도 의심스러웠다. 그는 연기처럼 사라졌다가는 다시 땅속에서 솟듯이 나타나곤 했다.

몽파르나스라는 지극히 불쌍한 인간도 있었다. 채 스물도 안 된 귀여운 얼굴을 한 소년으로 붉은 열매 같은 입술, 아름다운 검은 머리, 봄날의 광채가 감도는 눈매를 가지고 있었다. 그런 그가 벌써 악덕을 몸에 새기고 갖가지 죄악에 물들어 있었다. 악이란 악은 모두 섭렵해 본 뒤라 이제는 최대의 악을 바라고 있었다. 부랑아였다가 불량소년이 되고, 불량소년이 다시 강도 살인범이 되었다. 그는 얌전하고 열성적이고 다정하고 날씬하고 그리고 잔인했다. 모자는 늘 왼쪽으로 약간 올라가고 모자 아래 머리카락이 약간 빠져나오도록 썼는데 1829년에 유행한 스타일이었다. 그는 강도질로 먹고 살았다.

몽파르나스의 프록코트는 일류 양복점에서 만든 것이지만 상당히 낡았다. 몽파르나스는 비참한 생활을 하고 살인을 하면서도 유행을 따르는 남자였다. 이 청년이 저지르는 모든 범죄는 단순히 사치를 하고 싶다는 욕망이 원인이었다. 처음에 어떤 불량스러운 여공으로부터 "당신 정말 잘생겼군." 하는 말을 들은 것이 그의 마음에 검은 자국을 남기면서 그때까지 아벨이었던 그를 당장 카인으로 만들어 버렸다. 자기가 잘생겼다는 것을 안 다음부터는 자꾸만 모양을 내고 싶어 했다.

그런데 첫 번째 사치는 아무 일도 하지 않는 무위(無爲)였다. 그리고 가난한 자의 무위는 그대로 범죄와 통할 수밖에 없었다. 부랑자 중에서 몽파르나스만큼 세상이 두려워하는 존재는 없었다. 열여덟 살 때 이미 사람을 몇 명이나 죽인 경험이 있었고 어두컴컴한 골목길을 가다가 이 소년의 습격을 받아 얼굴이 피투성이가 되어 양팔을 쫙 벌린 채 넘어진 행인도 한둘이 아니었다.

머리를 지지고 포마드를 듬뿍 바르고 몸에 쫙 달라붙는 옷을 입고 여자처럼 날씬한 허리에 프로이센 장군처럼 가슴을 확 펴고 큰길을 지날 때면 젊은 여자들의 감탄하는 속삭임이 들렸다. 멋지게 맨 넥타이에 짧은 쇠몽둥이는 호주머니에 감추고 단춧구멍에 꽃 한 송이를 꽂고 다니는 이 모습이 그 살인자의 멋 부린 모습이었다.

한패의 구성

이 4인조 악당은 프로테우스처럼 마음대로 모습을 바꾸고 경찰의 눈을 피해 다녔으며 '나무도 되고 불도 되고 물도 될 수 있을 만큼 여러 가지 모양이 되어' 비독(악당이었으나 마음을 바꿔 경찰관이 됨_옮긴이)의 끈질긴 추적을 피하고, 서로 이름을 빌려 주고, 방법을 가르쳐 주는가 하면, 저마다 자기의 암흑 속에 숨고, 자기 은신처를 동료들끼리도 비밀에 부치고, 마치 가면무도회에서 가짜 코를 떼듯 몸의 특징을 떼어 버리고, 때로는 네 사람을 동일 인물로 착각할 만큼 똑같이 차려입고 때로는 민완 경관으로 유명한 코코 라쿠르마저도 네 사람을 그냥 평범한 사람들로 착각할 만큼 교묘하게 변장할 줄 알았다.

이 네 사나이는 사실은 네 사람이 아니라 파리를 무대로 큰일을 하고 있는 머리가 넷인 하나의 수수께끼 같은 도적이었다. 말하자면 사회의 굴속에 기거하는 기괴한 악의 자포동물이었다.

많은 부하를 사방에 심어 놓고 지하 연락망을 틀어쥐고 있었기 때문에 바베, 괼메르, 클라크수, 몽파르나스 이 네 사람은 사실상 센 지방의 모든 악의 우두머리였다. 그들은 길을 지나는 행인들을 습격하면서 하층 사회의 우상이 되었고 이런 종류의 일을 하려는 사람, 또는 그런 생각이 떠오른 사람은 모두 그들에게 의논하러 왔다.

네 악당은 구상을 들으면 자기들이 그 연출을 맡았다. 그러면 모든 것이 각본대로 움직였다. 그들은 아무리 악한 일이라도 일단 도와주어야겠다고 생각하거나 돈이 충분히 될 거라는 확신이 생기면 언제든 그 일에 필요한 인원을 몇 명이고 빌려 주었다. 그들은 한패 중에서 어느 누가 범죄 계획을 세워 부하가 필요하다는 것을 알게 될 때도 주저 없이 가세할 인원도 보충해 주었다. 그들은 암흑 속에 한 무리의 배우들을 거느리고 있어 동굴 속에서 일어나는 온갖 범죄에 그들을 손발처럼 부리고 있었다.

　그들은 해 질 무렵에 일어나 대부분 살페트리에르 구호원 근처 들판에
모여 거기서 회의를 시작했다. 그때부터 열두 시간 동안이 그들의 시간
이고 그 시간을 어떻게 쓸 것인가를 거기서 결정하는 것이다.

　'파트롱 미네트', 이것이 암흑사회에서 그들에게 내려진 이름이었다.
오늘날엔 상당히 퇴색했지만 저녁을 의미하는 말로 한때 꽤 유명했던
'개와 늑대의 사이'라는 말과 마찬가지로 '파트롱 미네트(주인 아가씨)'
라는 말은 아침이라는 뜻이었다. 이 파트롱 미네트라는 호칭은 그들이
일을 마치는 시간을 가리키는 것이었다. 새벽은 유령이 사라지는 시간
이자 강도들이 흩어지는 시간이기도 했다. 이 4인조 강도는 이 별명으
로 세상에 알려졌다.

　언젠가 중죄 재판소의 소장이 직접 라스네르라는 유명한 범죄자를 감
옥으로 찾아가 그가 부인하는 죄목에 대해 질문한 적이 있다.

　"그럼 누가 했단 말인가?"

　재판장의 묻는 말에 라스네르는 다음과 같이 대답했다. 그 말은 사법
관인 그는 알아들을 수 없었지만 경찰들에게는 모두 통하는 대답이었다.

　"아마 파트롱 미네트의 짓일 거요."

　가끔은 등장인물의 이름만 봐도 그 연극의 내용을 짐작할 수 있는 경
우가 있다. 그처럼 강도의 이름만 봐도 그것이 어느 땐가를 짐작할 수 있
다. 여기 파트롱 미네트의 심복들에게 붙여진 이름을 들어 보자. 어느 것
이나 다 특수한 기록 속에 남아 있는 이름들이다.

　팡쇼, 별명 프랭타니에, 또는 비그르나유.

　브뤼종─브뤼종이라는 왕조가 있었는데 이에 대해서는 뒤에 언급할
생각이다.

　불라트뤼엘, 앞에 잠깐 나온 일이 있는 도로 수리공.

　라뵈브.

피니스테르.

오메르 오귀, 흑인.

마르디 스와르.

데페슈.

퐁틀루아, 별명 부크티에르.

글로리외, 전과자.

바르카로스, 별명 뒤퐁 씨.

레스플라나드 뒤 쉬르.

푸사그리브.

카르마뇰레.

크뤼이드니에, 별명 비자로.

망즈당텔.

레 피예 장 레르.

드미 리아르, 별명 드밀리야르.

등등.

대강 이쯤으로 마무리하고 별로 악질이 아닌 자는 생략하기로 하자. 여기 열거한 이름들은 각각 뭔가를 상징한다. 그것은 단순히 하나의 개인이 아니라 그 종족 체제를 나타낸다. 이것들은 모두 문명의 제일 밑바닥에 돋아난 추한 버섯의 변종을 이르는 이름이다.

이들은 평범한 사람들에게는 얼굴이 안 알려진 데다 보통 사람들과는 다른 생활을 하고 있었다. 낮에는 거친 밤일에 지쳐 대부분 잠을 자러 갔는데 그들이 자는 곳은 석탄 난로 속, 몽마르트르나 몽루즈의 폐쇄된 채석장, 때로는 하수도 속 같은 곳이다. 아무튼 그들은 땅속으로 스며드는 것이다.

그런 인간이 지금 어떻게 되었나! 그들은 지금도 여전히 존재한다. 그들은 항상 존재한다. 호라티우스도 그들에 대해 이렇게 말했다. '매음, 아편, 밀매, 구걸, 어릿광대'라고. 사회가 현재와 같은 현상을 유지하고 있으면 그들도 여전히 남아 있을 것이다. 그 어두운 동굴 천장 밑에서 그들은 영원히 사회의 밑을 흐르는 물방울로 인해 계속 생겨날 것이고 다만 이름과 껍질만이 달라질 것이다.

개인은 사라지지만 종족은 존속한다.

그들은 모두 같은 능력을 지니고 있다. 건달에서 부랑자까지 그 종족은 그들 나름대로 순수성을 유지하고 있다. 그들은 남의 주머니 속을 꿰뚫어 볼 수 있고 안주머니에 시계가 들었는지 아닌지를 민감하게 알아낸다. 금이나 은에는 그들의 후각을 자극하는 독특한 냄새가 있다. 사람들 중에는 쉽게 물건을 빼앗을 수 있을 것같이 보이는 단순한 인간들도 있는데 그들은 그런 사람을 끈질기게 뒤쫓는다. 외국인이나 시골뜨기가 지나가기라도 하면 그들은 거미처럼 몸을 부르르 떨며 좋아한다.

그런 종족을 한밤중에 한적한 길에서 만나게 되면, 아니 흘끗 모습만 비쳐도 무서워 떨게 된다. 그들은 인간 같지가 않으니 살아 있는 안개라고나 할까, 어둠과 합쳐 모습을 구별하기도 어렵고 그림자 말고는 영혼이라는 것을 전혀 가지고 있지도 않다. 어쩌다 순간적으로 어둠에서 나와 모습을 보이기도 하지만 그것은 단지 그 짧은 순간에 그의 흉악한 생명을 소모하기 위한 것일 때뿐이다.

그러한 원한에 찬 영혼들을 한 번에 없애려면 어떻게 해야 할까? 광명밖에는 길이 없다. 넘쳐흐를 정도의 광명이 필요하다. 박쥐는 새벽이 되면 맥을 못 춘다. 사회 밑바닥에 광명을 밝게 비춰 줘야 한다.

8. 마음씨 나쁜 가난뱅이

마리우스는 모자 쓴 처녀를 찾다 챙 넓은 모자 쓴 남자를 만나다

여름은 지나갔다. 이어 가을이 지나고 겨울이 왔다. 르블랑 씨도 그 젊은 처녀도 뤽상부르 공원에 나타나지 않았다. 마리우스는 오직 그 다정하고 사랑스러운 얼굴을 다시 한 번 보고 싶다는 생각만으로 끊임없이 찾아 헤맸다. 사방을 돌아다녔지만 아무런 실마리도 찾을 수 없었다. 마리우스는 이미 열렬한 몽상가도 아니었고 과감하게 결단을 내리는 힘찬 남자도 아니었다. 운명에 대한 불굴의 도전자도, 미래 위에 미래를 쌓아 올리는 두뇌도 없었고, 계획과 설계와 자부심과 사상과 의지에 찬 젊은 정신도 아니었다.

마리우스는 헤매 다니는 한 마리의 개였다. 그는 암담한 슬픔에 빠졌다. 모든 것이 끝장이었다. 일도 하기 싫었고, 산책도 싫증이 났으며, 혼자 우두커니 앉아 있는 것도 지겨웠다. 예전에는 그토록 여러 가지 형태와 빛, 소리와 충고, 전망과 지평선으로 가득 찬 것만 같았던 자연도 이제는 그의 앞에 텅 비어 보일 뿐이었다. 모든 것이 한꺼번에 사라져 버린 것 같았다.

그래도 사색만은 여전히 계속하고 있었는데 그것 말고는 달리 할 일이 없었다. 그러나 사색에서도 이미 즐거움을 맛보기는 힘들었기 때문에 사색이 끊임없이 낮은 소리로 속삭이는 제안에 그는 "그게 대체 무슨 소용인데?" 하고 대답했다.

그는 몇 번이고 자신을 나무랐다. 왜 그 여자의 뒤를 쫓아갔을까? 그녀의 모습을 보는 것만으로도 나는 그토록 행복했는데! 그녀는 물끄러미 나를 바라보았다. 그것만으로도 훌륭한 일이잖은가? 그녀는 나를 사랑하고 있는 것 같았다. 그것으로 충분하지 않았던가? 그런데 나는 그 이상 뭘 바란 거지? 그 이상 아무것도 없는데도, 나는 바보였다. 잘못 생각했다 하고는 자기 성질대로 쿠르페락에게 아무 말도 하지 않았는데, 쿠르페락 역시 그의 성격대로 모든 것을 그냥 보아 넘기기로 했다. 그는 처음엔 마리우스가 연애에 빠진 것을 알고 깜짝 놀랐지만 곧 축복해 주었다. 그러다가 마리우스가 침울한 모양을 보고 그에게 말을 걸었다.

"자네, 무슨 일이 생겼나 보군. 자, 어디 쇼미에르(몽파르나스 대로에서 열리던 공개 무대로 학생들에게 인기가 있었음_옮긴이)에라도 가 보세."

9월 어느 맑게 갠 날, 마리우스는 쿠르페락과 보쉬에와 그랑테르에게 끌려서 쇼미에르의 무도회에 간 일이 있었다. 혹시 거기서 그녀를 찾을 수 있을지도 모른다고 생각했기 때문이다. 그러나 무슨 꿈같은 이야기인가! 당연히 그녀는 거기서 찾을 수 없었다.

"잃어버린 여자는 대개 이런 데서 찾는 법이거늘."

그랑테르는 혼잣말처럼 중얼거렸다.

마리우스는 친구들을 남겨둔 채 혼자 걸어 돌아왔다. 몸이 나른하고 열이 오르고 시야가 흐려지고 눈앞이 캄캄했다. 계속해서 그를 앞질러 가는 명랑한 마차 소리와 먼지에 정신이 아득해지고 맥이 탁 풀려, 길가 호두나무 가로수의 강한 향기로 머리를 식히면서 집으로 돌아왔다.

생활에는 다시 고독의 빛이 짙게 드리웠다. 마음이 어지러운 그는 고뇌에 사로잡혀 덫에 걸린 이리처럼 고통 속을 헤집고 다녔고, 모습을 감춘 그녀를 찾아 여기저기 돌아다녔다. 마리우스는 사랑 때문에 얼이 빠진 상태였다.

마리우스는 언젠가 한 번 어떤 남자에게서 이상한 인상을 받은 일이 있었다. 앵발리드 거리 근처의 좁은 길에서 서로 스쳐 지나갔는데, 노동자 같은 복장을 한 그 남자의 긴 챙이 달린 모자 밑으로는 새하얀 머리칼이 보였다. 마리우스는 그 아름다운 흰머리에 깜짝 놀라 그 남자를 유심히 쳐다보았다. 남자는 천천히, 뭔가 몹시 괴로운 생각을 하는 것처럼 걸어왔다. 이상하게도 마리우스는 그 남자가 꼭 르블랑 씨 같다는 생각이 들었다. 머리카락도, 모자 밑으로 보이는 옆얼굴도, 걸음걸이도 꼭 르블랑 씨였다. 다만 좀 쓸쓸해 보이는 것만이 달랐다.

하지만 그렇다면 저 노동자 옷은 뭐지? 저건 어떻게 된 걸까? 만약 르블랑 씨가 변장을 했다면 그건 무슨 뜻이지? 마리우스는 굉장히 놀랐다. 잠시 후에 정신을 차린 그는 일단 그 남자의 뒤를 쫓아가 보기로 했다. 그것이 그가 찾아 헤매는 단서를 주는 동기가 되지 않으리라고 누가 장담할 것인가? 아무튼 다시 한 번 그 남자를 자세히 본 다음에 수수께끼를 풀 필요가 있었다.

그러나 그런 생각을 했을 때는 이미 늦어 버려 그 남자의 모습은 어디에서도 찾을 수 없었다. 그 옆 어느 좁은 골목에라도 들어갔으려니 했지만 마리우스는 그 남자를 찾을 수가 없었다. 그를 본 게 며칠 동안 마음에 걸렸지만 이윽고 그 인상마저도 사라져 버렸다. 그는 이렇게 생각했다.

'결국, 비슷한 다른 사람일 거야.'

주운 것

마리우스는 여전히 고르보 저택에 살고 있었는데 그는 그 집의 누구에게도 신경을 쓰지 않았다. 물론 그 무렵 거기에 살고 있는 사람이라고는 그와, 그가 언젠가 집세를 치러 준 일이 있는 종드레트 집 식구들이 전부였다. 하지만 그는 한 번도 종드레트 아버지와 어머니, 딸들과도 이야기를 나누지 않았다. 다른 사람들은 모두 이사를 가거나 죽거나 집세를 치르지 않아 쫓겨나 버렸다.

그해 겨울 어느 날 오후 잠깐 햇살이 비쳤다. 그 초라한 햇살은 그날이 마침 주님의 봉헌 축일인 2월 2일이었기 때문에 그때부터 시작되는 혹독한 추위의 전조처럼 여겨졌다.

마티외 렌스베르가 다음과 같은 두 행의 고전적 시구를 남긴 것도 그런 해에 시상을 얻었기 때문이다.

해가 비치거나 반짝거려도
곰은 돌아오지, 제 굴 속으로

마리우스는 막 그의 굴에서 나오는 길이었다. 해는 서서히 떨어지고 있었고 저녁 식사를 하러 갈 시간이었다. 어찌 됐든 밥은 먹어야만 했다. 지극한 사랑을 품고 있는 인간일지라도. 아아! 인간이란 얼마나 약한 것인가!

마리우스가 문을 열고 나왔을 때 마침 부공 할멈이 기억해 둘 만한 혼잣말을 중얼거리며 그곳을 쓸고 있었다.

"요새 세상에 싼 게 뭐가 있나, 뭐든 다 비싸. 값싼 건 그저 노동뿐이지. 이 세상에서 노동은 공짜로 얻을 수 있잖아!"

마리우스는 무슨 생각에 골똘히 잠겨 머리를 푹 숙인 채 생 자크 거리로 가려고 성문으로 뻗은 큰길을 천천히 올라갔다.

어둠 속에서 마리우스는 갑자기 누군가의 팔꿈치와 세게 부딪치는 걸 느꼈다. 고개를 돌려보니 누더기를 걸친 두 처녀였다. 하나는 키가 크고 야위었고 다른 하나는 그보다 약간 키가 작았는데 둘 다 쫓기는 듯 숨을 헐떡이며 도망치고 있었다. 처녀들은 마리우스의 앞에서 달려왔지만 이쪽을 보지 않았기 때문에 스쳐 가다가 그와 부딪쳤던 것이다.

어둠 속에서 본 처녀들의 얼굴은 창백하고 머리는 흐트러지고 몹시 더러운 모자에 초라한 스커트를 입고 맨발이었다. 그녀들은 달리면서 얘기를 주고받았다. 키 큰 쪽이 낮은 소리로 이렇게 말했다.

"개가 왔더라고. 난 멍하니 있다가 하마터면 잡힐 뻔했지 뭐야."

키 작은 쪽이 대답했다.

"나도 봤어. 그래서 막 정신없이 뛴 거야!"

마리우스는 그런 점잖지 못한 은어를 듣고 이 두 처녀가 경찰이나 헌병을 피해 여기까지 간신히 도망친 것을 알았다.

처녀들은 마리우스 뒤에 있던 가로수 그늘로 숨어 들어갔다. 그들은 어둠 속에 얼마 동안 희뿌옇게 떠 있는 듯하다가 마침내 사라져 버렸다.

마리우스가 잠깐 멈춰 서 있다가 다시 걸음을 옮겨 놓았을 때, 발밑에서 뭔가 빛나는 작은 꾸러미를 보았다. 그가 주워 들고 보니 그것은 봉투 모양이었는데 속에는 종이가 들어 있는 것 같았다.

"그래, 가엾은 처녀들이 떨어뜨렸나 보군!"

마리우스는 되돌아 처녀들을 불렀지만 이미 모습도 보이지 않았다. 멀리 갔으려니 하고 그는 그 꾸러미를 주머니에 넣고 식사를 하러 갔다.

도중에 무프타르 거리로 가는 샛길에서 그는 어린아이의 장례식을 보았다. 검은 베로 덮은 관은 촛불 하나가 비추는 가운데 다리가 셋인 의자 위에 놓여 있었다. 조금 전 어둠 속에서 만났던 두 처녀가 갑자기 떠올랐다.

'불쌍한 어머니들! 자식이 죽는 것보다 더욱 슬픈 일이 있지. 그건 자

식이 옳지 않은 길을 걷는 걸 보는 거야.'

그러나 마침내 보통 때와는 다른 슬픔을 불러일으킨 어두운 그림자도 사라지고 그는 다시 늘 하던 상념에 사로잡혔다. 뤽상부르 공원의 아름다운 숲 속에서 맑은 공기와 햇빛 속에서 사랑과 행복을 맛보았던 그 6개월간의 추억이 다시 떠올랐다.

'내 생활은 어쩌면 이다지도 침울해졌을까! 젊은 처녀들은 여전히 내 앞에 많이 있구나. 하지만 예전엔 전부 천사처럼 보이더니 지금은 모두 시체를 파먹는 마녀처럼 보이는구나.'

네 개의 얼굴을 가진 괴물

그날 밤 자려고 옷을 벗던 마리우스는 문득 윗도리 주머니에 손을 댔을 때 까맣게 잊고 있었던, 길에서 주운 그 꾸러미가 생각났다. 그걸 풀어 보는 것도 괜찮을 거라 생각했다. 정말로 그 처녀들이 떨어뜨린 거라면 속에 적힌 주소를 발견할 수도 있고, 그렇지 않으면 떨어뜨린 주인에게 돌려줄 무슨 단서라도 발견될지 모를 일이었다.

그는 봉투를 살펴보았다. 봉투는 봉해져 있지 않았는데, 속에는 편지 네 통이 들어 있었다. 그것도 역시 봉하지 않은 채였다. 편지에는 각각 수신인의 이름이 적혀 있었으며 네 통 모두 지독한 담배 냄새를 풍겼다.

제일 첫 번째에 적힌 이름은 '중의원 앞 광장, 00번지 그뤼슈레 후작 부인'이었다.

내용에는 반드시 단서가 될 뭔가가 있을 것이고, 게다가 편지는 봉하지 않은 채였으니 별로 실례가 되지 않을 것이라고 마리우스는 생각했다.

내용은 다음과 같았다.

후작 부인께

인자와 경애의 덕은 사회를 한층 굳게 맺어 주는 미덕이지요. 충성 때문에, 또 정통 왕위 계승의 신성한 대의를 사랑하기 때문에 몸을 희생하고 그 대의를 지키기 위해 스스로 피를 흘리고 재산도 모조리 바친 탓에 지금은 말할 수 없이 궁핍한 처지에 있는 이 불행한 스페인 사람에게, 제발 당신의 그 기독교도적인 동정의 눈길을 보내 주시기 바랍니다. 교육과 명예를 갖추고 있으면서도 온몸에 상처를 입은 이 군인이 극도의 곤란 속에서 생활을 이어 나갈 수 있도록 당신의 고귀한 신분이 반드시 도움을 베풀어 주시리라 굳게 믿고 있습니다. 당신께서 항상 말씀하시곤 하는 인류애와 후작 부인으로서 불행한 국민에게 기울여 주시는 관심에 간청 드립니다. 그들의 소원은 반드시 이뤄질 것이며 그들이 감사하는 마음은 내내 부인의 아름다운 추억에 남게 될 것입니다.

삼가 경의를 표하는 바입니다.

프랑스로 망명하여 조국으로 돌아가려 하나 여비가 없어 곤란을 받고 있는 스페인 왕당파 기병 대위

돈 알바레스

주소가 없었다. 마리우스는 두 번째 편지를 읽으면 주소를 알 수 있을지도 모른다고 생각했다. 그 겉봉에는 이렇게 쓰여 있었다. '카세트 거리 9번지 몽베르네 백작 부인 귀하'.

백작 부인께

저는 여섯 아이를 거느리고 사는 불행한 어미입니다. 막내는 고작 여덟 달밖에 안 되었답니다. 저는 그 아이를 낳은 후로 줄곧 시름시름 앓고 있는데, 다섯 달 전에는 또 남편한테서 버림까지 받아 한 푼 없는 처지로 지독한 고생에 허덕이고 있는 불쌍한 여자입니다.

백작 부인의 동정을 바라며 깊은 경의를 바치는 바입니다.

발리자르의 아내 올림

마리우스는 세 번째 편지를 펼쳤는데 역시 앞의 두 통과 마찬가지로 애원하는 내용의 편지였다.

생 드니 거리의 페르 모퉁이, 잡화상, 선거인, 바부르조 귀하

저는 최근 프랑스 극장에 희곡 한 편을 써 보낸 문인입니다만, 귀하의 이해 있는 배려와 동정을 바라며 실례를 무릅쓰고 글을 올립니다. 저의 희곡은 역사에서 취재한 것으로 제정 시대 오베르뉴를 무대로 전개되는 줄거리입니다. 문체는 극히 자연스럽고 간결하여 약간의 가치가 있을 것으로 사료됩니다. 대사도 네 군데나 노래로 불리고 희극성과 진실과 기발한 장면, 그 위에 인물의 성격들이 매우 다양하고 전편에 낭만적인 색조가 경쾌하게 넘친답니다. 그 모든 것이 하나로 융합된 줄거리는 관객을 신비한 세계로 이끌고 수많은 감동과 변전을 거쳐서 대단원의 막을 내리게 됩니다. 저는 특히 현대인이 차차 강하게 바라는 욕구, 즉 바람이 부는 데에 따라 방향을 바꾸는 '유행'이라고 하는 저 변덕스러운 바람개비를 만족시켜 주는 것에 신경을 썼습니다. 이렇게 모든 장점을 갖고 있지만 일부 특권을 가진 작가들의 시기와 이기주의 때문에 저의 희곡이 상연을 거부당할지도 모른다는 염려를 하고 있습니다. 신인은 항상 실망의 쓴 고배를 마셔야 한다는 사실을 저는 잘 알기 때문입니다.

저는 귀하가 문인들에 대해 특히 관심을 가지신다는 소문을 듣고 감히 이렇게 저의 딸을 보내어 이 추운 계절에 빵도, 땔감도 없는 저희 일가족의 사정을 호소하고자 합니다. 저는 이번에 쓴 희곡과 앞으로 쓸 모든 희곡을 귀하께 바치고 싶습니다. 제발 이 청을 받아들여 주시길 바랍니다. 이것은 오직 귀하의 보호 아래 몸을 의탁하고 동시에 귀하의 고귀한 이름으로 저

의 작품을 장식할 명예를 제가 얼마나 열망하는지를 증명해 보이고 싶기 때문입니다. 만일 귀하가 조금이나마 도움의 손길을 뻗어 주신다면 저는 곧 시 한편을 귀하에 대한 감사의 표시로 올리려고 합니다. 그 시가 제 힘이 미치는 한도에서 완전한 것으로 완성되면 희곡 첫머리에 넣어 무대에 올리기 전에 우선 귀하께 바칠 작정입니다.

바부르조 씨와 영부인에게 진심으로 경의를 표하며

문인, 장 폴로

붙임, 설령 40수 정도라도 괜찮습니다.

제가 직접 찾아뵙지 못하고 딸을 보내는 결례를 용서해 주시기 바랍니다. 슬프게도 저는 몸에 걸칠 옷이 없어 외출도 할 수 없는 형편이랍니다.

마리우스는 마지막으로 네 번째 편지를 폈다. 수신인은 '생 자크 뒤 오 파 성당의 인자하신 나리께'로 되어 있었다.

인자하신 나리께

만일 나리께서 저의 딸과 동행해 주신다면 저의 가족의 비참한 상태를 아시게 될 것입니다. 그때 저의 신분증명서도 보여 드릴 생각입니다.

이 편지를 읽으시면 고결한 마음을 가지신 나리께서 틀림없이 따뜻한 동정을 베풀어 주실 것을 믿습니다. 진정한 철학자는 항상 감동을 느끼는 법이니까요.

동정심 많은 나리, 저의 가족은 더할 수 없이 비참한 가난을 견디지 않으면 안 되는 처지랍니다. 그렇다고 얼마 안 되는 구제를 받으려고 당국으로부터 증명을 받아야 한다니 얼마나 비통한 일입니까. 그것은 마치 남이 나를 구원해 주기를 기다리면서 주림에 시달리고 굶어 죽을 자유도 없이 꼼짝하지 않고 앉아 있어야만 하는 것과 다를 게 없습니다. 운명은 어떤 사람에게는 너무 가혹하고 어떤 사람에게는 너무 관대하고 너무 친절한 것 같습니다.

나리께서 직접 찾아주시거나 또는 혼쾌히 희사해 주시기를 기다리겠습니다. 이만 저의 충심으로부터의 경의를 받아 주시기를 바라며 편지를 마감할까 합니다.

참으로 고결한 분에게

당신의 지극히 천한 종으로부터

배우 P. 파방투

네 통의 편지를 다 읽어도 마리우스는 사정을 다 알 수가 없었다. 첫째, 어느 편지 서명에도 주소가 쓰여 있지 않았다. 또 그들 편지는 돈 알바레스, 발리자르의 아내, 시인 장 폴로와 배우 파방투, 네 사람이 쓴 것으로 되어 있으나 특이하게도 그 필적은 모두 똑같아서 한 사람이 쓴 것이라고밖에 생각할 수 없었다.

게다가 그러한 추측을 한층 뒷받침하는 증거로 네 통 다 변변찮은 누르스름한 종이에 쓴 데다 똑같이 담배 냄새를 풍기고 있고, 문체를 바꾸려고 퍽이나 애를 쓴 것 같았지만 문인 장 폴로의 편지에서나 스페인 대위의 편지에서나 틀린 맞춤법이 같은 곳에서 태연히 반복된 것을 발견할 수 있었다.

그 조그마한 수수께끼를 풀겠다는 노력은 결국 성과 없이 끝나고 말았다. 만일 그것이 길에서 주운 것이 아니라면 단순한 장난이라고 생각했을 것이다. 마리우스는 거리에서 우연히 주운 편지에 마음을 쏟기에는 너무나 큰 슬픔에 잠겨 있었다. 마치 그 네 통의 편지 사이에 가려 그는 술래잡기라도 하는 것 같은 기분이 들었다.

그 편지에는 마리우스가 길에서 만난 그 처녀들의 것이라는 증거가 하나도 없었다. 그것은 그저 아무런 가치 없는 휴지 조각이었다. 마리우스는 편지를 봉투 속에 넣어 그대로 방 한쪽 구석에 집어 던지고 자리에 누웠다.

이튿날 아침 7시경, 그가 일어나 아침 식사를 마치고 막 일을 시작하려는데 누군가가 조용히 문을 두드렸다. 원래 그는 가진 게 아무것도 없었으므로 이따금 그것도 아주 드물게, 뭔가 급한 일을 하는 경우를 빼고는 문을 잠그지 않았다. 방을 비우고 나갈 때도 대부분 열쇠를 그냥 문에 걸어 놓은 채 나가곤 했다.

"뭘 잃어버리면 어떻게 하려고 그러십니까."

부공 할멈이 여러 번 주의를 주었다.

그럴 때마다 마리우스는 "잃어버릴 게 있어야지요." 했다.

그런데 어느 날, 정말로 다 떨어진 구두 한 켤레를 잃어버려 부공 할멈으로부터 그것 보라는 듯한 눈총을 받은 일이 있었다.

다시 조용히 문 두드리는 소리가 들렸다.

"들어오세요."

마리우스는 대답했다.

문이 열렸다.

"왜 그러세요, 부공 할머니?"

마리우스는 책상 위 책과 원고에서 눈을 떼지 않고 말했다.

부공 할멈과는 다른 누군가의 목소리가 들려왔다.

"실례합니다, 저······."

그것은 잘 알아듣기 어려울 정도로 목이 콱 잠긴 듯한 쉰 목소리였다. 브랜디나 보드카로 목을 덴 노인 같은 목소리였다.

마리우스는 깜짝 놀라 뒤를 돌아보니 거기에 젊은 여인 한 사람이 서 있었다.

가난 속의 한 떨기 장미꽃

나이 어린 처녀가 반쯤 열린 문 안에 서 있었다. 바로 문 맞은편 쪽에 천장으로 뚫린 창문이 열려 있어 그녀의 얼굴에 엷은 빛을 던졌다. 창백하고 바싹 말라 뼈만 앙상한 여자로 셔츠와 스커트 이외엔 아무것도 걸치지 않아 몹시 추운 듯 달달 떨고 있었다. 허리는 허리띠 대신 끈으로 졸라매고, 머리도 끈으로 묶었다. 뼈가 앙상한 어깨는 셔츠 밖으로 드러나고 핏기 없는 갈색 얼굴이 꽤나 신경질적으로 보였다. 쇄골 부근은 흙빛이고, 두 손은 얼어서 빨갛고, 입은 무심하게 벌려져 있고, 이는 몇 개가 빠져 있고, 멍하고 흐릿한 눈은 대담하면서도 천하게 보였다. 몸만 보면 발육이 덜 된 처녀 같았지만 그 눈은 추한 노파의 것이었다. 말하자면 열다섯 살과 쉰 살이 함께 섞여 있는 몰골이라고나 할까. 연약하면서도 기분 나쁘게 보여 사람에게 동정의 눈물과 함께 혐오감으로 등골을 오싹하게 만드는 사람이 있는데, 바로 그런 느낌을 주었다.

마리우스는 자리에서 벌떡 일어나 마치 꿈속에서 나오는 망령 같은 그 처녀를 멍하니 바라보았다.

그 처녀가 어렸을 때는 상당히 사랑스러웠을 것임에 틀림없을 거라는, 날 때부터 그렇게 추하지는 않았을 것 같다는 점이 특히 가슴 아팠다. 한창 물이 오른 처녀다운 아름다움이, 타락한 생활과 가난한 생활로 인해 생긴 겉늙음과 싸우고 있었다. 그 열여섯 살 처녀의 얼굴 위에 숨 쉬고 있는 그런 아름다움의 찌꺼기는 겨울날 새벽 살벌한 구름에 가려 사라져 버리는 그 엷은 태양빛을 생각나게 만들었다.

그녀의 얼굴은 마리우스에게 아주 낯설지 않았고 어디선가 본 기억이 났다.

"무슨 일로 오셨나요?"

마리우스가 물었다.

젊은 처녀는 술 취한 죄수 같은 목소리로 대답했다.

"편지를 가지고 왔답니다, 마리우스 씨."

처녀는 마리우스라고 그의 이름을 불렀으니 그녀가 마리우스에게 용건이 있어 온 게 확실했다. 그렇다면 이 처녀는 누구지? 어떻게 그의 이름을 알고 있을까?

들어오라는 말을 하기도 전에 처녀가 방 안으로 들어섰다. 거리낌도 없이, 그리고 기분 나쁠 정도로 침착하게 방 안과 아직 치우지 않은 침대를 힐끔거렸다. 처녀는 맨발이었고 스커트엔 커다란 구멍이 몇 개나 뚫려 있어 긴 다리와 여윈 무릎이 드러나 보였다. 처녀는 추워서 벌벌 떨고 있었다.

처녀는 편지 한 통을 마리우스에게 내밀었는데 마리우스는 봉투를 뜯으면서 눌러 붙인 풀이 아직 채 마르지도 않았다는 걸 알았다. 편지는 그리 멀지 않은 곳에서 온 게 분명했다.

친절한 이웃 청년에게

6개월 전, 저희를 위해 방세를 대신 지불해 주신 것을 잘 알고 있답니다. 젊은 분이시여, 당신에게 신의 축복이 내리시길 바랍니다. 큰딸이 사정 얘기를 여쭐 테지만 저의 일가족 네 식구는 이틀 전부터 빵 한 쪽 없이 살고 있습니다. 게다가 아내는 병으로 누워 있습니다. 만일 제 생각이 틀리지 않았다면, 마음이 너그러우신 당신은 딸의 말에 동정을 베푸시고 저희를 불쌍히 여기셔서 다소의 은혜를 내려 주시리라 기대합니다.

인류의 은인에게 대대의 경의를 표하며,

종드레트

붙임, 친애하는 마리우스 씨, 딸은 당신의 분부를 기다리고 있습니다.

이상한 사건이 어젯밤부터 마리우스의 신경을 긁고 있을 때에 이 편지가 뛰어든 것은 마치 동굴 속에 한 줄기 촛불이 비친 것과 같았다. 갑자기 모든 것이 환하게 드러나 보였다. 그 편지도 앞서 네 통의 편지와 똑같은 곳에서 나온 것이었다. 필적도, 문체도, 맞춤법의 오자도, 종이도, 담배 냄새가 나는 것까지도 같았다.

다섯 통의 편지, 다섯 통의 사정 이야기, 다섯 개의 이름, 다섯 개의 서명, 그러나 그 모든 서명을 한 사람은 단 한사람으로 스페인 대위 돈 알바레스도, 불쌍한 어머니 발리자르도, 극시인 장 폴로도, 늙은 배우 파방투도, 네 사람 다 사실은 종드레트라는 이름이었다. 물론 그 종드레트라는 사람 자신이 정말로 종드레트라는 이름을 갖고 있는지 아닌지는 모르겠으나, 마리우스가 이 집에 살기 시작한 것은 꽤 오래됐지만 앞서도 말한 대로 이웃 사람들과 만나기는커녕 서로 모습을 볼 기회조차 없었다.

마리우스의 마음은 늘 다른 곳을 향해 있었다. 마음이 향하는 곳에 눈도 향하는 법이니 마리우스가 종드레트 가족과 몇 번이나 복도며 계단에서 만났더라도 그에게는 모든 것이 그림자와 다름없었다. 마리우스는 그들에게 전혀 관심이 없었기 때문에 어젯밤 길에서 종드레트 집 처녀들과 부딪혔지만 그들을 못 알아본 것이다. 게다가 지금 자기 방에 들어온 처녀를 봤을 때도 혐오와 연민이 뒤섞인 감정이 일어나는 가운데 막연하게 어디서 본 듯한 얼굴이라고만 겨우 생각해 냈던 것이다.

그런데 그것이 이제는 완전히 선명하게 드러났다. 마리우스는 모든 것을 알았다. 이웃 사람인 종드레트 씨는 살기가 어려워 친절한 사람의 선의를 이용하려고 많은 사람의 주소를 찾아 장사를 한 것이다. 돈 많고 동정심 많은 사람을 찾아서 가명으로 편지를 써서 딸들을 위험한 처지에 몰아넣어서라도 감행해야 할 만큼 어려운 처지에 놓여 있는 것이다. 상대에게 운명을 걸고, 그 승부에 자기의 딸들을 거는 셈이었다.

마리우스는 어제 이후의 비밀도 깨달았다. 그때 처녀들이 숨을 헐떡이며 뭔가에 쫓겨 도망치던 일, 은어로 얘기를 주고받은 것으로 미루어 볼 때 그 불쌍한 처녀들은 역시 뭔가 수상한 일을 하고 있었던 게 틀림없었다. 이런 모든 것을 종합해 볼 때, 결국 현재 인간 사회 한복판에 어린애도 처녀도 아니고 그렇다고 해서 부인도 아닌 비참한 두 인간이—가난이 낳은 어려움이기는 하나 죄가 없는 인종의 괴물 같은 모습이—또렷하게 떠오르는 것이었다.

이름도 나이도 성별도 없는 가엾은 사람들, 그들에게는 이미 선도 악도 없다. 유년 시절이 지나가면 그들에게는 이 세상에 아무것도 남지 않는다. 자유도, 덕도, 책임도 갖지 않게 된다. 어제 핀 꽃이 오늘은 시들어 가는 영혼, 길에 떨어져 진흙투성이가 되어 마침내 수레바퀴 밑에 깔릴 꽃과 같은 영혼이 되는 것이다.

그런데 마리우스가 놀람과 비통에 찬 눈으로 바라보고 있는 동안에도 젊은 처녀는 아무렇지도 않게 유령처럼 방 안을 이리저리 서성이고 있었다. 살이 다 드러난 것도 상관없이 돌아다녔다. 구김이 진 낡은 셔츠가 이따금 허리께까지 미끄러져 내렸다. 처녀는 의자를 움직여 보기도 하고, 서랍장 위에 얹어 놓은 화장 도구를 만지작거리기도 하고, 마리우스의 옷을 살짝 만져 보는가 하면, 방 안 구석구석을 살펴보기도 했다.

"어머, 거울도 있네요."

처녀가 말했다.

마치 방 안에 자기 혼자만 있는 것처럼 유행가 등속이며 후렴을 중얼대고 있었는데, 목이 꽉 막힌 듯한 그 목소리가 오히려 가련한 느낌을 주었다. 그 뻔뻔스러움 속에는 뭔가 어울리지 않는 서글픔과 비굴한 구석이 있었다. 뻔뻔스러움은 수치인 것이다.

처녀가 방 안을 돌아다니는 것, 마치 작은 새가 햇빛에 놀라거나 부러진 날개를 파닥거리는 것처럼 뛰어다니는 것을 보는 것은 꽤나 가슴 아픈 일이었다. 지금과 다른 교육을 받고 다른 운명을 받고 태어났다면 이

258

젊은 처녀의 명랑하고 자유분방한 행동도 어느 정도는 사랑스럽고 귀엽게 봐 줄 수 있을지도 모른다. 동물의 세계에서는 비둘기로 태어났다가 물수리로 변하는 일은 절대로 없다. 그러한 변화는 인간 세계에서나 볼 수 있는 것이다.

마리우스가 생각에 잠겨 있는 동안 처녀는 마음대로 돌아다니다가 마침내 책상 옆으로 다가왔다.

"아, 책이네요."

그녀가 말했다.

처녀의 흐릿한 눈이 반짝 빛났다. 처녀는 다시금 외쳤다. 그 어조는 누구나 다 느낄 수 있는, 뭔가를 자랑할 때 넘쳐흐르는 행복감이 확실하게 드러났다.

"나도 읽을 줄 알거든요."

처녀는 책상 위에 펼쳐 놓은 책을 번쩍 들더니 상당히 유창하게 읽었다.

"……보뒤엥 장군은 그의 여단 5개 대대를 이끌고 워털루 평야 한복판에 있는 우고몽 성을 공격하라는 명령을 받았다……."

그녀는 갑자기 읽기를 멈추었다.

"아아, 워털루, 저도 알아요. 옛날 전쟁이잖아요. 아버지도 간 일이 있어요. 아버진 군대에 계셨어요. 우리 식구는 모두 열렬한 보나파르트파랍니다. 워털루에선 영국군과 싸운 거죠?"

그녀는 책을 내려놓고 이번엔 펜을 집어 들며 큰 소리로 말했다.

"저, 글씨도 쓸 줄 안답니다."

처녀는 펜을 잉크에 적신 다음 마리우스 쪽으로 돌아섰다.

"보고 싶으세요? 써서 보여 드릴까요?"

처녀는 미처 대답할 틈도 없이 책상 위에 있던 흰 종이에 이렇게 썼다.

'개가 있다.'

그리고 펜을 던져 놓았다.

"철자법 하나도 안 틀렸죠? 자, 잘 보세요. 저흰 모두 교육을 받았답니다. 동생도 저도, 우리가 전부터 이런 건 아니에요. 절대로 이런……."

그녀는 갑자기 말을 끊고, 투명하지 않은 눈동자로 마리우스를 똑바로 쏘아보며 소리 내어 웃기 시작하더니 모든 고통을 뻔뻔스러움으로 누른 듯한 어조로 말했다.

"흥, 바보처럼!"

그러고는 곧 명랑한 곡조로 노래를 불렀다.

배고파요, 아빠.
어디 있니, 먹을 게.
추워요, 엄마.
어디 있니, 입을 게.
떨어라,
롤로트야!
울어라,
자코야!

1절을 마치자 처녀는 큰 소리로 말했다.

"마리우스 씨, 당신 가끔 연극 보러 가시나요? 전 가끔 가거든요. 제 동생이 배우하고 친해서 종종 표를 갖다 줘요. 하지만 관람석은 별로 좋아하지 않는답니다. 좁고 어쩐지 거북하기도 하고요. 어떤 땐 아주 뚱뚱한 사람도 있고, 이상한 냄새를 풍기는 사람도 있더라고요."

그런 다음 그녀는 마리우스를 물끄러미 바라보더니 약간 이상한 표정으로 말했다.

"마리우스 씨, 아시나요? 당신이 아주 잘생긴 남자라는 거 말이에요."

두 사람은 동시에 같은 생각을 했기 때문에 처녀는 빙그레 웃고 마리우스는 얼굴을 붉혔다. 그녀는 옆으로 다가가 마리우스의 어깨에 한 팔을 올렸다.

"당신은 저를 주의 깊게 본 적 없지만 전 당신을 잘 알고 있답니다. 마리우스 씨, 이 집 계단에서도 가끔 만났고, 또 당신이 아우스터리츠 근처에 사는 마뵈프 양반 댁에 들어가는 것을 그 근처를 돌아다니다 몇 번본 적도 있어요. 당신한테 정말 그 머리가 잘 어울리네요. 그 흐트러진더벅머리 말이에요."

처녀는 가능하면 부드러운 목소리를 내려고 했지만 그럴수록 오히려목소리는 더욱 낮아질 뿐이었다. 소리의 일부분은 마치 잘 소리가 나지않는 건반처럼 목에서 입술까지 나오는 사이에 사라져 버렸다.

마리우스는 자신도 모르는 사이 한 걸음 뒤로 물러섰다.

"아가씨."

마리우스는 그가 가진 독특한, 냉정하고도 무게 있는 목소리로 입을열었다.

"저기 있는 저 꾸러미, 아마 당신 거 같은데 돌려 드리지요."

마리우스는 편지 네 통이 든 꾸러미를 집어 처녀에게 내밀었다.

처녀는 손뼉을 치면서 소리쳤다.

"어머, 이걸 찾아서 얼마나 헤맸다고요."

그리고 봉투를 받아 들고 열어 보았다.

"얼마나 찾아다녔는지……. 동생하고 같이요! 그런데 당신이 주우셨군요. 큰길에 떨어져 있었죠? 큰길이 틀림없다니까요. 맞아요. 막 뛰어가다 동생이 잘못해서 떨어뜨렸어요. 글쎄 집에 돌아와 보니까 없잖아요. 우리는 매를 맞고 싶지 않아서―그래요, 정말 하나 소용없어요, 정말 소용없죠. 정말로―그래서 우린 이렇게 말했어요. 편지는 모두 보냈지만 어디서나 거절을 당했다고 말이죠! 그런데 어쩌면 여기 있을까요. 하지만 이 편지가 제 것이라는 걸 어떻게 아셨어요? 아아, 맞아요. 글씨가 같죠. 그럼 어제저녁 우리가 길에서 부딪친 사람이 바로 당신이었나 보군요. 저희는 잘 못 봤거든요. 제가 동생한테 물어보긴 했어요. '지금 그 사람 남자였어?' 그러니까 동생이 '응, 틀림없는 남자였어.' 이렇게 대답하더라고요."

그렇게 말하면서 그녀는 '생 자크 뒤 오 파 성당의 인자하신 나리님께' 보내는 편지를 펴 들었다.

"어머, 이건 미사에 가는 할아버지한테 드릴 편지랍니다. 지금이 꼭 알맞은 시간인데 지금이라도 전하러 가야지. 아침값 정도는 틀림없이 주실 거야."

그녀는 다시 깔깔 웃으며 덧붙였다.

"저희가 오늘 아침 식사를 먹게 되면 그게 어떻게 되는 건지 아세요? 그저께 아침과 그저께 저녁과 어제 아침과 어제저녁 식사를 오늘 아침에 한꺼번에 먹는 게 되는 거예요. 어차피 우린 들개와 같거든요. 배가 차지 않으면 배가 터질 때까지 먹지요."

이 말을 듣자 마리우스는 그녀가 무슨 일로 찾아왔는지를 생각했다. 그는 조끼 주머니를 뒤져 봤지만 아무것도 없었다. 젊은 처녀는 여전히 지껄여 댔는데 마치 마리우스가 거기 있다는 걸 전혀 의식하지 않는 것 같았다.

"저녁때가 되면 전 곧잘 밖으로 나가요. 그리고 가끔은 집으로 돌아오지 않을 때도 있어요. 여기 오기 전 지난겨울엔 다리 밑에서 살았어요. 얼어 죽지 않으려고 서로 몸을 꼭 붙였는데 동생은 틈만 나면 울었어요. 물이란 게 정말 우울한 거더라고요. 물에 빠져 죽고 싶은 생각이 들면 언제나 '안 돼, 물이 너무 차가워.' 하고 나를 달래곤 했어요. 전 어디를 가고 싶으면 늘 혼자 나가요. 그러다 어떤 땐 도랑 속에서도 자요. 한밤중에 길을 걷고 있으면 나무가 교수대처럼 보이기도 하고, 시커먼 집이 노트르담 탑처럼 보이기도 하고, 하얀 벽을 강으로 착각해서 '어머, 저기 물이 있네.' 하고 생각할 때도 있어요.

별은 등불인 것처럼 연기를 내기도 하고 바람 때문에 사라지는 것 같기도 해요. 또 어떤 날은 말이 제 귀에 콧김을 불어 넣는 것 같아 깜짝 놀랄 때도 있답니다. 밤인데 어디선가 아코디언 소리, 제사 공장의 기계 소리 같은 게 들려오기도 해요. 이게 대체 무슨 소리지? 누군가 돌을 던지는 것 같아 전 정신없이 뛰기 시작하죠. 그러면 뭐든지 빙글빙글 돌아요. 모든 것이 빙글빙글 도는 거예요. 밥을 못 먹으면 기분이 참 이상해져요."

처녀는 뭔지 모르겠다는 표정으로 마리우스를 쳐다보았다.

마리우스는 주머니 구석구석을 뒤져 마침내 5프랑 16수의 돈을 꺼냈다. 그것은 마리우스가 가진 전부였다.

'아무튼 이거면 오늘 저녁 식사는 먹을 수 있을 테고, 내일은 또 어떻게 되겠지.'

마리우스는 16수를 남기고 나머지 5프랑을 그녀에게 주었다. 그녀는 돈을 얼른 받아 들었다.

"됐어, 해가 떴다네."

처녀는 소리쳤다.

그리고 마치 그 아침 해가 그녀의 머릿속에 쌓인 은어의 눈사태라도 녹이는 것처럼 마구 지껄여 댔다.

"5프랑! 아, 반짝이는 은화군! 황제야! 이런 누추한 방에서! 정말 놀랐다니까! 당신은 정말 대단해요. 저 당신한테 홀딱 반했답니다. 우리 집 식구가 이틀간 실컷 먹고 마실 수 있겠어요. 비프스테이크에 수프에 배터지게 먹게 됐네요."

그녀는 슈미즈를 어깨 위로 끌어올린 뒤 깍듯하게 인사를 했다. 그러고는 다정스럽게 손짓을 한 뒤 문 쪽으로 걸어가며 말했다.

"안녕, 아무튼 아버지한테 가 봐야 해요."

나가려던 그녀는 서랍장 위에서 먼지를 하얗게 뒤집어쓰고 곰팡이가

슨 마른 빵 껍질을 발견했다. 그녀는 달려가서 빵 껍질을 집어 입에 넣고 씹었다.

"아이, 맛있어! 그런데 왜 이렇게 딱딱해요? 이가 부러질 것 같네."

그러고는 나갔다.

하늘의 도움으로 엿본 구멍

마리우스는 5년 동안 가난과 빈궁과 고뇌 속에 살아왔지만 자신은 아직 진정한 비참함은 잘 모른다는 것을 깨닫고 있었다. 진정한 비극, 그것을 방금 본 것이다. 눈앞을 지나간 그 아귀 같은 여자가 바로 그것이다. 남자가 겪는 궁핍을 본 이는 아무것도 보지 못한 것이다. 여자가 겪는 궁핍을 보아야 한다. 여자가 겪는 궁핍만을 본 이는 아무것도 보지 못한 것이다. 어린아이의 궁핍을 보아야 한다.

남자란 최후의 궁지에 빠지면 마지막 수단을 쓰기 마련이다. 그렇게 되면 피해를 입는 것은 그의 주변에 살고 있는 힘없는 인간이다. 노동, 급여, 빵, 땔감, 용기, 선의 그 모든 것을 남자는 한꺼번에 잃어버리고 만다. 밖의 햇빛이 사라지게 되면 그의 마음속 윤리의 빛도 사라진다. 이러한 어둠 속에서 남자는 여자와 아이의 나약함을 이용해 그들을 난폭하게 굴욕적인 생활로 내모는 것이다.

그렇게 되면 상상할 수 없는 갖가지 무시무시한 일들이 벌어진다. 절망을 싸고 있는 벽은 무너지기 쉽다. 또 거기서부터 사방으로 악덕과 죄악의 길이 함께 열리게 된다.

건강, 젊음, 명예, 아직 때 묻지 않아 환경에 적응하기 어려운 육체, 진정, 순결, 수치심, 이러한 모든 영혼의 표피는 어둠 속에서 수단을 찾아 헤매는 손, 오욕을 만나, 거기에 다시 순응함과 동시에 그런 더럽고 치욕스러운 손에 멋대로 희롱을 당하고 마는 것이다. 아버지도, 어머니도, 어린아이도, 형제도, 자매도, 남자도, 여자도, 딸도, 모두 한데 뒤섞여 성별이며, 혈연이며, 나이며, 더러운 것과 깨끗한 것이 뒤범벅된 저 안개와 같은 혼합 속에서, 마치 광물의 형성 작용이 되듯, 서로가 서로를 흡수한다. 그들은 더러운 움집 속에서 서로 몸을 기대고 웅크리고 있다. 그리고 슬픈 눈으로 서로를 바라보고 있다. 아아, 불쌍한 사람들이여! 그들의 창백함이여! 그리고 얼마나 추울까! 그들은 우리보다 태양으로부터 훨씬 더 멀리 떨어져 있는 유성에서 사는 것 같다.

그 처녀는 마리우스에게는, 말하자면 지옥에서 온 처녀였다. 그녀는 마리우스에게 밤의 추악한 면을 보여 주었다.

마리우스는 지금까지 너무 꿈과 열정에 빠져 사느라고 주변 사람들은 거들떠보지도 않고 지낸 자신의 생활을 자책했다. 그들의 방세를 치러 주긴 했지만 그건 하나의 기계적인 충동이었을 뿐, 누구나가 할 수 있는 일이었다.

마리우스로서는 좀 더 좋은 일을 했어야 했다. 얼마나, 어이없는 일인가! 그 버림받은 사람들, 얇은 벽을 사이에 두고도, 서로의 무릎을 맞대다시피 살아오면서도, 어떤 의미에서는 그들의 손이 미칠 수 있는 인간 연결의 가장 마지막 고리라고도 할 수 있는 위치에 있으면서도, 자기 옆에 살아 있기보다는 거의 죽음 직전에서 허덕이고 있는 소리를 들으면서도, 자기는 아무런 관심과 주의도 기울이지 않았다. 매일 그들이 움직이며 주고받는 이야기 소리가 끊임없이 벽을 통해 들려왔으나 그는 한 번도 귀 기울이지 않았다. 게다가 그들의 말소리에는 늘 고통과 신음 소리가 섞여 있었는데도 자신은 들으려는 시도조차도 하지 않았다.

자신의 생각은 늘 다른 곳에 있었다. 꿈속에, 존재하지 않는 광채 속에, 막연한 사랑에, 광기에 찬 곳에 있었다. 하지만 한편에서는 자기와 같은 인간이, 예수 그리스도에게서의 형제가, 민중으로서의 형제가 자기 옆에서 죽어 가고 있었던 것이다. 아무 도움조차 받지 못한 채 죽어 가고 있었던 것이다. 그런데 자기는 그들의 불행에 한 부분을 차지한 것도 모자라 그들의 불행에 불을 지피고 있었다. 만일 그들이 다른 사람을, 자기 같은 몽상가가 아니라 좀 더 사려 깊은 사람을, 평범하면서도 너그러운 이웃과 함께했더라면 분명 그들의 가난과 궁핍은 눈에 띄었을 것이고, 절망에 빠진 그들은 구원받았을 것이다. 하기야 그들은 타락하고 부패하고 비천하고 비열했다.

하지만 생활이 궁핍해지고도 여전히 품위를 잃지 않는 인간이란 그리 흔치 않다. 게다가 어느 경지에까지 도달하게 되면 불행과 파렴치는 서로 혼합돼 구별하기 힘들어진다. 또 한마디 말, 즉 비참한 사람들, 레 미제라블이라는 숙명적인 말로 표현되는 것이다. 그것은 대체 누구의 죄란 말인가? 그들이 구렁텅이에 깊이 빠지면 빠질수록 한층 큰 자비의 손을 베풀어야 하지 않는가?

진실로 성실한 마음을 가진 사람이 대개 그렇듯, 마리우스도 가끔은 자기 자신을 훈계하는 선생이 되고 지나칠 정도로 자기를 질책하는 일이 있었다. 지금도 그는 자기를 훈계하며 종드레트 씨 방과 자신의 방 사이에 놓인 벽을 조용히 바라보고 있었다. 그는 마치 그 벽을 통해 자신의 동정에 찬 시선을 보냄과 동시에 그 불행한 사람들을 따뜻하게 감싸 안으려는 듯했다. 벽은 가름대와 널빤지 위에 얇게 회를 바른 것으로, 앞에서도 이미 말했듯이 방 건너 말소리가 마치 손에 잡힐 듯 생생하게 들려왔다.

그가 지금껏 아무런 소리를 듣지 못한 것은 그가 너무도 깊은 몽상에 잠겨 있었기 때문이리라. 그 벽은 종드레트 씨 쪽이나 마리우스 쪽 모두 벽지가 발라져 있지 않았다. 그래서 초라한 벽의 거친 얼개가 훤히 드러나 보였다. 무의식적으로 마리우스는 그 벽을 살펴보고 있었다. 때로는 몽상도 사고(思考)와 마찬가지로 사물을 살피고 관찰하고 깊이 파고드는 경우가 있다.

그는 별안간 벌떡 일어났다. 천장 가까운 벽 상단에, 각재 세 가닥 사이에 생긴 삼각형 모양의 구멍 하나를 발견했다. 그 구멍은 전엔 회로 발라져 있었으나 지금은 회가 떨어져, 서랍장 위로 올라가면 그 구멍을 통해 종드레트 씨네 집 안을 들여다볼 수 있었다. 동정 속에서 호기심이 고개를 들었다. 그 구멍은 일종의 감시구 역할을 했다. 남의 불행을 구멍으로 몰래 훔쳐보는 것도 그들을 도와주기 위한 한 방법이라면 용서받을 수 있으리라.

'그들은 어떤 사람들일까, 그리고 그들은 어떻게 살고 있을까?'

마리우스는 생각했다.

그는 서랍장 위에 올라가 눈을 구멍에 바싹 대고 들여다보았다.

집에 웅크리고 있는 야수와 같은 인간

도시에도 숲 속과 마찬가지로 동굴이 있어서, 그 속에는 도시에 사는 가장 악질이고 무서운 것들이 그 동굴들 속에 숨는다. 다만 도시에 도사리고 있는 것은 난폭하고 더럽고 왜소하다. 즉 추하다. 이에 반해, 숲속에 도사리고 있는 것은 난폭하고 야생적이며 크다. 즉 아름답다. 소굴들로 말하자면, 야수의 소굴이 인간의 소굴보다 낫다. 숲 속의 동굴이 누추한 집보다 낫다.

마리우스의 눈에 비친 것은 하나의 움집이었다.

마리우스 역시 가난했고, 그의 방 역시 아무것도 없었다. 하지만 그의 가난이 고결했던 것처럼 그의 지붕 밑 방은 깨끗했다. 그런데 이제 그가 들여다본 방은 무덥고, 지저분하고, 코를 들이밀 수도 없을 만큼 역한 냄새가 나고, 불결하고, 어두컴컴하고, 지저분했다. 가구라곤 짚 의자 하나, 망가진 탁자 하나, 깨진 접시 몇 개, 그리고 두 귀퉁이에 놓인 차마 눈 뜨고 볼 수 없는 허름한 침대 둘 뿐이었다. 그리고 빛이라곤 겨우 거미줄이 잔뜩 긴 천장에 뚫린 네 개의 유리창으로 들어오는 희미한 햇빛이 전부였다. 그 햇빛에 비친 사람들의 얼굴은 마치 유령 같았다. 벽들은 문둥병에 걸린 환자 얼굴이었다. 무시무시한 병에 걸려 알아볼 수 없을 만큼 망가진 얼굴처럼, 온통 접합부와 흉터로 뒤덮여 있었다. 눈곱 같은 습기가 땀처럼 분비되고 있었다. 벽면에는 목탄으로 거칠게 그린 음탕한 그림들이 그려져 있는 것이 보였다.

마리우스가 지내는 방바닥은 더러 떨어지기는 했으나 어쨌든 벽돌이 깔려 있었다. 그런데 지금 보고 있는 이 방은 벽돌도 깔려 있지 않을 뿐 아니라 마루도 깔려 있지 않았다. 발에 밟혀 시커멓게 된 석회 바닥 위를 그대로 걷게 되어 있었다. 그 울퉁불퉁한 바닥에는 때가 두껍게 끼었지만 한 번도 청소한 흔적이 보이지 않았다. 그리고 그 위에는 낡아 빠진 덧신이며 뒤축이 망가진 구두며 다 떨어진 누더기 따위가 아무렇게나 널려 있었다. 다행스럽게도 방에는 난로가 하나 놓여 있었다. 방세가 일 년에 40프랑이나 하는 것도 그 때문이었다. 난로 속에는 별별 잡다한 것이 쑤셔 박혀 있었다. 풍로며 깨진 판자며 못에 걸린 누더기며 새장이며 재며, 심지어 불도 조금 있었다. 타다 남은 장작 두 개가 시름없이 연기를 내뿜고 있었다.

그 지붕 밑 방이 한층 삭막해 보였던 것은 그 방이 터무니없이 컸기 때문이다. 방 구석구석에 돌출부들과 검은 구멍들, 지붕 밑 공간들, 포구처럼 움푹 파인 부분들과 갑처럼 돌출한 부분들이 있었다. 그래서 그 끝을 알 수 없는 소름 끼치는 구석들이 생겨, 그 속에 손바닥만큼 커다란 거미들과 사람의 발만큼 넓적한 쥐며느리, 혹은 괴물 같은 어떤 인간이 웅크리고 숨어 있을 것 같았다.

침대 하나는 문 옆에, 또 다른 침대 하나는 창 옆에 놓여 있었다. 둘 다 모두 난로 가까이 붙어 있어서 마리우스가 있는 곳에서는 정면으로 보였다.

마리우스가 들여다보고 있는 구멍 쪽 바로 옆 구석 벽에는 검은 나무 액자에 낀 판화가 하나 걸려 있었는데, 그 아래에는 커다란 글씨로 '꿈'이라고 씌어 있었다. 잠자고 있는 여자와 어린아이를 그린 그림이었다. 어린아이는 여인의 무릎에서 자고 있고 그들의 머리 위 공중에는 독수리 한 마리가 부리에 왕관을 문 채 날고 있었다. 여인은 잠든 상태로 그 왕관을 어린아이 머리에 씌우지 못하도록 손으로 막고 있었다. 그림의 배경에는 나폴레옹이 후광에 싸여 황금빛 기둥머리가 있는 푸르고 굵은 둥근 기둥에 등을 기대고 있었는데 그 기둥에는 이런 글자가 새겨 있었다.

마렝고
아우스터리츠
이에나
와그람
엘로트

이 액자 밑에는 기다란 판자 하나가 마루 위에 비스듬히 세워져 있었다. 그림을 뒤집어 놓은 것인지 낙서를 한 액자인지, 그것도 아니면 거울을 벽에서 떼어 놓은 채 잊고 걸지 않은 것인지, 아무튼 그런 상황 중 어느 하나인 듯했다.

탁자 위에는 펜과 잉크와 종이가 놓여 있고 그 옆에는 나이가 60세가량 돼 보이는 남자가 한 사람 앉아 있었다. 몸이 왜소하고, 여위고, 창백하고, 눈에 사나운 기색이 있고, 영악스럽고, 잔인하고 불안해 보이는 사나이였다. 한눈에 보기에도 무서운 인간이었다. 만일 라바테르가 그 얼굴을 유심히 보았다면 콘도르의 상과 검사의 상이 혼합된 얼굴이라고 판단했을 것이다. 시체를 파먹는 새와 재판하는 인간이 서로 흉하게 얽혀, 재판하는 인간은 시체를 파먹는 새를 비열하게 만들고, 시체를 파먹는 새는 재판하는 사람을 소름 끼치게 만들었을 것이다.

이 남자는 반백의 긴 수염을 기르고 있었다. 여자 셔츠를 입고 있기 때문에 털이 난 가슴과 흰 털이 섞인 두 팔이 그대고 드러났다. 그 셔츠 아래로는 때 낀 더러운 바지와 발가락이 내다보이는 긴 구두가 보였다. 파이프를 입에 문 채 담배를 피우고 있었다. 방에는 빵은 한 조각도 없었으나 담배만은 있었던 것이다. 남자는 무엇인가를 끼적이고 있었다. 분명 마리우스가 읽은 것 같은 편지를 쓰고 있을 것임에 틀림없었다.

탁자 위 한 귀퉁이에 불그레한 낡은 책 한 권이 놓여 있었다. 도서관에서나 흔히 볼 수 있는 12절판인 것으로 보아 소설책인 것 같았다. 표지에는 굵은 대문자로 이런 제목이 박혀 있었다. '신, 왕, 명예, 그리고 부인들. 뒤크레 뒤미닐 지음, 1814년' 뭔가를 쓰면서 남자는 큰 소리로 떠들고 있었다.

이런 그의 말이 마리우스의 귀에 들려왔다.

"세상에 평등이란 건 하나도 없어, 내가 죽은 다음에도 말이지! 페르라셰즈 묘지를 가 봐! 돈 있는 부자 놈들은 높은 곳, 아카시아 가로수를 사이에 두고 길에 있어. 놈들은 묘지까지 마차를 타고 간단 말이지. 그런데 조무래기들, 가난한 놈, 보잘것없는 놈들은 대체 뭐란 말이야. 놈들은 모두가 맨 밑바닥에 묻히지. 무릎까지 빠지는 진흙탕에, 웅덩이 속에 질척질척한 곳에, 그런 곳에 묻혀 하루라도 빨리 썩으라고. 성묘를 가려고 해도 흙속에 빠지지 않고서는 갈 수가 없다니까!"

그는 여기서 말을 끊더니 갑자기 책상을 주먹으로 탕 치고는 이를 갈며 덧붙였다.

"아아, 세상을 몽땅 씹어 버리고 싶다!"

마흔 살로 보이는가 하면 백 살로도 보이는 뚱뚱한 여자가 맨발인 채로 난로 옆에 쭈그리고 앉아 있었다. 그녀도 역시 몸에 걸치고 있는 거라곤 속옷 하나와 낡은 천을 조각조각 이은 메리야스 스커트가 전부였다. 초라한 앞치마가 스커트를 반쯤 가리고 있었다. 앞으로 허리를 굽히고 있었으나 키는 무척 커 보였다. 남편에 비하면 덩치가 상당히 큰 여자였다. 머리칼은 흰머리가 희끗희끗한 붉은빛이 나는 갈색으로 그 머리칼을 때가 긴 넓적한 손으로 가끔씩 긁고 있었다.

그녀 옆 마룻바닥에는 탁자 위에 있는 것과 모양이 똑같은 책이 펼쳐져 있었다. 아마도 같은 소설의 연속 편인 듯싶었다.

마리우스가 눈길을 돌리자 비쩍 마르고 얼굴빛이 창백한 한 소녀가, 역시 거의 벌거벗은 채로 침대에 걸터앉아 있었다. 소녀는 두 발을 늘어뜨린 채 무슨 얘기를 듣는 것도 보는 것도 아닌, 어쩌면 영혼이 없는 사람처럼 보였다. 마리우스의 방에 찾아왔던 처녀의 동생이 분명했다. 소녀는 열두 살이나 열세 살쯤 되어 보였다. 하지만 자세히 살펴보니 열다섯 살은 돼 보였다. 어제저녁 큰길에서 "그래서 정신없이 도망쳐 왔어." 하고 말한 그 소녀였다.

처음에는 비실거리다가 나중에서야 갑자기 키가 훌쩍 크는, 그런 허약한 체질의 소녀였다. 가난한 생활이 그런 이상야릇한 체질을 만든 것이다. 그런 사람은 유년기도 소녀기도 없다. 열다섯 살이 되어도 열두 살로밖에 보이지 않고, 열여섯 살이 되면 이미 스무 살로 보인다. 오늘은 아직 소녀인데 내일은 여자가 되는 것이다. 마치 인생을 큰 걸음으로 성큼성큼 걸어 빨리 끝을 맺으려는 것처럼 말이다. 아직 그 소녀는 어린애로 보였다.

다시 주의해서 살펴보니까 그 방에는 일하는 기색이 전혀 없었다. 옷감 짜는 기계고, 실 잣는 물레고, 바느질 도구도 하나 보이지 않았다. 다만 구석에 뭔가 수상쩍은 쇠붙이 조각이 뒹굴고 있을 뿐이었다. 이러한 게으름이야말로 절망과 죽음 직전 사이에 찾아오는 그 암울한 권태인 것이다.

마리우스는 오랫동안 그 음침한 방 안을 들여다보았다. 그곳은 마치 무덤 속처럼 소름이 끼치는 곳이었다. 왜냐하면 그곳에서야말로 꿈틀대는 인간의 영혼이 느껴졌기 때문이다.

지붕 밑 방, 움 속, 가난한 사람이 우글대는 사회구조의 최하층의 굴, 그것은 무덤이 아니라 무덤의 대합실이다. 그러나 부자가 자기 집 입구를 화려하게 꾸미듯 가난한 자 역시 자신의 집 문 앞을 비참의 극치로 꾸미는 법이다.

남자는 어느새 입을 다물었다. 여자 역시 말이 없었고 소녀는 숨도 쉬지 않는 것 같았다. 다만 펜으로 종이를 긁는 소리만이 조그맣게 들렸다.

남자는 펜대를 놀리며 소리쳤다.

"빌어먹을, 빌어먹을! 모두가 빌어먹을!"

솔로몬의 한탄(허무하도다, 허무하도다! 모두가 허무하도다!_옮긴이)을 흉내 낸 듯한 그 말을 듣자 여자는 한숨을 쉬며 말했다.

"여보, 너무 많이 화내지 말아요. 몸을 해치면 안 되잖아요. 당신은 참, 사람이 너무 좋아. 그런 사람들한테까지 손수 편지를 쓰고 말이야."

궁핍하고 비참한 생활을 하고 있는 사람들은 추운 날처럼 서로의 몸을 바싹 붙이고 있지만 마음만은 제각각 다른 곳을 향하고 있다. 전에는 이 여자도 진실한 애정을 품고 그 남자를 사랑했겠지만, 오랜 세월 동안 가난한 생활을 하며 매일같이 서로 다투는 동안 그 사랑도 이미 사라져 버렸으리라. 이제 그 여자의 남편에 대해 남은 것은 사랑의 타고 남은 재밖에 없었다. 그러나 예전에 부르던 다정한 호칭만은 여전히 남아 있다.

그녀는 지금도 남편을 보고 "여보, 당신."이라 부르고 있었다. 하지만 그것은 이미 말뿐, 마음은 벌써 사라지고 없었다.

남자는 다시 쓰기 시작했다.

전략과 전술

마리우스는 가슴이 답답해지는 것을 느꼈다. 그리고 자리에서 물러나려던 순간 갑자기 무슨 소리를 듣고 자리에 머물렀다.

저쪽 방문이 홱 열린 것이다. 큰딸이 문에 나타났다. 진흙투성이가 된 커다란 남자 구두를 끌고 들어서는데 빨간 복사뼈까지 진흙이 튀어 있었다. 그녀는 구멍이 난 낡은 망토를 걸치고 있었다. 한 시간 전, 마리우스가 보았을 때는 망토를 걸친 모습이 아니었다. 어쩌면 불쌍한 모습을 보이고 싶지 않아 문 뒤에 숨겨 놨다가 다시 입었을지도 모른다.

문을 닫고 방으로 들어온 큰딸은 숨을 헐떡거렸다. 그리고 잠시 한숨을 돌리고 나서는 기쁜 표정으로 소리쳤다.

"와요!"

아버지와 어머니는 눈을 돌렸으나 동생은 꼼짝도 하지 않았다.

"누가 말이냐?"

아버지가 물었다.

"그분 말이에요!"

"자선가 말이냐?"

"네."

"생 자크 성당의?"

"네."

"그 늙은이가?"

"지금 여기로 온다는 거냐?"

"제 바로 뒤에 와요."

"그게 정말이냐?"

"네, 정말이에요."

"그래, 정말 온단 말이지!"

"마차를 타고 와요."

"마차를? 꼭 로스차일드 같구나."

아버지는 벌떡 일어났다.

"그런데 일이 어떻게 된 거냐? 마차를 타고 온다는데 네가 먼저 왔으니. 대체 어떻게 된 거야? 그래, 주소는 잘 가르쳐 줬느냐? 복도 맨 끝 오른쪽 문이라고 잘 말했어? 아, 틀리지 않으면 좋으련만! 그래 성당에서 만났느냐? 내가 쓴 편지는 읽었대? 네게 뭐라 말하든?"

"아이, 아버지도……."

딸은 말했다.

"어쩜 이렇게 성미가 급하실까. 들어 보세요. 제가 성당으로 들어가 보니 할아버지는 언제나 앉던 그 자리에 앉아 있었어요. 편지를 드렸지요. 할아버지는 그걸 읽어 보시더니 '집은 어디지?' 하고 물었어요. 그래서 '제가 안내하겠어요.' 하며 대답했지요. 그랬더니 '아니, 어딘지만 가르쳐 줘요. 내 딸이 뭘 좀 사겠다고 하니까 마차를 빌려 타고 당신과 같은 시각에 도착하겠소.' 그래서 주소를 가르쳐 드렸어요. 집을 가르쳐 주니까 뭔가 깜짝 놀란 듯 잠시 망설이는 기색을 보이더니 곧 '아, 좋소, 가겠소.' 하고 말했어요. 미사가 끝나고 제가 지켜보고 있으려니까 할아버지는 딸을 데리고 성당에서 나와 같이 마차에 탔어요. 그리고 복도 맨 끝 오른 쪽 문이라는 것도 자세히 알려 드렸어요."

"하지만 그 말 하나 가지고 어떻게 꼭 온다는 확신을 하지?"

"조금 전, 마차가 프티 방키에 거리로 오는 걸 봤거든요. 그래 막 뛰어

왔어요."

"어떻게 그 마차라는 걸 알았지?"

"번호를 똑똑히 봤어요."

"몇 번이었지?"

"440번이요."

"그래, 넌 참 영리한 계집애다."

딸은 화난 표정으로 아버지를 물끄러미 바라보았다. 그러고는 신고 있
는 구두를 쳐들어 보이며 말했다.

"물론 저야 영리하지요. 하지만 이제부터는 이따위 구두는 신지 않을
래요. 정말이지 지긋지긋해요. 이유를 말하자면, 첫째 몸에 좋지 않아요.
그리고 더럽고, 밑바닥이 젖어서 걸을 때마다 찍찍 하고 끌리는 소리가
나요. 차라리 맨발로 걷는 게 낫겠어요."

"그렇겠구나."

아버지는 딸의 거친 말과는 반대로 부드러운 어조로 말했다.

"하지만 맨발로는 성당 안엔 못 들어간단다. 그때만큼은 가난뱅이도
구두만은 신어야 해. 맨발로는 하느님 앞에 못 가니까."

그는 불쾌한 듯 말했다.

그리고 다시 마음을 다잡고는 처음 이야기로 돌아갔다.

"그래 틀림없이 오겠지? 틀림없이?"

"온다니까요. 곧 뒤따라올 거예요."

딸은 대답했다.

남자는 자리에서 벌떡 일어났다. 얼굴에서는 빛이 났다.

"이봐, 방금 들었지?"

그는 아내에게 말했다.

"지금 자선가가 이리로 온대. 어서 불을 꺼."

어머니는 어리둥절하여 꼼짝하지 않고 서 있었다. 아버지는 마술사 같

은 재빠른 솜씨로 난로 위에 있는 단지를 내려서 타고 있는 장작 위에 물을 부었다. 그리고 딸들에게 말했다.

"넌 그 의자의 짚을 빼라."

처음에 딸은 그 말이 가진 뜻을 알아듣지 못했다. 그러자 아버지는 자기가 직접 의자를 잡고 발뒤꿈치로 차 의자 속 짚을 뺐다. 한쪽 발이 의자 속으로 쑥 들어갔다. 발을 빼며 아버지는 딸에게 물었다.

"밖은 춥더냐?"

"네, 무척 추워요. 눈이 내려요."

아버지는 창가 침대 위에 앉아 있는 작은딸을 돌아보며 벼락같이 고함을 질렀다.

"어서 침대에서 내려오지 못해! 게으른 계집애 같으니! 아무것도 안 하는 주제에! 넌 유리창을 깨!"

소녀는 몸을 떨며 침대에서 내려왔다.

"유리창을 깨!"

아버지가 다시 고함을 질렀다.

소녀는 쩔쩔매며 머뭇거렸다.

"그래도 못 알아듣겠어?"

아버지는 되풀이했다.

"유리창 한 장을 깨란 말이야!"

작은딸은 결국 발끝으로 올라가 주먹으로 유리창을 쳤다. 유리는 무서운 소리를 내며 아래로 떨어졌다.

"됐어."

아버지는 말했다.

아버지는 침착하면서도 성급했다. 그러고는 방 구석구석 샅샅이 훑어보았다. 마치 전쟁터에 나가기 전 마지막 준비를 하고 있는 장군의 모습 같았다.

그때까지도 침묵을 지키고 있던 어머니가 천천히 일어나며 말했다. 마치 입 속의 얼어붙은 말을 밖으로 밀어내듯 웅얼거렸다.

"아니, 어쩌려고 이래요?"

"당신은 침대에 누워"

남자는 대답했다.

생각할 겨를도 주지 않는 어조였다. 어머니는 침대 속으로 비집고 들어가 누웠다. 그러자 한쪽 구석에서 흐느껴 우는 소리가 들렸다.

"왜 울어?"

아버지가 소리쳤다.

어두운 구석에 서 있던 작은딸이 피투성이가 된 손을 내밀었다. 유리를 깰 때 다친 것이다. 그녀는 어머니가 누워 있는 침대 옆으로 가 훌쩍거리며 울었다.

그러자 어머니가 벌떡 일어나 소리쳤다.

"이것 봐요, 괜한 일을 시키다 손을 베었잖아요!"

"오히려 잘됐어."

남자는 말했다.

"그렇게 되라고 시킨 거야."

"뭐라고요? 잘됐다고요?"

"시끄러워!"

아버지는 다시 벼락같이 소리쳤다.

"이제부터 누구든 내 앞에서 주둥이를 열었다간 가만두지 않을 거야!"

그러고는 자기가 입고 있는 셔츠를 쭉 찢어 딸의 피투성이가 된 손을 재빨리 싸 주었다.

그는 자신의 찢어진 셔츠를 만족스럽게 내려다보았다.

"됐어, 이편이 훨씬 나아."

그는 중얼거렸다.

차디찬 북풍이 창을 치며 방 안으로 들어왔다. 그리고 누군가 손으로 뿌리듯, 북풍과 함께 들어온 안개가 방 안에 엷게 퍼졌다. 깨진 유리창 너머로 눈이 내리는 것이 보였다. 전날 봉헌 축일의 날씨로 보아 예상되었던 추위가 드디어 찾아온 것이다.

아버지는 잊어버린 것이 없나 확인이나 하듯 주위를 한번 둘러보았다. 그리고 헌 부삽으로 젖은 장작이 완전히 묻히도록 재를 휘저었다. 그러고는 일어나서 난로 옆으로 다가가며 말했다.

"자, 이제 자선가를 맞을 준비가 다 되었다."

움집에 비친 햇살

작은딸은 아버지 옆으로 다가가 아버지 손에 자신의 손을 올려놓았다.

"좀 만져 봐요. 이렇게 차요."

그녀는 말했다.

"무슨! 네 손보단 내 손이 훨씬 더 차다."

아버지는 대답했다.

어머니가 대들 듯 큰 목소리로 외쳤다.

"당신은 언제나 남들보다 나아요. 지금 이 고통만 해도……."

"닥쳐!"

어머니는 험악한 남편의 눈초리가 두려워 더 이상 아무 말도 못 한 채 입을 다물었다. 방 안은 일순 조용해졌다. 큰딸은 아무렇지도 않은 듯 망토에 묻은 흙을 털고, 작은딸은 여전히 흐느껴 울고 있었다. 어머니는 그런 작은딸의 얼굴에 키스를 하며 말했다.

"자, 이제 그만…… 그래야 착한 애지. 계속 울면 아버지한테 혼나."

"혼을 내긴 누가 혼을 내?"

아버지는 큰 소리로 말했다.

"그래, 울어, 울란 말이야. 그게 오히려 낫다."

그리고 큰딸을 쳐다보며 말했다.

"얘, 그런데 어떻게 된 거야? 왜 안 오지? 만일 오지 않는다면…… 괜히 불을 끄고, 의자를 부수고, 셔츠를 찢고, 유리창만 깬 꼴이 되잖아!"

"게다가 아이 손만 다치고."

어머니가 중얼거렸다.

"자, 봐라."

아버지는 계속 지껄였다.

"이 빌어먹을 방구석에 바람이 몰아치는 걸 말이야. 만일 그 영감이 오지 않으면, 아아, 정말 못 참겠다. 분명, 일부러 목이 빠지게 기다리라고 수를 쓰는 거야. 그 영감탱이 이런 생각을 하고 있겠지. '뭐 좀 기다리게 하면 어때, 어차피 그게 장사니까!' 참 지긋지긋한 놈들이야. 놈을 그냥 콱 죽여 버리면 가슴이라도 후련할 텐데! 그 부자 놈들을, 그 부자 놈들을 한 명도 남기지 않고 말이지! 그놈을, 그 자선가 놈을, 믿음이 깊은 척하고 미사에 가서 돼먹지 못한 신부 놈들한테 알랑대기나 하고, 되잖은 소리나 지껄이며 우리한테 꽤나 지체 높은 척하는 그놈들, 우리에게 망신을 주고 겨우 4수어치도 안 되는 옷을 갖다 주고서 뽐내는 놈들, 빵이라고! 내가 바라는 건 그게 아니야. 돈이야, 돈. 아아, 돈이 필요하단 말이야. 그런데 돈은 한 푼도 안 낸단 말이지. 돈을 주면 몽땅 써 버리니까 안 된다나? 그럼 놈들은 뭐야? 대체 어떤 인간이야? 그래, 너희는 본래 어땠는데? 도둑놈이었잖아. 도둑질하지 않고 어떻게 부자가 돼. 아아, 세상을 온통 싸잡아 저 세상 밖으로 홱 던졌으면 좋겠다. 그럼 모두 산산조각이 나겠지. 그렇게는 되지 않더라도 모두가 한 푼 없는 거지는 될 거야. 그렇게만 된다면 얼마나 좋을까. 그런데 대체 어떻게 된 거야? 자선가란 놈은! 그놈 혹시 번지를 잃어버린 게 아닐까? 늙어 빠진 놈이……."

그때 누군가 문을 가볍게 두드렸다. 남자는 뛰어가 황급히 문을 열고는 정중하게 머리를 숙인 뒤, 사랑하는 사람에게 아양을 떨듯 미소를 지으며 소리쳤다.

"어서 오십시오, 나리! 안으로 들어오십시오. 어이구, 동정심 많은 나리, 그리고 어여쁘신 아가씨도 함께."

나이가 지긋한 남자와 젊은 처녀가 방문에 나타났다. 마리우스는 여전히 그 자리에 서 있었다. 그때 마리우스가 느낀 것은 도저히 인간의 말로는 표현할 수 없는 것이었다.

'그녀'였다.

사랑을 한 경험이 있는 사람은 이 '그녀'라는 말이 가지고 있는 눈부신 의미를 너무나도 잘 알고 있을 것이다.

분명 '그녀'였다. 순간 마리우스의 눈에 안개가 덮인 듯 그녀의 모습이 사라졌다. 그러나 그녀는 모습을 감추고 사라져 버린 그 그리운 처녀, 여섯 달 동안 그에게 빛을 보내던 그 별임에 틀림없었다. 그 눈동자, 그 이마, 그 입술, 어둠 속으로 사라져 버린 그 아름다운 얼굴이 틀림없었다. 한번 모습을 감춘 환영이 다시 홀연히 나타난 것이다.

다시 나타난 것이다. 이런 어두컴컴한 곳에, 이런 지붕 밑 누추한 방에, 이 숨 막힐 듯한 움막에, 이 무서운 장소에! 마리우스는 미친 듯 몸을 부르르 떨었다. 아아, 그녀다. 그의 심장은 무섭게 뛰며 눈빛이 흐려졌다. 눈물이 왈칵 쏟아질 것 같았다. 아아, 그토록 찾아 헤맸는데 이제 겨우 만나다니! 마치 오랫동안 잃었던 자신의 영혼을 되찾은 기분이 들었다.

그녀는 전과 조금도 변하지 않았다. 다만 얼굴색만이 조금 더 창백해진 것 같았다. 기품 있는 얼굴은 자줏빛 비단 모자로 감쌌고 몸에는 검은 공단 망토를 두르고 있었다. 긴 옷 아래로는 비단으로 짠 구두를 신은 작은 발이 보였다.

그녀와 같이 온 사람은 르블랑 씨였다. 그녀는 천천히 방 안으로 들어와 책상 위에 커다란 보퉁이를 올려놓았다.

종드레트의 큰딸은 문 뒤에 비켜서서 비단 모자며 비단 망토 그리고 그녀의 기품 있고 아름다운 얼굴을 우울한 눈초리로 바라보았다.

우는 소리를 하는 종드레트

지저분한 그 방은 무척 어두웠기 때문에 밖에서 들어온 사람은 마치 어두운 동굴 속으로 들어가는 느낌을 받았다. 두 사람은 컴컴한 방을 머뭇거리며 들어왔다. 하지만 방 안에 있는 사람들은 이미 어둠에 익숙한지라 두 사람을 샅샅이 보고 관찰할 수 있었다.

르블랑 씨는 특유의 친절하면서도 우울한 눈길로 다가와 종드레트에게 말했다.

"자, 여기 보퉁이 속에 새 옷과 양말과 담요가 들어 있소."

"아, 천사처럼 자비하신 나리께서 이렇게까지 해 주시니."

종드레트는 말을 하며 머리가 마룻바닥에 닿을 정도로 허리를 굽혔다.

그리고 두 사람이 비참한 방 안을 둘러보고 있는 동안 아버지는 큰딸에게 다가가 작은 목소리로 재빠르게 속삭였다.

"자, 봐라. 내 말이 맞지? 누더기 옷만 준다잖아, 필요한 돈은 내놓지 않고 말이지. 이놈이나 저놈이나 똑같아. 아, 그런데 이 늙다리한텐 무슨 이름으로 편지를 썼더라?"

"파방투."

딸은 대답했다.

"맞아, 배우였지."

딸한테 그 말을 물은 건 그로서 퍽 다행스러운 일이었다. 그때 마침, 르블랑 씨가 그에게 몸을 돌렸다. 그리고 이름을 기억하려 애쓰며 이렇게 말했다.

"정말 딱한 처지에 놓이셨군요. 그런데 성함이……."

"파방투라고 합니다."

그는 서슴지 않고 바로 대답했다.

"파방투 씨. 맞아요, 이제 생각나는군요."

"전에 배우였지요. 그리고 전에는 몇 번 성공을 거두기도 했지요."

그 말을 하며 종드레트 씨는 지금이야말로 '자선가'의 마음을 사로잡을 절호의 기회라고 생각했다. 그래서 시장판의 약장수 같은 과장된 말과 길바닥을 떠도는 거지 같은 비굴한 목소리로 떠들기 시작했다.

"나리, 전 탈마의 제자입니다. 한땐 저도 상당히 인기가 좋았지요. 아아, 그런데 지금은 운발이 꽉 막혀 버려서. 이것 좀 보십시오. 자비로우신 나리, 이처럼 먹고 죽을 빵도 없고 불도 없는 형편입니다. 불쌍하게도 아이들은 불도 없이 떨고 있습니다. 하나밖에 없는 의자는 짚이 다 빠져 버리고, 유리창도 깨져 버렸어요! 이렇게 추운 날씨에 말이지요! 게다가 아내는 병이 나 누워 있고요!"

"병에 걸렸다니 참 안됐군요."

르블랑 씨는 말했다.

"게다가 아이는 상처까지 입고……."

종드레트는 덧붙였다.

작은딸은 낯선 사람에 정신이 팔려 있었다. 소녀는 '아가씨'를 보느라고 우는 것마저 잊었다.

"뭣하니? 어서 울어! 엉엉 울란 말이야!"

종드레트는 딸에게 속삭였다.

그러면서 그는 어린 딸의 다친 손을 꼬집었다. 그럴 때 남자의 행동은 마치 마술사처럼 재빨랐다. 어린 딸은 큰 소리로 비명을 질렀다.

마리우스가 마음속으로 '나의 위르쉴'이라고 불렀던 아름다운 처녀가 황급히 다가갔다.

"아이, 가엾어라."

그녀는 말했다.

"좀 보세요, 어여쁜 아가씨"

종드레트는 말했다.

"이 피투성이 손목을! 하루에 6수를 벌자고 기계 일을 하다 이렇게 된 거랍니다. 자칫했으면 아주 손목이 날아갈 뻔했어요."

"정말입니까?"

노신사가 깜짝 놀라 물었다. 어린 소녀는 그 소리를 듣자 더욱더 큰 소리로 울었다.

"네, 슬프게도 사실입니다. 자비로운 나리!"

아버지는 대답했다.

종드레트는 아까부터 이상한 눈초리로 '자선가'를 훔쳐보고 있었다. 입은 한없이 지껄이면서도 쉼 없이 기억을 더듬는 듯 상대방의 모습을 주의 깊게 살펴보았다. 그러다 갑자기 손님들이 소녀를 불쌍히 여겨 이 것저것 묻는 동안, 힘이 없는 듯 침대 위에 누워 있는 아내 옆으로 다가가 재빨리 말했다.

"저 남자를 잘 보아 둬."

그리고 다시 르블랑 씨를 향해 돌아서서는 신세 한탄을 늘어놓았다.

"자, 살펴보십시오. 나리! 저는 옷이라곤 여편네가 입던 셔츠밖에 없습니다. 그것도 이렇게 다 떨어진 겁니다. 이 추운 겨울에 윗옷이 없어 밖에 나갈 수도 없어요. 윗옷 한 벌만 있어도 마르스 양을 만나러 갈 텐데 말이지요. 그 여배우는 저와 무척 친한 사이지요. 그 여배우는 아직 투르데 담 거리에 살고 있습니까? 전 그 배우와 같이 지방 공연을 다닌 일도 있습니다. 둘이서 함께 큰 성공을 거뒀었죠. 셸리멘은 틀림없이 제게 행운의 손길을 뻗쳐 줄 것입니다. 엘미르는 밸리제르에게 적선을 해 줄 겁니다. 하지만 지금 이 꼴을 해 가지곤 방법이 없어요. 보다시피 집에는 한푼도 없습니다. 아내가 병이 들어 약을 사야 하는데 돈이 없어요. 딸이 많이 다쳤어요. 돈 한 푼 없는데 말이지요. 그런데 아내는 숨이 막힐 것 같다고 합니다. 이제는 나이를 먹어 신경이 약한 탓이죠. 어떻게든 아내도 딸도 치료해야 하는데……. 하지만 병원비, 약값은 무엇으로 치릅니까? 이렇게 동전 한 푼 없으니! 이러니 10상팀 한 닢에도 무릎을 꿇어야 할 형편입니다. 나리, 이게 예술가의 말로인가요? 그렇습니까? 어여쁜 아가씨, 우리를 보호해 주시는 너그러운 나리, 그게 옳은 겁니까? 덕성과 호의를 지니고 그 향기로 성당을 채우시는 두 분 나리, 저의 가련한 딸도 그곳에 기도하러 가서 매일 두 분의 모습을 지켜보았습니다. 저는 딸들을 신앙심 깊은 자녀로 키우고 있으니까요. 딸들은 배우로 만들고 싶지 않습니다. 어쨌든 딸이란 건 저도 여러 번 보아 왔지만 까딱 잘못되기가 쉬우니까요. 전 언제나 엄격하고 쓸데없는 말은 절대로 하지 않습니다. 다만 명예니, 덕성이니 하는 말만 귀에 못이 박히도록 들려주지요. 딸한테 물어봐도 압니다. 어쨌든 여자란 똑바로 바른 길을 걷지 않으면 안 됩니다. 저 같은 아버지는 없을 겁니다. 집이 없어 끝내는 몸을 파는 그런 가없은 애들과는 차원이 다릅니다. 공부를 시키지 않고, 맘대로 내버려 두면 계집애는 타락하게 되지요. 하지만 저희 파방투 집안엔 그런 딸은 하나도 없습니다. 전 딸을 될수록 품행단정하게 키우려고 합니다. 온순하고 정직하게 하느님을 믿는 여자가 되도록 말입니다. 나리, 정말입니다. 그런데 나리, 훌륭하신 나리, 저희가 내일 어떻게 되는지 아십니까? 내일은 2월 4일, 집주인에게 집세를 줘야 할 마지막 날입니다. 그야말로 미룰 수 없는 마지막 운명의 날이죠. 오늘 밤 치르지 않으면 저희 네 식구, 큰딸과 저와 저 열에 들뜬 아내와 상처 입은 어린애가 이곳에서 저 추운 밖으로 내쫓깁니다. 길바닥에, 길거리로 쫓겨나요. 의지할 곳도 없이 비가 내리는, 눈이 내리는 곳으로요. 하! 방세를 못 내서, 4기분, 1년 치를, 60프랑이 없어서 말입니다."

종드레트는 거짓말을 하고 있었다. 4기분이라면 사실은 40프랑밖에 안 되었고 마리우스가 2기분을 치른 뒤, 아직 6개월이 지나지 않았으니까 4기분이 밀려 있을 리가 없었다.

르블랑 씨는 주머니에서 꺼낸 5프랑을 탁자 위에 놓았다.

종드레트는 그 틈을 타 큰딸 귀에 속삭였다.

"망할 늙은이 같으니, 그따위 5프랑 가지고 뭘 어쩌란 말이야. 의자하고 유리값도 안 되잖아. 적어도 그것보다 많은 돈을 내야지."

그동안 르블랑 씨는 푸른 프록코트 위에 걸치고 있던 짙은 갈색 외투를 벗어 의자 등에 걸쳐 놓았다.

"파방투 씨."

그는 말했다.

"지금 제가 가지고 있는 돈이 5프랑밖에 안 됩니다. 그래서 딸을 집에 데려다 주고 저녁에 다시 오겠소. 오늘 밤에 방세를 치러야 한다고 하셨죠?"

종드레트의 얼굴이 기이하게 밝아졌다. 그는 황급히 대답했다.

"네, 나리. 저녁 8시까지 꼭 집주인한테 줘야 합니다."

"그럼 6시에 오리다. 60프랑을 가지고."

"아아, 자비하신 나리!"

종드레트는 어쩔 줄 몰라 소리쳤다.

그리고 곧 목소리를 낮추며 아내에게 이렇게 덧붙였다.

"저 사람을 잘 봐, 이 여자야!"

르블랑 씨는 아름다운 딸의 팔을 잡고 문 쪽을 향해 돌아서며 말했다.

"그럼 저녁에 다시 오겠소."

"6시라 하셨죠?"

종드레트가 다시 한 번 물었다.

"정각 6시에."

그때 신사의 외투가 의자 등에 얹혀 있는 것을 보고 큰딸이 말했다.

"나리, 옷을 가져가셔야지요."

종드레트는 험악한 눈초리로 딸을 보며 몸을 들먹거렸다.

돌아선 르블랑 씨는 빙그레 웃으며 대답했다.

"잊은 게 아니라 놓고 가는 거요."

"아이고, 저희 모두를 살펴 주시는 나리."

종드레트는 말했다.

"지금 전 너무 감격해 눈물이 납니다. 제발 마차까지만이라도 배웅할 수 있게 허락해 주십시오."

"밖에 나오려거든……."

르블랑 씨가 말했다.

"그 외투를 입고 나오시오. 날씨가 몹시 춥습니다."

종드레트는 재빨리 그 갈색 외투를 걸쳤다. 종드레트가 앞장서고 세 사람은 나갔다.

국영 마차 삯 1시간당 2프랑

마리우스는 광경 하나하나를 놓치지 않고 보았지만 다른 한편으로는 아무것도 보지 않고 있었다. 그의 눈은 그녀 위에 박혀 떨어지지 않았고, 그의 마음은 그녀가 그 방에 발을 한 발짝 들여놓은 순간부터 그녀를 송두리째 잡고 놓지 않았다. 그녀가 거기 있는 동안은 그는 육체적인 모든 지각력이 희미해지며 영혼이 오직 한곳으로만 집중하는 황홀한 상태에 도달해 있었다. 그는 그녀를 보고 있었다기보다 비단 망토를 입고 벨벳 모자를 쓴 하나의 빛을 보고 있었다. 설사 시리우스별이 방 안에 들어왔대도 그처럼 눈앞이 황홀하지는 않았을 것이다.

처녀가 보통이를 풀어 옷가지며 담요를 꺼내 놓고 병든 어머니를 위로하기도 하고, 다친 소녀에게 친절히 물어보기도 하는 동안, 그는 그녀의 모든 행동을 주의해서 살피고 그 말소리를 들으려고 열심히 귀를 기울였다. 마리우스는 그녀의 눈이며, 이마며, 아름다운 얼굴이며, 몸매며, 걷는 모습을 너무나 잘 알고 있었으나 목소리만은 아직 들어 보지 못했다. 꼭 한 번 뤽상부르 공원에서 두세 마디 들은 적이 있지만 그것도 확실하지 않았다. 그래서 그녀의 목소리를 들을 수만 있다면, 그 음악을 조금이라도 마음에 담아 속에 담아 둘 수 있다면, 그는 남은 생명의 10년도 기꺼이 바칠 각오가 되어 있었다. 그러나 그 소리는 종드레트의 줄곧 지껄여 대는 우는 소리와 나팔 같은 큰 소리에 몽땅 묻혀 버리고 말았다. 그 때문에 마리우스는 황홀함 속에서도 화가 치밀었다. 마리우스는 그녀를 눈으로 잡고 있었다. 이 무서운 움막에, 이런 추접스러운 인간들 속에 모습을 나타낸 것이 그 신성한 여인이라고는 도저히 믿어지지 않았다. 마치 두꺼비 떼 속에서 벌새를 발견한 듯한 느낌이었다.

그녀가 방에서 나갔을 때 마리우스 머릿속에는 한 가지 생각밖에 떠오르지 않았다. 그 생각은 그녀를 쫓아간 뒤 그녀가 사는 집 주소를 아는 일이었다. 만일 그 계획이 틀어지면 끝까지 실행할 생각이었다. 이렇게 기적적으로 만난 이상 다시는 그녀를 놓치지 말자! 마리우스는 서랍장에서 뛰어내려 모자를 집어 들었다. 그리고 문고리를 비틀고 방에서 나가려다 문득 생각이 들어 걸음을 멈췄다. 복도는 길고 계단은 가파른 데다 종드레트는 떠들어 대고 있을 테니 아직 그들은 마차에 오르지 않았을 것이다. 만일 마리우스가 복도나 계단 혹은 입구에서 그들과 만난다면 분명 그들은 마리우스를 경계하여 이곳에 발길을 끊을지도 모른다. 그렇게 되면 이번에도 끝장이다. 그럼 어떻게 할까? 조금 더 기다릴까? 하지만 기다리는 동안 마차가 가 버릴지도 모른다. 마리우스는 방법을 몰랐다. 그러나 결국은 될 대로 되라는 심정으로 방문을 열고 나왔다.

복도에는 이미 사람의 그림자가 자취를 감췄다. 마리우스는 계단을 뛰어 내려갔다. 계단에도 인기척이 없었다. 황급히 계단을 내려가 길로 나가니 그때 마침 마차가 프티 방키에 거리 모퉁이를 돌아 파리 시내를 향해 들어가고 있는 참이었다.

마리우스는 그쪽을 향해 뛰었다. 큰길 모퉁이까지 가자 마차가 빠른 속도로 무프타르 거리로 내려가는 것이 보였다. 마차는 벌써 상당히 멀어져 따라가기에는 힘들어 보였다. 어찌해야 하나? 지금이라도 뛰어서 따라갈까? 그러나 그것은 도저히 불가능했다. 게다가 어쩌면 마차 속에 있는 사람이 전속력으로 달려오는 누군가가 다름 아닌 자신이라는 것을 알게 될지도 모른다. 그때 마침 뜻밖에도 국영 마차 한 대가 큰길을 달려오는 것이 보였다. 이제 오직 한 가지 수단은 그 마차를 타고 그들을 따라가는 수밖에 없었다. 그것은 가장 확실한, 그러면서도 위험하지 않은 수단이었다.

마리우스는 마부에게 세우라는 손짓을 하고는 큰 소리로 외쳤다.

"시간당 요금으로!"

마리우스는 넥타이도 매지 않은 데다, 단추가 떨어진 낡은 작업복을 입고 있었는데, 셔츠 또한 한 쪽이 찢어져 있었다.

마부는 말을 세우더니 눈을 껌벅거리며 왼손을 내밀고는 마리우스 앞에서 엄지손가락과 집게손가락을 마주 문질러 보였다.

"뭐요?"

마리우스는 물었다.

"선불이요."

마부가 대답했다

마리우스는 주머니에 16수밖에 없다는 것을 기억해 냈다.

"얼마요?"

그가 물었다.

"40수입니다."

"그럼 돌아와서 치르죠."

마부는 대답 대신 '라 팔리스' 가락을 휘파람으로 불며 자신의 말에 채찍을 가했다. 마리우스는 마차가 멀어지는 것을 멍하니 바라보았다. 24수가 없어서 기쁨을, 행복을, 사랑을 잃어버리는가! 또다시 어둠 속으로 멀어져야 하는가! 겨우 눈앞이 밝아졌는가 싶었는데 또다시 장님이 되어 버리다니! 그는 오늘 아침 가엾은 처녀에게 준 5프랑을 생각하며 분통을 터뜨렸다. 그 5프랑만 그대로 가지고 있었다면 그는 구원을 받고 소생하여 지옥과 어둠 속에서 벗어날 수가 있었을 것이다! 그리고 고독과 우울과 외로움에서 헤어날 수가 있었을 텐데! 자기에게 드리운 어두운 운명의 끈을 그 아름다운 금빛 끈에 맬 수가 있었는데! 그러나 그 금빛 끈은 그의 눈앞에서 또다시 뚝 끊기고 말았다. 그는 절망에 잠겨 움막으로 돌아왔다.

사실 그 순간 그는, 르블랑 씨가 밤에 다시 오겠다는 말에 즉각 반응하여 그때 다시 뒤쫓으면 된다는 생각을 할 수도 있었을 것이다. 그러나 그는 훔쳐보는 데 너무 열중한 나머지 아무 소리도 듣지 못했던 것이다. 계단을 올라가던 마리우스는 문득 큰길 저쪽 바리에르 데 고블랭 거리 인적이 없는 담벼락에 시선이 꽂혔다. '자선가'의 외투를 둘러쓴 종드레트가 누군가와 이야기를 나누고 있었다. 그와 이야기하는 상대는 거리에서 '불량배'라고 소문이 난 인상이 고약한 남자 중 하나였다. 그런 놈들은 늘 수상쩍은 얼굴을 하고 이상한 소리로 혼자 지껄이며, 항상 뭔가 나쁜 일을 꾸미고 있는 것 같았다. 그리고 낮엔 대개 자는 것으로 보아 일은 밤중에 하는 것이 분명했다.

두 남자는 혹독한 눈발 속에 꼼짝하지도 않고 선 채로 이야기를 나누고 있었다. 그런 모양을 만일 경찰이 보았다면 분명 수상하게 생각했을 것이다. 하지만 마리우스는 아무런 관심도 두지 않았다. 그런데 마리우스는 슬픔에 마음을 빼앗겼으면서도 그 불량배의 얼굴이 아무래도 팡쇼와 닮았다고 생각했다. 별명을 프랭타니에라고도 하고 비그르나유라고도 한다고 언젠가 쿠르페락이 이야기해 준 일이 있는 그는, 이 근방에선 상당히 위험한 인물로 소문이 나 있었다. 독자는 아마 이 이름을 벌써 앞에서 읽었을 것이다.

이 팡쇼라고도 하고, 비그르나유라고도 하고 프랭타니에라고도 하는 남자는 후에 수많은 형사재판에 걸려 악당으로 이름을 날렸으나, 당시에는 아직 소문으로만 악당으로 알려져 있었다. 그리고 오늘날에 와서야 그의 이름은 강도나 살인자 사이에서 전설적인 존재로 남아 있다. 그는 왕정 말기에 벌써 한 파를 형성하고 있었다.

저녁때 해 질 무렵 죄수들이 여기저기 모여 수군거릴 때 포르스 감옥 사자굴의 화제 속 인물은 단연 그였다. 그뿐만이 아니었다. 그 감옥 변소에서 나오는 지하 하수도는 1843년 30명의 죄수가 백주에 탈옥하는 데 이용됐는데, 바로 그 지하 하수도가 순시 도로와 마주치는 변소 바닥 돌 위쪽 벽을 보면 '팡쇼'라는 그의 이름이 발견된다. 그것은 그가 몇 번이나 탈옥을 꾀하면서도 대담하게 새겨 놓은 것이다. 경찰은 이미 1832년경부터 그에게 주의를 기울이고 있었으나 그는 아직 본격적으로 일을 시작하지는 않았다.

가난한 자가 슬퍼하는 자에게 주는 도움

마리우스는 집 층계를 천천히 올라갔다. 그리고 자기 방으로 들어가려는 순간, 종드레트의 큰딸이 따라와 복도에 서 있는 것을 발견했다. 그는 그 처녀가 보기 싫었다. 자신의 돈 5프랑을 가지고 있는 것은 그녀였으나 이제 와서 달라고 해 봤자 이미 소용 없는 짓이었다. 국영 마차는 이미 가 버렸고 마차도 저 멀리 아득히 사라져 버린 지 오래다. 그보다는 돌려 달라고 해도 주지 않을 것이다. 그리고 앞서 찾아왔던 사람들의 주소를 물어봐도 소용이 없을 것이다.

그녀는 알 턱이 없다. 왜냐하면 파방투라고 서명한 편지의 겉봉에는 '생 자크 뒤 오 파 성당의 인자하신 나리'라고만 되어 있었으니까.

마리우스는 방으로 들어가 뒤로 문을 닫았다. 그런데 문이 닫히지 않았다. 돌아보니 손 하나가 열린 문을 꽉 잡고 있었다.

"뭐요?"

그는 물었다.

"누구요?"

종드레트의 딸이었다.

"난 또 누구라고!"

마리우스는 약간 투박한 목소리로 말했다.

"무슨 일로 또 왔소?"

그녀는 생각에 잠긴 듯 잠시 머뭇거렸다. 아침에 보였던 그 뻔뻔스러움은 보이지 않았다. 방에는 들어올 생각도 하지 않은 채 어두운 복도에 서 있었기에 마리우스는 반쯤 열린 문틈 사이로 간신히 그녀의 모습을 볼 수 있었다.

"말해요, 무슨 일이오?"

마리우스는 다시 물었다.

그녀는 옅게 빛나는 우울한 눈을 들며 그에게 말했다.

"마리우스 씨, 우울하신 것 같은데 무슨 일이 있나요?"

"내가?"

마리우스가 되물었다.

"네."

"아무 일도 없소."

"아니에요, 있어요."

"별일 없다고 했소."

"아니, 분명히 있어요."

"나를 좀 내버려 두시오."

마리우스는 다시 문을 닫으려 했으나 여자가 문을 잡으며 말했다.

"그러지 마세요, 마리우스 씨."

그녀는 말했다.

"당신은 부자도 아니면서 오늘 아침 제게 무척 친절하셨지요? 그러니까 지금도 친절하게 대해 주셔야 한다고 생각해요. 오늘 아침은 먹을 것을 주셨으니까 이번엔 생각하고 계신 것을 말씀해 주세요. 당신께 슬픈 일이 있는 거예요. 얼굴에 모두 나타나 있어요. 저는 당신이 슬퍼하시면 싫어요. 말해 주세요, 어떻게 하면 기분이 좋아질 수 있을까요? 제가 도와 드릴 수는 없나요? 저를 시켜 주세요. 당신이 간직한 비밀은 묻지 않겠어요. 저도 어쩌면 당신의 도움이 될지도 모르잖아요. 아버지 심부름을 하고 있으니까 당신의 심부름도 잘할 수 있어요. 편지를 가지고 간다든가, 누구의 집을 찾아간다든가, 이 집 저 집 찾아다닌다든가, 주소를 찾는다든가, 사람의 뒤를 따라간다든가 하는 일이라면 저만큼 잘하는 사람을 없을 거예요. 말씀해 주세요, 네? 마음속에 생각하고 계신 걸. 그럼 제가 그 사람이 누가 되었든 당신의 말을 전해 드릴게요. 남에게 사정을 얘기하면 일이 해결되는 수도 있답니다. 그러니 저를 시켜 주세요."

문득 한 가지 생각이 마리우스 머릿속을 지나갔다. 지금 현재 떨어질

판인데 어떤 가지인들 모른 척하겠는가? 마리우스는 종드레트의 딸에게 다가갔다.

"그럼 들어 봐……."

그는 입을 열었다.

그녀는 눈에 가득 기쁜 빛을 띠고 말했다.

"네, 그렇게 반말로 말씀해 주세요. 전 그게 훨씬 편하고 좋아요."

"방금 노인 한 분을 모시고 왔었지? 그 따님하고 말이야."

"네."

"그분들 주소를 알고 있니?"

"몰라요."

"그럼 그 주소를 나에게 알려 줘."

처녀의 우울하던 눈이 겨우 밝아지는가 싶더니 다시 침울해졌다.

"그 일인가요, 제가 해 드릴 일이란 것이?"

"그래."

"그분들을 알고 계세요?"

"몰라."

"그럼 이런 거군요."

그녀는 급히 말했다

"지금은 그 처녀를 몰라도 앞으로 알고 싶다는 얘기로군요."

'그분'이라는 말이 '그 처녀'로 바뀌면서 의미심장하면서도 쓸쓸한 그 무엇이 그들을 에워쌌다.

"하여튼 할 수 있어, 없어?"

마리우스는 물었다.

"그 예쁜 처녀의 주소를 알아 오는 거요?"

'그 예쁜 처녀'란 말에도 또 어떤 감정이 비치고 있었다. 그리고 그것이 마리우스를 역겨운 기분으로 몰고 갔다. 그는 말을 이었다.

"어쨌든 그 노인과 처녀 주소 말이야. 그 사람들의 주소를 알아 올 수 있겠어?"

그녀는 뚫어지게 그를 바라보며 말했다.

"제게 뭘 주시겠어요?"

"원하는 것, 무엇이든."

"제가 원하는 모든 것을?"

"그래."

"곧 주소를 아시게 될 거예요."

그녀는 고개를 숙이고 문을 확 잡아당겼다. 문은 닫혔다.

마리우스는 마침내 혼자가 되었다. 그는 힘없이 의자에 주저앉았다. 그러고는 침대에 얼굴을 파묻고 종잡을 수 없는 생각에 잠겨 오랫동안 멍하니 엎드려 있었다. 아침부터 여러 가지 일들이 생겼다. 기다렸던 천사가 나타났다 사라진 일이며 종드레트의 큰딸이 지금 한 말, 끝없는 절망 속에서 한 줄기 빛이 비치기 시작했던 일, 그러한 모든 일이 뒤범벅이 되어 그의 머리에 꽉 찼다. 갑자기 마리우스는 꿈에서 깨어 일어났다. 종드레트가 귀에 거슬리는 커다란 소리로 이렇게 말하는 것이 들려왔다. 그 말은 다시 그의 관심을 끌었다.

"아니, 틀림없어. 어디선가 꼭 본 녀석이야."

종드레트는 누구를 두고 하는 말일까? 누구를 보았다는 걸까? 르블랑 씨? '나의 위르쉴'의 아버지를 말하는 걸까? 그렇다면? 종드레트는 그 사람을 알고 있다는 말일까? 나의 삶을, 어둠 속에서 건져 줄 모든 귀중한 사실을 뜻밖에도 이제야 갑자기 알게 된 걸까? 내가 사랑하는 사람이 누군가를 결국 알게 되는 걸까? 그 젊은 처녀가 누구인가를? 그 아버지가 누구인가를? 그 두 사람을 둘러싸고 있는 짙은 어둠이 마침내 환하게 밝혀질 때가 온 걸까? 감춰졌던 베일이 찢기는 때가 온 걸까? 아아, 하늘이여!

그는 서랍장 위로 올라갔다. 올라갔다기보다 거의 뛰어 올라갔다. 그리고 벽 틈으로 난 작은 구멍 옆에 자리 잡았다. 그는 다시 종드레트의 누추한 방 안을 들여다보기 시작했다.

르블랑 씨가 준 5프랑의 용도

방 안 광경은 달라진 것이 없었다. 아내와 딸들은 보퉁이에 든 것을 꺼내 팔 달린 조끼며 긴 양말을 신고 있었다. 새 담요 두 장도 침대 위에 놓여 있었다.

종드레트는 방금 돌아온 모양이었다. 밖에서 돌아온 사람답게 거칠게 숨을 헐떡이고 있었다. 큰딸은 난로 옆 바닥에 앉아 동생의 손에 붕대를 감아 주고 있었다. 아내는 놀란 표정으로 난로 옆 침대에 누워 있었다. 종드레트는 정신 사납게 방 안을 거칠게 걷기 시작했다. 그의 눈초리는 이상하게 빛났다.

아내는 남편 앞에서 기가 죽은 듯 웅크린 채로 잠시 망설이다가 결심한 듯 입을 열었다.

"정말이에요? 확실해요?"

"틀림없어. 벌써 8년이나 지났지만 확실히 기억해. 오래전 내가 본 얼굴이야. 보자마자 금방 알았어. 그런데 당신은 보고도 몰랐단 말이야?"

"몰랐어요."

"내가 뭐랬어. 주의해서 보라고 했잖아. 몸이고 얼굴이고 하나도 안 늙었어. 어찌 된 까닭인지 세상에는 세월이 흘러도 늙지 않는 놈들이 있지. 게다가 그 목소리까지 말이야. 달라진 건 걸친 옷뿐이야. 흥, 사기꾼 늙은이 같으니라고, 이제 꼼짝없이 붙잡은 거나 다름없어."

그는 걸음을 멈추고 딸들에게 말했다.

"너희는 나가 있어. 흥, 보고도 몰라보다니 거 이상한데?"

딸들은 자리에서 일어났다. 어머니는 중얼거렸다.

"손을 다쳤는데 나가라고요?"

"바깥공기가 오히려 좋아."

종드레트가 말했다.

"어서 나가!"

이 남자는 누구에게든 두말 못 하게 할 인간이라는 것은 보나 마나 뻔했다. 두 딸은 밖으로 나갔다. 그녀들이 문을 열고 나가려고 하자 아버지는 큰딸의 팔을 잡고 특이한 목소리로 말했다.

"정확히 5시 정각에 돌아와야 해, 둘 다. 알았어? 할 일이 있어."

마리우스는 더욱 신경을 곤두세웠다.

아내와 단둘이 남게 되자 종드레트는 다시 방 안을 말없이 두서너 바퀴 돌았다. 그런 다음 입고 있던 여자 셔츠 자락을 바지춤에 쑤셔 넣느라 몇 분을 허비했다. 갑자기 그가 아내를 향해 돌아서더니, 팔짱을 끼며 큰 소리로 말했다.

"한 가지 사실을 알려 줄까? 그 처녀는 말이야……."

"뭐예요?"

아내는 물었다.

"그 처녀가 어쨌단 말예요?"

마리우스는 의심할 여지가 없었다. 그녀에 대해 말하는 것이 틀림없었다. 그는 무서운 불안감에 쫓기면서도 귀를 기울였다. 그의 모든 생명력이 귀에 집중된 것 같았다.

그런데 종드레트는 허리를 굽히고 낮은 소리로 아내에게 속삭였다. 그리고 몸을 일으키더니 마지막 말만 커다란 소리로 말했다.

"바로 그 처녀야."

"그게?"

아내가 말했다.

"응, 바로 그게!"

남편은 대답했다.

아내가 말한 '그게'라는 말에 포함된 의미는 어떤 말로도 표현할 수 없는 것이었다. 놀람과 격정, 그리고 증오와 분노가 한데 섞인 무시무시한 목소리였다. 주인이 그녀 귀에 속삭인 말은 불과 두세 마디, 아니 어쩌면 이름뿐인 것 같았으나 그것을 듣는 순간 그때까지 잠자는 듯 멍해 있던 아내는 갑자기 커다랗게 눈을 뜨고는 무시무시한 여인으로 돌변했다.

"설마, 그럴 리가."

아내는 소리쳤다.

"우리 계집애들은 맨발에 옷 한 벌 없는 신세인데 설마 그럴 리가요. 비단 망토에 벨벳 모자에 구두까지 정말 없는 것이 없던데! 몸에 지니고 있는 것만 해도 넉넉히 200프랑은 되겠더라고요. 아무리 뜯어보아도 귀부인이던데. 아니, 절대 그럴 리가 없어요. 분명 당신이 사람을 잘못 본 거예요. 그놈 얼굴은 아주 흉측했는데 이 사람은 그렇지 않잖아요. 정말 그렇게까지 못생긴 얼굴은 아니에요. 그놈일 리가 없어요."

"아니, 틀림없어, 그놈이야. 이제 곧 알게 돼."

남편의 확신에 찬 말을 듣자 종드레트의 아내는 시뻘겋고 커다란 얼굴을 잔뜩 일그러뜨리며 천장을 쳐다보았다. 그러자 마리우스에게는 아내가 주인보다도 더 무섭게 생각되었다. 마치 암호랑이 눈을 한 암퇘지 같았다.

"세상에!"

그녀는 중얼거렸다.

"우리 딸들을 가엾은 눈으로 바라보던 그 예쁜 계집애가 그 거지 계집애라니! 아아, 어서 빨리 그년 배때기를 힘껏 차 줬으면 좋겠어."

아내는 별안간 침대에서 벌떡 일어났다. 머리를 정신없이 풀어 헤치고 코를 벌름거리며 입을 헤벌리고 두 손은 뒤로 쥔 채 말없이 서 있었다. 그리고 다시 침대 위에 벌렁 드러누웠다. 남편은 아내를 본 척도 하지 않고 여전히 방 안을 천천히 거닐었다. 잠시 후에 그는 아내 옆으로 다가가 아까처럼 팔짱을 끼고 그 앞에 떡 버티고 섰다.

"또 하나 멋진 소식을 가르쳐 줄까?"

"뭔데요?"

그녀는 물었다.

그는 낮은 목소리로 불쑥 대답했다.

"나도 이제 한밑천 잡았단 이야기야!"

종드레트의 아내는 '이이가 돈 거 아냐?' 하는 눈초리로 남편을 쏘아보았다. 종드레트는 계속해 말했다.

"제기랄! 나도 꽤 오랫동안, 불이 있을 땐 굶어 죽고 빵이 있을 땐 얼어 죽는 그런 신세를 면치 못했지. 이제 가난이라면 지긋지긋해! 내가 고생하든 남이 고생하든 말이야. 농담이 아니야. 웃을 일도 아니란 말이야, 이 바보야. 나도 이제 좀 배를 채워야겠어. 실컷 먹고 마셔야겠단 말이야. 만날 잠이나 자고 빈둥빈둥 놀기나 하고. 나도 이제 슬슬 재미 좀 봐야겠어. 나도 이제 죽기 전에 부자 행세를 해 보겠단 말이야."

그는 방 안을 한 바퀴 돌고 나서 다시 덧붙였다.

"그래, 다른 놈들처럼."

"대체 그게 무슨 말이에요?"

아내가 물었다.

종드레트는 고개를 흔들고 눈을 껌벅이며 무슨 실연을 하는 거리의 장사꾼처럼 소리를 높였다.

"무슨 소리냐고? 들어 봐, 바로, 이런 거야."

"쉿!"

아내가 주의를 주었다.

"소리가 너무 커요. 남이 들으면 어쩌려고 그래요!"

"흥, 듣긴 누가 들어. 옆방 사람 말인가? 아까 나가는 걸 봤는데 뭘. 또 설령 있으면 어때, 그따위 얼치기 녀석이. 그리고 아까 나가는 걸 내 눈으로 똑똑히 봤으니까."

그렇게 말하면서도 종드레트는 본능적으로 소리를 낮췄으나 마리우스에게는 모두 다 들렸다. 다행히 눈이 내려 거리를 달려가는 마차 소리가 무디게 들렸기 때문에 마리우스는 두 사람의 이야기를 빠짐없이 들을 수 있었다.

마리우스가 들은 이야기는 다음과 같은 이야기였다.

"잘 들어. 크로이소스(리디아 왕국의 왕. 대부호의 명사_옮긴이)를 사로잡는 거야. 아니, 이미 사로잡은 거나 마찬가지지. 벌써 계획은 다 세웠어. 도울 사람도 다 생각해 놨고. 놈은 오늘 밤 6시에 오기로 했어. 60프랑을 가지고 말이야. 제기랄, 당신도 분명 들었지? 조금 전에 내가 한 말, 60프랑이니, 집주인이니, 2월 4일이니 하는 말 말이야. 사실은 1기분밖에 밀린 게 없어. 바보 같은 녀석! 아무튼 녀석은 저녁 6시에 이리로 올 거야. 그때면 옆방 녀석도 저녁을 먹으러 갈 테고, 부공 할멈도 시내로 접시를 닦으러 가니까 이 집에는 아무도 없어. 옆방 녀석은 11시까지는 돌아오지 않을 거고. 딸년들은 문 앞을 지키라고 내보내야지. 당신도 좀 도와줘야 할 거야. 그렇게 되면 그놈은 이쪽 마음대로 할 수 있어."

"만일 뜻대로 안 되면 어떡하지요?"

아내가 물었다. 종드레트는 약간 두려운 몸짓을 하고 말했다.

"그럼 말을 듣게 해야지"

그는 말을 하고는 소리 내어 웃었다.

그가 웃는 것을 마리우스는 처음 보았다. 그것은 차가우면서도 끈적끈적한, 그리고 온몸을 떨리게 하는 기분 나쁜 웃음이었다.

종드레트는 난로 옆 옷장 문을 열고 안에서 낡은 모자를 꺼냈다. 그리고 옷소매로 턴 다음 머리에 썼다.

"자, 그럼."

그는 말했다.

"다시 나가야 해. 여러 놈을 더 만나 봐야 하거든. 두고 봐, 한 번에 해치울 테니까. 될 수 있는 대로 빨리 돌아올게. 이것 참 재미있는 노름인데, 집이나 잘 봐."

그리고 주머니에 손을 찌르고 잠시 생각하더니 소리 높여 말했다.

"그놈이 날 알아보지 못한 건 정말 행운이었어. 만일 알았더라면 다시는 오지 않을 게 뻔하지. 아, 그것도 아마 곧장 내뺐을 거야. 이 수염이 나를 구해 준거나 마찬가지야. 오, 이 로맨틱한 수염! 이 멋있고 귀여운 로맨틱한 수염이 말이야."

종드레트는 다시 웃었다. 그는 창 옆으로 다가갔다. 눈은 여전히 펄펄 내려 회색빛 하늘을 가리고 있었다.

"에잇, 지긋지긋한 날씨."

그는 중얼거렸다.

그리고 외토 앞자락을 여몄다.

"망할 놈의 외투는 왜 이렇게 커. 하기야 뭘 아무렴 어때."

그는 덧붙여 말했다.

"그래도 이 늙다리가 이걸 놓고 가서 참 다행이야. 제기랄, 만일 이것도 없었더라면 꼼짝도 못할 뻔했는걸. 세상이란 이렇게 살아가는 방법이 생기지."

종드레트는 모자를 깊숙이 눌러쓰고 밖으로 나갔다.

밖으로 나가서 몇 발짝 걸어갔을까 했을 때, 문이 다시 열리고 그 틈으로 검붉은 짐승 같은 그의 옆얼굴이 나타났다.

"참 잊었어."

그는 말했다.

"난로에 숯불을 좀 피워 놔."

그러더니 '자선가'한테서 받은 5프랑짜리 화폐를 아내 앞치마에 던졌다.

"난로에 불을 피우라고요?"

아내가 되물었다.

"응."

"얼마나?"

"두 삽 가득."

"그럼 30수가 들겠군요. 나머지론 먹을 걸 장만하면 되겠네요."

"멍청하긴, 그럼 안 돼."

"왜요?"

"5프랑을 한꺼번에 다 쓰면 어떻게 해."

"왜, 안 될 게 뭐예요?"

"나도 뭘 좀 살 게 있어."

"뭘 사려고요?"

"좋은 거 살 게 있어."

"얼마나 들어요?"

"여기 가까운 철물점이 어디 있지?"

"무프타르 거리에 있어요."

"아, 그래. 길모퉁이에 있었지."

"그런데 얼마나 있으면 돼요?"

"50수, 아니 3프랑은 있어야 해."

"그럼 먹을 걸 장만할 돈이 없잖아요."

"오늘은 먹는 것이 중요하지 않아. 지금 더 중대한 일이 있어."

"알았어요. 당신 맘대로 해요."

아내가 이렇게 말하자 종드레트는 문을 닫았다. 그리고 복도를 지나 계단을 소란스럽게 내려가는 소리가 들렸다.

때마침 1시를 알리는 종소리가 생 메다르 성당에서 울려왔다.

조용한 곳에서 두 사람은 주님의 기도를 생각하지 않았다

마리우스는 몽상가임엔 틀림없으나 앞에서도 말했지만 용기와 진실한 마음을 가진 청년이었다. 혼자 조용히 생각하는 습관은 그에게 침착성과 동정심을 키워 주었다. 그래서인지 쓸데없는 일에 관해서는 험상궂게 화를 내지는 않았지만, 부정한 것을 목격했을 때는 불같이 화를 내었다. 마리우스는 바라문교도의 친절과 재판관의 날카로움을 함께 소유하고 있었다. 두꺼비 같은 인간을 동정하는 한편 뱀 같은 인간을 밟아 죽일 만한 용기도 가지고 있었다. 마리우스가 지금 들여다본 것은 어김없는 뱀 굴이었고 그가 눈앞에 본 것은 틀림없는 괴물의 소굴이었다.

"이런 악독한 놈들은 짓밟아 줄 필요가 있다."

그는 중얼거렸다.

마리우스는 안개에 휩싸인 흐릿한 수수께끼가 풀리길 원했으나 해결된 것은 하나도 없었다. 오히려 수수께끼는 한층 더 복잡하게 엉킨 것 같았다. 뤽상부르 공원에서 만난 아름다운 처녀와 자기가 르블랑 씨라고 부르는 남자에 대해서는 종드레트가 알고 있다는 사실 외에 무엇 하나 알아낸 것이 없었다. 그리고 조금 전의 수상한 말로 미루어 그들 사이에 뭔가 은밀한 계획이 진행되고 있는 것만은 확실했다. 잘 알 수는 없었으나 무서운 계획임에 틀림없었다. 그들 두 사람에게 무서운 위험이 다가오고 있는 것이다.

처녀가 저녁에 오지 않으면 혹시 위험을 모면할지 모르나 처녀의 아버지는 결단코 피할 수 없으리라. 그렇다면 그 사람들을 구하지 않으면 안 된다. 종드레트 가족의 무서운 계획을 좌절시키고 그 거미집을 부숴 버리지 않으면 안 된다. 그는 오랫동안 종드레트의 아내가 하는 행동을 지켜보았다. 그녀는 방 한구석에서 낡은 풍로를 꺼내자 이번엔 쇳조각을 뒤져 뭔가를 찾기 시작했다.

그는 될 수 있는 대로 소리가 나지 않도록 조용히 서랍장에서 내려왔다. 이제부터 일어나려는 일에 무서운 공포를 느끼고 종드레트 가족에게 깊은 증오를 느끼면서도, 한편 사랑하는 사람을 위해 뭔가 할 수 있는 기회가 온 것을 기쁘게 생각했다.

그런데 어떻게 하면 좋을 것인가? 두 사람에게 알려 줘야 할까? 하지만 그들이 어디에 있는지 모르지 않는가? 마리우스는 그들의 주소를 모른다. 두 사람은 잠시 그의 눈앞에 나타났는가 싶다가 다시 깊은 파리의 심연 속으로 빠져 버리고 말았다. 그럼 저녁 6시, 르블랑 씨가 올 시간에 문에서 기다리다가 올가미가 쳐 있다는 것을 알려 줄까?

그러나 그렇게 하면 종드레트와 그의 패들에게 자기가 기다리고 있다는 것을 들킬 것이다. 그렇게 되면 사람들이 별로 다니지도 않는 데다 또 그들이 훨씬 힘이 강하므로 이쪽을 사로잡든가 아니면 멀리 내쫓아 버릴 것이다. 그러면 마리우스가 구하려던 사람의 운명은 마지막이다. 지금 1시 종이 쳤다. 매복은 6시에 실행될 모양이었다. 마리우스에게 남은 시간은 앞으로 다섯 시간밖에 없었다.

할 수 있는 일은 한 가지밖에 없었다.

마리우스는 낡은 옷을 벗고는 비교적 좋은 옷을 입었다. 그러고 나서 목도리를 두르고 모자를 쓰고는 마치 이끼 위를 걷듯 소리 없이 살짝 방에서 나갔다.

한편 종드레트의 아내는 여전히 쇳조각을 뒤적이고 있었다.

집에서 나오자 마리우스는 프티 방키에 거리를 향해 발길을 돌렸다. 그는 그 거리 중간쯤에 있는 어느 울타리 옆으로 갔다. 그곳은 넘어 다닐 수 있는 낮은 울타리로 그 너머는 빈 공터였다.

마리우스는 생각에 잠겨 천천히 걸어갔다. 눈 위를 걸었기 때문에 발소리는 거의 나지 않았다. 그때 문득 가까운 곳에서 사람들의 말소리가 들렸다. 그는 고개를 황급히 돌렸다. 한낮인데도 길에는 인기척 하나 없었다. 그런데도 분명 사람의 말소리가 들렸다.

마리우스는 문득 울타리 너머를 들여다보고픈 생각이 들었다. 과연 그곳에는 남자 둘이 돌담에 기댄 채 눈 속에 앉아 낮은 목소리로 이야기를 하고 있었다. 두 사람 모두 낯선 얼굴이었다. 한 사람은 작업복을 입은 수염이 많은 남자고, 다른 한 사람은 누더기에 더벅머리를 한 사나이였다. 수염이 많은 남자는 둥근 그리스식 모자를 쓰고 있었고 또 한 남자는 모자를 쓰고 있지 않아 머리에 눈이 쌓여 있었다.

그들 위로 살짝 고개를 디밀자 그들 말소리가 들렸다. 더벅머리의 남자가 상대를 무릎으로 쿡 찌르며 말했다.

"파트롱 미네트가 끼면 실수를 하지 않을 텐데."

"과연 그럴까?"

털보가 대답했다. 더벅머리가 말을 이었다.

"한 사람 앞에 5백 프랑씩 주면 되겠지. 그러나 일이 틀어지는 날엔 오륙 년, 많이 잡아도 10년이면 되겠지."

상대는 주저하는 듯 그리스식 모자 밑을 긁적거리며 대답했다.

"그건 현실적인 문제야. 그렇게는 절대 되지 말아야지."

"그러니까 이 일은 틀림이 없단 말이지."

더벅머리가 말했다.

"아저씨 마차에도 말을 매어 놓을 테니."

이어 그들은 어제 게테 극장에서 본 연극 이야기를 시작했다. 마리우스는 돌아서서 다시 길을 걷기 시작했다.

어쩐지 그 수상쩍은 두 사람의 대화는 종드레트의 무서운 계획과 연관성이 있으리란 생각이 들었다. 확실히 '그 일'과 통하고 있었다.

그는 마르소 성 밖 쪽으로 걷다 문득 눈에 띈 상점으로 들어가서는 경찰서가 있는 곳을 물었다. 상점 주인은 퐁투아즈 거리 14번지라고 가르쳐 주었다.

빵집 앞을 지날 때 그는 2수로 빵 하나를 사 먹었다. 아무래도 저녁은 못 먹게 될 듯싶었기 때문이다. 그는 걸으며 신께 감사했다. 만일 아침에 종드레트의 딸에게 5프랑을 주지 않아 르블랑 씨를 마차로 따라갔더라면 그는 이런 사실을 전혀 알지 못했을 것이다. 그리고 종드레트 가족의 계획을 막을 수도 없었을 것이고, 르블랑 씨도 또한 함정에 빠졌을 것이다.

경관이 변호사에게 '주먹' 두 개를 주다

퐁투아즈 거리 14번지에 가자 그는 2층으로 올라가 경찰서장에게 면회를 신청했다.

"서장님은 만나실 수 없습니다."

급사로 보이는 젊은이가 대답했다.

"하지만 대리인 경위님은 계십니다. 만나 보시겠습니까? 급한 일이신가요?"

"그렇소."

마리우스는 대답했다.

급사는 그를 서장실로 안내했다. 키 큰 남자 하나가 격자무늬 칸막이 저쪽에 놓인 난로에 기대듯 서서 커다란 외투 소매를 두 손으로 걷어붙이고 있었다. 모난 얼굴, 입술이 얇아 의지가 약해 보이는 입, 뻣뻣하고 숱이 많은 반백의 수염, 사람의 주머니 속까지 들여다볼 것만 같은 눈, 그러나 그 눈은 꿰뚫어 보는 눈초리라기보다 뒤져 보는 듯한 날카로운 눈초리였다. 그 남자는 종드레트 못지않게 잔인하고 무서워 보였다. 개를 만나는 것이 이리를 만나는 것만큼이나 사람을 불안하게 만드는 수도 있다.

"무슨 일입니까?"

그는 무뚝뚝한 목소리로 물었다.

"서장님은요?"

"지금 안 계십니다. 내가 그 대리인이지요."

"극비로 처리할 일이 생겨 왔습니다."

"말씀하시지요."

"무척 급한 일입니다."

"그러니까 어서 말씀하세요."

그 남자는 침착하면서도 성급했기 때문에 상대를 두렵게 하는 동시에 안심시키는 데가 있었다. 다시 말해 상대방에게 공포와 신뢰를 함께 느끼게 만들었다. 마리우스는 성실하게 자초지종을 설명했다.

어떤 사람이, 자신은 얼굴밖에 모르는 사람이지만 그 사람이 오늘 밤 봉변을 당하게 생겼다. 자신, 즉 변호사 마리우스 퐁메르시는 그 악당의 바로 옆방에 사는 사람인데, 벽 너머로 그들의 계획을 우연히 엿듣게 되었다. 계략을 꾸며 낸 장본인은 종드레트라는 남자다. 성문 근처에 사는 불량배들과 함께 공모한 모양인데 그중 특히 팡쇼, 별명은 프랭타니에, 또는 비그르나유라 불리는 남자가 의심스럽다. 종드레트의 딸들은 망을 보기로 되어 있다. 봉변을 당할 사람에게 알려 주려고 해도 그의 주소와 이름을 모르기 때문에 아무런 방법이 없다. 요컨대 오늘 저녁 6시, 로피탈 거리에서는 가장 사람의 왕래가 한산한 50-52번지 집에서 일을 치르기로 되어 있다.

번지수를 듣자 경위는 얼굴을 들고 차갑게 말했다.

"당신이 말한 그 복도 맨 끝 방이오?"

"네, 그렇습니다."

마리우스가 대답하며 다시 덧붙였다.

그런데 그 집을 잘 아십니까?"

"네, 본 일이 있죠."

그리고 마리우스에게보다 자기 넥타이를 상대로 이야기하듯 눈을 내리뜨며 입속으로 중얼거렸다.

"맞아, 파트롱 미네트가 한몫 낀 게 틀림없어."

이 말을 듣자 마리우스는 깜짝 놀랐다.

"파트롱 미네트요?"

마리우스는 물었다.

"저도 그 이름을 들은 적이 있습니다."

그리고 프티 방키에 거리 울타리 뒤 눈 속에서, 더벅머리 남자와 털보가 하던 얘기도 경위에게 전했다.

경위는 중얼거렸다.

"더벅머리 남자는 뷔르종일 거요. 털보는 드미 리야르가 틀림없고, 별명으로 드밀리야르라고 하는 자지."

그는 다시금 눈을 깔고 생각에 잠긴 채 중얼거렸다.

"그 아저씨라는 자도 짐작이 가오. 이런, 또 외투를 태웠군. 아무 소리 안 하면 꼭 이렇게 불을 피워 놓는단 말이야. 음 50-52번지라고? 전에 고르보 저택 자리군."

경위는 마리우스를 바라보았다.

"당신은 더벅머리와 털보밖에 못 봤소?"

"팡쇼도 보았습니다."

"조그만 멋쟁이 남자가 하나 어슬렁거리는 건 본 일이 없소?"

"없습니다."

"식물원의 코끼리처럼 뚱뚱한 남자는?"

"못 보았습니다."

"옛날 마술사같이 생긴 남자는?"

"못 보았어요."

"그 네 번째 사나이는 누구한테도 자기 모습을 보이지 않지. 밑에 부리는 부하 놈들도 본 일이 없다니까. 당신이 보지 못했대도 조금도 이상할 것이 없소."

"그 사람들은 대체 어떤 사람들입니까?"

마리우스가 되물었다.

경위는 마리우스의 물음에는 대답하지 않고 다른 말을 했다.

"그래, 아직 그놈들이 나올 때가 아니니까."

다시 침묵이 흐른 다음 경위는 계속해 말했다.

"흠 50-52번지라, 그 집은 나도 잘 알고 있소. 그런데 그놈들한테 들키지 않고 안에 들어가기가 힘들 거요. 놈들은 우리가 온 걸 알면 연극은 하지 않을 테지. 우습게도 부끄럼을 많이 타는 녀석들이라 구경꾼이 있으면 싫어하지요. 사실은 말도 안 돼, 그렇게 해선 안 되고. 놈들 스스로 노래하고 춤추게 만들고 싶어, 나는."

그는 혼잣말을 하고나서 마리우스를 뚫어지게 바라보며 다시 입을 열었다.

"당신, 혹 무섭소?"

"무엇이요?"

마리우스가 되물었다.

"그놈들 말이오."

"당신이 느끼는 감정과 어느 정도 비슷하겠지요."

마리우스는 퉁명스럽게 대답했다. 바뀌지 않는 경위의 말투가 불만스러웠기 때문이다. 경위는 한술 더 떠 마리우스를 똑바로 쏘아보며 무척 거만한 태도로 말했다.

"그렇게 말하는 걸 보니 당신은 무척 용감하고 정직한 사람 같소. 용기는 죄악을 두려워하지 않고 정직은 관헌을 무서워하지 않는 거니까."

마리우스는 그 말을 가로막았다.

"그런데 대체 어떻게 하실 작정입니까?"

경위는 다만 이렇게 대답했다.

"그 집 세든 사람들은 밤중에 돌아와서 문을 열 때 쓰는 열쇠를 모두 하나씩 가지고 있는데 당신도 가지고 있겠죠?"

"네, 가지고 있습니다."

마리우스는 대답했다.

"지금 가지고 있소?"

"네."

"그럼 지금 내게 주시오."

경위는 말했다.

마리우스는 조끼에서 열쇠를 꺼내 경위에게 건네며 말했다.

"충분한 준비를 해야 한다고 생각하는데요."

경위는 시골 출신 아카데미 회원이 각운(脚韻) 교육을 하는 것을 듣는 볼테르 같은 눈으로 잠깐 마리우스를 쏘아보았다. 그리고 두 손을 커다란 외투 주머니에 푹 찌르더니 두 자루의 작은 강철 권총을 꺼내 보였다. 바로 주먹이라고 불리는 권총이었다. 경위는 권총을 마리우스에게 내밀면서 빠르고 힘 있는 목소리로 말했다.

"이걸 가지고 집으로 돌아간 뒤 조용히 방에 숨어 있으시오. 빈방이라는 생각이 들도록 말이오. 둘 다 두 발씩 장전되어 있소. 그리고 놈들을 잘 살피시오. 벽에 구멍이 있다고 했죠? 놈들이 와도 한동안은 손을 쓰지 말고 가만히 보시오. 그리고 좋은 때라고 생각되는 순간 그들을 향해 정확히 한 발을 쏘시오. 너무 일러서는 안 되오. 그 뒤는 내가 알아서 다 처리할 테니까. 알겠소? 꼭 한 발이오. 허공이고 천장이고 아무 데나 쏘아도 좋소. 하지만 너무 서두르지 마시오. 놈들이 일을 시작하는 걸 기다려야 하오. 당신은 변호사니까 내 말을 잘 알아듣겠죠?"

마리우스는 두 자루의 권총을 받아 웃옷 주머니에 넣었다.

"거기 넣으면 불룩해 보입니다."

경위가 말했다.

"웃옷 말고 바지 주머니에 넣으시오"

마리우스는 권총을 바지 주머니에 각각 넣었다.

"자아"

경위가 말했다.

이젠 잠시도 머무를 시간이 없소. 지금 몇 시죠? 2시 반, 7시라 했죠?"

"6시입니다."

마리우스가 말했다.

"아직 시간은 있지만……."

경위가 말했다.

"그래도 우물쭈물해선 안 되오. 내가 한 말을 잊지 않도록, '빵' 하고 한 발이오"

"네, 걱정하지 마십시오."

마리우스는 대답했다.

마리우스가 문을 열고 나가려고 하자 경위는 그에게 소리쳤다.

"그리고 만일 그 안에라도 무슨 일 생기면 내게 사람을 보내시오. 자베르 찾으면 되니까."

종드레트가 물건을 사다

그로부터 조금 지나, 3시쯤 쿠르페락은 보쉬에와 같이 무프타르 거리를 지나가고 있었다. 눈은 점점 더 심하게 쏟아져 사방을 분간하기가 어려웠다. 보쉬에가 쿠르페락에게 이렇게 말했다.

"이렇게 줄곧 눈이 쏟아지는 걸 보니 하늘에는 흰 나비 유행병이라도 돌고 있는 모양이야."

그 순간, 보쉬에는 마리우스가 이상한 차림을 한 채 성문 쪽으로 올라가는 것을 보았다.

"저 사람, 마리우스 아냐?"

보쉬에는 소리쳤다.

"그래 맞아, 틀림없이 마리우스인데"

쿠르페락이 말했다.

"하지만 아는 척하지 마."

"왜?"

"마리우스는 지금 정신이 없어."

"뭣 때문에?"

"저 얼굴 안 보여?"

"얼굴이 어째서?"

"누구 뒤를 쫓는 것 같아 보여."

"응, 그러고 보니까."

보쉬에가 말했다.

"저 눈을 봐."

쿠르페락이 말했다.

"그런데 누구 뒤를 쫓는 걸까?"

"누구긴? 보나 마나 멋쟁이 아가씨겠지. 목하 연애 중이잖아."

"그런데 여긴 귀여운 아가씨도 멋쟁이 아가씨도 없잖아. 여잔 한 명도 안 보여."

쿠르페락은 주위를 둘러보며 말했다.

"그럼 남자 뒤를 쫓는 거야."

뒷모습이었기에 얼굴은 잘 보이지 않았으나 과연 머리가 희끗희끗한 한 남자가 마리우스 바로 스무 걸음쯤 앞에서 걸어가고 있었다. 그 남자는 무척 큰 새 외투와 몹시 낡은 바지를 입고 있었다.

"저게 누구야?"

"저 사람?"

쿠르페락이 받았다.

"시인이야, 시인. 시인은 곧잘 토끼 가죽 장수 같은 바지를 입고 귀족 같은 외투를 입잖나."

"마리우스가 대체 어디를 가나 볼까?"

보쉬에가 말했다.

"그리고 저 이상한 남자도 어디로 가는지 보고. 두 사람 뒤를 쫓아가 볼까? 어때?"

"보쉬에!"

쿠르페락이 소리쳤다.

"레에글 드 모, 너 참 싱거운 녀석이구나. 남자를 쫓는 자를 쫓아가다니."

둘은 온 길을 다시 돌아갔다.

사실 마리우스는 종드레트가 무프타르 거리를 지나가는 것을 발견한 뒤 몰래 그 뒤를 쫓아가는 중이었다.

종드레트는 조금 전부터 자신을 따라오는 눈이 있는 줄은 꿈에도 모르는 채 마리우스 앞을 걸어가고 있었다. 그는 무프타르 거리를 벗어났다.

마리우스는 종드레트가 그라시외즈 거리에 있는 가장 지저분한 집 안으로 들어가는 것을 보았다.

종드레트는 약 15분 정도 안에 있더니 얼마 뒤 집에서 나와 다시 무프타르 거리로 돌아왔다. 그리고 이번엔 다시 피에르 롱바르 거리 한 모퉁이에 있는 철물점으로 들어갔다. 잠시 후 그 상점에서 나올 때 그가 흰 자루가 달린 얼음처럼 매끄러운 커다란 끌을 외투 속에 감추는 모습을 마리우스는 주의 깊게 보았다. 종드레트는 프티 장티 거리를 올라가 왼쪽으로 빠져 프티 방키에 거리로 총총히 사라졌다. 해도 점점 저물어 가고 그쳤던 눈이 다시 내리기 시작했다.

마리우스는 종드레트가 들어간 프티 방키에 거리 모퉁이에 몸을 숨기며 동정을 살피고 있었다. 거리에는 사람의 그림자가 보이지 않았다. 그도 더 이상은 따라가지 않았다.

그것은 마리우스에게 무척이나 다행스러운 일이었다. 더벅머리 남자와 털보가 이야기를 주고받는 모습을 본 그 울타리까지 마리우스가 가자, 갑자기 종드레트가 홱 뒤를 돌아보며 사람이 있나 없나를 살펴본 것이다. 그 울타리에 둘러싸인 빈터는 전에 전세 마차의 마부 노릇을 하던 남자의 집 뒤뜰과 이어져 있었다. 그 남자는 소문이 나쁘게 퍼진 마부로 이미 옛날에 파산했으나 헛간에는 아직 낡은 마차 몇 대가 남아 있었다.

마리우스는 종드레트가 돌아오기 전에 집으로 가는 것이 현명하다고 판단했다. 게다가 시간도 거의 다 돼 가고 있었다. 부공 할멈은 매일 밤 시내로 접시를 닦으러 갈 때마다 바깥문을 잠그고 가기 때문에 저녁 무렵이 되면 으레 문은 잠겨 있었다. 마리우스는 자기 열쇠를 경위에게 맡겼다. 그는 서둘러 돌아가지 않으면 안 되었다. 어느새 땅거미가 지고 있었다. 벌써 어둠의 장막이 거의 다 내려온 듯싶었다. 지평선 위에도 하늘에도 태양빛이 머물러 있는 곳은 오직 하나, 달뿐이었다. 달은 살페트리에르 구호원의 나지막한 지붕 저쪽에 빨갛게 걸려 있었다.

마리우스는 서둘러 50-52번지로 돌아왔다. 문은 아직 열려 있었다. 그는 발끝으로 조심스럽게 계단을 올라가 복도 벽에 몸을 바싹 붙이고는 자기 방으로 잽싸게 들어갔다. 독자도 기억하고 있다시피 그 복도는 양쪽에 지붕 밑 방이 죽 늘어서 있고 모두 세를 내주었다. 그러나 지금은 모두 비어 있었다. 부공 할멈은 늘 그 방문들을 열어 놓고 지냈다. 그중 한 방문 앞을 지날 때, 마리우스는 아무도 살지 않는 방에서, 천장으로 스며든 저녁 빛에 흐릿하게 빛나는 네 사람의 얼굴을 본 듯한 기분이 들었다.

그러나 들키고 싶지 않았기 때문에 마리우스는 그것을 확인하지는 않았다. 마리우스는 마침내 아무에게도 들키지 않고 소리 하나 내지 않고 자기 방으로 들어갈 수 있었다. 아주 때를 잘 맞춰서 돌아왔다. 뒤따라 부공 할멈이 나가며 문을 잠그는 소리가 들렸다.

1832년에 유행한 영국식 가요가 다시 들려오다

마리우스는 침대 위에 걸터앉았다.

벌써 5시 반은 되었을 것이다. 이제 곧 30분만 지나면 사건이 일어날 것이다. 마치 어둠 속에서 시계 초침이 돌아가는 소리를 듣는 양 마리우스는 자기 심장이 뛰는 소리를 듣고 있었다. 지금 어둠 속에서 진행되고 있는 두 가지 사건, 즉 한편에서 다가오는 죄악과 다른 한편에서 다가오는 정의에 대해 그는 골똘히 생각했다. 두려움은 크지 않았으나 이제부터 일어나려는 일을 생각하자 온몸에 한기가 몰려드는 것을 느꼈다.

뜻밖의 일에 부딪히면 누구나가 그렇듯, 마리우스 또한 오늘 하루가 마치 꿈결처럼 생각되었다. 그래서 악몽에 사로잡힌 기분을 떨쳐 버리기 위해 가끔씩 바지 속주머니에 손을 넣고 권총을 만졌다.

눈은 그쳤다. 달은 안개 속에서 점점 밝게 떠오르고, 그 달빛은 하얗게 쌓인 눈을 비춰 방 안은 꼭 해 질 무렵 같았다.

종드레트 방에는 불이 켜져 있었다. 마리우스는 벽에 난 구멍이 피처럼 빨갛게 빛나고 있는 것을 보았다.

촛불이 아니라는 생각이 들었다. 더군다나 종드레트의 방에서는 인기척이 전혀 들리지 않았다. 사람이 움직이거나 이야기하는 기색이 전혀 없었고 숨소리조차 들리지 않았다. 마치 얼음 같은 깊은 침묵이 흐르고 있는 그 방에서 만약 빛이 새어 나오지 않았더라면 옆방은 분명 무덤이라고 생각했을 것이다.

마리우스는 구두를 살짝 벗어 침대 밑에 넣었다.

몇 분이 흘렀다. 마리우스는 계단 아래층 문이 삐걱거리며 열리는 소리를 들었다. 문소리와 함께 묵직한 발소리가 재빨리 계단을 올라와 복도를 지나쳤다. 그리고 옆방 문고리가 찰카닥하고 열렸다. 종드레트가 돌아온 것이다. 갑자기 여러 사람의 떠들썩한 소리가 들렸다. 식구들은 모두 방 안에 모여 있었던 것이다. 다만 주인이 없었기 때문에 어미 늑대가 나가고 없는 새끼 늑대들처럼 조용히 틀어박혀 있었다.

"나다."

종드레트가 말했다.

"어서 오세요, 아버지!"

딸들이 소리쳤다.

"그래, 어찌 되었어요?"

어머니가 물었다.

"모두 잘되어 가고 있어."

종드레트가 대답했다.

"어, 그런데 발이 꽤 시려. 응, 잘했어. 그렇게 입어야지. 그래야 놈이 안심하거든."

"아무 때고 밖에 나갈 수 있도록 했어요."

"내가 한 말 명심하고 있지?"

"걱정 마세요."

"그런데……."

종드레트는 말을 하려다 입을 다물었다.

마리우스는 그가 뭔가 무거운 것을 탁자 위에 놓는 소리를 들었다. 사 온 끌을 내려놓는 모양이었다.

"그래, 그래."

종드레트는 다시 말했다.

"모두 저녁은 다 먹었나?"

"네."

어머니가 대답했다.

"큰 감자 세 개에 소금을 뿌려 먹었어요. 불이 살아 있기에 구웠지요."

"잘했어."

종드레트는 말했다.

"내일은 밖으로 나가 외식을 하지. 오리랑 갖가지 요리가 나오는 곳으로 말이야. 샤를 10세의 만찬처럼. 만사형통이거든."

그러고는 소리를 낮춰 덧붙였다.

"쥐덫은 쳐 있고 고양이들도 다 와 있어."

종드레트는 더욱 소리를 낮춰 말했다.

"그걸 불에 넣어 둬."

집게 혹은 쇠로 만든 도구로 숯 뒤적이는 소리가 마리우스에게 들려왔다.

종드레트는 계속해 말했다.

"문에 비계 기름은 발라 두었지? 소리가 나면 절대 안 돼."

"발랐어요."

어머니가 대답했다.

"지금 몇 시야?"

"곧 6시가 돼요. 조금 전에 생 메다르에서 30분을 알리는 종소리가 들렸어요."

"그래."

종드레트는 말했다.

"너희는 망을 봐야겠다. 이리 와. 그리고 내가 하는 말을 잘 들어."

무엇인지 속삭이는 소리가 들렸다. 잠시 후 종드레트의 목소리가 다시 커졌다.

"부공 할멈은 나갔나?"

"나갔어요."

어머니가 대답했다.

"옆방은 분명히 아무도 없고?"

"네, 하루 종일 안 돌아왔어요. 그리고 지금은 저녁 식사를 하러 갈 시간 아녜요?"

"확실해?"

"네, 확실해요."

"그래도……"

종드레트는 말을 이었다.

"정말 비어 있는지 다시 한 번 확인하는 것도 나쁘지 않아. 야, 네가 어서 촛불을 가지고 한번 가 봐."

마리우스는 납작 엎드린 채 소리가 나지 않도록 침대 밑으로 기어 들어갔다. 그가 숨자마자 문틈으로 불빛이 새어 들어왔다.

"아버지!"

외치는 소리가 들렸다.

"나갔어요."

큰딸의 목소리였다.

"안에 들어가 봤니?"

아버지가 물었다.

"아뇨."

딸은 대답했다.

"하지만 문이 잠겨 있으니 나간 것이 맞아요."

아버지가 외쳤다.

"그래도 안에 들어가 봐."

문이 열리고 마리우스는 종드레트의 큰딸이 촛불을 들고 들어오는 것을 보았다. 그녀는 아침과 같은 모습이었다. 다만 촛불에 비쳐 훨씬 무섭게 보였다. 큰딸은 바로 침대 쪽으로 다가왔다. 마리우스는 순간 말할 수 없는 공포를 느꼈다. 그러나 그녀는 침대 옆에 있는 거울 앞으로 다가왔다. 그녀는 발꿈치를 들고 거울을 들여다보았다. 옆방에서는 쇠붙이를 움직이는 소리가 들렸다. 큰딸은 손바닥으로 머리를 쓰다듬었다. 그러고는 거울 속 웃는 얼굴로 음산하면서도 쉰 목소리로 노래를 부르기 시작했다

우리의 사랑은 일주일 내내 지속되었지,

하지만 행복의 순간은 어찌 그리 짧은지,

여드레 동안만의 사랑은 정말 괴로워!

사랑은 영원해야 해!

영원해야 해, 영원해야 해!

그동안 마리우스는 떨고 있었다. 그의 숨소리를 그녀가 들은 것만 같았다. 큰딸은 창밖을 향해 미친 사람처럼 큰 목소리로 말했다.

"파리가 만일 하얀 셔츠를 입는다면 얼마나 보기 흉할까."

그리고 다시 거울로 돌아와 자신의 얼굴을 정면으로 보다가는 비스듬히 바라보기도 하며, 온갖 표정을 이렇게 저렇게 바꾸어 보았다.

"야!"

아버지가 저쪽에서 소리쳤다.

"젠장, 도대체 뭘 하고 있는 거야?"

"침대 밑이랑 가구 아래를 살펴보고 있어요."

그녀는 머리를 만지던 손을 멈추지 않고 대답했다.

"아무도 없어요."

"바보 같으니!"

아버지가 또 소리쳤다

"그럼 빨리 돌아와야 할 거 아냐. 꼼지락거릴 때가 아냐!"

"네, 갈게요. 지금 가요!"

그녀는 대답했다.

"정말 눈코 뜰 새가 없네."

그녀는 다시 흥얼거리며 노래했다.

당신은 나를 버리고 영광을 찾아갔네.

그러나 내 슬픈 마음은 그대 뒤를 쫓아.

어디까지나.

그녀는 마지막으로 거울을 한 번 들여다보고는 문을 닫고 나갔다. 잠시 후 마리우스는 두 처녀가 맨발로 복도를 지나치는 소리와 종드레트가 딸들에게 외치는 소리를 들었다.

"잘 지켜. 하나는 성문 쪽이고 하나는 프티 방키에 거리 쪽이야. 잠시도 문간에서 눈을 떼면 안 된다. 그리고 무엇이라도 얼씬거리면 곧장 이리로 달려와야 한다. 알았어? 빨리 와야 해. 열쇠는 가지고 있지?"

큰딸이 투덜거렸다.

"눈 속에서 맨발로 망을 보라니!"

"내일 번쩍번쩍 윤이 나는 빨간 구두를 사 주지."

아버지가 대답했다.

딸들이 계단을 내려간 후 바깥문이 닫히는 소리가 났다. 그녀들이 밖으로 나간 모양이었다. 집에는 이제 마리우스와 종드레트 그리고 그의 아내만이 남았다. 어쩌면 조금 전 열린 방문 안 어둠 속에서 마리우스가 흘끗 본 수상한 사람들이 또 있는지는 모르지만.

마리우스가 준 5프랑이 사용된 방식

마리우스는 다시 한 번 그 서랍장에 올라가야겠다는 생각이 들었다. 그는 젊은 남자답게 매우 짧은 시간에 몸을 날려 구멍 옆에 올라서 있었다.

그가 구멍 사이로 옆방을 들여다보니 종드레트의 방 안은 참으로 이상하게 변해 있었다. 마리우스는 방금 전에 비쳤던 그 빛이 어떤 것인지 짐작할 수 있었다. 촛불 하나가 낡은 촛대에서 빛나고 있었지만 실제로 그 것은 온 방 안을 비출 만큼 밝지 않았다. 방 안의 빛은 난로 안에 놓인 쇠로 만들어진 큰 화로에서 타오르고 있는 숯의 불빛에 의지하고 있었다. 그 화로는 종드레트의 아내가 오전에 챙겨 놓은 것이다.

숯불은 위협적인 모습으로 타올랐다. 화로는 빨갛게 달아올랐고 파란 불길이 이리저리 흔들리며 빨간 불 속에 꽂힌 끌의 모양을 선명하게 비췄다. 그 끌은 종드레트가 피에르 롱바르 거리에서 사 갖고 온 것이다. 문 바로 옆쪽에는 어떤 일에 쓰려고 준비해 놓은 듯한 쇠붙이와 노끈 두

무더기가 놓여 있었다. 그 안에 무엇이 있는지 알지 못하는 사람이 이런 광경을 본다면 불길함을 느낀 것과 동시에 보통의 일처럼 대수롭지 않게 여겼을지도 모른다.

불빛이 비치고 있는 방은 지옥의 입구라고 생각되기보다는 흡사 철공소 같았고, 그 불빛 속에 종드레트가 서 있는 모습은 마치 악마라기보다는 대장장이처럼 보였다.

거센 숯불의 불길 때문에 탁자 위의 촛불도 화로 쪽을 향한 부분은 녹아서 비스듬히 굽어 있었다. 디오게네스가 흉악범 카르투슈로 변해서 들고 걸으면 잘 어울릴 것 같은 낡은 네모진 구리로 만든 등이 난로 위에 있었다.

화로는 난로 안의 거의 다 타 버린 장작 옆에 놓여 있어서 숯불의 가스가 벽난로 굴뚝으로 빠져나가기 때문에 냄새가 거의 나지 않았다.

유리창 사이로 스며든 달빛은 빨갛게 물들어 버린 지붕 아래의 방을 하얀빛으로 비췄다. 움직이는 동안조차도 꿈에 대한 생각으로 가득한 마리우스의 시적인 마음에는 그 달빛이 지상의 더럽고 흉한 꿈에 녹아 버린 천상의 사상처럼 느껴졌다.

때때로 깨진 유리창 사이로 바람이 불어와 숯 냄새를 없애고 화로가 있는 것을 숨겨 주었다.

종드레트의 방은 고르보 저택에 대해서 한 말을 생각해 보면 알 수 있듯이 겉으로 드러나지 않는 폭력 행위의 무대로 쓰이거나 범죄를 감추거나 숨기는 장소로 사용하기에는 아주 적절한 곳이었다. 그의 방은 파리에서 가장 사람들의 왕래가 적고 가장 외떨어진 집의 구석방이었기 때문이다. 만일 잠복이라는 것이 이 세상에 존재하지 않는다고 해도 그곳에 사는 사람들은 그런 생각을 했을 것이다.

집의 가장 구석에 있는 방인 데다 많은 빈방들이 이 방을 큰길에서 떨어지게 했고, 단 하나밖에 없는 창문은 돌담과 울타리에 둘러싸인 넓은 빈터를 향해 있었다.

종드레트는 짚을 빼낸 의자에 걸터앉아 담배를 입에 물고 한 모금 들이마셨다. 아내는 나지막한 목소리로 그와 대화를 나누고 있었다.

만약 마리우스가 쿠르페락과 같이 별것 아닌 일에 곧잘 웃는 사람이었다면 지금 종드레트 아내의 모습을 보자마자 자기도 모르게 웃음이 터졌을 것이다. 그녀는 샤를 10세 대관식에서 문장기(紋章旗)를 들고 줄을 지어 들어가는 시종 무관의 모자처럼 깃털이 달린 검은 모자를 쓰고 메리야스 페티코트 위에 거칠게 새겨진 격자무늬의 큰 숄을 두른 채, 아침에 딸이 투덜거렸던 남성용 구두를 신었다. 방금 전에 "매우 잘했어. 이렇게 입어야 그놈이 안심을 하지." 하고 감탄하며 말했던 것은 바로 이 모습을 보고 한 말이었다.

종드레트는 르블랑 씨가 주고 간, 그에겐 너무 커다란 새 외투를 아직 벗지 않고 있었는데, 그것은 쿠르페락의 눈에 전형적인 시인의 옷차림처럼 보였다. 그 외투와 바지는 전혀 어울리지 않는 것이었다.

갑자기 종드레트는 큰 목소리로 말했다.

"맞아, 날씨가 이러니 그놈은 아마 마차를 타고 올 거야. 저 등불을 들고 아래로 내려가서 문 뒤에 서 있도록 해. 마차가 멈추는 소리가 날 때 바로 문을 열고 계단과 복도를 비춰서 그놈이 들어올 수 있도록 해 줘. 그리고 그놈이 여기에 들어오면 당신은 얼른 아래로 내려가서 마부에게 돈을 주고 마차를 돌려보내도록 해."

"돈은 어디 있나요?"

아내가 말했다.

종드레트는 자신의 바지 주머니에서 꺼낸 5프랑을 그녀에게 건네주었다.

"이 돈은 어디서 났나요?"

아내가 소리치듯 물었다.

종드레트는 자랑스러운 듯이 말했다.

"오늘 아침에 옆방에서 받은 거야."

그리고 말을 이었다.

"의자 두 개가 더 필요해."

"왜 그렇죠?"

"앉아야 하니까."

마리우스는 종드레트의 아내가 태연한 목소리로 다음과 같이 말하는 것을 듣고 등골이 오싹했다.

"그렇군요. 그럼 옆방에서 의자를 좀 가져올게요."

그녀는 이렇게 말하며 문을 열고 복도로 나섰다.

마리우스는 서랍장에서 뛰어내려 와 침대 밑으로 들어갈 시간이 없었다.

"초를 챙겨 가도록 해."

종드레트가 말했다.

"필요 없어요. 의자 두 개를 가져와야 하니까 초를 가져가면 오히려 방해돼요. 그리고 달빛이 환해서 괜찮아요."

아내가 말했다.

마리우스는 종드레트의 아내가 느린 손놀림으로 그의 방 열쇠를 더듬거리며 찾는 소리를 들었다. 그리고 곧 문이 열렸다. 그는 너무 놀란 나머지 멍하게 그 자리에 못 박힌 듯 서 있었다.

종드레트의 아내가 방 안으로 들어왔다. 천장 사이로 새어 들어오는 달빛은 방 안의 어둠을 두 개로 나누어 비추고 있었다. 마리우스가 서 있던 벽은 어둠이 덮고 있어서 그의 모습은 그 속에 묻혀 보이지 않았다.

종드레트의 아내는 눈을 쳐들었지만 그를 보지 못한 채, 의자 두 개를, 즉 마리우스가 갖고 있던 의자 모두를 들고 나가고는 문을 닫고 방으로 돌아왔다.

"여기 의자를 가져왔어요."

"저 등불을 가지고 빨리 내려가"

아내는 남편이 말하는 대로 등불을 들고 총총걸음으로 사라졌다.

종드레트는 방에 혼자 남아 있었다. 그는 두 개의 의자를 탁자 양쪽에 놓고 숯불에 꽂아 놓은 끌을 한 번 뒤집고는 난로 앞에 낡은 칸막이를 세워 화로를 감췄다. 그리고 노끈을 쌓아 놓았던 곳으로 가서 허리를 굽힌 채 무언가를 찾고 있었다.

그러자 마리우스는 방금 전 단순한 노끈으로 보였던 것이 사실은 가름대와 사다리를 걸치기 위한 갈고리 두 개가 달린 완전한 노끈 사다리라는 것을 알았다.

이 노끈 사다리와 문 그늘에 쌓아 놓았던 쇠붙이 더미에 섞여 있는 몇 개의 철봉 비슷한 큰 도구는 아침엔 종드레트의 방에 없던 것이었다. 아마 오후에 마리우스가 없는 틈을 타서 옮겨다 놓은 것이 분명했다.

'저것들은 모두 자물쇠 장수의 연장으로 보이는데.'

마리우스는 그렇게 생각했다.

마리우스가 이런 물건에 대한 지식이 조금이라도 있었더라면 자물쇠 장수의 연장이라고 생각한 것 속에 자물쇠를 부수기도 하고 문을 비틀어 열기도 하는 연장과, 물건을 자르기도 하고 쪼개기도 하는 연장이 몇 개 섞여 있다는 것을 눈치챌 수 있었을 것이다. 그것은 도둑들이 '막내'라는 이름과 '베는 것'이라고 부르는 소름 끼치도록 무서운 두 가지 연장이었다.

바로 마리우스 맞은편에는 양쪽에 의자가 놓인 탁자와 난로가 있었다. 화로가 가려졌기 때문에 방 안은 이제 촛불만이 비추고 있는 듯 보였다. 그래서 탁자 위의 아주 작은 물건들조차 기다란 그림자를 드리우고 있었다. 그리고 주둥이가 깨진 주전자의 그림자가 벽의 절반을 덮었는데 그곳에는 뭔가 정체를 알 수 없는 고요함이, 보는 동안 자신도 모르게 오싹 소름이 끼치는 그런 침묵만이 흘렀다. 금방이라도 어떤 무서운 사건이 곧 일어날 것만 같았다. 종드레트는 깊은 생각에 잠겼는지 담뱃불이 꺼진 줄도 모르고 있다가, 의자로 돌아와 걸터앉았다. 촛불 빛만이 그 잔인하고 교활한 얼굴 전체를 비출 뿐이었다. 어두운 마음속에서 뭔가 스스로에게 묻고 답하는 듯 이따금 눈살을 찌푸리더니 갑자기 오른손을 번쩍 쳐들어 보기도 했다.

한참 동안 그런 알 수 없는 문답을 혼자 주고받더니 문득 어떤 생각이 난 듯 탁자 서랍을 열어 속에 감추었던 긴 칼을 꺼내 손톱을 자르며 칼날이 잘 드는지 시험에 보았다. 그러더니 다시 칼을 탁자 서랍에 넣고 문을 닫았다. 한편 마리우스는 오른쪽 바지 주머니에 넣어 둔 권총을 꺼내 방아쇠를 세워 놓았는데 순간 권총이 찰칵하고 작은 소리를 내고 말았다.

그 소리에 깜짝 놀란 듯 의자에서 벌떡 일어난 종드레트는 "누구야?" 하고 크게 외쳤다. 종드레트는 잠시 귀를 기울이는 것 같더니 곧 바로 껄껄 웃으며 말했다.

"젠장, 벽에서 소리가 났나 보군."

조용히 숨을 죽인 채 마리우스는 권총만을 힘껏 움켜쥐었다.

탁자 양쪽에 마주 놓인 마리우스의 의자 두 개

갑자기 멀리서 유리창을 흔드는 듯 쓸쓸한 종소리가 울려 퍼졌다. 6시를 알리는 종소리가 생 메다르 성당에서 울리기 시작했다. 종드레트는 종소리가 울릴 때마다 하나하나 고개를 끄덕이며 세었다. 여섯 번째 종소리가 들리자, 그는 촛불의 심지를 조용히 손끝으로 눌러 껐다. 그리고 방 안을 서성이다 가끔씩 멈춰 서서 복도에서 들려올 소리에 귀를 기울였다.

"놈이 오기만 해 봐!"

그는 중얼거리듯 말하며 다시 의자로 돌아와 걸터앉았다. 그러자 그 순간 문이 열렸고 종드레트의 아내가 흉하게 일그러진 미소를 지으며 문을 연 채 복도에 서 있었다. 등불에서 비치는 희미한 불빛이 그녀의 얼굴을 아래에서 위로 올려 비췄다.

"어서 오십시오, 나리."

그녀가 인사했다.

"어서 오십시오, 자비하신 나리님."

종드레트도 자리에서 벌떡 일어나 그를 맞았다.

그리고 곧 르블랑 씨가 모습을 나타냈다. 그는 침착하고 점잖게 들어와서 그 모습이 마치 성스럽게까지 느껴질 정도였다. 그는 탁자 위에 루이 금화 네 닢을 올려놓으며 말했다.

"파방투 씨, 우선 방세와 일시적인 생활비요. 나머진 또 다음에 주겠소."

"하느님의 은총이 자비하신 나리님께 가득하시길."

종드레트가 대답했다.

그리고 재빨리 아내에게로 가서 나지막한 목소리로 말했다.

"마차를 바로 돌려보내도록 해."

종드레트가 르블랑 씨에게 질서 없이 어지러운 소리를 늘어놓는 동안 그의 아내는 살짝 방에서 나갔다 곧 돌아와서 남편 귀에 이렇게 속삭였다.

"마차를 보냈어요."

아침부터 계속해서 내린 눈이 거리에 꽤 많이 쌓였기 때문에 조금 전에 마차가 도착했을 때도 지금 마차가 돌아갈 때도 마차 소리는 나지 않았다.

그러는 동안 르블랑 씨는 의자에 앉아 있었고 종드레트는 르블랑 씨

맞은편 의자에 앉았다.

지금부터 시작되는 장면을 확실하게 떠올리기 위해 독자는 다음과 같은 상상해 보자. 모든 것이 얼어붙은 밤, 눈에 덮인 채 커다란 수의같이 달빛에 하얗게 빛나는 살페트리에르 지역의 정적, 그 주위의 으스스한 큰길과 길고 검은 느릅나무의 행렬을 여기저기서 빨갛게 물들이고 있는 가로등의 불빛, 4분의 1마일 안에는 사람의 그림자조차 하나 없을 것 같은 땅, 그 고요함과 공포와 밤 한가운데에 고르보 집이 놓여 있었다. 그 집 한구석 가장 외떨어진 곳에 어둠에 둘러싸인 채 촛불이 비치고 있는 종드레트의 넓은 지붕 밑 방, 그 방 안에 탁자를 가운데에 두고 마주 앉은 두 남자, 침착한 르블랑 씨와 빙그레 미소를 띠고 있는 무시무시한 종드레트, 한쪽 구석에는 암늑대 같은 종드레트의 아내가 서 있었다. 그리고 벽 뒤에 숨어 한마디도 놓치지 않으려고, 동작 하나하나 빼 놓지 않으려고 온 신경을 잔뜩 곤두세우며 권총을 움켜쥔 채 숨죽인 마리우스가 있었다.

마리우스는 알 수 없는 전율이 온몸에 흘렀다. 그러나 그것은 공포는 아니었다. 그는 권총을 힘껏 움켜쥔 채 굳게 결심했다.

'자, 이제 때가 다가오면 저 비열한 악당을 꼭 잡고 말 테다.'

그리고 그 집 가까운 곳 어딘가 경찰들이 잠복하여 어떤 신호가 오기만을 기다리고 있다고 그는 생각했다. 그는 종드레트와 르블랑 씨의 이 대결에서 자기가 궁금해했던 일이 완전히 드러나기를 내심 바랐다.

어두운 방이 마음 한구석에 걸리다

의자에 앉아 있는 르블랑 씨는 침대 쪽을 바라보았는데 그곳은 텅 비어 있는 것 같았다.

"딸아이 손의 상처는 좀 괜찮습니까?"

르블랑 씨가 말했다.

"그게 좀 좋지 않습니다."

종드레트는 근심 가득한 얼굴에 감사의 미소를 띠며 입을 열었다.

"매우 나빠요. 지금 그 아이의 언니가 부르브 병원으로 치료를 하러 데리고 갔습니다. 치료가 끝나면 곧 돌아올 테니 금방 만나실 수 있을 겁니다."

"부인께선 매우 좋아 보이시는군요."

르블랑 씨는 종드레트 아내의 이상한 차림을 힐끔 쳐다보며 말했다. 그의 아내는 르블랑 씨와 문 사이에서 문을 가로막듯이 선 채, 위협적인, 마치 곧 달려들 것 같은 기세로 르블랑 씨를 바라보고 있었다.

"저 사람은 다 죽을 처지죠."

종드레트는 대답했다.

"하지만 어쩔 수 없지요. 나리, 저 여자는 워낙 지독해서, 저건 여자가 아니라 암소와 같습니다."

종드레트는 아내는 남편의 칭찬에 감격한 듯, 그의 귀여움을 받은 괴물처럼 흉측하게 웃으며 남편에게 이야기했다.

"당신은 정말 친절해, 종드레트."

"종드레트?"

르블랑 씨가 되물었다.

"당신 이름은 파방투 씨가 아니요?"

"네, 나리. 파방투는 본명이고 종드레트는 별명입니다."

주인은 당황해하며 대답했다.

"배우의 예명이라고 하죠."

그리고 르블랑 씨가 눈치채지 못하게 아내를 위협하듯 어깨를 으쓱하며 부산스럽게 법석을 떨며 코 먹은 소리로 떠들어 대기 시작했다.

"우린 항상 의좋게 지냈답니다. 만일 그렇지 않으면 우리에게 무슨 낙이 있겠습니까. 그토록 우린 불행하고 불쌍한 사람들입니다. 존경하는 나리님! 당장 솜씨가 좋아도 막상 일거리가 없고 기운이 넘쳐도 직업을 얻을 수 없는 형편입니다. 정부는 대체 뭘 하는 건지 알 수 없습니다. 제가 이렇게 생각한다고 해서 결코 전 결코 자코뱅당도 부장코당도 아닙니다. 정부에 악의는 없어요. 하지만 만일 제가 장관이라면 지금과 전혀 다른 정책을 쓸 것입니다. 이제 저는 딸들에게 상자 만드는 일을 시킬 생각까지 하고 있습니다. 뭐? 상자를 만든다고? 의아해할지도 모르죠. 하지만 그럴 수밖에 없어요. 그 싸구려 일을, 다 먹고살기 위해 입에 풀칠이나 하는 수단이죠. 어쩌면 이렇게 몰락할 수 있을까요. 나리님, 저도 한때는 꽤 잘살았습니다. 아아, 그때 잘살던 때의 흔적이 아직 남아 있습니다. 그것은 그림 한 장인데 이제 그것마저도 팔아야 할 형편이죠. 어쨌든 굶어 죽을 수는 없으니 먹고는 살아야 하지 않습니까. 그저 누가 뭐라고 해도 먹고사는 게 가장 중요하니까요."

종드레트는 아무렇지 않은 척하며 떠들었지만 사실은 교활하고 날카로운 표정을 잃지 않고 있었다. 그사이 마리우스가 힐끗 보니 방 한구석에 지금까지 없었던 사나이가 나타났다. 그는 문소리가 나지 않게 살짝 들어온 것이다. 그 남자는 낡고 닳고 얼룩이 지고 솔기가 터진 자줏빛 조끼와 커다란 코르덴 바지를 입고 나막신을 신고 있었다. 조끼 안에 셔츠를 입지 않아 목덜미가 훤히 드러나 있었고 벗겨진 팔엔 문신이 있었으며 얼굴은 시커멓게 더럽혀져 있었다. 그는 가까운 침대에 걸터앉아 팔짱을 낀 채 묵묵히 있었다. 그러나 그는 바로 종드레트 아내 뒤에 있었기 때문에 그 모습이 분명히 보이지 않았다.

사람의 주의를 끄는 자석 같은 본능으로 르블랑 씨는 마리우스와 거의 같은 순간에 고개를 돌려 뒤를 돌아보았다. 그리고 순간 르블랑 씨가 깜짝 놀라는 모습을 종드레트는 놓치지 않고 보았다.

"아참, 이것 보십시오."

종드레트는 아첨하는 말투로 코트의 단추를 끼며 목소리를 높여 말했다.

"어떻습니까? 나리님이 주신 코트입니다. 아주 잘 맞지요. 제게 아주 꼭 맞습니다."

"저분은 누구입니까?"

르블랑 씨가 물었다.

"아아, 저 사람은 그냥 이웃집 사람이니까 신경 쓰지 않으셔도 됩니다."

종드레트가 대답했다.

이웃집 사람이라는 그 남자의 인상은 아주 괴상망측했다. 그러나 약품 공장이 밀접해 있는 생 마르소 성 밖 근처에는 공장 노동자들이 대개 얼굴에 검은 칠을 하고 다녔기 때문에 르블랑 씨는 종드레트의 말을 그대로 믿고 안심하며 다시 의젓하고 신뢰감 깃든 태도를 되찾았다. 그리고 그가 다시 말했다.

"아, 그렇군요. 실례했습니다. 아까 무슨 말씀을 하셨죠, 파방투 씨?"

"그건 저어, 저를 돌봐 주시는 인자하신 나리님."

종드레트는 탁자 위에 팔꿈치를 괸 채 커다란 뱀처럼 약삭빠른 눈으로 지그시 르블랑 씨를 보며 말을 이었다.

"그림을 한 장 팔아야 할 것 같다고 말했습니다."

그때 문 쪽에서 가벼운 소리가 났고 두 번째 남자가 들어와 종드레트 아내의 바로 뒤 침대 위에 걸터앉았다. 그 남자 역시 이웃집 남자처럼 팔을 드러내고 잉크인지 그을음인지 얼굴에 시커먼 칠을 하고 있었다.

그도 소리 없이 방에 미끄러지듯 조용히 들어왔으나 역시 르블랑 씨는 곧 눈치를 챘다.

"조금도 신경 쓰지 마십시오."

종드레트가 이야기했다.

"이 집에 같이 살고 있는 제 친구들입니다. 그런데 방금 말씀드린 것처럼 그림을 한 장 팔고 싶은데 물론 대단히 귀중한 그림입니다. 그것을 잠깐 보시겠습니까?"

종드레트는 일어나서 앞서 말한 널빤지를 세워 둔 벽으로 다가가 그 널빤지를 뒤집어 벽에 걸었다. 살펴보니 과연 그것은 그림 비슷한 것으로 불빛을 받아 흐릿하게 그 모습을 드러내고 있었다. 마리우스 쪽에서는 종드레트에게 가려져 그 그림이 어떤 것인지 확실하게 보이지 않았다. 다만 아무렇게나 막 그려진 그림이라는 것만은 확실했고 중심인물로 보이는 것에는 극장의 간판이나 병풍의 그림처럼 여러 가지 색으로 덕지덕지 덧바른 것이 간신히 눈에 띄었다.

"그것은 누가 그린 그림입니까?"

르블랑 씨가 물었다.

종드레트는 소리치듯 말했다.

"거장의 그림인데 값이 상당히 나가는 가치 있는 것이지요. 자비하신 나리님! 이 그림은 제 두 딸만큼이나 소중한 것입니다. 이걸 보고 있으면 여러 가지 추억이 떠오릅니다. 하지만 제 형편이 워낙 어려워서 어쩔 수 없이 이것을 팔 수밖에 없지요."

우연인지 아니면 뭔가 알 수 없는 불안감 때문인지 그림을 보고 있던 르블랑 씨의 눈이 힐끗 구석을 향했다. 거기엔 벌써 남자 네 명이 서 있었다. 세 명은 침대에 걸터앉아 있었고 한 명은 문지방 바로 옆에 서 있었는데 네 명 모두 팔을 내놓았고 시커먼 얼굴에 꼼짝도 하지 않고 있었다. 침대에 앉은 세 명 중 하나는 벽에 기댄 채 눈을 감고 있어서 잠든 것처럼 보였다. 그는 꽤 나이가 들어 보이는 남자로 시커먼 얼굴 위에 흰 머리카락이 늘어져 있어 몹시 무서운 인상을 주었다. 하지만 옆의 다른 두 사람은 아직 젊어 보였다. 한 명은 털이 많았고 다른 한 명은 머리가 길었다. 그들 모두 제대로 된 구두를 신고 있지 않았다. 덧신을 신고 있거나 그게 아니라면 맨발이었다.

종드레트는 르블랑 씨의 눈이 그 남자들을 향해 고정되어 있다는 것을 알았다.

"모두 제 친구들입니다. 바로 이웃에 살기 때문에."

그는 이어 말했다.

"다들 석탄 속에서 일해서 얼굴이 저 모양이죠. 저들 모두는 난로를 때는 인부들입니다. 신경 쓰지 마십시오. 나리님, 그것보다 이 그림을 사 주시겠습니까? 비참한 저를 불쌍히 여기셔서. 물론 비싸게는 말씀드리지 않겠습니다. 얼마나 받으면 될까요?"

"하지만."

르블랑 씨는 종드레트를 바라보며 조심스레 대답했다.

"그건 술집 간판 같군요. 3프랑 정도?"

종드레트가 낮은 목소리로 대답했다.

"혹시 지갑을 가지고 오셨습니까? 제가 이 그림을 1천 에퀴까지 해 드리죠."

그러자 르블랑 씨는 자리에서 벌떡 일어나 벽을 등지고 재빨리 방 안을 둘러보았다. 그의 왼쪽인 창문 쪽에는 종드레트가, 그리고 오른쪽 문 쪽으로는 종드레트의 아내와 네 남자가 있었다. 남자들은 모두 꼼짝하지 않은 채 그를 쳐다보지도 않았다. 종드레트는 그들을 신경 쓰지 않고 여전히 애걸하듯이 떠들어 댔다. 그 멍한 눈초리와 하소연하는 것 같은 목소리를 듣자 르블랑 씨는 이 남자는 어쩌면 가난 때문에 반쯤 미친 것 같다고 생각했다.

"자비하신 나리님, 만일 나리가 이 그림을 사 주시지 않는다면 전 이제 어쩔 수 없습니다."

종드레트가 이야기했다.

"강에라도 몸을 던지는 수밖에 방법이 없습니다. 저는 두 딸아이에게 상자 만드는 법을, 선물 상자 만드는 법을 가르쳐 주려고 하는 것뿐입니다. 그러기 위해선 유리가 아래로 떨어지지 않도록 판자를 곁에 댄 탁자와, 특수한 화로며, 나무랑 종이랑 헝겊에 바르기 위해 저마다 다른 풀을 담을 세 칸짜리 풀 그릇이 필요합니다. 그리고 마분지를 자를 절단기, 본을 뜰 틀, 쇠 장식을 박을 망치며, 핀셋 등 여러 가지가 필요하지요. 그리고 이런 것들을 모두 갖춰 하루 종일 일을 해 봤자 하루에 4수, 14시간 일해 겨우 4수밖에 벌지 못하지요. 상자 하나를 만드는 데에는 열세 번이나 손이 갑니다. 종이를 적셔야 하고, 더럽혀선 안 되고, 풀은 따뜻하게 해야 하고, 정말 말도 안 되는 일이죠. 그리고 겨우 하루에 4수, 그 돈으로 어떻게 먹고삽니까?"

종드레트는 계속해서 말을 하며 그를 바라보고 있는 르블랑 씨에게는 눈길을 주지 않았다. 르블랑 씨는 종드레트를 쳐다보고 종드레트는 문쪽을 쳐다보고 있었다. 마리우스는 숨이 막힐 것 같은 기분으로 두 사람을 차례로 바라보았다. 르블랑 씨는 '이 사람 혹시 머리가 이상해져 미친 것이 아닐까?' 하고 의아하게 생각하는 것처럼 보였다. 종드레트는 어조를 다양하게 바꿔 가며 두세 번 더 되풀이하듯 애걸했다.

"이제 전 강물에 뛰어드는 방법밖에 없습니다. 어제도 죽을 각오로 아우스터리츠 다리까지 가서 서너 개의 계단을 내려갔었지요."

그 순간 종드레트의 흐릿한 눈이 무서운 빛을 뿜고 그 조그맣던 가슴을 앞으로 쑥 내밀며 흉악한 모습이 되었다. 그는 르블랑 씨를 향해 한 발짝 다가서는 것 같더니 순간 벼락 소리 같은 고함을 질렀다.

"그따위 건 문제도 아니지! 이놈, 내가 누군지 알겠나?"

겉으로 드러나지 않게 숨다

그것은 마침 방문이 갑자기 열린 순간 푸른색 작업복을 입고 검은 종이로 복면을 한 남자 셋이 모습을 나타냈을 때였다. 앞에 서 있는 깡마른 남자는 쇠가 달린 긴 몽둥이를 들고 있었고, 두 번째 사나이는 거인같이 커다란 몸집에 도살용 칼자루 한가운데를 날이 아래를 향하도록 쥐고 있었다. 세 번째 사나이는 첫 번째 사나이만큼 마르지도, 두 번째 남자만큼 체격이 크지도 않고 어깨가 떡 벌어진 남자로 역시 손에 무엇인가 들고 있었는데 그것은 어느 감옥에서 훔쳐 온 것 같은 대단히 큰 열쇠였다.

종드레트는 그들 세 사나이가 도착하기를 기다리고 있었던 것 같았다. 그는 몽둥이를 든 남자와 그사이 몇 마디 빠르게 대화를 나눴다.

"준비는 다 된 거야?"

종드레트가 물었다.

"당연하지."

깡마른 남자가 대답했다.

"몽파르나스는 어디 간 거야?"

"그 자식은 도중에서 자네 딸한테 치근덕대고 있어."

"딸이라니?"

"큰딸."

"마차는 도착했어? 아래?"

"응."

"마차에 말도 대 놓고?"

"응, 대 놨어."

"두 마리 맞지? 말 상태는 좋아?"

"응, 아주 좋은 말이지."

"그럼 내가 대기하라는 데에다 대기해 놨겠지?"

"그럼."

"됐어, 좋아."

종드레트가 말했다.

르블랑 씨의 얼굴은 창백해졌다. 그는 방 안을 한 번 둘러 본 후 자기가 어떤 함정에 빠졌는지 깨달은 듯 놀라면서도 조심스러운 표정을 짓고 천천히 자기를 둘러싸고 있는 사람들의 얼굴을 차례로 바라보았는데 그 태도에는 두려움 같은 건 전혀 없었다. 그는 거기 놓인 탁자를 방패 삼아 서 있었다. 조금 전까지 친절한 노인으로만 보였던 르블랑 씨는 눈 깜짝할 사이에 전투 준비를 갖춘 위협적인 자세로 의자 위에 건장한 주먹을 올려놓고 있었다.

이 노인이 이런 위험 앞에서 두려움 없이 민첩하고 용기 있는 태도를 취하는 것을 보면, 그는 아마도 태어날 때부터 친절하면서도 경우에 따라서 순간적으로 용감해질 수 있는 사람이라는 것을 알 수 있었다. 자기가 사랑하는 여자의 아버지라면 자기와도 아주 상관없는 사람은 아니다. 마리우스는 아직은 잘 알지 못하는 그 노인이 매우 자랑스럽게 여겨졌다.

종드레트가 방금 전에 '난로를 때는 인부들'이라고 설명한 남자들, 즉 팔을 다 드러낸 세 명의 사람들은 벌써 쇠붙이 더미에서 한 명은 커다란 가위를, 다른 한 명은 무거운 쇠 지렛대를, 그리고 또 한 명은 쇠망치를 꺼내 들고 아무 말도 없이 문 옆에 쭉 늘어서 있었다. 늙은 남자만은 침대에 걸터앉은 채 여전히 눈을 감고 자고 있는 듯 보였다. 그리고 그 옆에 종드레트의 아내가 걸터앉아 있었다.

마리우스는 이제 곧 자기가 끼어들 때가 왔다는 생각이 들었다. 그는 복도를 향해 돌아서서 오른손을 천장을 향해 쳐들고 언제든지 총을 쏠 수 있도록 준비 태세를 갖췄다.

종드레트는 몽둥이를 든 남자와 이야기를 마치자마자 다시 르블랑 씨를 향해 한껏 나지막하고 음흉한 소리로 낄낄 웃으며 아까 하던 질문을 반복해서 했다.

"아직도 내가 누군 줄 모르는 모양이지?"

르블랑 씨는 그의 얼굴을 똑바로 쳐다보며 대답했다.

"그렇소. 모르겠소."

말이 끝나자마자 종드레트는 탁자 옆으로 바싹 다가와서 촛불 위에 몸을 덮듯이 서서 팔짱을 긴 채 광대뼈가 튀어나온 인정 없는 얼굴을 르블랑 씨의 온화한 얼굴 바로 앞에 바싹 들이밀었다. 그리고 르블랑 씨가 자신도 모르게 한 걸음 뒷걸음쳐 물러설 만큼 금방이라도 그를 물어뜯어 버릴 듯이 맹수처럼 울부짖으며 고함을 쳤다.

"내 이름은 사실 파방투도 종드레트도 아니지! 내 이름은 바로 테나르디에야. 몽페르메유의 여관 주인. 자, 이제 알겠어? 테나르디에라고. 그럼 이제 내가 누군지 알아보겠지?"

르블랑 씨의 이마로 초의 붉은빛이 엷게 스치듯 지나갔다. 하지만 여전히 그는 목소리를 높이지도 않고 떨지도 않으며 조용한 목소리로 말했다.

"잘 모르겠소."

그러나 마리우스의 귀에는 더 이상 그의 목소리가 들리지 않았다. 만일 어둠 속에서 누군가 그를 보았다면 눈을 커다랗게 뜬 채 마치 감전이라도 된 듯 멍하니 서 있는 것을 볼 수 있었을 것이다. 종드레트가 "내 이름은 바로 테나르디에야."라고 말한 순간, 마리우스는 얼음 같은 칼날에 심장을 찔린 것과 같이 온몸이 부들부들 떨려서 벽에 기댔다.

그리고 신호를 보내기 위해 권총을 든 손이 자신도 모르게 서서히 아래로 내려갔고 종드레트가 다시 "알겠어? 테나르디에라고." 하고 반복해서 말했을 때는 그만 권총을 놓쳐서 손가락에서 거의 떨어뜨릴 뻔했다.

종드레트가 자기가 누구인지 밝힌 것은 르블랑 씨가 아닌 마리우스의 정신을 통째로 뒤흔들어 놓았던 것이다. 그 테나르디에라는 이름을 르블랑 씨는 알지 못하는 것 같았으나 마리우스는 알고 있었다. 이 이름이 그에게 어떤 의미를 갖는지 아마 독자는 기억할 것이다.

그것은 바로 마리우스의 마음속에 언제나 살아 있던, 아버지의 유언 속에 적혀 있던 바로 그 이름이었다. 마리우스는 그 이름을 머릿속 깊숙이, 기억 제일 깊은 곳에, 아버지의 그 거룩한 명령 '테나르디에라는 사람이 나를 구해 주었다. 만일 내 자식이 테나르디에를 만나게 되면 그에게 최선의 호의를 베풀기를 바란다.'는 글과 함께 깊이깊이 간직해 왔던 것이다. 물론 독자도 기억하겠지만 마리우스에게 그 이름은 하나의 신앙과도 같은 것이다. 그는 테나르디에라는 이름을 아버지의 이름과 똑같이 우러러 공경해 왔다.

그런데 이게 무슨 운명의 장난인가! 바로 이 잔인한 사람이 테나르디에라니! 이 남자가 그가 그토록 찾아 헤매도 만날 수 없었던 바로 그 몽페르메유의 여관 주인이라니! 마침내 그를 찾았다. 하지만 이게 무슨 일인가! 아버지의 목숨을 구해 준 이가 바로 이런 악한이라니! 마리우스가 몸을 바쳐 아버지의 은혜를 보답하려는 사람이 바로 이 악당일 줄이야! 퐁메르시 대령을 구해 준 은인이 지금 폭력을 휘두르려 하고 있다. 마리우스에게 아직 그 전체 모습이 드러나진 않았지만 왠지 모르게 살인의 냄새가 물씬 나는 폭력을 저지르려 하고 있다. 그런데 그 상대는 바로 사랑하는 여자의 아버지! 아아, 이게 무슨 운명의 장난이란 말인가!

마리우스의 아버지는 관 속에서 그를 향해 테나르디에에게 최대한 호의를 베풀라 명령하고 있다. 4년이라는 세월 동안 마리우스는 계속해서 아버지의 빚을 갚기 위해 한결같은 마음을 가져 왔다. 그런데 이제 한 악당을 범죄의 현장에서 경찰에 넘기려는 순간 운명이 그에게 '그 남자가 바로 테나르디에다.'라고 말할 줄이야! 아버지는 워털루의 총탄이 퍼붓는 비장한 싸움터에서 그에 의해 구출되었다.

그런데 마침내 겨우 그 은인을 찾아 은혜를 보답하게 된 순간 이렇듯 교수대로 보답하게 될 줄이야! 언제나 테나르디에를 만난다면 그의 발 앞에 몸을 던지려고 마음 깊이 맹세해 왔던 그였다. 그런데 진짜로 그 남자를 찾은 지금 이건 대체 어찌 된 까닭인가! 그렇다면 자기가 지금까지 이토록 그를 찾아 헤맸던 건 그를 사형집행인의 손에 넘겨주기 위해서였다는 것인가! 아버지는 그에게 '테나르디에를 돕거라.'라고 말하고 있는데 오히려 그 테나르디에를 파멸시키는 것으로 아버지의 거룩한 명령에 대답하고 있는 것인가!

자신의 목숨을 건 채 아버지를 죽음에서 구해 준 사람을, 구함을 받은 사람의 아들이, 그 사람에 대한 의무를 진 채 살아가고 있는 마리우스 자신이, 그를 생 자크 광장에서 처형시켜 무덤에 계신 아버지에게 보이려 하는가! 아버지의 유언을 그토록 가슴 깊이 간직해 온 자신이 설마 이렇게 그 은혜에 반대되는 일을 해야 할 줄이야. 정말 이 얼마나 순탄치 못한 운명이란 말인가!

하지만 이 매복의 현장을 뻔히 보며 그것을 모른 채 할 수도 없지 않은가! 그건 말도 되지 않는 소리다! 피해자가 뜻밖의 변을 당하는 걸 보면서도 살인범을 묵인할 수 없지 않은가! 이런 잔악하고 무도한 인간에게 무슨 감사의 마음을 가져야 한단 말인가!

4년 동안이나 마리우스가 가슴속에 품어 왔던 생각은 이 순간 모두 산산조각 나고 만 것이다. 그는 온몸을 부들부들 떨었다. 모든 일은 그의 의지에 달려 있었다. 그의 눈앞에서 싸우고 있는 사람들의 운명은 모두 그들이 모르는 사이에 어느덧 그의 손에 들어와 있었다. 만약 그가 권총을 쏘게 되면 르블랑 씨는 구출되겠지만 테나르디에 씨는 파멸할 것이다. 또 만약 권총을 쏘지 않게 된다면 르블랑 씨는 희생될 것이고 테나르디에는 어쩌면 무사히 도망갈 수 있을지도 모른다. 한쪽을 파멸시키거나,

다른 쪽을 죽도록 내버려 두거나!

어떤 선택을 하더라도 다 후회가 따른다. 그렇다면 어떻게 해야 하는가? 어느 쪽을 택해야 하는가! 더없이 강한 기억에, 마음 깊이 새겨진 아버지에 대한 맹세에, 더없이 거룩한 의무에, 더없이 소중한 아버지의 유언을 거역해야 하는가! 그렇지 않으면 이렇듯 공공연히 죄악이 일어나고 있는 것을 가만히 보고만 있어야 하는 것인가!

그의 귀에는 그의 '위르쉴'이 아버지를 구해 달라고 애원하는 소리가, 한편에선 아버지 대령이 테나르디에를 구하라고 외치는 소리가 들려오는 것만 같았다. 그는 꼭 미쳐 버릴 듯이 무릎이 마구 떨렸다. 그러나 침착하게 생각을 정리할 사이도 없이 사태는 이미 긴박하게 돌아가 바로 그 앞에 다가와 있었다. 자기 의지 하나면 모든 것이 해결되리라고 생각했던 회오리에 이제 자신까지 휘말려 든 것이다. 그는 거의 정신을 잃은 채 그 자리에 쓰러질 것만 같았다.

한편 테나르디에는—이 남자는 이제부터 이 이름으로만 부르겠다.—미친 사람처럼 승리에 취해 탁자 앞을 서성였다.

테나르디에가 갑자기 촛불을 움켜쥐고 벽난로 위에 세게 내려놓는 바람에 하마터면 불이 꺼질 뻔했고 촛농이 여기저기 벽에 튀었다.

이윽고 테나르디에는 르블랑 씨를 향해 위협적인 얼굴로 소리쳤다.

"온몸이 눌릴 수도 있고 그을릴 수도 있어! 삶아 버릴 수도 있고 뼈를 추려 구울 수도 있지!"

그리고 다시 분개하며 어쩔 줄 모르는 듯 왔다 갔다 하더니 고함을 쳤다.

"결국 네놈을 잡았어. 자선가 양반! 누더기를 걸치고 있지만 실제로는 백만장자인 나리! 인형을 준 나리! 늙은 툐크리스(옛날 코미디에 나오는 전형적인 호인_옮긴이)! 쳇, 내가 누군지 모르겠다고? 그래, 바로 8년 전 1823년 크리스마스 전날 밤, 그날을 기억하지 못한다는 건가? 몽페르메유의 여관에 찾아온 게 네놈이 아니라고? 우리한테서 팡틴의 딸 '종달새'를 꾀어 간 것이, 그래 네놈이 아니란 말이지? 그때 누런 외투를 입고 왔던 놈이! 흥, 오늘 아침 여기 올 때처럼 누더기 보퉁이를 싸 들고 왔던 놈이 네놈이 아니라고! 여보 마누라, 남의 집에 양말짝을 꾸린 보퉁이를 들고 다니는 것이 아마 이 녀석 버릇인 모양이야! 인자하신 영감, 백만장자 나리! 네놈은 아마 잡화상인가? 가난뱅이들에게 가게에 있는 잡동사니들을 골고루 나눠 주니까 말이야. 위대한 양반, 굉장한 배우 같군! 흥, 내가 누군지 알지 못하겠다고! 하지만 난 네놈의 정체를 알고 있지. 나는 다 알아! 네놈이 여기 나타난 순간 난 금방 알아차렸지. 여관이라고 무시하고 함부로 남의 집에 들어와서, 거지 같은 모습으로, 정말 한 푼 던져 주고 싶을 만큼 딱한 꼴을 하고 와서는 사람을 속이고 함부로 남의 장사 밑천을 털어 갔지. 그런 다음 그것도 모자라서 숲 속에서 나를 위협을 해? 그리고 몰락한 날 보고는 헐렁한 외투에 자선병원의 더러운 담요 두 장을 던져 주고 그것으로 모든 것이 끝난 줄 알았겠지. 하지만 모든 것이 그렇게 만만치 않다는 것을 이제부터 내가 가르쳐 줄 테다. 더러운 거지 새끼 같은 어린애 도둑놈!"

테나르디에는 입을 다물고 문득 생각에 잠긴 것 같았다. 그의 분노는 론 강물처럼 구멍 속으로 흘러 들어가는 듯 보였다. 마침내 테나르디에는 마음속으로 하던 말을 매듭이라도 짓는 것처럼 탁자를 주먹으로 내리치며 큰 소리로 외쳤다.

"착한 척이나 하고!"

그리고 르블랑 씨에게 호통을 치듯 말했다.

"그렇지, 날 잘도 속이다니. 내가 이렇게 된 것도 알고 보면 모든 것이 다 네놈 탓이야! 단돈 1500프랑에 빼앗아 가고선, 내 것이었던 계집앨, 틀림없이 부잣집 딸이었던 계집앨, 그것도 큰돈을 짜내 평생 먹고살 수 있었던 계집애를! 나는 그 지긋지긋한 싸구려 음식점을 하면서 손님들에게 다 뜯겨서 모든 재산을 다 털어먹은 형편이었지만 그 계집애만 있었으면 그것 역시 모두 메울 수 있었을 거야. 에잇, 우리 집에서 마셨던 술이 녀석들에게 모두 독약이라도 되어 버렸으면 좋겠어! 하지만 이제 그딴 건 아무래도 상관없어. 네놈이 그 종달새를 끌고 나갈 때 아마 나를 바보 얼간이라고 생각했겠지? 네놈은 그때 그 숲 속에서 나에게 몽둥이를 휘둘렀어. 물론 그때는 나보다 네놈이 훨씬 강했지. 하지만 오늘은 달라, 하하하! 우습군, 정말 우스워. 나는 아까 말했었지, 전 배우입니다. 파방투라고 합니다. 마르스 양이랑 무슈 양과 공연한 적도 있습니다. 집주인이 오는 2월 4일까지 집세를 내라고 합니다. 그렇게 말하니까 이 양반 방세 기한이 2월 4일이 아니라 1월 9일이라는 것도 모르더군! 참 어이없는 바보 같아. 그래서 얼마나 가져오나 보니까 겨우 필립 은화 네 닢이야! 이런 구두쇠 같으니! 100프랑쯤 던져 줄 호기도 없는 주제에! 이토록 낡아 빠진 술책에 걸리다니! 아하, 참 우스운 일이야. 이 멍청한 놈! 이젠 꼼짝없이 잡혔어. 오늘 아침 식사엔 네놈의 다리뼈를 빨아 주지! 그러고 저녁 식사 때는 네놈의 심장을 씹어 먹을 거야!"

이렇게 말하던 테나르디에는 숨이 차서 입을 다물었다. 그의 작은 가슴은 대장간의 바람 넣는 기구처럼 헐떡였다. 그 눈은 비겁한 승리의 기쁨으로 가득했다. 그것은 잔인하고 비겁한 약자가 지금까지 두려워하던 상대를 마침내 쓰러뜨리고, 지금까지 아첨하던 상대를 모욕했을 때의 기쁨이었다. 소인이 골리앗의 머리를 밟고 섰을 때의 기쁨과 같았고 늑대가 거의 다 죽을 지경이나 아직 고통을 느낄 정도의 생명은 남아 있는 황소를 이제부터 막 물어뜯어 먹으려는 순간의 기쁨과 같았다. 르블랑 씨는 상대방의 말을 가로막지 않고 쭉 듣고 있다가 상대가 말을 마치자 바로 입을 열었다.

"난 당신이 무슨 말을 하는지 잘 모르겠소. 당신이 착각을 하고 있는 모양이오. 나 역시 당신과 똑같은 가난뱅이지, 절대 백만장자가 아니오. 난 당신을 알지 못하오. 당신은 아마도 사람을 잘못 본 것 같소."

"뭐라고?"

테나르디에가 가쁜 숨을 내쉬며 소리쳤다.

"뻔뻔하게도 또 나를 속일 작정이야? 숨소리도 못 내는 주제에 이 늙다리 같으니! 나를 본 적이 없다고? 이래도 모르겠다고 할 테야, 내가 누군지를?"

"실례가 되는 말이겠지만 당신은."

르블랑 씨는 이런 경우에 어울리지 않게 여전히 힘 있고 정중한 목소리로 대답했다.

"몹시 악한 사람 같군요."

악인이 민감하고 괴물이 급하고 거세다는 걸 알지 못하는 사람은 없을 것이다. 악한 사람이라는 말을 듣자 테나르디에의 아내는 자리에서 벌떡 일어났고 테나르디에는 금방이라도 때려 부술 듯이 의자를 움켜쥐었다.

"움직이지 마, 당신은!"

그는 아내에게 소리쳤다. 그리고 르블랑 씨를 향해 돌아서며 외치듯 말했다.

"악한 놈 같다고? 흥, 너희 놈들이 우릴 그렇게 부른다는 건 알고 있지. 부잣집 나리들이 말이야! 그래. 난 빈털터리에다 몸을 가릴 옷도 빵도 가지고 있지 않아. 그러니까 악한이지! 벌써 사흘이나 굶었어. 그러니까 악해질 수밖에! 너희 놈들은 발이 따뜻하게 사코스키(당시 유명한 구둣방_옮긴이) 덧신을 신고 솜 외투를 입고, 마치 대주교 같은 차림으로 문지기가 있는 2층에 살면서 송이버섯을 먹고, 1월 달엔 40프랑이나 하는 아스파라거스를 산더미같이 쌓아 놓고 먹고, 완두콩을 먹어 배가 잔뜩 부른 채, 밖의 날씨가 추운지 어쩐지 알려면 슈발리에 기사의 온도계가 몇 도를 가리키고 있나 신문을 보겠지. 하지만 우리는 우리 몸 자체가 온도계야! 추위가 몇 도나 되는지 우린 시계탑이 있는 강가까지 일부러 가 보지 않아도 알 수 있어! 우린 보지 않고도 잘 알아. 혈관의 피가

342

얼고, 심장에 얼음이 끼는 것을 보면 느낄 수 있지. 그럼 우린 이렇게 말해. 이 세상에는 하느님도 없나 보군! 그런데 너희 같은 놈들은 우리 굴에 와서 오히려 우리보고 악한이라고 함부로 말하지. 두고 봐, 네놈을 당장 요리해 먹어 버릴 테니! 알겠어? 좀 불쌍하지만 지금 당장 먹어 치울 테다! 백만장자 나리! 하지만 마지막으로 이것만은 기억해. 난 이래 봬도 한때는 의젓한 사람이었다는 것을 말이야. 영업 허가도 가지고 있었고 선거권도 있었어. 난 훌륭한 시민이었단 말이야! 그런데 네놈은 그중 어떤 것도 갖고 있지 않아!"

그 순간 테나르디에는 문 옆에 선 남자들 쪽으로 한 걸음 다가가서 부르르 몸을 떨며 덧붙여 말했다.

"어떻게 감히 나한테 와서 구두 고치는 놈들한테나 하는 말투로 지껄이다니!"

그리고 더욱 흥분한 목소리로 르블랑 씨에게 덤벼들며 말했다.

"그리고 한 가지 더 알아 두도록 해, 이 자선가 나리! 난 너처럼 수상한 놈은 아니라고! 어디 사는 누구라고 이름도 마땅히 이야기하지 못하고 남의 집에 와서 어린애를 빼앗아 가는 그런 놈이 아니란 말이지! 난 훈장까지 탄 프랑스 군인이야! 워털루에도 갔었어! 그리고 싸우는 도중에 무슨 백작이라는 장군도 구해 준 적이 있지! 그 사람은 자기 이름을 알려 줬지만 너무 작아 들리질 않았어. '고맙소.'라는 말밖에 안 들렸지. 난 그 말보다는 이름이 듣고 싶었지만 말이야. 그랬다면 다시 만나는 것에도 많은 도움이 됐을 테니까. 이 그림은 다비드가 브뤼셀에서 그린 건데 이게 누굴 그린 건지 아나? 바로 나지. 다비드가 내 공적을 기념하기 위해 그린 그림이야. 이게 바로 그 장군을 등에 업은 채 총탄이 퍼붓는 위험 속을 뚫고 나오는 장면이지. 대강 그런 이야기야. 그렇다고 내가 그 사람에게 무슨 덕을 받은 건 아냐. 하지만 나는 목숨을 걸고 그를 구해 줬지. 그때 받은 증명서는 지금도 주머니에 잘 간직하고 있어. 난 워털루의 병사라고. 알겠어, 이 늙은이야! 자아, 이제 이런 얘기는 그만하지. 난 돈이 필요해. 그것도 적은 돈이 아니라 매우 큰돈이 필요하단 말이야. 막대한 돈이 필요하지. 만일 내 말을 듣지 않으면 네놈을 실컷 괴롭히다 죽여 버릴 거야!"

마리우스는 계속해서 마음의 고통을 억누르며 그들의 대화를 듣고 있었다. 그러나 혹시 다른 사람이 아닐까 하는 마지막 희망마저 완전히 사라지고 말았다. 이 사람은 바로 틀림없는 아버지 유언 속의 테나르디에이다. 마리우스는 조금 전에 아버지를 향해 던져진, 그런 은혜를 모른다는 말에 만약 자기가 지금 대신 변명해 주지 않으면 영원히 돌이킬 수 없다는 생각에 온몸을 부르르 떨었다.

그는 더욱 어찌할 바를 몰랐다. 게다가 테나르디에가 수다스럽게 떠드는 말이며 어조, 그리고 몸짓이며, 한마디 할 때마다 불길이 훨훨 타오르는 듯한 눈, 그리고 모든 것을 털어놓는 악랄한 마음의 폭발, 허세와 비열과 교만과 비굴과 분노와 우매함이 서로 뒤섞인 태도, 진실에 찬 불평과 거짓된 감정이 혼합된 넋두리, 폭력의 쾌감을 즐기는 듯한 악당다운 뻔뻔함, 몰염치함, 부끄러움 없이 벌거벗은 영혼, 모든 괴로움이 갖가지 증오와 어울려 타오르는 그 불길 속에는, 죄악처럼 그의 고개를 돌리게 하고 가슴을 치게 하는 무언가가 있었다.

대가를 바라는 그림, 테나르디에가 르블랑 씨에게 팔고 싶다고 한 다비드의 작품이란 것은 이미 독자도 알고 있겠지만 그 싸구려 음식점의 간판이었다.

그것은 독자가 기억하듯이 테나르디에 자신이 그린 그림으로 몽페르메유 여관이 파산할 때 남은 유일한 물건이었다.

그때 테나르디에가 자리를 옮겨 마리우스의 시선을 방해하지 않게 되자 마리우스는 그 그림을 정확히 볼 수 있었다. 그의 말처럼 처덕처덕 칠해진 그림에는, 전쟁터 장면과 총과 대포를 쏘았을 때 피어오르는 연기

속에 한 사나이를 등에 업고 있는 사나이의 모습이 생생하게 그려져 있었다. 그 두 사나이가 바로 테나르디에와 퐁메르시, 곧 목숨을 구한 대령과 그를 구해 준 상사였다.

마리우스는 마치 술 취한 기분이 들었다. 그 그림을 보니 마치 아버지가 다시 살아 돌아온 것 같은 느낌이 들었다. 그것은 이미 단순한 몽페르메유의 여관 간판을 넘어선 하나의 부활 같았다. 마리우스는 심장의 고동 소리와 함께 워털루의 대포가 귓가에서 울리고, 그 음침한 널빤지 위에 희미하게 그려진 피투성이의 아버지가 가슴을 쥐어뜯으며 일그러진 모습으로 자기를 쏘아보고 있는 것만 같았다.

테나르디에는 한숨 돌리자 핏발선 눈으로 르블랑 씨를 쏘아보며 나지막한 목소리로 무섭게 말했다.

"이제부터 곤죽을 만들어 줄 텐데 그전에 뭐 하고 싶은 말 없나?"

르블랑 씨는 대답하지 않았다. 그때 조용해진 틈을 타 누군가 쉰 목소리로 교활하고 섬뜩하게 소리치듯 말했다.

"장작을 패는 거라면 내가 하지!"

도살용 도끼를 들고 있는 남자가 농담을 했다. 그 말이 끝나자마자 머리칼이 곤두서고 시커멓고 더럽고 커다란 얼굴이 문 안으로 쑥 들어와 뾰족한 송곳니를 드러낸 채 무섭게 히죽거렸다.

"가면을 벗은 이유가 뭐야?"

테나르디에는 화난 목소리로 말했다.

"웃고 싶어서."

사나이는 대답했다.

르블랑 씨는 아까부터 테나르디에의 모든 움직임을 눈으로 쫓으며 틈을 노리고 있었다. 반면 분노로 눈도 머리도 어지러워진 테나르디에는 문은 닫혀 있고 자기는 무기를 갖고 있으며 아내도 한몫으로 친다면 아홉 명이 한 사람을 상대로 하고 있는 상황이기 때문에 마음을 놓은 채 방을 서성였다. 그가 도끼 든 사나이에게 호통을 칠 때도 르블랑 씨를 등지고 있었다.

그 틈을 탄 르블랑 씨는 재빨리 의자를 발로 차 던지고 탁자를 쓰러뜨리면서 가볍게 몸을 날려 테나르디에가 몸을 돌리기도 전에 창가로 갔다. 그리고 그 잠깐 동안 창문을 열고 창틀에 올라가 뛰어넘으려 했지만 그의 몸이 반쯤 밖으로 나갔을 때 여섯 개의 우악스러운 손이 그를 낚아채 힘껏 방 안으로 다시 끌어들였다. 그들은 난로 일을 한다는 세 인부였다. 동시에 테나르디에의 아내도 역시 르블랑 씨의 머리칼을 잡았다.

시끄러운 소리를 듣고 다른 악당들도 방으로 뛰어 들어왔다. 침대 위에 취한 것처럼 앉아 있던 늙은이 역시 선로 공사에서 쓰는 망치를 든 채 비틀거리면서 달려들었다.

'난로 인부' 중 한 사람의 얼굴이 촛불에 슬쩍 비쳤을 때, 마리우스는 그가 얼굴에 검은 칠을 했지만 프랭타니에 또는 비그르나유라고 하는 별명을 가진 팡쇼라는 것을 알았다. 그는 양 끝에 납덩이를 매단 도살용 몽둥이 비슷한 걸 르블랑 씨 머리 위에다 번쩍 처들고 있었다.

마리우스는 그 광경을 보자 더 이상 가만히 있을 수만은 없었다.

"아버님,"

그는 마음속으로 말했다.

"저를 용서해 주십시오!"

그의 손가락은 권총 방아쇠를 찾았다. 그리고 막 당기려는 순간 갑자기 테나르디에의 고함 소리가 들려왔다.

"그를 해치지 마!"

그의 필사적인 도망은 테나르디에를 화나게 하기보다 오히려 침착하게 했다. 테나르디에의 내면에는 두 개의 인간, 즉 잔인한 인간과 교활한 인간이 있었다. 꼼짝하지 않는 먹이를 앞에 놓고 승리에 도취해 있는 동안, 그는 잔인한 인간이었다. 그러나 희생자가 몸부림치며 반항하자 갑자기 교활한 인간이 되어 있었다.

"그를 해치지 말라고."

그는 다시 한 번 소리쳤다.

정작 말을 한 자신은 몰랐지만 이 말은 무엇보다 효과를 발휘해서 발사 직전의 권총을 멈추게 했고 마리우스의 힘을 억눌렀다. 마리우스는 위급한 시간은 지나갔으니, 그 새로운 상황을 좀 더 두고 봐야겠다고 생각했다. 그러는 동안 다른 기회가 생겨, 위르쉴의 아버지를 죽도록 내버려 두거나, 아니면 아버지의 은인을 파멸시키거나 둘 중의 하나를 택해야만 하는 난처한 입장에서 자기를 자유롭게 해 줄지도 모르지 않는가?

그리고 곧 무섭고도 격렬한 싸움이 일어났다. 르블랑 씨는 주먹으로 늙은이의 가슴을 한 대 치고 방 한가운데로 뛰어 들어가 마주 공격해 오는 두 남자를 마룻바닥에 넘어뜨린 다음 그들을 무릎 아래 깔고 앉았다. 르블랑 씨에게 깔린 두 남자는 마치 커다란 맷돌에 깔린 것처럼 헐떡였다. 그러자 남은 네 사람이 르블랑 씨의 두 팔과 목을 움켜잡으며 밑에 깔린 난로 인부 위에서 그를 덮쳤다. 르블랑 씨는 아랫놈들을 짓누르는 동시에 위에서 덮쳐누르는 패들의 힘에 부쳐 신음 소리를 냈다. 순간 마치 맹견이나 사냥개의 습격을 받은 멧돼지처럼 점차 무서운 악한들 속에 파묻혀 보이지 않게 되었다.

마침내 그들은 르블랑 씨를 창가로 끌고 가 마룻바닥에 눕힌 채 달려들어 짓눌렀다. 테나르디에의 아내는 여전히 머리칼을 잡은 손을 놓지 않았다.

"당신은 놔도 돼, 숄이 찢어지잖아."

테나르디에가 말하자, 아내는 투덜거리며 마치 암늑대가 수늑대의 말에 복종하는 것과 같이 남편이 시키는 대로 했다.

"자네들은."

테나르디에가 이어 말했다.

"그놈의 몸을 뒤져 봐."

르블랑 씨는 이제 반항하기를 단념한 듯 보였다. 악한들은 달려들어 그의 몸을 뒤졌지만 6프랑이 든 지갑과 손수건 외에는 어떤 것도 없었다. 테나르디에는 그 손수건을 자기 주머니에 넣었다.

"어쨌든 보통이 아닌 늙은이군."

커다란 열쇠를 든 가면을 쓴 남자가 화난 목소리로 중얼거렸다.

테나르디에는 문 옆으로 가 노끈 뭉치를 그들에게 던지며 말했다.

"그놈을 침대 다리에 묶어 놔."

그리고 르블랑 씨에게 한 대 맞고 쓰러진 늙은이를 보고 물었다.

"불라트뤼엘은 뻗은 거야?"

"아니."

비그르나유가 대답했다.

"취해서 그런 것 같아."

"구석으로 치워."

테나르디에가 말했다.

그러자 '난로 인부' 두 명이 늙은이를 발길로 차 쇠붙이 더미 옆으로 밀었다.

"바베, 뭐하러 이렇게 많이 데리고 온 거야?"

테나르디에가 몽둥이를 든 사내에게 속삭이듯 말했다.

"쓸데없어."

"어쩔 수 없잖아."

몽둥이 든 남자가 대답했다.

"모두 하겠다는 걸 어떡해. 워낙 일거리가 없으니."

르블랑 씨가 쓰러져 있는 침대는 자선병원에서나 쓰는 그런 초라한 것이었다. 르블랑 씨는 그냥 그들이 하는 대로 내버려 두었다. 불한당들은 그를 일으켜 다리를 마룻바닥에 꿇리고 침대 다리 중 창에서 가장 먼 쪽,

즉 난로 바로 옆에 그를 칭칭 동여맸다.

마지막 매듭을 꽉 매고 나서 테나르디에는 의자 하나를 들고 와 르블랑 씨의 바로 코앞에 놓고 털썩 주저앉았다. 테나르디에는 마치 다른 사람이 된 것 같았다. 그의 표정은 미친 것 같은 표정에서 침착하게 가라앉은 채 교활한 표정으로 바뀌어 있었다. 마리우스는 마치 관리처럼 차분해진 그의 미소를 보며 이것이 조금 전까지 입에 거품을 물고 날뛰던 그 얼굴인가 하고 믿어지지 않았다. 그리고 너무나 기이하고 괴상해서 도무지 믿어지지 않는, 마치 호랑이가 갑자기 소송 대리인으로 변한 모습에 표현할 수 없는 놀라움을 느꼈다.

"늙은이……."

테나르디에가 말했다.

그리고 아직 르블랑 씨를 붙잡고 있는 악한들에게 손짓하며 말했다.

"저리들 좀 가. 이 늙은이하고 얘기 좀 하게."

그러자 모두 문 쪽으로 물러섰다. 테나르디에는 말을 이었다.

"창문으로 뛰어내리려 하다니 생각 잘못했어. 다리가 부러졌을지도 몰라. 어때, 서로 조용히 얘기를 하는 게. 내가 알아차린 걸 먼저 말하자면 이런 거야. 당신이 아직 한 번도 소리를 지르지 않았다는 거지."

테나르디에의 말대로, 마리우스도 불안감에 그것을 미처 깨닫지 못했다. 르블랑 씨는 두세 마디 뭐라고 말을 하긴 했지만 전혀 큰 소리를 내지 않았고, 창 옆에서 여섯 놈들과 싸움을 할 때조차 이상할 만큼 침묵했다.

"물론 노형이 도둑놈이니 뭐니 소리쳤어도 우린 상관없지만 말이야. 사람 살리라고 소리쳤어도 우린 조금도 난처하지 않아. 이렇게 모두 달려들면 누구든지 아우성을 치는 게 당연하지. 그렇다고 달리 더 혼을 내거나 재갈도 물리지 않아. 왜 그런지 알려 줄까? 이 방은 아무리 시끄럽게 소리쳐도 밖에선 전혀 몰라. 이 방이 그래서 좋아. 여긴 말하자면 움 속과 같아. 여기선 폭탄을 터뜨린다고 해도 제일 가까운 경비 초소에선

술에 취한 사람이 코 고는 소리로밖에 안 들려. 대포를 쏘아 봤자 펑 소리만 들리고 벼락이 떨어져 봤자 퍽 소리 정도만 들릴 뿐이지. 하지만 노형이 소리를 지르지 않은 건 칭찬해 주지. 물론 나도 짐작하고 있어. 소리 질러 봤자 뻔하지. 오는 건 경찰이야. 경찰 다음엔 재판소지. 그래서 노형은 소리를 지르지 않은 거야. 그러니까 노형은 우리처럼 경찰이나 재판소는 싫은 거야. 다시 말해—이건 벌써부터 대충 짐작했듯이—노형도 남에게 알리고 싶지 않은 게 있는 거야. 우리는 역시 서로 얘기가 잘 통할 거야."

테나르디에는 마치 두 눈으로 날카로운 칼끝이 포로의 양심을 꿰뚫는 것처럼 그를 똑바로 쏘아보았다. 하지만 그의 말투는 한껏 심술궂고 건방지면서도 또 지극히 온순하고 세련되어 매우 신중하게 말하는 것 같았다. 그래서 방금 전까지 강도와 같은 악한으로 보였던 이 남자가 갑자기 '신부가 되기 위해 공부를 많이 한 사람'처럼 느껴졌다.

포로가 지키는 침묵, 생명을 내놓고라도 지키려는 그 신중함, 사실 소리부터 지르는 게 당연한데 참는 인내성, 이 모든 것을 테나르디에가 지적하고 나서 마리우스는 크게 깨달았다. 매우 안타깝고도 놀라웠다.

테나르디에의 관찰은 쿠르페락이 '르블랑 씨'라는 별명을 붙인 그 신비로운 인물을 감싸고 있는 어둠을 한층 짙어지게 하는 것 같다고 마리우스는 생각했다. 그러나 르블랑 씨가 어떤 사람이든 그는 밧줄에 묶여 살인자들에 둘러싸여 시시각각 무덤을 향해 발걸음을 옮기고 있었다. 아니 어쩌면 무덤에 거의 반쯤 발을 들여놓은 것과 같았다. 그런데도 그는 테나르디에의 화난 얼굴 앞에서 조금의 두려움도 보이지 않았다. 마리우스는 이런 상황에도 숭고한 고뇌의 빛을 띠고 있는 그의 얼굴을 보고 자기도 모르게 감탄했다.

그것은 확실히 두려움이 없는 영혼, 당황할 줄 모르는 영혼 같았다. 어떤 절망적인 상태에서도 마음의 놀라움을 억누를 수 있는 사람 같았다.

이처럼 절박한 위기 속에서도, 이처럼 피할 수 없는 궁지에서도 그의 태도는 물에 빠진 사람과 같은 고통의 표정은 전혀 보이지 않았다.

테나르디에는 태연하게 일어나 난로 앞으로 가 칸막이를 밀어 옆에 놓인 침대에 기대 세웠다. 그러자 거기엔 숯불이 빨갛게 핀 화로 속에 벌겋게 달아오른 끌이 박힌 것이 포로의 눈에 보였다. 테나르디에는 다시 르블랑 씨 옆으로 와 걸터앉으며 말했다.

"자아, 아까 하던 얘기인데, 이제 얘기가 서로 잘 통할 거야. 그러니 천천히 일을 처리하도록 하지. 아까 벌컥 화를 낸 건 내가 나빴어. 너무 성급하게 굴다 보니 마음에도 없는 말을 했어. 내가 노형이 백만장자라고 믿고 돈이 많이 필요하다고 말했는데 그건 잘못이었어. 아무리 백만장자라도 돈은 필요하지. 그건 누구나 마찬가지야. 나는 노형을 파산시키려는 것이 아니야. 나는 승산이 있다고 함부로 서툰 짓을 하는 그런 놈은 아니니까. 내 쪽에서도 양보와 희생을 하지. 그저 20만 프랑만 주면 돼."

르블랑 씨는 아무 말도 하지 않았다. 테나르디에는 계속해서 말을 이었다.

"꽤 많이 봐준 거야. 물론 나는 노형의 재산이 얼마인지 확실히 몰라. 하지만 돈에 옹색하지 않다는 것만은 알고 있어. 노형같이 인자한 사람이 가난한 사람에게 20만 프랑쯤 베풀었다고 해도 별건 아닐 거야. 확실히 노형도 사리에 어두운 사람은 아니잖아. 오늘 내가 이렇게 애쓰고, 이렇게 무대를 잘 꾸며 놓고 이 사람들까지 동원한 걸 보면 그까짓 데누와예 식당에 가서 15수짜리 포도주에 고기 조각이나 씹을 정도의 돈을 벌려고 하는 건 아니라는 것은 알겠지. 20만 프랑이야. 적당한 값이지. 그 돈만 주머니에서 선뜻 내주면 끝나는 거야. 나머지는 손톱만큼도 걱정할 필요가 없어. 지금 당장은 없다고 해도 괜찮아. 나는 그렇게 경우가 없는 놈은 아니니까. 지금 당장 달라는 게 아냐. 한 가지 부탁이 있는데 지금부터 내가 말하는 대로 받아쓰기만 하면 돼."

여기서 테나르디에는 말을 멈추고 화로 쪽을 향해 한 번 웃은 다음 말에 힘을 주어 덧붙였다.

"미리 말하지만 글을 쓸 줄 모른다고 버텨 봤자 소용없어."

그때 테나르디에의 웃음을 봤다면 종교재판의 대심문관조차 그를 부러워했을 것이다. 테나르디에는 탁자를 르블랑 씨 앞으로 밀고 서랍 속에서 잉크병과 펜과 종이를 꺼냈다. 열린 채로 둔 그 서랍 안에는 기다란 칼날이 번쩍이고 있었다.

"자, 써."

그는 명령했다.

포로가 드디어 입을 열었다.

"난 묶여 있는데 어떻게 쓰란 말이오?"

"아, 그렇군."

테나르디에는 대답하고 비그르나유를 향해 말했다.

"이 양반 팔을 느슨하게 해 줘."

별명이 비그르나유, 또 프랭타니에라고도 하는 팡쇼가 테나르디에의 명령대로 했다. 테나르디에는 펜에 잉크를 찍어 포로에게 내밀며 말했다.

"알겠어? 노형은 지금 우리한테 붙들려 있으니 목숨은 우리 손에 달렸어. 어떤 인간도 노형을 여기서 빼낼 수 없어. 나도 의도하지 않게 거친 짓을 하고 싶진 않아. 난 노형의 이름도 주소도 모르니까. 하지만 미리 말하지만, 지금부터 노형이 쓴 글을 가지고 간 사람이 돌아올 때까지는 지금처럼 좀 묶어 둬야겠어. 자, 내가 말하는 대로 써."

"뭐라고 쓰면 되오?"

포로가 물었다.

"내가 쓰라는 대로 쓰면 돼."

르블랑 씨는 펜을 받아 쥐었고 테나르디에는 말을 시작했다.

"내 딸……."

그 소리에 포로는 부르르 떨며 테나르디에를 올려다보았다.

"'내 사랑하는 딸아'라고 쓰는 게 낫겠군."

테나르디에가 고쳐 말했다. 르블랑 씨는 그대로 했고 테나르디에는 계속 말을 이었다.

"바로 이리 오너라."

테나르디에가 잠시 말을 멈췄다.

"참, 노형은 늘 친절한 말투를 쓰겠지?"

"누구에게 말이오?"

르블랑 씨가 물었다.

"그야 물론 그 꼬마 말이지. 종달새 말이야."

"도통 모르겠군, 무슨 소릴 하는지."

"몰라도 상관없으니까 그냥 써."

테나르디에가 말했다.

"바로 오너라, 꼭 네가 와야 한다. 이 편지를 전하는 사람이 너를 안내할 거다. 기다리겠다. 걱정하지 말고 오너라."

르블랑 씨는 모두 받아 적었다. 테나르디에가 다시 말했다.

"참, 그 '걱정하지 말고 오너라.'는 지우도록 해. 혹시 이상한 일이 아닌가 의심할 수도 있으니까."

르블랑 씨는 시키는 대로 했다.

"자아, 그럼 서명을 하도록 해. 노형 이름이 뭐야?"

포로는 펜을 내려놓으며 말했다.

"이 편지 누구한테 보내는 거요?"

"잘 알면서 그래, 그 종달새지 누구야. 방금 말했잖아."

테나르디에는 분명히 그 젊은 처녀의 이름을 말하기를 꺼리고 있었다. 그는 '꼬마'니 '종달새'니 하며 될 수 있는 대로 그녀의 이름을 말하지 않으려고 애썼다. 그것은 공범자들 앞에서 자기의 비밀만은 지키려는 교

353

활한 인간의 조심성 때문이었다. 이름을 말하면 그들에게 '일을 모두' 넘기는 것이 되고 그들에게 모든 것을 다 알리는 결과가 되기 때문이었다.

그는 말을 계속했다.

"서명을 해, 이름이 뭐야?"

"위르뱅 파브르."

포로가 말했다.

테나르디에는 고양이같이 재빨리 주머니에 손을 넣어 르블랑 씨에게서 뺏은 손수건을 꺼내어 머리글자를 찾아 그것을 촛불에 비춰 보았다.

"U. F. 그렇군, 위르뱅 파브르. 좋아, U. F.라고 서명해."

포로는 그가 말하는 대로 서명했다.

"접으려면 두 손이 필요하니 이리 줘. 내가 접을 테니."

테나르디에는 종이를 다 접은 뒤 말했다.

"이번엔 수신인 이름을 쓰도록 해. '파브르 양'이라고. 그리고 집 주소를 써. 노형이 여기서 멀지 않은 생 자크 뒤 오 파 부근에 살고 있다는 건 나도 잘 알아. 매일 그 근처 성당에서 나오니까. 자, 자기가 지금 어떤 입장에 놓여 있는지 알지? 이름을 속이지 않은 것처럼 주소도 속이지 말도록 해. 직접 써."

포로는 잠시 생각에 잠기더니 다시 펜을 받아 들고 썼다.

'생 도미니크 당페르 거리 17번지. 위르뱅 파브르 씨 댁, 파브르 양에게.'

테나르디에는 그 편지를 움켜쥐고 소리쳤다.

"여보, 마누라!"

테나르디에의 아내가 뛰어왔다.

"자, 여기 편지. 어떻게 해야 할지 알고 있지? 아래에 마차가 대기하고 있으니 지금 당장 나가. 그리고 일이 끝나는 대로 바로 돌아와."

그리고 도살용 도끼를 든 남자에게 말했다.

"자네는 가면을 벗고 있으니 내 마누라를 따라가게. 마차 뒤에 타고 가. 마차가 어디 있는지 알지?"

"당연하지."

남자는 대답했다.

그리고 도끼를 내려놓고 테나르디에의 아내 뒤를 따라 나갔다. 두 사람이 나가자 테나르디에는 열린 문으로 고개를 내밀며 큰 목소리로 말했다.

"이것 봐! 편지 떨어뜨리지 않도록 조심해. 그 편지를 20만 프랑이라고 생각해."

그러자 테나르디에 아내가 갈라진 목소리로 대답했다.

"걱정 마세요. 품속에 잘 간직했어요."

1분도 되기 전에 말에 채찍질하는 소리가 들렸고 곧 그 소리도 차차 멀어져 들리지 않았다.

"이제 된 거야."

테나르디에도 중얼거리듯 말했다.

"상당히 빠르군. 저 속도라면 45분 정도면 충분히 다녀올 수 있겠어."

테나르디에는 의자를 난로 앞으로 끌어다 놓고 팔짱을 끼더니 흙투성이 구두를 화로 가까이 댔다.

"어이, 발 시려."

테나르디에가 말했다.

이제 방에 남은 것은 테나르디에와 포로, 그리고 다섯 명의 남자들이었다. 이들 다섯 명은 무섭게 보이도록 복면을 쓰기도 하고 얼굴에 검은 칠을 하기도 하여 마치 숯장수나 흑인이나 악마처럼 꾸미고 있었으나 모두 어리석고 무지해 보였다. 그런 모습을 보고 있으니 이런 패들이라면 과연 아무런 분노와 동정 없이 태연히, 일종의 심심풀이처럼 범죄를 저지를 수도 있겠다는 생각이 들었다. 그들은 한쪽 구석에 모여서 마치 짐승처럼 가만히 웅크리고 있었다. 테나르디에는 화로에 발을 쬐고 있었다. 포로는 다시 침묵했고, 조금 전까지의 그 살벌한 소동에 비해 지금은 섬뜩할 정도로 고요했다.

촛불은 벌써 심지가 커다랗게 뭉쳐 빛이 희미했고 괴물들의 머리가 벽이며 천장에 보기 흉한 그림자를 던졌다. 방 안에서는 취한 늙은이의 코 고는 소리만이 들렸다. 마리우스도 갖가지 불안에 쫓기며 움직이지 않고 기다렸다. 수수께끼는 아까보다도 훨씬 어려워졌다. 테나르디에가 '꼬마'라고 하고 '종달새'라고 한 것은 대체 누구일까? 바로 자기의 그 '위르쉴'을 말하는 것인가? 포로는 '종달새'라는 말을 들어도 놀라지 않고 태연히 '모르겠군, 무슨 소린지.'라고만 말했다.

그러나 한편 손수건에 새긴 U. F.라는 두 글자는 위르뱅 파브르라는 이름의 머리글자라는 것은 알았다. 그러니까 이제부터는 그녀를 위르쉴이라고 부를 필요는 없다. 마리우스가 가장 분명히 들은 것은 바로 그 말이었다. 그는 걷잡을 수 없는 불안에 쫓기며 마치 못 박힌 것처럼 서서 그 무서운 광경들을 지켜보았다. 그리고 너무도 엄청난 광경에 거의 정신을 잃은 채 어떤 생각도 할 수 없었다. 무슨 일이건 어떤 사건이 일어나기만 기다릴 뿐 생각을 정리하지 못하고 결심하지도 못한 채 그저 기다리기만 했다.

"아무튼."

그는 혼잣말을 했다.

"테나르디에의 아내가 돌아오면 종달새가 그녀인지 아닌지 알 수 있다. 그러면 모든 것이 확실해진다. 만일 오는 게 그녀라면 나는 나의 생명과 피를 바쳐서라도 그녀를 구할 것이다. 그 누구도 나를 막을 수 없을 것이다."

그렇게 30분이 흘렀다. 테나르디에는 왠지 좋지 않은 생각에 마음을 빼앗긴 것처럼 보였고, 포로는 손끝 하나 움직이지 않았다. 그러나 마리우스의 귀에는 아까부터 뭔가 낮고 둔한 소리가 일정한 간격을 두고 들려왔다.

테나르디에가 갑자기 포로를 향해 이야기했다.

"파브르 양반, 이런 말은 지금 해 두는 게 나을 것 같군."

테나르디에의 말은 앞으로 일어나려는 사건의 예고처럼 생각되어 마리우스는 귀를 기울였다. 테나르디에는 계속 말을 이었다.

"아내는 곧 돌아올 테니 초조해하지 말고 기다려. 종달새는 분명히 당신 딸인 것 같으니까 그동안 소중하게 키워 온 건 당연한 일이겠지. 그러니까 이제부터 하는 말을 잘 들어. 당신이 써 준 편지를 갖고 지금 우리 마누라가 당신 딸을 만나러 갔지. 내가 마누라한테 옷을 갈아입으라고 한 건 당신 딸이 순순히 따라오게 하기 위해서였지. 두 사람은 마차를 타고 올 거야. 그 뒤엔 우리 패의 한 사람이 타고 있지. 성문 있는 데까지 오면 튼튼한 말 두 필을 맨 마차가 대기하고 있지. 우선 당신 딸을 거기까지 안내하고 마차에서 내려 당신 딸하고 우리 패는 다른 마차를 타고 가고, 내 마누라만 이리로 돌아올 거야. 그리고 '다 끝났어요.'라고 내게 말하게 돼. 물론 당신 딸을 해치진 않아. 단지 마차에 태워 어딘가로 데리고 가서 거기 안전하게 둘 뿐이야. 그리고 당신이 우리에게 20만 프랑만 보내면 곧장 이리로 데리고 올 거야. 하지만 만일 경찰에 알리거나 하면 그땐 우리 패가 즉시 종달새를 목 졸라 죽일 거야. 알았어?"

포로는 계속 침묵했다. 잠깐 쉰 다음에 테나르디에는 말을 계속했다.

"얘기는 아주 간단하지. 당신의 행동에 따라 사태는 더 이상 악화되지 않을 수 있어. 난 모든 걸 말했어. 그러니 잘 알아들으라고 말한 거야."

그는 말을 멈췄다. 하지만 포로가 여전히 아무 말을 하지 않자 테나르디에는 다시 말을 했다.

"마누라가 와서 종달새가 마차를 타고 출발했다고 하면 곧 밧줄을 풀어 주지. 그다음엔 집에 돌아가서 잠을 자든 말든 마음대로 해. 내게 악의가 없다는 건 분명히 알았겠지?"

무서운 상상이 마리우스의 머릿속을 스쳤다. 그 처녀는 여기가 아닌 다른 데로 끌려가는 건가? 저 괴물 중의 한 놈에게 잡혀 어딘지 모르는 곳으로 간다는 것인가? 그렇다면 어디지? 그게 만약 정말 그녀라면! 아니 그녀가 분명하다. 마리우스는 갑자기 심장이 멈추는 것 같았다. 어떻게 하면 좋지? 지금 권총을 쏠까? 그래서 악당들을 빠짐없이 경찰의 손에 넘길까? 하지만 그 도살용 도끼를 든 무서운 사나이는 그녀를 데리고 어디론가 숨어 버릴 테지. 마리우스는 테나르디에가 조금 전에 한 말, 그 잔인한 말의 뜻을 되씹어 생각했다.

'만일 경찰에 알리거나 하면 그땐 우리 패가 즉시 종달새를 목 졸라 죽일 거야.'

마리우스는 단지 아버지의 유언을 위해서만이 아니고 사랑하는 사람의 목숨을 구하기 위해서라도 가만히 있을 수는 없다고 생각했다. 이 무서운 사태는 이미 한 시간 전부터 시작되었으나 시간이 갈수록 점점 더 심각해질 뿐이었다. 마리우스는 끔찍한 갖가지의 장면들을 떠올리며 뭔가 희망의 줄을 찾았지만 어떤 것도 발견할 수 없었다. 그의 마음이 이렇게 불안에 쫓기는 동안 옆방은 음침할 정도로 조용했다.

그 고요함 속에 계단 아래서 문이 열렸다 닫히는 소리가 들렸고 포로는 밧줄 속에서 몸을 꿈틀거렸다.

"마누라가 왔나 보군."

테나르디에가 입을 열었다.

그의 말이 채 끝나기도 전에 테나르디에의 아내가 얼굴이 새빨개져 가지고 숨을 헐떡이면서 번쩍이는 눈으로 뛰어왔다. 그리고 커다란 손으로 양 무릎을 치며 소리치듯 외쳤다.

"주소를 속였어, 주소를!"

그녀와 함께 갔던 악당도 뒤따라 들어오더니 방 한구석에 세워 놓았던 도끼를 들었다.

"주소를 속이다니?"

테나르디에는 아내의 말을 되씹었다.

그녀는 계속해서 말했다.

"아무도 없었어요.

생 도미니크 거리 17번지에는 위르뱅 파브르라는 사람은 그림자도 없어요. 다른 여러 사람한테 물어봤지만 아무도 몰랐어요."

그녀는 숨이 차올라 잠시 말을 멈추더니, 곧 다시 말을 이었다.

"당신 이 영감한테 당했어. 당신은 사람이 너무 좋아요. 나 같으면 저 놈 영감의 턱을 벌써 네 쪽으로 갈라 놨을 거예요. 그래도 마땅치 않게 굴면 그 자리에서 산 채로 구워 버리겠어. 그래야 딸년이 어디 있는지, 그 보물단지를 어디 숨겼는지 가르쳐 줄 거예요. 나 같으면 그랬어. 참 사내는 계집보다 바보라는 말이 맞아. 아무도 없었어. 17번지엔 차가 들어가는 커다란 문만 있어요. 생 도미니크 거리엔 파브르는 없어요. 샅샅이 뒤졌지. 그 집 문지기한테도 물어보고 그 집 여자한테도 물어봐도 그런 사람은 전혀 알지 못한대요."

마리우스는 안도했다. 그녀, 위르쉴이라고 불러야 할지 종달새라고 불러야 할지 모르겠지만 아무튼 그녀는 위험을 모면한 것이다.

흥분한 아내가 고함치고 있는 사이 테나르디에는 탁자 위에 걸터앉아 잔인한 생각에 잠긴 듯 아무 말없이 오른쪽 다리를 흔들며 화로만 지그시 쏘아볼 뿐이었다. 곧 무서운 어조로 포로를 향해 천천히 말했다.

"주소를 속이다니! 네놈은 대체 무슨 속셈이야?"

"시간을 벌려고 그랬지!"

포로가 우렁찬 목소리로 외쳤다. 동시에 그는 몸에 감고 있던 밧줄을 털어 버렸다. 밧줄은 이미 끊겨 있었고 한쪽 다리만 침대에 묶여 있을 뿐이었다.

그를 본 일곱 사나이가 깜짝 놀라 덤벼들 틈도 없이 포로가 난로 앞으로 다가가 화로 위에 손을 뻗었다가 몸을 쭉 펴 일어섰다. 그 광경을 본 테나르디에와 그의 아내, 다른 악당들은 너무 놀라 방 한구석으로 몰려가 멍하니 그를 보고 있었다. 포로는 몹시 무서운 몸짓으로 불꽃이 탁탁 튀고 있는 새빨갛게 단 끌을 번쩍 쳐들었다.

나중에 이 고르보 저택 사건에 대해 재판소의 수사가 있었는데, 경찰의 현장검증 때 두 개로 쪼갠 특수한 세공을 한 1수짜리 동전이 지붕 밑 방에서 발견되었다. 이 1수짜리 동전은 바로 유형수들이 암흑 속에서 어두운 목적을 위해 끈기 있게 만든 것으로 탈옥하기 위해 쓰는 도구 이상의 물건이었다. 비범한 기술로 만들어진 이런 무섭고 정교한 작품이 귀금속류에서 차지하고 있는 위치는 은어의 비유가 시에서 차지하는 위치와 같다. 언어의 세계에 비용 같은 시인이 있는 것처럼 유형수 중에는 벤베누토 첼리니 같은 세공사가 있었다. 자유를 갈망하는 죄수는 이렇다 할 도구 없이 작은 칼이나 낡은 칼을 이용해 1수짜리 동전을 두 쪽의 넓은 조각으로 자르고 밖의 무늬에 흠집 하나 내지 않고 안을 도려내 그 옆에 나사고리를 만들어 둘을 합쳐서 감쪽같이 처음처럼 하나가 되게 만들 수 있었다. 그것은 언제든 비틀어 열 수도 또 닫을 수도 있어서 하나의 훌륭한 상자와 같았다. 그 상자 속에 보통 시계태엽을 숨겨 놓는데 그 태엽을 잘 쓰면 죄수의 쇠사슬 고리며 쇠창살을 자를 수 있었다. 그런 불쌍한 죄수는 언뜻 보면 단순히 동전 하나를 가지고 있는 것 같지만 사실 그는 자유를 손에 쥐고 있는 것이다.

훗날 경찰이 가택을 수색하다 그 지붕 밑 방 창 바로 옆 침대 밑에서 발견한 두 쪽으로 갈라져 떨어져 있는 동전도 바로 이런 종류였던 것이다. 그리고 그 동전에 들어갈 만한 시계태엽 역시 발견되었다. 포로는 아마 악당들이 주머니를 뒤질 때 재빨리 그것을 감추고 나중에 오른손이 조금 자유로워지자 그것을 비틀어 태엽을 꺼내 밧줄을 끊은 것이다. 그러고 보니 마리우스가 앞서 들었던 그 희미한 소리 역시 설명이 된다.

혹시 들킬까 봐 몸을 굽힐 수 없었던 그는 왼쪽 다리에 묶인 밧줄은 끊지 못했다. 악한들은 겨우 제정신으로 돌아왔다.

"걱정하지 마."

비그르나유가 말했다.

"아직 한쪽 다리가 묶여 있으니 도망가진 못해. 그건 틀림없어. 그 다리를 묶은 건 나니까."

그러자 포로가 큰 목소리로 말했다.

"너희한텐 안 될 일이지만 내 목숨은 애쓰면서 지킬 만큼 소중한 게 못 돼. 또 한 번 너희가 억지로 쓰고 싶지 않은 걸 쓰게 하고, 말하게 한다면……."

그는 왼팔을 걷어 올리며 다시 말했다.

"자, 보라고."

그는 걷어 올린 팔의 드러난 살에 오른손에 들고 있던 달궈진 끌을 갖다 댔다. '지직' 하고 살이 타는 소리와 함께 고문실 특유의 냄새가 방 안 가득 찼다. 마리우스는 너무나 무서워 정신을 잃은 채 비틀거렸다. 악한들조차 몸을 바들바들 떨었다. 그러나 그 이상한 노인의 얼굴은 미동조차 없었다. 그리고 빨갛게 단 끌이 팔에 닿아 상처를 내는 동안에도 계속 태연했다. 그는 엄숙한 표정으로 거의 아름답기까지 한 눈을 들어 테나르디에를 쏘아보았다. 그 눈에는 증오의 빛은 없고 완전히 승화된 고통 속에 엄숙한 위엄만이 가득했다. 위대하고 고귀한 인격의 소유자가 육체적인 고통을 견딜 때, 그 영혼이 외면에 나타나고 그 고귀한 품성이 겉으로 드러나는 법이다. 마치 부하의 반란이 대장으로 하여금 자기의 힘을 발휘하게 하는 것처럼 말이다.

"불쌍한 놈들."

그는 말했다.

"내가 너희를 무서워하지 않는 것처럼 너희도 나를 무서워할 건 없다."

그렇게 말하고 나서 그는 끈을 팔에서 떼어 열린 창밖으로 그것을 휙 던졌다. 빨갛게 단 끈은 어둠 속에서 빙글빙글 돌더니 바닥으로 떨어져 눈 속에 묻혔다. 포로가 말했다.

"자, 이제 나를 너희 마음대로 해."

"놈을 잡아!"

테나르디에가 소리쳤다. 불한당 둘이 달려들어 포로의 어깨를 움켜잡고 복면을 한 목소리가 굵은 남자가 그의 맞은쪽에 버티고 서 있었다. 그는 포로가 조금이라도 움직이면 금방이라도 머리를 커다란 자물통으로 내리칠 준비를 했다. 그때 마리우스는 벽 바로 밑에서, 너무 가까워서 얘기하는 사람의 모습은 안 보였지만 그들이 속삭이는 이야기를 똑똑히 들었다.

"이렇게 되면 방법은 한 가지밖에 없어."

"죽여!"

"그래."

그것은 테나르디에와 그의 아내가 말하는 소리였다. 테나르디에는 탁자로 다가가 서랍을 열고 칼을 꺼냈다. 마리우스는 순간 권총을 지그시 잡아당겼다. 이미 한 시간 전부터 그의 마음에는 두 개의 소리가 있었다. 아버지의 유언을 지켜야 한다는 것과 포로를 구해 주라는 소리였다. 이 둘은 끊임없이 서로 싸우며 그를 몹시 괴롭혔다. 그는 지금까지 그 두 의무 사이에서 타협할 방법은 없을까 하고 희망을 품어 왔지만 어떤 기회도 없었다. 그동안에 위기는 더욱 절박해졌으며 이미 기다릴 수 있는 한계를 지나쳐 버렸다. 포로에게서 몇 발짝 떨어지지 않은 곳에 테나르디에는 칼을 들고 생각에 잠겼다. 마리우스는 어쩔 줄 몰라 하며 주위를 둘러보았다. 그것은 절망의 극에 달한 사람의 최후의 수단이었다. 순간, 그는 갑자기 몸을 부르르 떨었다. 마리우스가 서 있는 탁자 위에 달빛이 비추면서 그 위에 놓인 종이 한 장이 마치 그를 향해 보이기라도 하듯 드러나 있었다. 그 종이에는 오늘 아침 테나르디에의 큰딸이 쓴 글이 적혀 있었다.

'개가 있다.'

어떤 생각이 섬광처럼 마리우스의 마음을 스쳐 지나갔다. 그것은 그가 찾던 방법, 그를 괴롭혀 온 문제의 해결, 살인을 막고 피해자를 구출하는 길이었다.

그는 서랍장 위에 꿇어앉아 팔을 뻗어 그 종이를 집어 올렸다. 그리고 벽에서 돌을 한 덩어리 떼어 그것을 종이에 싸 벽 틈으로 옆방 한가운데로 던졌다. 조금도 마음을 놓을 수 없는 절박한 순간이었다. 테나르디에는 마지막 생각, 마지막 결심을 한 채 포로를 향해 다가가고 있었다.

"뭔가 떨어졌어요."

테나르디에의 아내가 말했다.

"뭐야?"

남편이 물었다.

아내가 급히 다가와 종이에 싼 것을 집어 들어 그것을 남편에게 주었다.

"어디서 떨어졌지?"

테나르디에가 물었다.

"무슨 소리예요."

아내가 물었다.

"어디서 떨어지다니, 당연히 창으로 들어왔겠죠."

테나르디에는 급히 종이를 펴고 그것을 촛불 가까이 가지고 갔다.

"에포닌 글씨야, 젠장!"

그의 손짓에 아내가 얼른 다가왔다.

그는 쪽지에 쓴 글자를 아내에게 보이며 낮게 잠긴 목소리로 덧붙였다.

"빨리 사다리를 걸치도록 해! 먹이를 쥐덫에 걸어 둔 채 도망가야겠어."

"저놈을 죽이지 않고요?"

아내가 물었다.

"그럴 시간이 없어."

"어디로 달아나지?"

비그르나유가 뒤를 받았다.

"창문으로."

테나르디에가 말했다.

"에포닌이 창으로 돌을 던진 걸 보니 아마도 이쪽은 아직 포위되지 않은 모양이야."

복면을 한 목소리 굵은 남자가 들고 있던 자물통을 내려놓고 두 손을 번쩍 쳐들고 아무 말없이 재빨리 세 번 폈다 오므렸다 했다. 그것은 군함을 탄 승무원들이 서로 주고받는 전투 준비의 신호와 비슷한 행동이었다.

그러자 악당들은 포로를 움켜쥐고 있던 손을 놓았다. 눈 깜짝할 사이에 밧줄 사다리가 창틀에 갈고리를 걸친 채 밖으로 늘어졌다. 포로는 주위에서 일어나는 일에 조금도 신경 쓰지 않았다. 그는 깊은 생각에 잠긴 것 같기도 했고 기도하는 것 같기도 했다. 사다리가 내려지자마자 테나르디에가 소리쳤다.

"마누라, 이쪽으로 와."

그러면서 창 쪽으로 뛰어갔다. 그녀가 막 창틀을 넘어서려고 할 때 비그르나유가 거칠게 목덜미를 움켜쥐었다.

"이봐, 이 늙은 여우야. 내가 먼저야!"

"내가 먼저 나가야 해."

악당들은 서로 악을 쓰며 소리쳤다.

"이 유치한 놈들."

테나르디에가 말했다.

"이러면 괜히 시간만 낭비하잖아!"

"좋아, 그럼."

악당 중의 하나가 말했다.

"제비를 뽑자, 누가 제일 먼저 내려가야 하나."

테나르디에가 소리쳤다.

"미친놈, 제정신이 아니군. 어쩌면 그렇게 모두 멍청하지? 시간을 그렇게 허비한단 말이야? 제비를 뽑자고? 가위바위보로 할까, 지푸라기를 뽑을까, 이름을 써서 모자에 넣어?"

"내 모자에다 하지그래?"

문 쪽에서 들리는 소리였다. 모두들 깜짝 놀라 돌아보았다. 그곳엔 자베르가 서 있었다.

그는 모자를 벗어 손에 들고 빙그레 웃으며 모자를 그들에게 내밀고 있었다.

반드시 포로부터 잡아 놔야 한다

자베르는 이미 훨씬 전부터 해가 지자마자 여기저기 부하를 배치해 놓고 자기도 고르보 집 맞은쪽 큰길 건너 가로수 그늘에서 잠복하고 있었다. 자베르는 먼저 소위 '그물주머니'의 입을 벌려 놓고 집 옆에 서서 망을 보고 있는 두 명의 처녀를 그 속에 몰아넣으려고 했다. 그러나 실제로 잡은 것은 아젤마뿐이었다. 에포닌은 자기 자리를 떠나 어디론가 사라졌기 때문에 체포할 수가 없었다. 그리고 자베르는 언제든지 쳐들어갈 수 있도록 만반의 준비를 한 채 약속한 신호가 오기만을 기다렸다.

그러나 마차가 왔다 갔다 하는 것을 보자 자베르는 초조하고 무척 걱정이 됐다. 마침내 불한당들이 그 안으로 들어가는 것을 보자 '저기가 소굴임에 틀림없다.'고 생각하고, 도저히 참을 수 없어서 바로 지금이 '기회'라고 생각하고 권총 소리가 들릴 때까지 기다릴 것 없이 곧장 들어가기로 결심했던 것이다. 자베르가 마리우스의 열쇠를 가지고 있던 것은 독자도 기억할 것이다.

그는 마침 매우 적당한 때 나타난 셈이었다. 그를 보고 당황한 불한당들은 도망치려고 할 때 버렸던 무기를 들고 다시 덤벼들었다. 그리고 순식간에 불한당 일곱 명은 한곳에 몰려 하나는 도살용 도끼를 들고, 하나는 큰 자물통을 들고, 하나는 도살용 몽둥이를 들고, 다른 놈들은 부젓가락이며 가위며 망치를 들고, 테나르디에는 칼을 들고 방어 태세를 갖추었다. 테나르디에의 아내는 딸들이 의자 대신 썼던 창 옆의 큰 돌을 잡고 있었다.

자베르는 들고 있던 모자를 도로 쓰고 팔짱을 낀 채 지팡이를 겨드랑이에 끼고 칼도 들지 않은 채 방 안으로 걸어 들어왔다.

"꼼짝 마!"

그는 소리쳤다.

"창으로 나갈 필요 없어. 문으로 나가 그쪽이 더 안전하다. 너희는 일곱이지만 우리는 열다섯이야. 오베르뉴의 시골뜨기처럼 맞붙어 싸울 필요는 전혀 없어. 조용히 하는 것이 좋을 거야."

비그르나유는 작업복 밑에 감추어 두었던 권총을 꺼내 테나르디에의 손에 건네주며 귀에 대고 낮고 작은 목소리로 말했다.

"저 사람이 자베르야. 난 못 쏴. 자네가 한번 쏘아 보겠나?"

"좋아!"

테나르디에가 대답했다.

"그럼 쏴."

테나르디에는 권총을 잡고 자베르를 향해 총을 겨누었다. 자베르는 그의 바로 서너 걸음 앞에까지 와서 꼼짝 않고 그를 노려보며 이렇게 말했다.

"쏘지 마, 쏘아 봤자 빗나갈 거야!"

하지만 테나르디에는 방아쇠를 당겼다. 역시 총알은 빗나갔다.

"내가 말했지."

자베르가 이야기했다.

비그르나유는 몽둥이를 자베르의 발 앞에 던지며 말했다.

"당신은 염라대왕이오. 항복하겠소."

"너희는 어떻게 할 거야?"

자베르가 다른 불한당들에게 물었다.

모두 한목소리로 말했다.

"우리도 항복하겠소."

자베르는 침착하게 말했다.

"그래, 좋아. 내 말대로 얌전한 놈들뿐이군."

"그런데 한 가지 부탁이 있소."

비그르나유가 말했다.

"감옥에 있는 동안 담배 피우는 것만은 눈감아 주시오."

"그래."

자베르가 대답했다. 그리고 뒤를 돌아보며 소리쳤다.

"이제 다들 들어와!"

칼을 든 헌병과 호신용 지팡이와 곤봉을 든 한 무리의 경찰관이 자베르의 말을 듣고 한꺼번에 방 안으로 몰려 들어왔다. 불한당들은 모두 그 자리에서 체포되었다. 흐릿한 촛불에 비친 그들의 그림자만이 방 안을 가득 채웠다.

"모두 수갑을 채워."

자베르가 소리쳤다.

"옆에 오지 마."

누군가 째지는 듯한 소리를 질렀다. 그건 분명 남자의 소리는 아니었지만 그렇다고 여자의 소리라고도 할 수 없었다. 바라보니 테나르디에의 아내가 창 옆 한 모퉁이에 진을 치고 소리친 것이었다. 헌병과 경찰관들은 그녀를 보고 뒷걸음질 쳤다. 그녀는 숄을 벗어 던진 채 모자만을 쓰고 있었다. 테나르디에는 그 뒤에 웅크리고 앉아 떨어진 숄을 뒤집어 쓰고 그 속에 숨어 있었다. 그녀는 그런 남편을 자기 몸으로 막고 두 손으로 돌을 머리 위에 번쩍 쳐들고 바위를 던지려는 거인처럼 몸의 균형을 잡고 있었다.

"조심하라고."

그녀는 고함쳤다.

모두들 복도로 나가 한 걸음 물러섰다. 방 한가운데는 금방 비었다. 테나르디에의 아내는 저항 없이 순순히 잡힌 불한당들을 흘겨보며 목이 잠긴 갈라진 목소리로 말했다.

"모두 비겁하군!"

이때 자베르가 웃음 띤 얼굴로 텅 빈 방 한가운데로 망설임 없이 걸어 들어갔다.

"다가오지 마, 나가라고!"

그녀가 크게 소리 높여 말했다.

"그렇지 않으면 죽여 버리겠어. 네 머리를 박살 낼 테다."

"아주머니는 굉장한 투척병 같군."

자베르가 그녀를 보고 말했다.

"아주머니한텐 남자들이나 나는 수염이 있지만 난 여자처럼 손톱이 있지."

자베르는 이렇게 말하면서 계속해서 앞으로 걸어 나왔다. 테나르디에의 아내는 흐트러진 머리에 무서운 모습으로 두 다리에 힘을 주어 한 번 몸을 뒤로 젖히더니 돌을 번쩍 들어 올려 자베르의 머리를 향해 힘껏 던졌다. 자베르는 돌을 피해 몸을 굽혔다. 돌은 그의 머리 위를 아슬아슬하게 스쳐 지나 방 한구석에 부딪쳤다. 때문에 커다란 회벽 한 덩어리가 떨어져 떼굴떼굴 굴러가다 바로 자베르의 발 앞에서 멈췄다. 순간 자베르는 테나르디에 부부에게 달려들어 커다란 손으로 아내의 어깨와 남편의 머리를 동시에 움켜쥐었다.

"수갑을 가져와!"

자베르가 경찰관들을 향해 소리치듯 말했다.

그의 말이 끝나자마자 경찰관들이 일제히 방 안으로 들어와 불과 몇 초 만에 그의 명령을 시행했다. 테나르디에의 아내는 묶인 자신의 팔과 남편의 팔을 쳐다보더니 마룻바닥에 털썩 주저앉아 울음 섞인 목소리로 소리쳤다.

"내 딸들은 어떡하나!"

"이미 딸들은 잡혔어."

자베르가 말했다.

그러는 동안 경찰관들은 문 옆에서 깊은 잠에 빠진 늙은이를 발견하고 그를 깨웠다. 그는 잠에서 깨면서 중얼거리듯 말했다.

"다 끝났나? 종드레트?"

"응, 끝났어."

자베르가 대신 대답했다.

수갑이 채워진 불한당 여섯 명은 얼빠진 얼굴로 멍하게 서 있었다. 그들은 마치 모두 유령 같았다. 셋은 얼굴에 새까만 칠을 하고 있었고 다른 셋은 복면을 하고 있었다.

"복면을 벗을 필요 없어. 그대로 있어."

자베르가 이야기했다.

그리고 마치 포츠담 궁전에서 정렬된 군사를 검열하는 프레드릭 2세 같은 눈초리로 불한당들을 둘러본 다음 세 명의 '난로 인부'에게 물었다.

"그동안 잘 지냈나? 비그르나유, 브뤼종, 드밀리야르?"

자베르는 곧바로 복면한 남자들을 바라보더니 도살용 도끼를 들고 있는 남자에게 물었다.

"필메르도 잘 지냈나?"

그리고 다시 곤봉을 들고 있는 남자에게도 물었다.

"아, 바베도 잘 지냈나?"

마지막으로 목소리가 굵은 남자를 쳐다보며 물었다.

"클라크수 역시 잘 지냈겠지?"

이때 자베르의 눈에 불한당들이 잡아 둔 포로가 들어왔다. 포로는 경찰관이 들어온 이후 고개를 떨어뜨린 채 침묵하고 있었다.

"저 사람의 밧줄을 풀어 주도록 해."

자베르가 명령했다.

"그리고 집 밖으로 아무도 나갈 수 없게 해."

자베르는 촛불과 필기도구가 올려져 있는 탁자 앞으로 가서 걸터앉더니 주머니에서 날인이 되어 있는 서류를 꺼내 조서를 작성하기 시작했다. 그는 지극히 형식적인 조서를 몇 줄 쓰더니 고개를 들어 말했다.

"포로를 이리 데려오도록 해."

포로를 찾기 위해 경찰관들은 주위를 살펴보았다.

"뭐야?"

자베르가 말했다.

"도망친 건가?"

불한당들에게 포로로 잡혔던 르블랑 씨, 아니 위르뱅 파브르 씨, 위르쉴의 아버지, '종달새'의 아버지는 이미 어디론가 사라지고 난 후였다.

경찰들이 문은 지키고 있었지만 창문은 아무도 지키지 않았던 것이다. 포로는 밧줄이 풀려 자유로워지자 자베르가 조서를 작성할 때, 혼란과 소동과 어둠을 이용해, 그리고 사람들이 자신을 신경 쓰지 않는 틈을 타 몰래 창에서 뛰어내린 것이다. 이때 경찰관 한 사람이 창밖을 내려다보았다.

거기엔 밧줄 사다리만 흔들리고 있을 뿐 사람의 그림자는 찾아볼 수 없었다.

"큰일이군."

자베르는 혼잣말을 했다.

"제일 거물을 놓치다니!"

2부에서 눈물을 흘리고 있던 어린아이

사건이 로피탈 큰길가 집에서 일어난 다음 날, 아우스터리츠 다리 쪽에서 온 것 같은 한 소년이 퐁텐블로의 성문을 향해 오른쪽 보도로 걸어오고 있었다. 거리는 어두워져 깜깜했다. 소년은 창백한 얼굴과 야윈 몸을 하고 있었다. 누더기를 걸치고 아직 2월인데도 얇은 바지를 입은 채 목청껏 노래를 부르고 있었다.

그때 프티 방키에 거리 모퉁이에서 허리가 굽은 노파가 가로등에서 비치는 희미한 불빛 아래서 뭔가 찾고 있는 듯 쓰레기통을 뒤졌다. 소년은 길을 걷다가 그 노파와 부딪혀 한두 걸음 뒤로 물러나며 큰 소리로 이야기했다.

"어? 이건 뭐지? 아, 난 또 덩치 큰 거대한, 거대한 개인 줄 알았지."

소년이 두 번째로 거대한(énorme)이라는 말을 할 때는 꼭 노파를 놀리는 듯한 말투로 소리를 높였는데, 글자로 표현하면 두 번째 거대한을 대문자로(un énorme, un ÉNORMEchien!) 쓸 수 있겠다.

노파는 잔뜩 화가 나서 몸을 일으키며 입을 열었다.

"이 꼬마 새끼가!"

노파는 욕을 하며 말했다.

"내가 꾸부리고 있지만 않았으면 발로 한 대 걸어차 주었을 텐데."

소년은 잽싸게 노파에게서 물러났다.

"역시 개가 맞았어."

그가 노파를 보며 말했다.

노파는 그만 화가 머리끝까지 치밀어 이번엔 완전히 몸을 일으켜 세웠다. 그러자 불그레한 가로등 불빛이 창백한 얼굴빛과 울퉁불퉁한 눈가의 주름, 입가까지 번진 주름투성이의 얼굴을 비췄다. 노파의 몸은 어둠 속에 묻히고 오직 얼굴만이 드러나 보여서 마치 희미한 불빛에 떠오른 하나의 가면과 같았다. 소년은 노파 얼굴을 유심히 바라보며 말했다.

"할머니는 내가 좋아할 만한 미인하고는 전혀 상관없군요."

말을 끝내자마자 그는 다시 노래를 부르며 발걸음을 옮겼다.

쿠드자보 왕은

사냥에 나가셨지.

까마귀 사냥에.

세 구절의 노래를 마치자 그는 입을 닫았다. 소년은 그렇게 50-52번지까지 왔다. 바깥문이 잠겨 있자 소년은 문을 발로 힘껏 찼다. 문을 발로 차는 소리는 소년이 아닌 그가 신고 있는 어른의 구두가 차는 소리였다.

그러자 방금 전 프티 방키에 거리 모퉁이에서 만났던 노파가 달려오면서 고함치듯 말했다.

"왜? 지금 왜 그러는 거야? 문이 부서지면 어쩌려고 그래? 집이 다 허물어질 수도 있어!"

소년은 계속해서 찼다. 그러자 노파는 숨을 가쁘게 쉬며 소리쳤다.

"아니, 도대체 왜 남의 집 문을 그렇게 차는 거야?"

순간 노파는 소년을 본 기억이 났다.

"아니, 넌 아까 그 꼬마 놈이잖아!"

"아, 할머니?"

소년이 입을 열었다.

"안녕하세요? 할머니, 조상님들을 좀 만나러 왔답니다."

노파는 찡그린 얼굴로 대답했다.

그것은 늙고 추하고 악한 최대한의 증오를 나타낸 표정이었지만 안타깝게도 어둠에 가려 보이지 않았다.

"거긴 아무도 살지 않아, 이 망나니야!"

"그럼 아버진 어디 갔어요?"

"포르스 감옥에 있지."

"저런, 어머니는요?"

"성 라사로 감옥에 갔지."

"그럼 누나들은 어디 있어요?"

"마들로네트 감옥에 있어."

소년은 귀 뒤를 긁적이며 노파를 쳐다보면서 말했다.

"그렇군요!"

그리고 발걸음을 돌렸다. 문에 기대어 서 있던 노파의 귀에 잠시 뒤 겨울바람에 나부끼는 검은 느릅나무 가로수 아래 차차 멀어져 가는 소년의 노랫소리가 들려왔다.

쿠드자보 왕은

사냥에 나가셨지.

까마귀 사냥에.

말은 죽마(竹馬)

그 아래 지나가다

벌금 2수만 내었다네.

레 미제라블 3

옮긴이 베스트트랜스

세계 여러 곳에 숨겨진 작품을 발굴·기획하고 번역하는 사람들의 모임이다. 베스트트랜스는 기존의 번역가가 번역한 작품을 편집자가 편집하는 방식에서 탈피하여 번역가와 편집자가 한 팀을 이뤄 양질의 책을 만드는 데 온 힘을 쏟고 있다. 번역한 책으로는 더클래식 세계문학컬렉션 《노인과 바다》《동물 농장》《어린 왕자》《사람은 무엇으로 사는가》《이방인》《그리스인 조르바》《도리언 그레이의 초상》《벨 아미》《안나 카레니나》 등이 있다.

레 미제라블 3

개정 1쇄 펴낸 날 2020년 12월 1일
개정 2쇄 펴낸 날 2021년 1월 30일

지 은 이   빅토르 위고
옮 긴 이   베스트트랜스
펴 낸 이   장영재
펴 낸 곳   (주)미르북컴퍼니
자 회 사   더클래식
전   화   02)3141-4421
팩   스   02)3141-4428
등   록   2012년 3월 16일(제313-2012-81호)
주   소   서울시 마포구 성미산로32길 12, 2층 (우 03983)
E-mail   sanhonjinju@naver.com
카   페   cafe.naver.com/mirbookcompany

* (주)미르북컴퍼니는 독자 여러분의 의견에 항상 귀 기울이고 있습니다.
* 파본은 책을 구입하신 서점에서 교환해 드립니다.
* 책값은 뒤표지에 있습니다.

* 더클래식 세계문학 컬렉션은 계속 출간될 예정입니다.